Katrin Seddig, geboren 1969 in Strausberg, studierte Philosophie in Hamburg, wo sie auch heute mit ihren beiden Kindern lebt. 2008 erhielt sie für ihre Erzählungen den Förderpreis für Literatur der Hansestadt Hamburg. Über ihren Debütroman «Runterkommen» (2010) schrieb die *taz*: «Ein brillantes Romandebüt … Anrührend, witzig und nüchtern.» Zu «Eheroman» (2012) meinte *Spiegel Online*: «Eine beeindruckende emotionale Tiefe und Genauigkeit.»

«Katrin Seddig hat ein immenses Talent, feinste Regungen ohne Gefühligkeit verständlich zu machen.»
Frankfurter Allgemeine Zeitung

«Katrin Seddigs Erzählweise ist ernst und vergnüglich zugleich. Die Lakonie ihrer Sätze ist herrlich.»
Hamburger Abendblatt

Katrin Seddig

EINE NACHT UND ALLES

Roman

ROWOHLT TASCHENBUCH VERLAG

Veröffentlicht im Rowohlt Taschenbuch Verlag,
Reinbek bei Hamburg, September 2016

Umschlaggestaltung any.way, Hamburg, nach einem
Entwurf von ANZINGER | WÜSCHNER | RASP, München
Umschlagabbildung plainpicture/Westend61
Satz Janson PostScript, InDesign,
bei Pinkuin Satz und Datentechnik, Berlin
Druck und Bindung CPI books GmbH, Leck, Germany
ISBN 978 3 499 26871 7

FÜR JAN

«Ich weiß auch nicht, wie man leben soll,
mir hat's auch keiner gezeigt.»

(Alice in den Städten)

1.

Etwas breitet sich aus. Kriecht unter den Teil der Bettwäsche, den sie sich über das Gesicht gezogen hat, während sie, erstarrt und noch im Sog des Schlafes gefangen, daliegt. Eine Ahnung von Tag, bevor langsam, durch Wellen von Übelkeit hindurch, etwas Großes und Feierliches in ihr Bewusstsein drängt und sie überschwemmt. Sie ist aufgeweicht, so auf eine kindlich ausgelieferte Art erledigt und aufgeweicht, dass es ihr selbst sofort unangemessen und dumm erscheint.

Sie denkt, dass ihr das, was geschehen ist, immer schon gefehlt hatte, ohne dass sie bisher davon wusste. Ihre eigene Ahnungslosigkeit empfindet sie jetzt als armselig, und sie verspürt Mitleid für sich selbst, wie für ein verlorenes Kind, das heimgefunden hat, an einen Ort, der vorher gar nicht existierte. Es ist verrückt. Das ist ihr im blassen Dunkel als Allererstes von allem, was sonst ist an diesem Morgen, vollkommen klar.

Wacher werdend, macht sich bei ihr ein Angeschlagensein bemerkbar, als sie sich leicht bewegt und sich streckt, vorsichtig, unter dem fremden Bettzeug, glattem Damaststoff, eingewobene Blätter und Blüten, weiß in weiß, die Ornamente nur aus dem richtigen Blickwinkel sichtbar, oder wenn das Licht entsprechend fällt, je nachdem. Sie seufzt. Leichte Schmerzen in Beinen und Armen, Schmerz auch zwischen den Beinen, blaue Flecken bald, ein Ereignis, ein Fall von was?

Sie atmet vorsichtig, um seinen Geruch nicht durch Grobheit zu zerstören. Verschlafene Gier kehrt in sie zurück. Riecht sie wirklich *ihn*, oder riecht sie *nur noch ihn*?

Sekunden oder Minuten später dreht sie sich zu ihm hin, verlagert ihr Gewicht, ein Hin- und Herrollen innerer Schwerpunkte, ein schnelleres Atmen, ein Blinzeln aus verklebten Augenlidern, dann die Kante an der anderen Seite des Bettes, das bläulich weiße Laken, zerklüftete Landschaften bildend, ein Kissen wie eine Skulptur, damastene Stoffblüten in der matten Dunkelheit, sonst sieht sie nichts.

Gegen die Übelkeit ankämpfend, erhebt sie sich, sie stößt auf, bemüht sich, gleichmäßig zu atmen – geht doch.

Das Zimmer ist groß und leer. Ein Schrank, ein Hocker, ein Nachttisch, das hohe Fenster. Sie läuft durch die weiten Räume. In der Küche eine bordeauxrote Einbauzeile, sorgfältig an Chromstangen aufgereihte Kellen. Sie hört Motorengeräusche von der Straße, dann ein haltendes Auto.

Sie tritt an das Fenster und sieht nach draußen. Eine Frau steigt aus, öffnet den Kofferraum, taucht ein und wieder daraus hervor, Gesicht unter der Straßenlaterne, Haare wie kurzes schwarzes Fell, sie hat einen Bilderrahmen in den Händen. Sprühregen hängt wie Nebel in der Luft, sie schlägt ein weißes Laken über das Bild und trägt es über die Straße. Ein Bild. Die Frau trägt ein Bild über die Straße und verschwindet unterhalb des Blickfelds, die Tür des Hauses fällt ins Schloss, es hallt im Flur nach, aber man hört keine Schritte, es bleibt still.

Sie hat einen Blick auf das Bild geworfen, nur ganz kurz, es hatte helle Stellen und dunkle, es setzte sich aus Flecken und Flächen zusammen, dann war es von dem Laken verdeckt. Sie malt sich aus, wie es dazu gekommen sein könnte, nicht zur Oberfläche des Bildes, sondern zum Kauf. Eine Nacht in den Räumen einer Galerie, erst hitzige, dann müde Gespräche, Möglichkeiten an der Hand, eine Überlegung, ein Zweifel, dann das Bild. Sie trägt ein Bild nach Haus, aber keinen Mann.

Sie trägt ein Bild nach Haus, aber keinen Mann.

Der Satz hakt sich in ihr fest. Über drei nebeneinander an der Wand aufgestellten Plastikstühlen ist ein Regal angebracht, auf dem sich Kochbücher reihen. Vor den Büchern steht aufgeklappt in einem ledernen Etui ein Reisewecker. Es ist zwanzig vor sechs.

Sie durchquert hastig die Räume der Wohnung, läuft mehrmals zurück ins Bad, als könnte er sich im gefliesten Glanz versteckt halten, im Schrank vielleicht (sie sieht tatsächlich hinein, gestapelte Handtücher, alle in Weiß), sie setzt sich aufs Klo, um zu pinkeln, spürt einen leicht brennenden Schmerz und lächelt. Sie wäscht ihr Gesicht mit kaltem Wasser und schmiert beim Abtrocknen Reste ihres Make-ups in das Handtuch. Spuren hinterlassen, sich in die Wohnung stempeln, irgendwie.

Im Schlafzimmer wirft sie noch einmal einen Blick durch das hohe Fenster auf die Straße. Er kommt nicht mit Brötchen geeilt. Niemand kommt geeilt. Der Gedanke erscheint ihr sofort lächerlich. Gegenüber eine rötliche Fassade, eine frühmorgendlich ruhende, stumme Hausfassade.

Sie holt einen Kugelschreiber aus ihrer Handtasche und schreibt auf die Rückseite eines Kassenbons aus ihrem Portemonnaie: «Wo bist du?»

Darunter notiert sie ihre Handynummer. Den Kassenbon legt sie auf sein Kopfkissen. Er rollt sich unauffällig weiß auf dem weißen Bezug zusammen. Sie legt ihn auf das Tischchen neben dem Bett und stellt den Fuß der Nachttischlampe auf eine Ecke.

Sie sollte längst zu Hause sein. Früh ist schon zu spät. Sie braucht ein Taxi. Aber sie weiß nicht, wo sie ist. Sie weiß nicht die Straße, sie weiß nicht den Namen unten am Klingelschild, sie weiß nicht einmal den Stadtteil. Aber vor allem muss es schnell gehen, denn es ist schon spät, zu spät, es ist viel zu spät, wie konnte sie nur einschlafen? Sie steigt in ihr zerknittertes Kleid, das vor dem Bett liegt wie eine alte abgestreifte Haut, nach ihrem Parfüm duftend, nach Rauch und nach Küssen.

Sie erinnert sich schwach, während sie durch das Treppenhaus hinuntergeht, an dessen rosa Farbe sie sich nicht mehr erinnert. Es könnte dunkel gewesen sein, gestern Abend, kein Licht, als sie sich die Treppe hinaufsteigend küssten. Unten betrachtet sie die Klingelschilder, die sich wie eine Mauer von Namen und Leben vor sie drängen. Aber sie ist sich schon nicht mehr sicher, ob sie im dritten oder im vierten Stock gewesen ist, und sie weiß nicht, ob die Schilder wie die Wohnungen angeordnet sind. Sie geht die Namen durch, sie kennt keinen, sie kennt ihn nicht mit seinem Nachnamen. Wenn sie darüber nachdenkt, kennt sie ihn auch nicht mit seinem Vornamen.

Sie läuft zügig, frierend, in ihren Wollmantel gehüllt, durch den Sprühregen, morgendliche Nässe wie eine Strafe, ein kleiner Schlag von Realität, auf der Suche nach einem Straßenschild, dann auf der Suche nach einem Taxi. Sie stößt auf eine breitere Straße, wo Verkehr sich bewegt, sie entdeckt ein Taxi und hebt den Arm. Der Fahrer nickt ihr ruckartig zu, als sie auf dem Rücksitz Platz nimmt. Innen Wärme, leises Radiogeplärre, draußen die Lichter der Laternen auf dem Beton, vorbeihuschend, verschwimmend. Sie schließt die Augen, gekräuseltes Haar unter dem Bauchnabel, sie trägt ein Bild nach Haus, aber keinen Mann, ein Reisewecker im Lederetui, eine Mauer von Namen und Leben, ein Einkaufszettel unter der Lampe, *Wo bist du?*, im Radio Rod Stewart, «Baby Jane», Gott. Sie lächelt und hält die Augen geschlossen.

«Alles gut?», fragt der Mann, der nach hinten schaut.

«Ja», sagt sie schlafheiser. Sie zieht ihr Portemonnaie aus der Tasche und zahlt dem Mann zweiundzwanzig Euro. Als sie ihre Stiefel aus dem Wagen schiebt, freut sie sich augenblicklich über ihre Beine. Glatt und fest. Glitzerglanz der Strumpfhosentextur, glitzerglänzende Schenkel.

Der Fahrer hat am Anfang der Straße gehalten, obwohl es bis zu ihrem Haus noch ein gutes Stück ist. Nur keine Aufmerksamkeit erregen, niemanden wecken, vor allem nicht Per.

Sie steigt vorsichtig die vier Stufen neben der Rasenfläche empor, sie schaltet nicht die kleine Laterne vor dem Haus an, rutschige alte Blätter auf den Gehwegplatten, die zum überdachten Eingang an der Seite des Hauses führen, die Blätter des Fächerahorns, der sich vom Nachbargrundstück über die Kirschlorbeerhecke reckt. Sie zieht ihre Stiefel im Treppenhaus aus und läuft auf Strumpfhosenfüßen, auf Glitzerglanzfüßen, elfenleise, alkoholschwer, hoch in die zweite Etage, schließt die Wohnungstür so behutsam auf, dass sie sich geräuschlos in den Flur hinein öffnet. Geruch von frischer Farbe.

Vom Wohnzimmer her dringt ein bläulicher Tageslichtschimmer in den dämmrigen Flur. Sie haben ihn vor drei Wochen beige gestrichen. Sie hatten sich auf keine Farbe einigen können, sie waren beide der Ansicht gewesen, der Flur müsse in einer kräftigen Farbe gestrichen werden, um ihm eine Bedeutung zu geben. Rot zum Beispiel. Dann hatte Per einen Topf beige Farbe von seinen Eltern mitgebracht, übrig geblieben von der Renovierung ihres Wohnzimmers. Und sie hatte zugestimmt, überrumpelt von der sparsamen, farblich bescheidenen Lösung, und weil es ihr eigentlich auch egal war, ebenso wie Per, rot oder beige, was ändert das schon. «Es ist nicht beige, es ist chamois, Irene. Chamois.» Die Farbe von

Eierschalen oder Kreppbändern. Das ist unsere Familienfarbe. Beige-chamois, Rehlein, Renilein.

Sie stellt die Stiefel auf dem grünen Fußabstreifer ab, schleicht auf strumpfhosenen Sohlen in das ausgekühlte Badezimmer, schließt ganz leise die Tür, lässt sich auf dem Badewannenrand nieder und atmet ein und atmet aus. Ein und aus. Vor und nach. Unter und über. Von der mehrspurigen Ausfallstraße, die nur vier Häuser weiter hinter der Sackgasse entlangläuft, dringen Verkehrsgeräusche durch das gekippte Fenster. Durch den Fensterspalt strömt unentwegt kalte Luft, feucht und rostig und etwas muffig. Der Geruch kommt vom Kellereingang unterhalb des Fensters. Von den Mülltonnen, von den Fahrrädern, vom nassen Beton. Sie zieht ihr Kleid aus, fröstelnd, im Kopf ein Schmerz. Zieht die Strumpfhose von den Beinen, die Strumpfhose hat gelitten, Glitzerfädchen, kleine graue Knoten, kann sie wegschmeißen. Sie zieht den BH und ihre Unterwäsche aus, ein heißer Geruch unter den Armen und unter den Brüsten, leicht scharf, leicht brenzlig, und ein fremder Geruch von ihrer Scham. Wie Nüsse. Wie bitteres Mandelaroma. Gummihandschuhe. Vegetation.

Sie feuchtet einen Waschlappen an, laufendes Wasser, heiß dampfend, sie friert jetzt richtig, sie wischt verkrampft zitternd mit dem Lappen über die Haut, dann stellt sie sich auf die Zehenspitzen und betrachtet sich im Spiegel. Alles eine Frage des Lichts? In der Helligkeit wird es klar. Das Bett, die Dunkelheit, die Schönheit und die Gewissheit: alles Lüge, wenn man im eigenen Bad bei eingeschalteter Deckenbeleuchtung dem Körper ins Gesicht schaut. Mit pochendem Kopf noch dazu. Sie schließt das Fenster und sammelt ihre Sachen ein. Nach der Geburt von Esther war der ausgebeulte Bauch wie ein Lappen gewesen, aber sie war über den Lappen froh gewesen, tatsächlich. Jetzt ist Esther weg, ihr ausgebeulter Bauch ist weg, fast zumindest, und sie ist weniger glücklich. Wird sie am Ende so knorrig verbogen sein wie ihre Mutter?

Sie wirft die Kleider in den geflochtenen Korb neben der Waschmaschine, taucht ein Stück Klopapier in ihr Cremetöpfchen und cremt Wimperntusche und Lidschatten weg. Vom Lippenstift ist alles weggeküsst. *Weggeküsst*, denkt sie.

Nackt und frierend geht sie den beigen Flur entlang, chamois, chamois, betritt durch die angelehnte Schlafzimmertür das Schlafatem ausdampfende Zimmer, das hinter den geschlossenen Rollos noch nachtdunkel daliegt. Per ist ein gleichmäßig atmender Berg unter einer dünnen Wildseidendecke. Unter schwereren Decken schwitzt er, seit er dicker wird.

Sie schiebt ihren Körper vorsichtig, das Gewicht nur sehr langsam in das Bett hineinverlagernd, unter die Decke. Sie rollt sich, jetzt heftig zitternd, unter der glatten, kühlen Bettdecke zusammen und schließt die Augen. Sie ist in ihrem eigenen Leben verborgen.

Während sie trotz Kopfschmerzen und Übelkeit die Glückseligkeit der Nacht herbeizurufen versucht, um sie mit in den Schlaf zu nehmen, wird ihr der Tag bewusst, der sich langsam durch die Rollos bohrt. Von unten Kindergeschrei. Schreien immer, denkt sie, mit Neid dabei.

Sie denkt, dass es sich jetzt, in Sicherheit und Normalität gehüllt, in ihrem eigenen Bett, anders ausnimmt. Dass sie nicht weiß, wie er heißt. Vielleicht hat sie es gewusst. Vielleicht hat sie es vergessen. Der Name war nicht notwendig gewesen. Jetzt, den Kopf fast ganz unter der eigenen Decke, ist es ein anderer Sachverhalt. Nebenan Per. Atmet unruhig und wälzt sich herum. Er ächzt. Er macht das manchmal, schlafend ächzen. Sie denkt an den ohne Namen. An seinen Nabel, in den sie ihren Finger steckte, auf den sie die Wange legte, von wo aus sie den Pfad der Härchen verfolgte, in das dunkle Gebüsch, dass er nicht wie Per unsinnigerweise rasiert und stutzt. Sie weiß nicht seinen Namen, denkt sie wieder, nicht seinen Vor- und nicht seinen Zunamen. Sie weiß nicht einmal, ob sie ihn überhaupt einmal gewusst hat, ob er ihn ihr gesagt hat, so wie sie sich nicht daran erinnert, sich selbst vorgestellt zu haben, weil Namen keine Rolle gespielt hatten, in diesem lustigen Stück von der schlimmen Liebe. Er war nur er, und sie war nur sie gewesen.

Aber sie ist jetzt hier, und sie weiß, wer sie ist: Irene Molander. Studienberaterin in der Verwaltung der Universität Hamburg. Ehefrau von Per Molander, siebenundvierzig Jahre alt, ein halb schwedischstämmiger Gymnasiallehrer für Deutsch und Geschichte. Mutter von Esther Molander, die zu einem Jesusmann nach Hessen abgehauen ist.

Irene erwacht mit drückendem Kopf. Durch die zugezogenen Rollos fällt grünliches Licht auf sie, vor den Fenstern das besänftigende Geräusch von gleichmäßigem, dichtem Regen. Der Regen erleichtert sie, die Ansprüche eines sonnigen Tages bleiben ihr erspart. Sie krümmt sich widerwillig aus ihrer warmen Höhle heraus, läuft ans Fenster, zieht die mit einem Schilfmuster in Grün und Braun großformatig bedruckten Rollos hoch und öffnet das Fenster in Kippstellung. Dann kriecht sie wieder fröstelnd unter ihre Decke, rollt sich zusammen, schließt die Augen.

Regenrausch. Ein Wasserfall, ein Urwald, Lianen, riesige wächserne Blätter, die unter dem Wasser hüpfen, aber reale Umstände quälen sie: Zum einen muss sie pinkeln, und zum anderen ist ihr Mund ausgetrocknet, ihre Zunge schwer und belegt, sie hat Durst. Willenlos liegt sie da, zwischen Rausch und Qual, da naht Erlösung.

«Kaffee, Rehlein?», fragt Per, der im Türrahmen steht, als sie die Augen öffnet. Er trägt seine alte Anzughose, die nicht mehr bis zum letzten Knopf schließt, dazu einen leuchtend gelben Wollpullover, den er sich vor kurzem gekauft hat, Baumwollkaschmirmischung, Handwäsche, zwanzig Prozent reduziert bei Peek & Cloppenburg. Irene hatte sich gefragt, ob Gelb die richtige Farbe für ihn ist, oder überhaupt für irgendeinen Mann. Er trägt den Pullover auf seiner nackten Haut, er lehnt Unterhemden ab, er sagt, Unterhemden seien eine Erfindung von deutschen Ehefrauen, aber das stimmt nicht, hat Irene von seinem schwedischen Vater erfahren. Männerunterhemden gibt es auch in Schweden und in anderen Ländern, auf der ganzen Welt gibt es Unterhemden, außer vielleicht in der heißen, afrikanischen Wüste. Per sagt, mehrere Kleidungsstücke übereinander engen ihn ein.

Irene sieht ihn an, sein liebes, großes Gesicht, das gar nicht dick ist, nur groß und etwas rau an den Wangen und an der Stirn, seine Nase gebogen, helle Augen, ein rötlicher Bart, den er ab und an stutzt, manchmal und zwischendurch ist er lang, dann wieder kurz, im Moment sogar sehr lang. Er hat ihn sich richtig wachsen lassen, als er damit anfing, sein Schamhaar zu rasieren, als würde das gekräuselte Haar über seinen Hoden an anderer Stelle aus dem Körper drängen. Sein Unterleib ist jetzt vollkommen kahl und glatt. Erstaunlich glatt sogar.

«Warum hast du das gemacht?», hatte sie gefragt.

«Warum nicht?», hatte er geantwortet. «Die Jungens haben das heute alle so.»

«Woher willst du das wissen?»

«Das hat Schmidt gesagt.»

Schmidt, Hendrik, Sportlehrer in der Oberstufe, klein, drahtig und depressiv, fehlt öfter deshalb, kuckt sich anscheinend die Jungen beim Duschen an.

«Das interessiert dich doch nicht, was die Jungen machen.»

«Nein. Aber es war mir neu, dass man das machen kann. Ich wäre gar nicht draufgekommen. Weißt du, Rehlein, mich hat dieses Gestrüpp schon immer gestört. Jetzt ist es ab, und ich fühle mich sauber wie ein Baby.»

Membrum virile, rosig, sauber, tatsächlich ein blitzesauberes Gemächt.

Per lehnt seitlich am Türrahmen, wartet auf ihre Antwort und betrachtet sie. Er pfeift ein Liedchen, das ihr bekannt vorkommt, aus der Fernsehwerbung, oder von einer der CDs, die er in Mengen kauft, wenn er zu Saturn geht. Er mag es, zu Saturn zu gehen, er sieht sich elektrische Geräte an, zum Beispiel Kühlschränke, er hätte gerne einen riesigen, amerikanischen Kühlschrank, und er bringt neu aufgelegte Alben aus den Achtzigern, aus den Siebzigern, sogar Musik aus den Fünfzigern mit. Er kauft auch neue Musik, wenn er von den Schülern etwas mitbekommt, das ihm gefällt. Er hat eine Technikaffinität, die er aus Vernunftgründen nicht auslebt, und eine Liebe zur Musik, die er sich gestattet. Das Spektrum seiner Liebe ist breit, vielleicht auch beliebig, und die Auswahl willkürlich. Er hört Musik auf seiner alten Anlage in seinem Arbeitszimmer, wenn er Klausuren kontrolliert. Sie beneidet ihn um seinen Frohmut und um die Möglichkeit, so freudvoll zu arbeiten.

«Kaffee, Rehlein?», wiederholt er seine Frage mit schräg geneigtem Kopf.

«Gib her», sagt sie.

Der Duft von Pers Rasierwasser, «Obsession» von Calvin Klein, das sie im Badezimmerschrank versteckt, wenn sie Gäste haben, schlägt sich vertraut in der Luft nieder, verteilt sich im Sonntag und mischt sich dann mit dem Kaffee, den er ihr bringt, in einer riesigen Tasse mit einem Elefantenrüssel und mit Elefantenohren, das rosa Gesicht des ihr lustig zuzwinkernden Elefanten von Kratzern entstellt. Sie kann sich nicht gegen diese Tasse wehren, weil sie ein Geburtstagsgeschenk der damals siebenjährigen Esther war.

Als Esther noch klein war, zwei oder drei Jahre alt, da gab es kein Ausschlafen am Sonntagmorgen. Da kam sie jeden Morgen um fünf Uhr in ihrem Frotteeschlafanzug mit einem Spielzeug in der Hand, das sie auf Irenes Decke warf, um zurück ins Kinderzimmer zu gehen, um noch mehr Spielzeug heranzuholen und auf Irenes Bettdecke zu werfen, gehen, holen, werfen, gehen, holen, werfen, bis sie genug davon hatte. Sie hielt Irene eine ihrer Spielsachen vors Gesicht, ganz dicht vor die blinzelnden, müden Augen, in den Schlaf hinein, in die Ohnmacht hinein, und forderte streng irgendeine Reaktion von ihr. «Kämm die Laura die Haare!» Per lag mit halb geöffneten Augen auf dem Rücken neben ihr, auf dem Rücken, weil er sich nicht wegdrehen wollte und weil er etwas von seiner Tochter mitbekommen wollte, aber ohne sich zu rühren und ohne sich ihr zuzuwenden, froh darüber, dass nicht er belästigt wurde, und gleichzeitig ein bisschen enttäuscht. Esther hielt sich damals noch ganz an ihre Mutter. Das ist jetzt vorbei. Jetzt hält sie sich an den barfuß laufenden Jesusmann Thomas Lambert.

«Ich musste gerade an Esther denken», sagt Irene.

«Es ist nur eine Phase», sagt Per. «Sie ist siebzehn, da tut man solche Dinge, da muss man das sogar, das gehört zum Erwachsenwerden.»

«Ja, vielleicht.»

«Der Typ ist sicher ganz nett. Sonst. Ich denke, das ist ein Mensch mit Gehirn und mit Feinsinn, gefühlvoll und gebildet, in gewissem Maße.»

Der Typ, der Jesusmann, der sich gerade entschlossen hat, auf viele Güter des Kapitalismus zu verzichten, aber leider nicht auf Sex, lebt in einem alten Haus am Rande eines Dorfes namens Rumpft in Hessen.

Irene nimmt die Elefantentasse in beide Hände und schlürft vorsichtig den heißen Kaffee. Sie denkt: *in gewissem Maße.*

Sie sagt: «Man könnte auch dort hinfahren und sie holen. Wir sollten das vielleicht sogar tun, als gute Eltern.»

«Irene, wie willst du das anstellen? Willst du nach Rumpft fahren und sie ins Auto zerren? Und außerdem …»

«Ja? Was?»

Sie blickt ihn aufmerksam an. Seine gerunzelte Stirn, wie immer, wenn er nachdenkt, sein Zögern, wie immer, wenn er ihr etwas mitteilen will, von dem er glaubt, dass es ihr vielleicht nicht gefallen wird. Im Grunde will er ihr gefallen. Er ist nicht eitel, aber er will ihr gefallen.

«Es ist ihre Entscheidung. Sie will nicht, dass wir auftauchen und sie von dort wegschleppen.»

«Sie ist siebzehn, Per, und nicht siebenundzwanzig. Sie kann nicht einfach tun, was ihr gefällt. Vielleicht wünscht sie sich dieses eine Mal doch, dass wir etwas unternehmen. Zumindest im Nachhinein wird sie es sich vielleicht wünschen, wenn sie älter ist und erkennt, dass das alles ein Fehler war.»

«Rehlein, sie ist in zwei Monaten achtzehn. Sie ist im Grunde doch erwachsen. Ich glaube, du musst dich von dem

Gedanken lösen, dass du ihrem Leben eine Richtung vorgeben kannst. Das ist vorbei, lange schon ist das vorbei. Es mag hart für dich sein, aber du musst dich jetzt mehr um dich selbst kümmern.»

Irene lehnt sich in ihren Kissen zurück und denkt daran, wie gut sie sich um sich selbst gekümmert hat. Das ist es, was ihr ein schlechtes Gewissen macht. Wenn sie sich weniger um sich selbst gekümmert hätte, wenn sie unbefriedigter hier in ihrem Bett liegen würde, dann hätte sie jetzt vielleicht ein weniger schlechtes Gewissen wegen Esther.

«Dein skandinavischer ...» Das passende Wort fällt ihr nicht ein, aber was sie meint, ist seine Nachsicht der Tochter gegenüber, sein brutaler Optimismus, seine pädagogische Einstellung und all das, was sich skandinavisch großzügig und doch anmaßend anfühlt, jedenfalls für sie.

Sie stellt die Elefantentasse auf den Nachtschrank und streckt sich noch einmal. Dass Per immer noch lächelnd im Rahmen der Schlafzimmertür steht, sie vielleicht sogar bemitleidet, macht sie noch matter, als sie ohnehin ist. Er steht auf den staubigen Dielen in roten Socken, und seine Zehen bewegen sich auf und ab, als würde er Sport mit ihnen treiben.

«Weißt du, wie das aussieht?»

«Was sieht aus?»

«Deine Socken. Weißt du, wie deine Socken aussehen? Wie ...» Sie wollte schon sagen, wie Hühnerbeine, aber es kommt ihr sofort falsch vor, denn Hühnerbeine sind nicht breit wie Pers Füße, Hühnerbeine sind eigentlich eher fleischlos und krumm.

«Wie rote Socken», sagt Per, hebt den linken Fuß ein Stück an, ächzt wie im Schlaf, zieht den Socken aus, hält ihn hoch wie ein Beweisstück, wedelt damit herum wie mit einem Fähnchen und wirft ihn ihr dann unversehens, unvorhersehbar, ins schlaftrunkene Gesicht.

«Soll das witzig sein?», fragt sie.

Er nickt.

Irene muss wider Willen lächeln. Dann schiebt sie die Bettdecke beiseite und richtet sich auf. Ihr Kopf schmerzt bei jeder Bewegung. Aber Per wird nie mehr den Türrahmen verlassen, wenn sie nicht aufsteht, und deshalb muss sie es jetzt tun. Als sie, in ihren Bademantel gewickelt, an ihm vorbeigehen will, greift Per nach ihrem Po und drückt sie an sich. Sie spürt seinen Bauch, sie riecht «Obsession», aber er lässt sie gleich wieder los, ein Knüffchen, ein Scherz, und verschwindet in seinem Arbeitsraum.

Pers Arbeitsraum ist ein halbes Zimmer, es steht ein Schreibtisch drin, an der Wand ein Regal, Fachbücher und Klassenarbeiten in Plastikkörben, für jede Klasse ein Plastikkorb, in Blau und Gelb und Grün, und die Stereoanlage. Er schließt die Tür, und sie hört, vom Flur aus, Kylie Minogue im Radio singen. Er singt mit, affektiert, eine Frauenstimme imitierend, er tut vieles affektiert, als wäre das Leben eine Vorstellung, die Welt eine Bühne, auf der Per Molander auftritt, sockenschwenkend, um die Welt zu erheitern. *Can't Get You Out Of My Head.*

Als Irene in der Küche auf dem klumpigen Kissen des Rattansessels mit angezogenen Beinen darauf wartet, dass der Toast aus dem Toaster springt, darauf, dass sich etwas oder auch alles ändert, darauf, dass ihr Handy klingelt, fällt es ihr ein. Das Handy ist stumm, sie hat es auf stumm gestellt, als sie in die Wohnung gekommen ist. Sie war sich sicher gewesen, es würde klingeln, in der Nacht, sofort und dann andauernd.

Sie geht zurück in den Flur, an Pers Arbeitsraum vorbei, zur Garderobe, wo das Handy in ihrem Mantel steckt.

Kein entgangener Anruf. Sie sieht eine Weile auf das Display. Es ändert sich nichts. Im frisch gestrichenen Flur, barfuß auf dem Stäbchenparkett, unter ihren nackten Fußsohlen Sandkörner, mikroskopische Schmerzen, Schmerz ist Leben, Leben ist Schmerz, sie schaut auf ihr Handy, sie friert, und sie hört, was nicht zu überhören ist: *It's you, it's you, it's all for you. Everything I do. I tell you all the time. Heaven is a place on earth with you.* Eine singt tief, und einer singt hoch.

Per sitzt in seinem unterkühlten, weil kaum beheizten Raum, Per scheint von Natur aus warm, im Innern wie nach außen hin, und er korrigiert mit seinem antiquarisch erworbenen, silbernen Füllfederhalter, den er mit roter Tinte aus einem Fass auffüllt, Klassenarbeiten. Irene sieht ihn, auch wenn die Tür geschlossen ist. Sie sieht Per immer, er hat sich bildlich in ihr verewigt, sie sieht ihn, wenn er gar nicht da ist. Das ist Partnerschaft. Inwendig und auswendig.

Er schreibt phantasievolle, witzige und teilweise auch bösartige Kommentare neben die Antworten der Schüler. Per ist eine Karikatur von einem Lehrer, aber ihm wird Respekt entgegengebracht. Vermutlich wird genau Lehrern wie ihm Respekt entgegengebracht, weil sie eine ihnen eigene Härte besitzen, die sich auch von einer gnadenlosen Schülerschaft nicht aufreiben lässt. Vielleicht ist es andersherum aber erst der Widerstand der gnadenlosen Schüler, der solche Lehrer zu Karikaturen werden lässt, so wie Bäume an Böschungen von Flüssen Wurzelauswüchse bekommen oder in windigen Gegenden ganz krumm werden, weil sie gegen den Wind anwachsen.

Irene zieht den Bademantel fester um ihren Körper. Er ist fleckig und hat Fäden gezogen. Sie wollte ihn schon oft wegwerfen, aber sie hat es nicht getan. In den Taschen findet sie zerknüllte Taschentücher, knochentrocken, einen plastikverpackten Tampon und eine zusammengefaltete Postkarte: «Ostende». Eine sehr alte Postkarte, offenbar hat sie den Mantel lange nicht gewaschen. Eine graue Kirche in der Mitte, links und rechts daneben Ausschnitte von Strand und Hafen, Menschlein in Badekleidung, frisch und jung auf dem Weg zum Strand, zum Mittagessen, ins Hotel. Aus einer Zeit, als Irenes Eltern noch vorsichtig reisten, nach Belgien zum Beispiel: «Wir grüßen euch aus Ostende. Es regnet viel, aber wir lassen uns die Stimmung nicht verderben. Wir haben uns gerade Fort Napoleon angesehen, und Dietrich will noch ins historische Museum. Ich hoffe, seine Beine machen das mit. Ich wäre lieber zum Yachthafen, aber es geht nach seinem Kopf. Grüße an euch drei, Mama und Papa. PS: Sus lässt grüßen.»

Sus, eigentlich Susanne Reeder, eine schon immer alleinstehende Frau von mittlerweile Mitte siebzig, hat sich vor vielen Jahren Irenes Eltern angeschlossen und gehört jetzt auf eine kühle, geduldete Art zu deren Ehe dazu. Mollig, klein, blondiertes Haar wie ein Helm auf dem Kopf, redet zu viel, verhält sich, als bekäme sie ständig kleine elektrische Impulse, Nadelstiche, wer weiß. Die Eltern hatten versucht, sie loszuwerden, jahrelang behaupteten sie das zumindest, aber sie haben es nicht geschafft oder wollten es vielleicht auch nicht. So ist das bei ihnen: Der ausdrückliche Hinweis, dass man etwas *nicht* will, wiederholt und nachdrücklich geäußert, deutete nur darauf hin, dass man es eigentlich will, in einer dem Ehepartner vertrauten, Außenstehenden völlig rätselhaften Verschlüsselung. Über Zustimmung muss nicht gesprochen werden. Schweigendes Einverständnis, auf dem unvermeidlichen Weg zum Olymp, dem Olymp der Stummen. Sus bietet beiden Elternteilen auf ihre Weise Abwechslung und verhindert, dass sie sich gegenseitig schlecht behandeln. Sie steckt wie ein Stück Schaumstoff zwischen ihnen. Elektrisch, lebendig, zwischen den Schweigern.

Irene steckt die Ostende-Karte wieder in ihren Bademantel und das Handy dazu. Sie setzt sich auf den Korbsessel in der Küche, beschmiert ihren verbogenen Toast mit Marmelade und Weichkäse, sie gießt sich Kaffee aus der zischenden Maschine ein, trinkt und hört Per hinten in seinem Zimmer und lauscht der Stille in ihrer Bademanteltasche.

Selbst wenn er öfter Frauen mit in seine Wohnung nehmen sollte, um später still zu verschwinden, es *kann* nicht immer so gewesen sein wie mit ihr. Etwas stimmt nicht. Ein Ungleichgewicht. Irene sitzt ganz oben auf der Wippe. Und baumelt mit den Beinen.

Wo – ist – er – hingegangen?

Irene nimmt ihr Handy aus der Bademanteltasche und überprüft, ob es nicht doch noch stumm geschaltet ist, das hat sie zuvor schon getan, denkt sie, aber sie kann das Überprüfen nicht lassen, Überprüfung der eigenen Überprüfung. Sie räumt das Frühstück weg, stellt die Butter und die Marmelade und den Käse in den Kühlschrank. Sie steckt das Handy zurück in die Tasche, sie wischt den Tisch ab, und sie starrt auf die Uhr über der Spüle, das Ziffernblatt im Bauch eines Huhnes, es ist dreizehn Uhr vierundzwanzig.

Im Schlafzimmer legt Irene sich rücklings auf ihr Bett und sieht an die Decke. Sie könnte schlafen. Alles, was sie will, sie hat kein kleines Kind mehr zu versorgen. Das fällt ihr immer mal wieder ein. Als hätte sie diese Freiheit nicht schon länger. Die Zeitfreiheit hat einen Geschmack von Alter. Alte Leute haben Zeit. Junge Leute schlafen aus und kommen nie pünktlich und haben immer etwas vor. Alte Leute kommen früh und gehen früh und teilen sich die Zeit ein. Alte Leute sind Zeiteinteiler. Junge Leute sind Zeitwegschmeißer.

Vielleicht hätte sie noch ein Kind bekommen sollen, etwas später, vielleicht sogar zwei Kinder, dann hätte sie jetzt weniger Freiheit, und eines der drei Kinder hätte sie vielleicht nicht enttäuscht, eines wäre vielleicht jetzt hier bei ihr, um etwas einzufordern. Sie überlegt kurz, ob sie das glücklich machen würde, aber sie kennt das nicht geborene Kind nicht, empfindet für es keine Liebe. Sie kennt nur Esther.

Er hielt es nicht für nötig, sie anzurufen.

Irene wälzt sich aus dem Bett, zieht den Bademantelgürtel fest und geht rüber zu Per. In seinem Raum riecht alles nach Per, nach «Obsession», nach geschälten Äpfeln auf einem kleinen Teller und ein bisschen nach Füßen. Per hört Radio, nickt mit dem Kopf, und der Füller kratzt über das Papier. «Süß», sagt er.

«Wer?», fragt sie.

«Du», sagt Per, legt seinen Arm um sie und schiebt seine Hand durch den Bademantel auf ihren Bauch.

«Wer noch?», fragt sie und schiebt seine Hand weg, obwohl seine Hand nicht unangenehm ist. Sie ist warm, und sie ist gewohnt. Mit Sex hat Pers Anfasserei nicht viel zu tun. Er fasst sie an, als würde er sich selbst anfassen, sie ist sein eigener Körper in gewisser Weise, das ist tröstend, aber das macht Sex noch unwahrscheinlicher.

«Dawydow, der Russe aus der Siebenten, der mit dem großen Schädel und den Sommersprossen, du hast ihn letztens bei Edeka auf dem Parkplatz gesehen, mit seinen Eltern, du weißt, die mit dem vollen Einkaufswagen. Ich frage mich, wie groß die Familie ist, bei den Mengen, die sie eingekauft haben, also er ist wirklich – ein netter Junge! Richtig klug, er wird … Also, wenn er sich Mühe gibt, und ich kann im Moment noch nicht einschätzen, ob er das tun wird, aber wenn, dann wird was aus ihm werden. Wissenschaftler oder Professor. Jedenfalls kein Lehrer.»

«Lehrer ist doch nicht schlecht.»

«Schlecht nicht, nein.»

«Dir gefällt es doch?»

«Mir ja, aber von mir kann man nicht ausgehen. Mir würde fast alles gefallen, denke ich. Ich finde mich in alles rein, ich bin bescheiden. Oder nicht? Du hast recht, ich empfinde Freude bei der Arbeit. Trotz des Ärgers, das darf man nicht vergessen, aber Ärger gehört auch immer zur Freude dazu. Ich bin zufrieden mit meinem Beruf. Ich bin überhaupt zufrieden», Per breitet seine gelben Arme aus, «was will ich mehr als das hier? Ich habe das Radio, ich habe meinen Stift und diesen Schreibtisch, mir tut nichts weh, und ich habe natürlich auch dich. Ich bin ein glücklicher Mensch. Ich weiß, dass ich es sein sollte, und deshalb bin ich es auch. Weil ich mir all dieser Dinge bewusst bin. Und du, bist du zufrieden, Rehlein?»

Irene sieht ihn an und fragt sich, was das bedeutet. Ihr Sein ist ein Raum, beige-chamois, ein Zustand von Ordnung, in Brot und Arbeit, und sogar geküsst. Und sogar geküsst. Und sie denkt, dass die Art ihrer Unzufriedenheit schwerer zu fassen ist.

Das Handy summt in der Tasche. Es summt, und es summt, und es summt wieder.

«Es summt in deinem Bademantel», sagt Per und fasst Irene

unter dem Bademantel an den Po. Sie nimmt seine Hand von ihrem Po und sagt «ja», verlässt das Kämmerchen, schließt die Tür und läuft in die Küche, sie holt ihr Handy aus der Bademanteltasche, das schon aufgehört hat zu summen. Es ist Patrizia gewesen. Es ist natürlich Patrizia gewesen, die die Bar gestern Abend verlassen hat, als Irenes Aufmerksamkeit nicht mehr ihr und Sarah galt.

«Man muss es nehmen, wie es kommt.» Per Molander, Turin, Juli 2001, nachdem der fast ganz neue VW Passat erst gestohlen und zwei Tage später von der italienischen Polizei am sandigen Ufer des Po wiederaufgefunden worden war. Irene nahm es auch, wie es kam, weil sie musste, aber mit *Unzufriedenheit*.

Auf dem Boden ihres verbeulten, aufgebrochenen Autos war es nass gewesen, es war alles mit aufgeweichten Chipskrümeln übersät, leere Bierflaschen, Sand, Kaugummi. Aber das Auto fuhr noch. Es war nicht vollkommen kaputt, eigentlich war es überhaupt nicht kaputt gewesen. Es hatte nur seine Reinheit, seine Jungfräulichkeit verloren. Sie hatten es gesäubert, soweit es ging. Per wollte in all dem noch ein Abenteuer sehen, eine Urlaubsanekdote, aber auf der Rückfahrt hatte Irene, als sie unter den Sitz griff, um ihn nach vorne zu schieben, etwas Kühles, Glitschiges gefunden, das über dem Griff hing, ein benutztes, halb volles Kondom. Sie hatte geweint, vor Ekel. Per hatte gelacht. Sie hatten den ganzen Urlaub hindurch nicht ein einziges Mal miteinander geschlafen, und sie hätte nicht sagen können, an wem es gelegen hatte. Sie hatten sich sehr schöne Dinge angesehen, und sie hatten Spaß gehabt. Bis zu dem Zeitpunkt, als der Wagen gestohlen worden war, hatte sie das jedenfalls geglaubt, aber jetzt, in ihrem gereinigten Wagen, auf dem Rückweg nach Hause, da war ihr klargeworden, dass die jugendlichen Kriminellen, diese Gören, die ihr Auto aufgebrochen und am Ufer des Po vergewaltigt hatten, dass *die* Spaß gehabt hatten, nicht aber sie. Und alles, was Per dazu zu sagen hatte, war: «Man muss es nehmen, wie es kommt.»

Während Irene in der Dusche das Wasser heiß über den Körper läuft, tut es ihr plötzlich leid für Per, dass er sie als Frau hat.

Irene hängt ihr Federbett aus dem Fenster, sie lehnt sich darauf, feuchte, kühle Luft, und betrachtet die Straße, die ein Stück weiter oben am Kehrplatz endet. Vor den gegenüberliegenden Häusern steht Frau Reindke und nickt mit dem Kopf, sie wohnt dort, in der oberen Etage eines hellblau gestrichenen Hauses von 1952, die Jahreszahl über der Tür, Nachkriegsstolz, ein Luxus, im Schweiße eines neuen Angesichts, jetzt untere Mittelklasse. Frau Reindke ist vierundachtzig Jahre alt. Sie erwähnt ihr Alter in jedem Gespräch. Ihr Alter ist ein Thema, das wächst. Olymp der Stille, in ihrer Wohnung, für sich allein.

Manchmal brennt bei ihr die ganze Nacht das Licht, und morgens brennt das Licht immer noch, blass und nur noch wie ein gelber Fleck am Fenster. Vielleicht kann sie nicht schlafen, oder vielleicht will sie gar nicht schlafen. Sie trägt eine Pudelmütze über den weißen Haaren, bis über die Ohren gezogen, eine Mütze aus einem Kinderladen, mit einer Kinderbommel, ihre fadendünnen Beine in Strumpfhosen und in kleinen braunen Stiefelchen. Ein Taxi rollt die Straße hoch und hält vor ihr an.

Die ansteigende Straße ist wie in den Hügel geschnitten. Schmale Betontreppen führen hinauf zu den Eingängen der

Häuser, vorbei an Vorgärten, Rosenbeeten, Rasenflächen und Souterrainfenstern. Die Souterrainwohnungen sind nicht mehr bewohnt, es sind jetzt Waschräume und beheizte Keller. Früher wohnten hier Hausmeister, aber ein Vierparteienhaus leistet sich keinen Hausmeister mehr.

Frau Reindke steigt in das Taxi, und das Taxi macht auf dem Wendeplatz am Ende der Straße kehrt. Sie nimmt, als sie an Irene vorbei die Straße hinunterfährt, ihre Kindermütze ab und drückt ihr fedriges weißes Haar mit beiden Händen am Kopf fest. Durch die Scheibe hindurch sieht sie zu Irene hoch und wackelt mit dem Kopf. Senilität oder Kindlichkeit? Hat sie einen Trumpf? Als würde sie etwas wissen, was Irene irgendwann, in der Zukunft, aber mit großer Gewissheit, selbst erfahren wird.

Irene ist in einem Wald aufgewachsen, östlich von Berlin, zwischen Berlin und Polen, in einem alten Haus, etwas abgelegen und zu weit vom Dorf und von anderen Kindern entfernt. Damals hegte sie oft einen Zorn auf diesen Ort, der ihr Zuhause war, aber jetzt, wo sie älter wird, vermisst sie es manchmal ganz heftig, den Duft und die Stille, sie vermisst es, obwohl sie nicht wirklich wieder im Wald würde wohnen wollen und lieber in der Stadt lebt. Aber *sein* möchte sie dort gerne, *sein* und nicht wohnen.

Die Momente addieren sich. Menschen können sie ekeln. Speichel auf dem Asphalt, Müll, Gestank, Gewalt, in der Bahn, auf der Straße, im Einkaufszentrum, Lärm von den Baustellen, von den Flugzeugen, die tief über die Stadt fliegen, und dann die Menschen, zu viele Menschen, die dumm sind, hässlich sind, krank und kaputt sind. Kaputtheit allerorten. Auf dem ollen Beton liegend.

Im Wald ist es still und dunkel und jetzt, im November, noch feuchter als hier. Geruch von vermoderten Blättern und Pilzen in der Luft. Blausamtiger Schimmel auf totem Holz, nasse umgestürzte Stämme, Spinnengewebe und Schneckenschleim, schwarzbraune Zapfen und Unterholz, umgeknickte, in sich zusammengefallene Brennnesseln, kindshohe, braune Gräser, Kissen aus dickem Moos, weich und magisch grün, Verwesung und Dunkelheit und ein schwerer Geruch wie Flüssigkeit in den Lungen, zwischen den schwarzen Stämmen und auf den kiesigen Forstwegen. In die dunkle Stille hinein das Kreischen eines Vogels, dann hohles Gehämmer, ein Specht, und sie allein wie in einer Höhle, in einem Kokon, in dem sie eingeschlossen ist und aus dem sie nicht mehr herauskommt, aber darin liegt auch der Reiz, ganz besonders, weil sie ein Kind ist und allein. Ihre Beine, ihre Arme, ihre Augen und ihre Haare, feucht und waldig. Ihre Stämme. Ihre Blätter. Alles gehört nur ihr. Angst und Größe und Schönheit.

Sie holt das Handy aus der Tasche, um Patrizia anzurufen, und ein anderes Bild, das mit beidem, mit Patrizia und mit dem Wald, zu tun hat, holt sie ein: Patrizia ist nackt, sie hockt an einem Bach, die Luft ist heiß, Millionen von Mücken um sie herum, zwischen flirrenden Sonnenflecken auf dem Gras wäscht sie sich mit dem Wasser aus dem Rinnsal das Gesicht und ihren nackten weißen Körper, langsam und mit Bedacht. Sie redet mit sich selbst.

Sie waren für ein paar Tage in ein kleines Wellnesshotel in Mecklenburg gefahren, Sarah, Patrizia und Irene, und eines Nachmittags war Patrizia weg gewesen. Sarah und Irene sorgten sich nicht besonders, aber nach einer Weile begannen sie doch, nach ihr zu suchen. Sie streiften um den Rasenplatz herum, der hinter dem Hotel lag, sie gingen in den sonnigen

Birkenwald hinein, an den sich dichterer Wald anschloss, in dem man auf gepflegten Wegen zu einem See spazieren konnte. Dann wollte Sarah ins Hotel zurück, um sich zu duschen, sie sei vollkommen durchgeschwitzt, sagte sie, und die Mücken fräßen sie auf, aber Irene lief weiter in den Wald. Es gefiel ihr, wie das Licht zwischen den Bäumen hindurchfiel, auf das Springkraut und auf den zusammengerollten Farn, es gefiel ihr, wie es knackte und sie schwitzte und die Mücken sie umsirrten.

Sie sah Patrizia von hinten, wie sie nackt in der Senke am Rinnsaal hockte, zwischen Resten von Feuchtigkeit im Boden, modernder Sumpfigkeit, und klarem Glanz über dicken Grashalmen und über braunen Steinen. Sah Patrizias kräftigen, weißen Hintern, jeden einzelnen Wirbel auf ihrem gebeugten Rücken, das dunkle Haar offen, wie sie sich wusch und mit sich selbst redete, ganz für sich allein.

Patrizia war mit dem Hausmeister im Wald gewesen. Er sah gut aus («eine Haut wie ein Baby und Muskeln wie ein Pferd», erzählte Patrizia später), er hatte eine Narbe an der Stirn («Von einer Axt. Er hat einen gespaltenen Schädel, Irene, von einer Axt gespalten!») und breite Lippen. Er war Pole, und er war nebenbei auch noch Künstler, er schnitzte mit Äxten aus ganzen Stämmen Frauen. Patrizia hatte ihn so auf eine Art angesehen, als er mit seinem Muskelkörper, schwitzend, Glühbirnen in der Hand, aus dem Keller hochkam, in den Flur vor der Rezeption. Sie stand neben dem Ständer mit den Broschüren für die Region, und er hatte sie auch angesehen. («Einer sieht nicht so zurück, wenn er nicht will.») Sie hatte ihre Augenbrauen angehoben, er hatte seine Augenbrauen angehoben, dann hatte sie genickt und mit dem Kopf eine Seitwärtsbewegung angedeutet, seitwärts für *in die Büsche, hopp, hopp*. (Sie hatte alles ganz genau erzählt, mehrmals, detailliert, pantomimische Paarungsanbahnung in Mecklenburg-Vorpommern.) Die beiden hätten auch in Patrizias Zimmer gehen können, aber das wollte der Hausmeister nicht, das Hotel war schließlich sein Arbeitsplatz.

Er fragte: «Sind Sie sicher?»

Sie sagte: «Halt den Mund.»

Dann waren sie in die Natur gegangen, und das sei die beste Wellness überhaupt gewesen, hatte Patrizia gesagt.

Warum sie mit sich selbst geredet hatte, nackt, am Bach, während die gierigen Mücken sie umkreisten, das hatte sie nicht erklärt. Das gehörte nicht zum Film. Das war der Film hinter dem Film.

«Ist alles in Ordnung?», fragt Irene.

«Bei mir? Ob bei mir alles in Ordnung ist?» Patrizia nimmt einen Zug und atmet aus, man kann hören, dass sie raucht. «*Du* bist doch mit dem Mann weg, hat Sarah gesagt. Es fragt sich doch, ob bei *dir* alles in Ordnung ist.»

«Bei mir, ja.»

«Dann ist es gut. Du hast also mit ihm geschlafen?»

«Ja.»

Patrizia schweigt und stößt Luft aus, Zigarettenluft.

«Weißt du vielleicht, wie er heißt?», fragt Irene.

«Das weißt du nicht?»

Schweigen.

«Du weißt nicht, wie er heißt?»

Irene ist nach draußen gegangen, sie läuft zum Altpapiercontainer. Sie drückt die Tüte mit dem Papier an ihre Hüfte, weil der Henkel sich gelöst hat. Mehrere Schnipsel hat sie unterwegs verloren, sie bilden einen Pfad auf dem schwarznassen Boden, auf den feuchten Gehwegplatten, im blassgrünen Bürgersteiggras.

«Er hat sich mir nicht vorgestellt», sagt Patrizia, «und deshalb bin ich dann auch gegangen. Außerdem war ich müde.»

«Das tut mir leid. Ich war betrunken.»

«So betrunken warst du nicht.»

«Patrizia … Ich glaube, ich habe mich verliebt.»

«Verliebt.»

«Ja.»

«Unter was hast du denn seine Nummer gespeichert? Unter ‹Mann von gestern Abend›?»

«Ich habe seine Nummer nicht.»

«Wollte er sie dir nicht geben?» Patrizia hustet.

«Er … *konnte* sie mir nicht geben, weil … er später nicht mehr da war. Ich bin aufgewacht, und er war nicht mehr da, ich weiß nicht, wohin er gegangen ist, aber er war einfach nicht mehr da. Ich habe ihm meine Nummer aufgeschrieben, und dann bin ich nach Hause gefahren, weil es schon spät war. Erst habe ich noch gewartet, aber was sollte ich machen, ich musste los. Ich habe ihm meine Nummer aufgeschrieben und … Ich will nicht … Es hat jetzt einen ganz falschen Geschmack, wenn ich es so erzähle. Aber … er hatte ganz tolle Bettwäsche, Damast, Patrizia, es war alles so edel.»

«Edel. Hat er angerufen?»

«Nein.»

«Er hat dich nicht angerufen, seit heute früh, seit er abgehauen ist, aus seiner eigenen Wohnung?»

«Nein.»

«Tja. Dann sei froh, dann war es das. Ist ja nicht schlimm. Besser so.»

«Ja.»

Patrizia raucht und missbilligt stumm, und Irene stopft das Altpapier in den eigentlich vollen Container. Teile fallen auf den Boden, sie bückt sich, sammelt sie im feuchten Matsch auf und stöhnt dabei, das Handy an ihr Ohr gedrückt.

«Dir passt das nicht, Reni, oder?»

«Nein.»

«Dann denk das doch mal durch. Er lässt dich sitzen, in einer fremden Wohnung, er sagt dir nicht, wie er heißt, und dann ruft er dich nicht an. Du solltest dir klarmachen, dass er nichts von dir will, Reni, wirklich.»

«Vielleicht. Vielleicht gibt es aber auch andere Gründe.»

«Dich nicht anzurufen? Dir nicht seinen Namen zu sagen? Die Gründe kenne ich.»

«Ich weiß. Ich würde auch so denken, wenn ich du wäre, ich bin ja nicht blöd. Aber …»

«Aber?»

«Es war schön, es war so schön, ich bin ganz mitgenommen, wenn ich daran denke.»

«Es war doch nur Sex.»

Irene sieht in beleuchtete Fenster, in Wohnzimmer und Küchen, sie sieht Fernsehbilder, Sessel und Tische, Gardinen, hört Staubsauger in Betrieb, draußen die Dämmerung, Verkehr irgendwo, ein Fahrrad an der Mauer, eine leere Flasche auf der Bank, ein Hund, der seine Leine im Maul spazieren trägt, ein dickes Mädchen in Gummistiefeln, das Gesicht zum I-Pod gesenkt, die Hundesmutter, der Hund wartet und sieht sich um. Das Mädchen tippt auf dem Display herum. Die gelben Gummistiefel auf dem dunklen Weg.

«Patrizia, wie sah er aus?»

«Reni, das ist dumm, wie er aussieht, das musst du doch besser wissen, *du* hast ihn die ganze Zeit angeschaut.»

«Ja, aber ich hätte gerne eine zweite Meinung.»

«Er war nicht mein Typ, aber ich nehme mal an, er sah gut aus. Allgemein betrachtet.»

«Allgemein betrachtet? Warum war er nicht dein Typ?»

«Ich kann es dir nicht erklären. Entweder schaut man jemanden an, und man denkt: Oh! Oder man denkt es nicht. Man denkt dann höchstens: Sieht ganz gut aus. Vielleicht bin ich aber auch einfach nicht offen, gerade. Ich schätze, ich bin überhaupt nicht offen, ich bin in einer ganz anderen Phase.»

«Du bist immer in einer ganz anderen Phase. Weißt du, woran ich gerade dachte? Wie du im Wald gehockt hast, an dem Bach. Kannst du dich daran noch erinnern?»

«Ja.»

«Was hast du da gesagt, Patrizia, als du so mit dir selbst geredet hast?»

«Ich habe gar nichts gesagt.»

«Ich weiß ganz genau, dass du etwas gesagt hast.»

«Ja, und deine Erinnerung ist auch ganz zauberhaft.»

2.

Sie liefen von der Schule nach Hause, die sechste Stunde war ausgefallen, weil das Baby von Frau Weidloff krank war. Das Baby von Frau Weidloff war oft krank. Es kam irgendwie nicht in der Kinderkrippe klar. Frau Weidloff selbst kam mit allem nicht klar. Einmal, als sie nach der Geburt ihres Sohnes wieder in der Schule war, wurde ihre Bluse plötzlich nass, und Irene brauchte eine Weile, bis sie begriff, welche Flüssigkeit an Frau Weidloffs dick gewordenem Busen klebrig dunkle Flecken bildete. Frau Weidloff weinte schnell, wenn die Jungen frech waren, und die Jungen waren frech, weil Frau Weidloff schnell weinte und die Jungen das anscheinend gern hatten. Sie waren erfreut und aufgekratzt wegen ihrer Macht über Frau Weidloff. Sonst weinte niemand wegen den Jungen, sonst kriegten die von ihrem Vater oder ihrer Mutter eine gebongt, und dann weinten sie vielleicht sogar selbst noch. Vom Mathelehrer, Herrn Rink, kriegten sie auch schnell mal eine gebongt, wenn sie sich auch nur einen Schnipsel Frechheit erlaubten, hinten in der Ecke beim Kartenständer, zack!, und beschweren bei den Eltern half nichts, weil die Eltern einverstanden waren. Sehr einverstanden waren die Eltern, wenn den Jungen Disziplin beigebracht wurde von Herrn Rink in seinem weißen Kittel, den er stets trug, als wäre er ein Arzt, und mit seinem Eisenlineal in der Hand, das zum Zeigen und Schlagen diente. Frau Weidloff schlug nicht. Sie konnte froh sein, wenn sie selbst nicht – versehentlich – von einem Lineal oder einem Stift getroffen wurde, während sie leise und mit hoher Mädchenstimme die russischen Vokabeln mitsprach, die sie ordentlich in Schulschrift an die Tafel schrieb. Hinter ihrem Rücken gingen andere Dinge vor, und es wurde lauter. Auch die Mädchen waren laut. Auch die Mädchen warfen mit Radiergummis oder zerknülltem Papier. Alle hassten Frau Weidloff für ihre weiche Hilflosigkeit, für ihre Unfähigkeit, sich durchzusetzen und ihnen Disziplin beizubringen wie zum Beispiel Herr Rink. Es kam vor, dass der Direktor hereinschneite und einen scharfen Blick auf die Klasse und vor allem auf Frau Weidloff warf, um dann einen der Jungen zu sich zu rufen und ihm etwas anzusagen. Frau Weidloff sah dann zu Boden und wieder auf und sagte mit gebrochener Stimme: «Seid doch jetzt mal still. Das kann doch nicht wahr sein.»

Irene tat sie leid. Und gleichzeitig spürte Irene eine ähnliche Wut in sich wie all die anderen auch. Sie empfand Frau Weidloff mit ihren langsamen, amöbenhaften Bewegungen, mit ihrer weinerlichen Stimme und ihren nach der Entbindung zu eng gewordenen, oft fleckig beschmierten Kleidungsstücken als eine Verunsicherung, aber auch als eine Provokation. Frau Weidloff sollte doch eine Erwachsene sein, mit erwachsenem Benehmen, das man einordnen, dem man sich anpassen und bei dem man sein konnte, was man war, ein Schüler, ein Kind. Ihre Wehrlosigkeit und ihre Unfähigkeit verlangten nach Mitleid, und das war für sie alle eine Zumutung, ein Affront. Keine Gefühle für, keine Nähe zu den Erwachsenen, die die Macht hatten und sie erzogen, das war das Gesetz, und nur so konnten sie ihren eigenen, untergeordneten Regeln folgen, in ihrer eigenen, den Erwachsenen verborgenen Welt, und sich so, Tag für Tag mehr, den Erwachsenen entziehen, um sich ihnen am Ende doch wieder anzunähern und so zu werden wie sie. Denn das wollten sie. Und das wollte auch Irene: erwachsen werden. Vielleicht eine Lehrerin. Aber keine wie

Frau Weidloff. Eher würde sie das Eisenlineal schwingen wie Herr Rink und dem unerträglich dummen Thomas Schmidt eins überziehen.

Markus lief neben Irene. Mit einer Hand schob er sein Fahrrad über Wurzeln und Steine, das Schutzblech klapperte, und die lose Klingel klingelte leise, während sie beide in Sandalen dem Weg folgten, der mal links, mal rechts neben dem Bach entlangging. Er hätte besser mit dem Fahrrad auf der Straße fahren sollen. Er wäre schneller gewesen, aber er hatte es so gewollt. Oft wollte er mit ihr gehen, wollte nicht allein mit dem Fahrrad unterwegs sein, wollte überhaupt nicht allein sein. Dann war er wieder abweisend und kurz angebunden und hatte Wichtigeres vor. Sie hatte es aufgegeben, darüber nachzudenken, er war, wie er war. Ein Junge.

«Reni, ich komm heute Nachmittag, und dann gehen wir zu den Löchern, ja?»

«Hm.» Sie nickte und betrachtete ihre braunen Zehen in den gelben Sandalen und seine braunen Zehen in den braunen Sandalen.

«Wenn du nicht willst ...», sagte er.

«Ich will ja. Kann Mirko auch mit?»

«Mirko? Wegen mir.»

Irene kümmerte sich in Gedanken immer schon vorher um ihren kleinen Bruder, obwohl ihr das später nur Ärger und Generve einbrachte.

«Reni, hast du es jemandem gesagt, mit den Löchern, wo wir immer hingehen?»

«Nein, wieso? Nur Mirko, aber der ist zu dumm, der weiß gar nicht, wo das ist.»

«Es ist unser Plan. Und wenn die anderen kommen, nehmen die unseren Plan, obwohl wir uns das ausgedacht haben.»

«Denkst du? Aber das interessiert doch keinen.»

«Wenn Thomas Schmidt das weiß, dann will er bestimmt auch mitmachen. Er ist für Waffen und Kriegszeug. Er würde alles durchsuchen, mit Lars, und dann würden sie es für sich haben wollen.»

«Ich hab ihm nichts gesagt. Ich rede sowieso nicht mit dem. Der ist ja bescheuert.»

«Der ist total bescheuert. Wenn ich mal älter bin, dann schlag ich ihn zusammen. Dann hat er nichts mehr zu lachen.»

«Wenn du mal älter bist, ist Thomas Schmidt auch älter.»

«Na und, ist mir egal. Mir ist dann sowieso alles egal, wenn ich älter bin.»

Sie trennten sich an der Stelle, wo von der Straße ins Dorf ein kleiner Weg abging, der durch den Wald hindurch dorthin führte, wo sie mit ihren Eltern und ihrem Bruder Mirko wohnte. Mirko, der immer gleich heulte und an ihr klebte wie eine Klette. Mirko mit den großen runden Augen und den langen Wimpern wie ein Mädchen. Kein Wunder, dass die anderen Jungen aus seiner Klasse ihn immer herumschubsten. Sie, Irene, machte das alles komplett irre.

Der Himmel, die verschneite Straße, die schneebedeckten Bäume, die Dächer, die parkenden Autos, alles ist in ein bläuliches Dunkel getaucht. Himmel und Erde von derselben Substanz. Als hätte jemand riesige Vorhänge zugezogen, und dahinter befände sich nun eine andere Wirklichkeit, eine eisig klare und weitläufigere. Es hat am Nachmittag angefangen zu schneien, dann wurden die Flocken kleiner und dichter, mit zunehmender Dunkelheit wurde es kälter, und der Schnee bildete eine Schicht auf den Konturen der Stadt. Sarahs Straße in Hamburg-Rahlstedt säumen Einfamilienhäuser, größtenteils alte, kleine Villen, Koniferen in Vorgärten, Schmiedekunstzäune und Garagenauffahrten, überzogen von pudrigem Glitzer, heute sauber wie der kalte Mond.

Irene parkt den Wagen am Straßenrand. Sie läuft mit ihren orangefarbenen Wildlederstiefeln durch den Schnee, ihr Schuhwerk ist nicht darauf abgestimmt, heute Morgen war noch Herbst, es ist November, und sie hatte nicht mit dem Wintereinbruch gerechnet. Kälte umkrallt ihre Zehen. Sie geht langsam, stempelt hübsche kleine Spuren in den Schnee, links und rechts sanft beschneiter Rasen, Ligusterbälle, eine Schubkarre, umgekippt. Vom Haus her dringt Licht auf den Streifen Weg vor dem Eingang und auf die Terrasse, die teilweise überdacht ist und auf der eine Hollywoodschaukel rostet. Dazu eine Gießkanne, ein paar Apfelkisten, ineinandergestapelte Plastikstühle in Gelb und in Grün, eine mit winzigen Schneehütchen bedeckte bunte Lichterkette, gespannt zwischen einem Wäscheleinenpfahl und einem Haken in der Wand über der Hollywoodschaukel. An der Wäscheleine hängt ein steifgefrorener, gelb und violett gestreifter Bademantel. Er gehört Sarahs Tante, Frau Wein. Irene hat sie oft darin herumschlurfen sehen.

Irene läutet, und Sarah macht ihr auf.

Sarah ist klein und dünn und blass. Ihre Lippen sind so schmal, dass sie als Lippen kaum in Erscheinung treten. Manchmal starrt sie ins Leere, schielt fast ein bisschen dabei, den Mund geöffnet und wie aus der Realität gerutscht. Doch jetzt ist sie wach und freut sich, dass Irene da ist. «Reni, komm rein», sagt sie und zieht Irene ins Innere der überdachten Veranda, ein schlecht isolierter, von gesprungenen Plexiglasscheiben umgebener Raum, in dem Kürbisse lagern, Harken und Hacken, Gummistiefel und Kartons voll mit Zeug. Ein schimmeliger, leicht fauliger Geruch liegt in der Luft.

Aus dem Haus kommt eine dicke hellbraune Katze gesprungen, eine zweite und eine dritte streichen Irene bald um die Beine. Die Katzen gehören Frau Wein, die Irene einmal das Du angeboten hat, als sie am 23. Dezember, dem Todestag ihres zweiten Mannes, zusammen eine Flasche Altländer Obstbrand geleert hatten. Frau Wein heißt Irma, und Irene hatte neben Sarah und Maret und der kleinen Ricarda auf dem Sofa gesessen und mit ihr getrunken, wobei Irma ab und zu etwas geweint hatte. Danach war sie wieder streng gewesen, und Irene ist wieder zum Sie übergegangen. Frau Wein ist vierundsiebzig und wird von Jahr zu Jahr strenger zu ihren Nichten, die schon lange bei ihr wohnen.

Und schon kommt auch sie durch die Tür, wirft einen Blick in die muffige Veranda, schnüffelt, als würde sie den Geruch zum ersten Mal wahrnehmen, und sagt: «Es riecht wie nach Schnee.»

«Es hat geschneit, Irma», sagt Sarah. «Es hat den ganzen Nachmittag lang geschneit.»

«Es riecht auch ganz nach Schnee», sagt Irma, Frau Wein.

Sarah packt Irene am Arm, damit sie mit ihr hoch in ihre zwei Zimmer kommt.

«Irene, wie geht es mit Ihrer Tochter?», fragt Frau Wein.

«Es geht gut.»

«Sie lügen doch», sagt Frau Wein und kratzt sich an der linken Hand. Sie hat etwas mit der Haut, angeblich nicht Neurodermitis, obwohl es so aussieht, und sie hat die Angewohnheit, sich ständig am Handgelenk zu kratzen. Ihre Handgelenke sind zerschrammt und manchmal auch aufgekratzt und blutig.

Irene starrt Sarah an, die ihren hilflosen, blöden, weggetretenen Gesichtsausdruck aufgesetzt hat und nicht reagiert.

«Eigentlich weiß ich nicht genau, wie es ihr geht.»

«Sie ist doch in Hessen?», beharrt Frau Wein und kratzt sich.

«Ja.»

Frau Wein nickt wie zu sich selbst und zur Bestätigung. «Rufen Sie sie nie an?», fragt sie.

«Sie hat kein Telefon.»

«So. Aber ein Handy wird sie doch wohl haben? Haben ja alle jungen Leute heutzutage.»

«Sie hatte eins, aber jetzt lehnt sie es ab.»

«Ist doch praktisch, so ein Handy», sagt Frau Wein.

«Schon. Aber sie lehnt es nun mal ab, weil sie gegen die Strahlung ist und nicht erreichbar sein will. Sie ist grundsätzlich gegen Erreichbarkeit.»

«Dann können Sie sie also gar nicht anrufen?», fragt Frau Wein.

Irene schüttelt den Kopf.

Sarah zieht Irene jetzt heftiger am Arm. «Wir müssen Haare schneiden», sagt sie zu ihrer Tante. «Wir wollen mal hoch.»

Oben sitzt die vierjährige Ricarda vor dem Fernseher und verfolgt eine Dokumentation über den Fischfang der Bären. Sie trägt ein weißes Spitzenkleid, das aussieht, als wäre es aus einer alten Gardine geschneidert.

«Gehst du mal runter zu deiner Mutter?», fragt Sarah.

«Nein», sagt Ricarda.

«Ich habe Besuch, wir wollen Haare schneiden und uns ein bisschen unterhalten», sagt Sarah.

«Es stört mich nicht», sagt Ricarda. Sie rutscht vom Sofa,

dreht sich einmal in ihrem Kleid, und der lange Rock bauscht sich auf. Ihre Strumpfhosen sind hellblau und geriffelt und hängen an den Füßen über die Zehen.

«Mich stört es aber», sagt Sarah.

«Aber Mama will ihre Ruhe.» Ricarda starrt Sarah an und zwinkert heftig mit den Augen.

«Ihre Ruhe ist vorbei, Rickie.»

«Sie fühlt sich so schwach. Ihr Kopf ist aus Blei», sagt Ricarda, hüpft in ihrem Kleid und dreht sich. «Das hat sie zu mir gesa – ha – hagt!»

«Es ist mir egal, und wenn ihr Kopf aus Knete ist. Geh schon!»

«Aus Kne – he – te …» Ricarda dreht sich hüpfend im Kreis. Dann bewegt sie sich langsam rückwärts zur Tür und verlässt das Zimmer.

Sarah holt aus einem großen alten Nussbaumschrank, der klemmt und Geräusche von sich gibt, als würde er leben, ihre Utensilien. Sie arbeitet als Friseurin in einem Laden in Wandsbek. Irene könnte auch dorthin gehen, aber Sarah will nicht, dass Irene für das Haareschneiden Geld ausgibt. Und sie will es gemütlich haben und mit Irene reden und sich Zeit lassen. Irene wäscht sich die Haare im Badezimmer selbst. Sie trocknet sich ab, setzt sich zurecht, und Sarah stellt ihr ein Glas Weißwein auf den Tisch.

«Ich bin mit dem Wagen da», sagt Irene.

«Ich weiß. Aber eins geht. Du bleibst doch noch?»

Irene nickt, und Sarah kämmt.

«Und jetzt sag, wie es mit dem Mann war.»

«Mit welchem Mann?», fragt Irene. Ihr ist eigentlich klar, wen Sarah meint.

«Valentin. Der von Samstagabend.»

«Der hieß Valentin?»

«Das weißt du nicht?»

Sarah kämmt ein Knötchen aus Irenes Haar, und es ziept. Sie nimmt einen Schluck Weißwein und kämmt weiter.

«Woher weißt du, dass er Valentin heißt?», fragt Irene.

«Ich hab ihn gefragt. Als du auf der Toilette warst, da hab ich ihn gefragt. Wir haben ein bisschen gesprochen, er hat viel gekichert. Vielleicht wegen Drogen?»

Irene richtet sich auf. Sie schüttelt die Haare, von denen kleine piksige Stücke auf ihre nackten Beine fallen. Der Umhang raschelt, und sie friert ein bisschen. Ihre Armhaare haben sich aufgestellt, durch die geschlossene Tür zieht es. In dem alten Haus klappert und heult es immer, selbst wenn wie jetzt der Schnee sanft fällt und kein Wind sich regt.

«Ich bin noch nicht fertig», sagt Sarah. «Ich hab gerade erst angefangen, also bleib sitzen!»

«Valentin. Weißt du noch mehr?»

«Er ist Tonmeister. Beim Radio, hat er gesagt, kannte ich gar nicht den Beruf, und er ist vierundvierzig.»

«Sarah, warum weißt du das denn alles?»

Sarah steht da, die Schere in der Hand, der Kittel geöffnet, Haare an ihrem roten Pulli, die Augen ins Unbestimmte gerichtet. Sie war da, und Irene war da, und Patrizia war da, in der Kneipe, mit Valentin, und jede von ihnen hat einen anderen Abend erlebt, hat andere Gesichter gesehen, am selben Abend, am selben Ort. Sarahs Realität, denkt Irene, ist immer etwas anders als ihre und Patrizias. Sarahs Realität ist von woanders hergekommen und geht woanders hin.

«Was hast du denn mit ihm geredet? Du hast doch ewig mit ihm geredet, du bist fast … in den … reingekrochen.»

«Ich bin mit ihm nach Hause.»

«Und?»

«Und was?»

«Was habt ihr da gemacht?»

«Was denkst du?»

«Ach so. Hätte ich auch mal gerne, Sex.»

«Kannst du doch haben.»

«Kann ich nicht. Ich will ja auch nicht mit jedem. Und die ich will, die wollen nicht mit mir. Ich sehe nicht aus wie du. Und nicht wie Patrizia.»

Irene lächelt. Sie nimmt einen Schluck Wein. Sie denkt an Sarah, wenn sie ausgehen. Blass und zart, die ungeschminkten Augen wie lidlose, helle Flecken, aber sie malt sich die Lippen immer rot an. Sie sieht speziell aus. Die meisten Männer sind nicht auf speziell aus. Sie sehen Sarah auch gar nicht neben Patrizia mit ihren großen dunklen Augen, ihrer griechischen Nase und ihren Brüsten wie zwei Kegel. Die Männer schauen immer gleich Patrizia an, Irene und Sarah nehmen sie dann manchmal gar nicht mehr wahr.

Sarah wollte Maskenbildnerin werden, sie hat die Ausbildung hingeschmissen, weil sie krank geworden ist, von der Liebe zu einem Mann, der ihr Ausbilder war. Er liebte sie nicht zurück oder zumindest nicht so sehr, dass er irgendetwas für sie riskiert hätte, seine Beziehung zum Beispiel. Sarah lebte eine Zeit so vor sich hin, wohnte bei ihrer Tante, jobbte bei McDonald's und in einer Kneipe, dann gab ihr ihre Cousine Gilda eine Stelle als Friseurin in ihrem Laden. Sarah steckte ihre Ziele neu, lustlos, aber entschieden, und fand sich mit dem Beruf ab.

«Ich gehe runter, ich will mit Ricarda noch einen Schneemann bauen, kommst du mit?», fragt Sarah, nachdem sie mit den

Haaren fertig sind. Irene nickt. Sie folgt ihr in das Zimmer ihrer Schwester, die in eine Decke gehüllt vor dem Fernseher sitzt und an ihren Nägeln kaut. Ricarda kauert auf dem Boden, den Kopf an das Sofa gelehnt, und starrt auf das Fernsehbild.

Eine Stehlampe mit dünnen braunen Fransen, die sich im Luftzug bewegen, beleuchtet müde das Zimmer. Auf dem Sofatisch eine Schale mit Chips, daneben eine Tasse mit Wasser, eine Packung Kopfschmerztabletten. Ricarda stopft sich Chips in den Mund.

«Gehen wir raus?», fragt Sarah.

«Schneemann bauen?», freut sich Ricarda.

Maret dreht sich auf dem Sofa, entdeckt jetzt auch Irene und hebt die Hand. «Hi.»

«Hi», sagt Irene.

«Ist es nicht etwas spät, um noch rauszugehen?», fragt Maret mit einer Stimme wie Zement.

«Schneemannbauen ist besser als Fernsehen, und das geht auch im Dunkeln», sagt Sarah.

Maret seufzt und wickelt sich enger in die Decke.

Ricarda holt ihren Anorak, sie setzt sich eine Mütze auf, sie zieht Handschuhe über ihre chipsverkrümelten Hände und läuft dann voraus, durch das grün gestrichene, holzverkleidete Treppenhaus, durch die klapprige verglaste Tür, die zur Veranda hinausführt, sie steigt in gefütterte Gummistiefel und reißt die Tür nach draußen auf. Es hat weiter geschneit. Irenes Spuren sind nur noch weiche Dellen auf dem Weg zum Haus. Das Blau ist dunkel geworden, der Himmel orange von den Lichtern der Stadt, der Schnee glitzert vom Hoflicht. Irene formt eine Kugel, und der Schnee beißt in ihre warme Hand. Sie will nach Hause, sie will keinen Schneemann mehr bauen, ihr Kind ist erwachsen, ihr Kind ist weggegangen und lehnt ständige Erreichbarkeit und auch eingeschränkte Erreichbarkeit ab. Ihr Kind lehnt wahrscheinlich sie ab, Irene Molander, seine Mutter.

Sarah zündet sich eine Zigarette an. «Ich rauche nur schnell eine kleine Zigarette, dann helfe ich dir, Rickie.»

«Okay», sagt Ricarda und müht sich auf dem Boden im Schnee mit ihrem Schneebällchen, das noch klein ist und immer wieder zerfällt.

«Wann siehst du ihn wieder?», fragt Sarah.

«Valentin?», fragt Irene und wundert sich immer noch sehr über diesen Namen, sie kennt doch keinen Valentin, sie kannte nie einen, und ist Valentin wirklich der, mit dem sie geschlafen hat? «Ich weiß es nicht. Er hat sich nicht gemeldet.»

«Na ja, vielleicht hat er Probleme.»

«Wie meinst du das?»

«Er hat sicher eine Frau. Er ist so der Typ, der eine Frau hat.»

«Er hat doch keine Frau!»

«Warum nicht? Du hast auch einen Mann.»

Sarah wirft ihren Zigarettenstummel weg und bückt sich zu Ricarda. «Du musst sie ein bisschen fester zusammenquetschen. Am Anfang ist es schwer, aber wenn die Kugel größer ist, dann rollst du sie nur noch, dann geht es wie von allein, Rickie.»

Zwei Tage später ist der Schnee getaut. Kaum ist er weg, wird es richtig kalt. Die graue Watte, die tagelang über der Stadt lag, verzieht sich, und eine tiefe Sonne kriecht heran und überzieht alles mit einem kalten Glanz. Schaufenster leuchten wie Gold, Staub wird sichtbar, Blässe in den Gesichtern der Menschen.

Irene hat etwas für Esther zu Weihnachten gekauft, einen schwarzen Pullover mit Rollkragen. Einen kuschelweichen Pullover, teuer.

Nach Wochen, in denen sie nichts von sich hat hören lassen, ruft Esther endlich an.

«Naaaa?», sagt sie, als würde sie täglich anrufen.

«Esther?», fragt Irene, obwohl sie gleich weiß, dass es Esther ist.

«Ich wollte nur mal so hören.»

«Wie es uns geht? Uns geht es gut.»

«Wirklich? Das wollte ich hören.»

«Esther, lass das doch. Ich freue mich, dass du anrufst. Es ist hier so … ruhig. Keine Gäste, keine Musik. Na ja, die Musik deines Vaters, aber er ist nicht so laut und nicht so rücksichtslos wie du. Es läuft alles so geordnet ab jetzt, wirklich, ein ganz anderes Leben. Lahm, irgendwie. Schalt doch einfach dein Handy wieder an, dann kann ich dich auch mal anrufen … Und bei euch? Habt ihr es schön? In eurem … Haus?»

«Die Heizung geht nicht.»

«Dann ist es wohl weniger gemütlich.»

«Gemütlichkeit ist auch nicht das Wichtigste.»

«Nein. Nein. Natürlich nicht.»

«Man kann sich auch was überziehen, wenn man friert.»

«Ja, klar. Wird denn die Heizung … nicht repariert, irgendwann?»

«Sicherlich. Aber wir müssen es selber machen, also, Thomas muss es selber machen. Es ist zwar nicht sein eigenes Haus, aber trotzdem. Es ist *wie* sein eigenes Haus, weißt du?»

«Nein, nicht richtig», sagt Irene. «Und, macht er das, die Heizung reparieren? Macht er das?»

«Das kann er doch nicht. Er kann doch keine Heizung reparieren.»

«Aber dann … könnte er sie vielleicht von jemandem reparieren lassen, der das kann. Von einem Heizungsfachmann, der Heizungen repariert.»

«Du wirst ironisch. Du kannst ihn nicht leiden, oder?»

«Wie kommst du darauf? Ich kenne ihn ja kaum.»

«Ich weiß, dass du ihn nicht leiden kannst. Weil er schon so alt ist, das passt dir nicht. Und auch wie er lebt. Er hat andere Vorstellungen vom Leben als du.»

Andere Vorstellungen als sie? Vom Leben? Irene fragt sich, ob sie irgendwelche besonderen Vorstellungen vom Leben hat.

Thomas Lambert ist achtundzwanzig Jahre alt. Irene hat ihn nur einmal gesehen. Da trug er einen lockigen dunklen Bart, kurze Hosen zu nackten Füßen und ein komplett aufgeknöpftes weißes Hemd. Er hatte auch lockiges dunkles Haar und war, unbestreitbar, eine Schönheit. Irene hatte seinen glatten, gebräunten Bauch bis auf den Bauchnabel hinunter betrachten können. Er wollte ehrlich wirken und freundlich, als er sich ihr vorgestellt hatte. Etwas an seiner Art missfiel ihr. So ehrlich, dachte sie, gibt sich nur einer, der etwas zu verbergen hat. Ehrlichkeit ist eine Maske für einen gierigen Charakter.

Er hatte sich ihre siebzehnjährige Tochter geschnappt und ihren Schulabschluss verhindert. Nicht, dass Esthers Schulabschluss eine sichere Sache gewesen wäre, sie war eine schlampige Schülerin gewesen, jedenfalls zuletzt, in den letzten Schuljahren, sie wäre mehrmals beinahe sitzengeblieben. Sie war an vielem interessiert, an Kunst und Musik und Religion und Design, vor allem aber an einem bequemen Leben. Per hatte ihr alles durchgehen lassen, nur in moralischer Hinsicht war er streng gewesen, keine Lügen und immer für seine Taten einstehen, der Rest war ihm relativ egal, oder er ließ sich nichts anmerken, weil er es pädagogisch und menschlich für richtig befunden hatte, so zu reagieren und zu erziehen. Aber was heißt schon Erziehung.

Esther hat einen etwas molligen Körper, aber stramme Brüste, sie hat helle Augen und Brauen und Haare, und sie ist bei den anderen, in der Schule, immer beliebt gewesen. Thomas Lambert hat sie in der Kirche kennengelernt. Sie war mit ihrer Freundin Jessica bei der Taufe von Jessicas Cousin, und da, zwischen den Kerzen, in der St. Nikolaikirche am Klosterstern, traf sie auf den bärtigen, barfüßigen Jesusmann Thomas Lambert. Sie hat sich gleich in ihn verliebt, und etwas an ihr, vielleicht ihre Brüste, musste auch ihn bezaubert haben, den Idioten, und nun lebt sie deshalb in Hessen, in Rumpft, in einem Schuppen ohne Heizung, und friert.

«Was?», fragt Irene.

«Ob wir vielleicht Weihnachten zu euch kommen können.»

«Natürlich könnt ihr ... Hier ist es ... Heizung ... und alles.»

«Wegen des Essens: Thomas isst kein Fleisch. Ich auch nicht, ich esse auch kein Fleisch mehr.»

«Ihr müsst ja kein Fleisch essen, aber Per ...» Sie überlegt, ob sie Per vorschieben soll. «Also, dürfen *wir* Fleisch essen?»

«Wir können dann ja, wenn ihr das Fleisch esst, in ein anderes Zimmer gehen. Es ist wegen des Geruchs, den erträgt Thomas nicht. Er hat sehr lange mit dem Geruch von Fleisch gelebt.»

«Wir sollen in getrennten Zimmern essen? Sind wir plötzlich ...? Sollen wir auch barfuß laufen? Oder beten? Sollen wir beten? Sag Bescheid wegen der Religion, welcher Religion du jetzt angehörst, dann stellen wir uns drauf ein und verhalten uns entsprechend, das ist doch das Mindeste. Das ist das Mindeste, Eselchen, was wir tun können. Und wir essen … im Keller!»

«Wir beten nicht, aber ich *wusste*, dass das kommt. Und Thomas wusste es sowieso, er wollte auch gar nicht, dass ich euch frage, weil er sich schon gedacht hat, dass ihr so reagieren werdet. Habt ein schönes Weihnachten, mit Fleisch!»

Aufgelegt.

Jetzt nicht weinen.

Sie will eine Ente. Per will eine Ente. Er liebt Ente zu Weihnachten. Es ist eine Tradition. Sie lieben ihre Ententradition. Und auch wenn es ihr vollkommen egal wäre, und eigentlich ist es ihr vollkommen egal, weil ihr Enten und alles, was damit zusammenhängt, überhaupt nichts bedeuten, dann ist es ihr doch nicht egal, dass ihre Tochter über das Essen bestimmen will. Oder irgendetwas bestimmen. Sie bestimmt so viel. Sie bestimmt, dass sie nicht mehr da ist.

Per kommt ins Wohnzimmer, Taschen mit Einkäufen in den Händen.

«Was ist?», fragt er.

Er hat rote Wangen, nasse Haare, Wassertropfen laufen über sein Gesicht, in seinen rot-grün karierten Schal, er steht auf dem Parkett und strahlt und dampft, vor Freude. Freude worüber?

«Esther hat angerufen, sie wollten zu Weihnachten kommen.»

«Wirklich. Das ist ja eine Überraschung.»

«Ja. Aber jetzt kommen sie doch nicht.»

3.

Im Wald war es heiß und trocken. Sie hatten eine Flasche Wasser dabei, in die Markus rotes Brausepulver geschüttet hatte. Das Wasser war jetzt rosa, und es schmeckte warm und süßlich. Das Prickelnde war längst verschwunden.

Irene hatte eine hellgelbe kurze Hose an. Ihre Mutter hatte sie aus einem Laken genäht und selbst eingefärbt. Irene durfte keine bunt bedruckten Unterhosen anziehen, weil das Buntbedruckte am Po durchgeschimmert hätte. Die mochte sie sowieso nicht, bunt bedruckte Unterhosen, aber ihre Unterhosen hatten fast alle ein Muster. Ihre Unterhosen waren Babyunterhosen. Sie war zwölf, und ihre Unterhosen waren Babyunterhosen. Das nervte sie wirklich.

Markus interessierte das weniger. Seine Hosen waren am Knie mit ovalen Flicken versehen, seine Pullover hatten immer ausgeleierte, ausgefranste Ärmel, und seine T-Shirts waren zu kurz. Er hatte schon immer so ausgesehen, aber es störte ihn nicht. Markus war eben Markus, und Irene störte es gerade auch nicht. Mücken sirrten herum, und sie wedelte wild mit den Armen. Sie waren in viele Löcher gestiegen, hatten aber bisher außer einem blechernen Deckel noch nichts gefunden. Den Deckel hatten sie wieder weggeworfen, weil er gar nicht alt oder besonders ausgesehen hatte.

Die Lehrer hatten sie vor verrosteten Sachen im Wald gewarnt. Es lagen immer noch Blindgänger herum, jeder Meter des Waldes war ein Stück Schlachtfeld gewesen. Irene fürchtete sich mehr vor Hornissen oder vor Wildschweinen, die einen angriffen mit ihren Hauern. Auf einen Baum zu flüchten, konnte schwer sein, sie war nicht gut im Klettern. Ihre Arme und Beine waren dünn und würden im Ernstfall vielleicht versagen. Aber von Wildschweinen war nichts zu hören. Ein Specht hämmerte unsichtbar, und die Mücken fraßen sie auf.

Markus hatte einen langen gebogenen Stock, damit stocherte er in einem mit altem Laub und Gras gefüllten Loch herum. Hier, auf den letzten Kilometern östlich vor Berlin, war der Wald von Löchern durchzogen. Sie hatten in einem der Löcher einen Soldatenhelm gefunden, von dem Herr Bredde, ihr Geschichtslehrer, sagte, es sei ein deutscher Stahlhelm, dann ein altes Militärbesteck, eine verrostete Brotdose, einen kaputten Gürtel, von dem sie nicht wussten, ob er aus dem Krieg stammte, und einen vergammelten dunklen Schuh. Die Sachen lagen unter dem Laub, unter dem Gras versteckt, in den Löchern. Und in den Löchern waren die Soldaten vielleicht auch gestorben. Denn wohin geht einer ohne seinen Schuh? Oder ohne seinen Helm auf dem Kopf, wohin geht der dann im Krieg?

Am Waldrand begann eine sonnenfleckige, trockene Wiese, voller hüfthoher Brennnesseln und Disteln. Wenn sie sich nicht verbrennen wollten, würden sie außen herumgehen müssen, am zweistöckigen, grauen Haus vorbei, in dem auch Frau Weidloff wohnte. Sie hatte vorher in der Stadt gewohnt, in einer Wohnung über dem Bäcker, als sie noch mit Eggi zusammen gewesen war. Eggi war ein Mann, das wusste Irene von der älteren Schwester ihrer Freundin Melanie, der es mit allen trieb. Als Frau Weidloff schwanger geworden war, hatte sich Eggi eine andere genommen, die Tochter vom Uhren-Schmuck-Griess, Angie, die war hübsch und ein bisschen dumm, sie besuchte jedenfalls die Schule nur bis zur achten Klasse und begann dann im Schmuckladen zu arbeiten. Dass Eggi Frau Weidloff schwanger sitzengelassen hatte, wussten alle, und Irene wusste auch das von der älteren Schwester von Melanie. Frau Weidloff war dann in die kleinere Wohnung hier am Stadtrand gezogen, ganz in der Nähe des Dorfes, in dem Irene und Markus wohnten, die jeden Tag mit dem Bus zur Schule fuhren und oft zu Fuß nach Hause liefen. «In dem Haus leben nur verkrachte Existenzen», hatte Irenes Mutter gesagt. Und nun wohnte dort auch Frau Weidloff, ganz unten, hinter den Wäschestangen, an denen Sachen zum Trocknen hingen, Hosen und Nickies und Bettwäsche mit Rosen. Vor einem eingefallenen Schuppen parkte ein Trabant, in Hellblau und ohne Räder, das Dach zerbrochen, die Scheiben eingeschlagen. Das war der Fensterausblick von Frau Weidloff, die immerhin eine Lehrerin war und nicht direkt verkracht.

Markus wühlte immer noch mit seinem Stock in dem Loch. Irene nahm einen Schluck von der rosa Brause, die schmeckte wie süße Medizin.

«Irgendwas ...», sagte er und sprach nicht weiter.

Irene lag halb auf einem flachen, moosbewachsenen Stein, der von der schräg unter den Blättern durchfallenden Sonne erwärmt worden war. Sie hatte die Augen geschlossen. Sie war um sechs Uhr dreißig aufgestanden, sie hatte ein aufgebackenes Brötchen mit Kirschmarmelade gegessen und war zum Bus gerannt. Sie hatte viele Stunden in der Schule gesessen, und jetzt, wo der Nachmittag in den Abend überging, wurde sie in der taumelnden Hitze plötzlich schwer und müde.

«Wir könnten uns hier eine Bude bauen, Markus, aus Stöcken und Decken, es ist doch echt schön hier, oder? Und dann könnten wir drin schlafen. Würdest du dich das trauen?», sagte sie und dachte, dass sie sich das nicht trauen würde, wenn es erst einmal Nacht würde und dunkel.

Markus schwieg. Dann sagte er: «Hier liegt ein Baby.»

Irene öffnete die Augen, und die Helligkeit war nicht mehr rot und orange, wie hinter ihren geschlossenen Lidern, die Helligkeit war blass und bläulich geworden.

Valentin, vierundvierzig Jahre alt, Tonmeister bei einem Radiosender. Das sind Tatsachen, die vielleicht doch keine Tatsachen sind, weil es vielleicht nicht stimmt, weil Valentin, oder wer er ist, gegenüber Sarah vielleicht gelogen hat.

Sicher ist, sein Schamhaar roch nach Nuss und nach feuchtem Lamm.

Sie hatten drei Lämmer, früher, Irenes Vater hatte sie in einem niedrigen Holzstall gehalten. Tagsüber standen sie auf der Wiese, jedes an einem langen Strick angepflockt, an dem sie immer im Kreis gingen, bis sich der Strick so weit verkürzt hatte, dass sie würgend am Pflock standen, den Kopf gesenkt und blökend, bis jemand kam und sie in der Gegenrichtung wieder ausdrehte, immer um den Pflock herum, die Knie in das Fell gedrückt, Hände an den Flanken, das dünstende, widerspenstige Schaf schiebend, bis es wieder dort war, in der zweifelhaften, kreisrunden Freiheit, am langen Strick.

Nuss und feuchtes Lamm. Schönheit und eine plötzlich ausgebrochene Gier. Sie hatte gar nicht gewusst, dass sie so schamlos sein konnte. Und da hatte sie dann gelegen, verwirrt und aus sich selbst herausgestülpt, ihr Inneres nach außen, Irene Molander, und sie hatte tatsächlich geglaubt, dass jetzt alles anders werden würde. Per war ihr plötzlich egal gewesen, alles war ihr egal gewesen. Es war ein Stern in ihrem Gehirn explodiert, sie hatte kaum mehr klar denken können.

Irene sitzt am Tisch und malt mit einem Kugelschreiber Sternchen und Quadrate auf die Telefonrechnung. Sie hat einen Arbeitstag lang mit Studenten geredet. Sascha Holzer-Scherzinger, mit einem Hautproblem und einem Kinnbärtchen, lächelnd, lächelnd, stetig lächelnd, weil die Freundlichkeit Teil seines sich durchschlängelnden Lebenskonzeptes ist. Aber fordernd natürlich. Und mit unausgegorenen Plänen im Gepäck, die sie nur seufzen lassen. Sie muss sich zusammenreißen, sie darf nicht seufzen, immerzu seufzen, das wird zur Manie und überschattet ihr gesamtes Leben, bis ihr Leben ein einziger Seufzer ist, und wer ist dafür verantwortlich zu machen? Doch ausschließlich sie.

Es ist ihre bezahlte Aufgabe, sich jedem Problem aufs Neue anzunehmen, aber an manchen Tagen erscheint ihr alles unsinnig. Jeder Umweg, jede Abweichung vom vorgesehenen Studienverlauf scheint ihr verspielt und unnötig. Sie muss beraten, als ahne sie gar nicht, dass die Probleme, im einzelnen Fall zumindest, weniger in den äußeren Umständen liegen als in den zu Beratenden selbst. Weil sie nicht fleißig, nicht begeistert, nicht gesund, nicht intelligent genug sind. Manche schlagen sich so durch, wechseln die Studienfächer und hüpfen munter durch die Fachbereiche, während sie tausend neue Leute kennenlernen und nichts Richtiges lernen, und am Ende nützt ihnen das tatsächlich, und sie werden irgendwas, und niemand hätte erwarten können, dass sie es jemals dazu bringen würden. Die meisten aber, die sich mit eigenen, inneren Problemen rumschlagen, geben die akademische Karriere irgendwann auf und finden sich mit weniger ab. Wie ja auch sie selbst es getan hatte, Irene, die immerhin Studienberaterin geworden ist und somit einen Beruf hat und ein Einkommen. Nur dass sie niemals aus dieser

Halbfertigkeit eines Bildungsweges herausgekommen ist, so kommt es ihr vor. Noch immer sitzt sie hier, in der Universität, wo sie einst hoffnungsvoll ein Studium der Germanistik begonnen hat.

Irene malt mit dem Kugelschreiber einen Penis auf die Telefonrechnung. Per ist mit den Kollegen auf einer Fortbildung. Es ist still in der Wohnung. Kein Radio, kein Tastaturgeklapper, kein Gesang.

Sie könnte zu *ihm*. Wenn sie wollte, wenn er vor allem wollte. Sie würde wollen.

Sie malt den Penis zu einer Blume um.

Sie steht auf, kocht Kaffee.

Sie denkt, sie sollte netter sein, zu allen.

Vielleicht kommt es doch auch daher. Als sie früher keinen Sex hatte, und früher, also vor kurzem, hatte sie viel keinen Sex, da war sie nur leicht, eher unterschwellig aggressiv. Jetzt, nachdem geschehen ist, was geschehen ist, ist sie angefressen, jetzt sickern Sachen raus, die vorher schön unter Verschluss waren.

Per beim Sex: Er zieht sich aus. Summt oder pfeift dabei. Seine behaarten Beine, sein runder, aber fester Bauch («ein richtiger Mannbauch», sagt Sarah), sein Hintern, sein Hintern ist gar nicht schlecht, dazu seine Freundlichkeit, seine Entschlossenheit. Irene würde es als männlich bezeichnen, wie er schnell und umstandslos Projekte, wie zum Beispiel ehelichen Beischlaf, angeht. Aber dann ist immer schnell der Punkt erreicht, an dem sie einknickt. Es ist doch *Per*. Und das denkt sie alles immer mit: Sie weiß, wie Per isst und wie er duscht, sie weiß, wie er fernsieht und wie er in seinem Arbeitsraum sitzt und pfeift und singt. So. Und da zieht er dann konzentriert und in bester Laune seine Sachen vom Leib und schwingt sich auf sie wie ein witziger, rötlicher Kugelfisch.

Sie kann allerhöchstens stillhalten und sich das Lachen verkneifen. Mehr nicht.

Per hat es natürlich bemerkt, und sie haben darüber gesprochen. Es scheint eine allgemeine Begleiterscheinung in andauernden Ehen, und es scheint hinnehmbar.

Manchmal tut Per ihr leid, wegen seiner nicht zu verbergenden kleinen Rute, die sich bettelnd in seine Hose stellt, und sie kommt sich dann vor, als hätte sie den Pakt ihrer Ehe verraten.

Irene ruft Patrizia an. Sie will noch mal rausgehen.

Patrizia kann nicht, sie ist mit Vincent verabredet. Sie arbeitet auch in der Studienberatung und ist seit Jahren mit Professor Vincent Pfeiffer verbandelt, einem großen Mann mit grauem, gewelltem Haar, der mit einer Frau verheiratet ist, die im Rollstuhl sitzt und immer mehr in sich zusammensackt, weil sie Knochenkrebs hat, erst hatte sie Brustkrebs, dann Knochenkrebs, das eine vom anderen, Krankheit zieht Krankheit nach sich. Ihr Mann leidet mit. Ich leide mit, sagt er, aber ich muss auch leben. Leben heißt Patrizia. Patrizia ist der Teil Leben, der ihm ansonsten abginge, mit seiner Frau und ihrem Krebs.

Sarah kann auch nicht mit, sie muss Ricarda hüten, weil ihre Schwester Maret in Ochsenzoll ist, «nur für ein paar Tage, bis es ihr bessergeht». Bis dahin bleibt Ricarda bei Sarah. Die Tante möchte Ricarda am liebsten ohrfeigen, wenn sie frech wird, deshalb kann sie Ricarda nicht mehr betreuen, sagt Sarah. Also bleibt Ricarda an ihr hängen. Irene könne gerne kommen und den Abend mit Ricarda und ihr vor dem Fernseher verbringen.

Irene steigt aus ihrer Kleidung und duscht. Sie will keine Ricarda und keine Chipskrümel im überheizten Zimmer mit beschlagenen Fenstern, dem ausgefransten Teppich und Sarahs starrem Blick. Sie will was?

Valentin. Sie hat sich an den Namen gewöhnt. Sie lässt Wasser über ihren nackten Körper laufen und denkt dabei: Valentin.

Sie zieht ein Kleid an, das sie erst einmal getragen hat, auf der Hochzeit einer alten Schulkameradin, Evelyn Schöller, jetzt Schöller-Maibrunn, die sie gar nicht mochte. Per hatte es gefallen, er hatte Irene befummelt, als er betrunken war, und sein schlechtes Benehmen hatte wiederum ihr gefallen. Das schlechte Benehmen des eigenen Ehemanns, wenn er jemand anderes ist, berauscht und erregt. Immerhin.

Irene stellt sich vor den Spiegel und ist zufrieden. Sie schminkt sich, trägt Parfum auf und zieht ihren Mantel über. Sie ist noch nie allein und in einem solchen Kleid ausgegangen. Allein wie eine Frau, die es nötig hat. Hat sie aber ja.

Das Kleid ist keine gute Idee gewesen, denkt Irene, als sie die Kneipe betritt. Sie wählt einen Platz in der Ecke, ein bisschen dunkel, ein bisschen versteckt, aber mit Übersicht, und wartet. Eine Frau fragt sie, was sie trinken will, Irene bestellt einen Gin Tonic. Sie lehnt sich an die tapezierte Wand, sie sieht sich die Leute an, die in der Kneipe sitzen und trinken und sich unterhalten. Eine bestimmte Menge, ein Haufen von Schicksalen, eine Anzahl von Mündern und Augen und alles zusammen wie Teig in einem Gefäß. Bier in der Luft, feuchtes Holz, Musik. Als einzelne Person ist sie wenig. Zu zweit ist man mehr. Sie fühlt sich schwach.

Dann denkt sie Valentin. Valentin als Namen. Als Mann

mit Gliedern und Haut. Als Tonmeister beim Radio, als Abwesender. Wie er sie sitzen-, oder besser, liegengelassen hat, und im Grunde, erkennt sie, sitzt sie noch immer in einem großen, fremden Bett.

Die Frau kommt mit dem Gin Tonic, stellt ihn hin, er schwappt ein bisschen, ist großzügig eingeschenkt. Irene trinkt zu rasch, saugt durch den Strohhalm kühlen Gin und Tonic Water in sich hinein, unten stößt sie den Halm in die Zitrone wie in ein weiches, kaltes Kissen, und als der Alkohol zu wirken beginnt, kommt ihr alles schwieriger, gleichzeitig aber auch händelbarer vor. Ihr Ziel verschwimmt, ihre Ansprüche versickern, Ansprüche an einen Abend mit Kleid, sie gibt sie auf. Sie trinkt das Glas schnell leer und greift sich ihren Mantel.

Er wird nicht kommen. Und wenn, dann käme er nicht wegen ihr. Irene zahlt an der Bar, ruft sich draußen ein Taxi und lässt sich nach Rahlstedt fahren, elegant in einem Kleid, frei von Erwartungen an den Abend, nach Rahlstedt in der Nacht, zu Sarah und Ricarda. Fast sogar zufrieden.

Ricarda hockt beinahe schon schlafend, ein Klumpen aus karierter Wolldecke und blassem, rundem Köpfchen, auf Sarahs eingerissenem Kunstledersessel. Die nackten Füße, mit rosa lackierten Zehennägelchen wie kleine Plastikperlen, lugen unter der Decke hervor. Ricarda starrt heftig zwinkernd auf den Fernseher, wo über die Halligen in der Nordsee berichtet wird. Ihre Lippen kräuseln sich, als sie mit Irene ein ganz frisches Publikum erhält, und sie sagt: «Das is langweilig. Das willich nicht sehn.»

«Sollst du auch nicht», sagt Sarah, «du sollst schlafen.»

«Nein.»

Eine Viertelstunde später ist sie eingeschlafen. Die Knie

haben sich gesenkt, der Kopf ist zur Seite geknickt und liegt schwer auf der Lehne, die Lippen vorgestülpt, sich in Abständen öffnend und Atem schöpfend. Das Atmen im Schlaf ist eine existenziellere Angelegenheit, denkt Irene, als das Atmen am Tag. Esther hatte immer eine verstopfte Nase, als sie klein war. Irene, wie sie an ihrem Bett hockt, das Gesicht an das weiße Holzgitter gedrückt, und Esthers schnorchelnde, schleppende Atmung überwacht. Die Wellen der Nordsee schlagen über den schwarz-weißen Halligen von 1962 zusammen, eine gefährliche Hochwasserlage hat die Warften allesamt überflutet, und die Menschen warten oben auf den Heuböden und Dächern der Häuser darauf, dass es vorbeigeht oder Rettung naht.

Ricarda schnüffelt, hebt den Kopf, öffnet die Augen, schließt sie gleich wieder und schläft weiter. Sarah beugt sich über sie, hebt sie mitsamt der Decke an, trägt sie rüber in ihr eigenes Bett und deckt sie zu. Dann schließt sie die Tür ihres Schlafzimmers und setzt sich wieder zu Irene. Vom Rotwein auf dem Couchtisch steigt ein säuerlicher Geruch auf.

«Ich bin froh, dass sie hier ist», sagt Sarah. «Es ist ganz schön, wenn jemand neben einem liegt … und atmet … und sich manchmal bewegt.»

«Ja», sagt Irene und denkt an Per, der sich im Bett hin- und herwälzt und so schrecklich stöhnt. Manchmal rollt er zu ihr rüber, schnaufend, und sie wendet sich ab. Aber sie weiß nicht, wie es ist, wenn er nicht da wäre, wenn sie für immer allein in ihrem Bett läge.

«Wie lange wird Maret fortbleiben?», fragt Irene gut gelaunt, als wäre Maret auf Kur, in einem Schloss, in einer Sommerfrische. Sie hebt ihr Glas und stößt mit Sarah an.

Wenn Maret weint und gar nicht mehr mit sich umzugehen weiß, dann fährt Sarah sie nach Ochsenzoll, in ihre kleine, weiße Heimat. Maret kennt die Ärzte, und die Ärzte kennen sie. Alles vertraut und gleich schlimm wie immer. Meist kehrt sie nach nicht allzu langer Zeit nach Hause zurück, in besserer Verfassung, mit ein paar Tabletten und ein paar guten Vorsätzen. Ausgeruht mit Schlaftabletten. Gestrafft durch tägliche Sportspiele. Rosig vom Spazierengehen. Maret lehnt eine längere Therapie ab. «Es wird nichts bringen», sagt sie, und sie ist fest davon überzeugt, dass sie recht hat. Wer sollte besser beurteilen können, was ihr hilft, als sie selbst? Für Maret gibt es nur einen Grund und ein Heilmittel für ihren Zustand: Marten. Maret und Marten, Namensgeschwister, buchstabenverwandt, Eltern.

Irene hat Marten gesehen, als er zu Ricardas zweitem Geburtstag erschien, ein kleiner Mann, betont sachlich und kurz angebunden, Rechtspfleger beim Amtsgericht. Maret hat ihn kennengelernt, nachdem sie auf der zugefrorenen Alster, mit dem Glühwein in der Hand, ausrutschte und sich den Kopf an einem vorbeistreifenden Schlitten aufschlug. Blut am Haar, Glühwein im Herzen und Marten. Er half ihr auf, tupfte das Blut mit dem Taschentuch ab, und in der Folge entstand daraus Ricarda. Marten hatte nie richtige Pläne mit Maret gehabt, eine kleine, sich rasch verflüchtigende Liebe oder Zuneigung oder auch nur Zufallsgeilheit. Jetzt, wo Maret auf ihrem Sofa dahingammelt, sind ihre Chancen nicht unbedingt gestiegen. Sie ist siebenundzwanzig, sie ist seit drei Jahren nicht mehr an der Uni gewesen, wo sie eigentlich Jura studiert, und nur weil ihr Psychoarzt sie immer wieder krankschreibt, hat man sie noch nicht rausgeschmissen. Irene kennt die Geschichte von vorne bis hinten, sie hat Maret oft genug selbst beraten, aber Maret scheint ein hoffnungsloser Fall zu sein. Wie man sich derart in einen Mann hineinsteigern kann, das war Irene immer ein Rätsel.

«Ich würde sie auch ganz nehmen», sagt Sarah und meint damit Ricarda. «Aber das würde Maret nicht wollen. Und es wäre Ricarda schlecht klarzumachen. Sie würde ja immer noch hier wohnen. Wir würden ja alle immer noch hier wohnen. Und dann wäre es auch gleich.»

«Ihr seid alle ihre Mutter», sagt Irene.

«Ja», sagt Sarah und gießt sich Rotwein nach. «Warum siehst du eigentlich so aus?»

«Wie sehe ich denn aus?»

«Als wenn du heiraten willst. Willst du heiraten, Reni? Hast du einen hübschen Bräutigam gefunden?»

«Ich wollte ausgehen.»

«Und hast du Valentin getroffen, zum Heiraten?» Sie lächelt, ihre blassen Wangen haben rote Flecken, sie legt den Kopf zurück und starrt in das Licht an der Decke. «Wenn ich nur an mich denken würde … oder nur an sie … dann würde ich sie nehmen. Obwohl, man weiß nicht, wie Kinder fühlen. Sie wissen es selber nicht. Ich glaube, sie mag Maret lieber. Das ist das Blut.»

Irene schüttelt den Kopf. Sie gießt sich doch noch ein Glas Rotwein ein. Billig, denkt sie, aus dem Supermarkt. Sarah auf dem Sofa, ihr verrutschter Pullover, ihre weiße Haut am Bauch, das Kind im Schlafzimmer. Liebe überrollt sie. Gar nicht so schlecht, der Wein, mit Liebe schmeckt er auch.

«Ich war wieder in der Kneipe. Ich dachte … Aber ich war allein und die ganzen anderen, die ganzen Menschen da, also, ich bin dann gegangen.» Irene wartet eine Weile. Und als Sarah nichts sagt, sagt sie: «Er ist nicht da gewesen.»

Sarah richtet ihre Augen von der Deckenlampe auf Irene, ihre Augen sind jetzt erwacht. Sie freut sich. Sie mag das Thema, sie mag jede Art von Abenteuer, auch wenn es nicht das eigene ist.

Sarah ist einige Jahre jünger als Irene und Patrizia. Irene hat sie durch Maret kennengelernt, die sie wiederum durch die Studienberatung kannte. Irene traf die beiden zusammen, und später traf sie Sarah alleine, und dann waren sie auch schon Freunde, weil Sarah das so wollte. Irene und Patrizia kannten sich damals schon, weil sie Kolleginnen waren, und Sarah schloss sich ihnen an, und sie bildeten ein Dreieck. Ein Dreieck ist eine stabile Form, ein Dreieck ist überhaupt eine Form. Irene ist erst richtig mit Patrizia befreundet, seit Sarah dazugekommen ist. Als sich jeder doppelt ausrichten und abstützen konnte.

«Aber du würdest ihn gerne wiedersehen, oder?», flüstert Sarah und lächelt weiter, der Mund leicht geöffnet, weißer Hals, der Kopf an die Rücklehne des Sofas gelehnt.

Sarah ist damals durchgedreht, hat sie Irene und Patrizia gestanden, als sie in ihren Ausbilder am Theater verliebt gewesen ist. Das war einige Zeit, bevor die beiden sie kennengelernt haben. In gewisser Weise gleichen sich also die Schwestern in ihrer verrückten Besessenheit. Nur hat Sarah ihre Besessenheit aufgegeben, eingetauscht gegen eine etwas schläfrige Gleichgültigkeit gegenüber Männern, vielleicht sogar gegenüber dem Leben.

«Ich würde ihn so gerne wiedersehen, das glaubst du nicht», sagt Irene.

«Doch», sagt Sarah. Sie starrt Irene mit glasigem Blick an.

«Hast du bemerkt, was er für eine Kopfform hat? Und die Lippen? Und die Stirn?»

«Was ist mit der Stirn?»

«Sie ist hoch.» Sarah streicht mit der Hand über ihre eigene, gerunzelte Stirn. «Die Kopfform quadratisch und die Lippen schmal.» Vermutlich hat sie das aus ihrer abgebrochenen Ausbildung. «Solche Menschen sind … rücksichtslos. Obwohl sie eigentlich ganz nett sind. Sie sind hauptsächlich nett. Aber dann sind sie doch ein bisschen böse. Und das Böse kriegst du erst später mit, wenn du es nicht erwartest und wenn es drauf ankommt.»

Irene richtet sich im Kunststoffledersessel auf. Ihr ist doch ein bisschen übel von dem Alkohol, den die freundschaftliche Liebe aufgewertet hat. Sie stellt ihr Glas auf dem Couchtisch ab, ein Couchtisch aus Glas, auf der hölzernen Ablage unter der Tischplatte eine entkleidete Barbiepuppe, die die Beine spreizt.

«Sarah, du spinnst. Wenn Leute so sind, dann hat das nichts mit ihrer Stirn zu tun … Sarah, das ist dumm, einfach nur dumm.»

Sarah zuckt mit den Schultern. «Ich kenne mich mit Männern aus.»

«Du? Du hast doch kaum Männer kennengelernt. Du bist doch immer noch in einen verliebt, der sich nicht für dich interessiert hat. Vielleicht kennst du dich in deiner Phantasie aus.»

Sarah schweigt. Dann sagt sie: «Ich weiß nicht, woher ich es weiß, aber ich weiß es eben.»

«So wie du wusstest, dass der Maskenmann der Richtige ist?»

«Ja.»

Dagegen kann Irene nun nichts mehr sagen. Wenn der Falsche der Richtige sein kann, dann kann auch der Unbekannte der Falsche sein.

4.

Am Heiligen Abend ist es herbstlich warm und grau und dunkel. Schon um drei ist es draußen so düster, als wäre es fünf oder sechs Uhr abends. Irene wollte keinen Weihnachtsbaum schmücken. Wofür? Für sich? Für Per? Der Gedanke an einen Weihnachtsbaum machte sie wütend, sie verwehrte sich trotzig. Ein Baum ist so unsinnig wie Weihnachten, und Weihnachten ist so unsinnig wie so vieles. Da schlägt man einen Baum ab, für einen Tag, für zwei Tage, und dann liegen die Nadeln in der Bude und verhaken sich im Teppich. Weihnachten macht eigentlich nur Sinn, wenn man ein kleines Kind hat, dann ist nichts unsinnig, dann ordnet sich alles zu seinem Besten. Zu seiner Verzauberung und seinem Glück. Weihnachtsfreude und Zuckerwatte und andere märchenhafte Lügen und Verschwendungen.

Irene hatte gedacht, die Entscheidung sei gefallen, weil sie sie gefällt hatte. Aber Per ist am Vormittag losgegangen und hat ganz stur eine kleine Tanne gekauft. Er hat seine gefütterten Stiefel angezogen, deren Synthetikpelzfutter in Fetzen hängt, er zieht sie nicht mehr in die Schule an, aber zur Gartenarbeit oder zum Einkaufen. Er hat die Tür zugezogen und ist verschwunden. Eine halbe Stunde später war er wieder da, mit dem kleinen Baum in der behandschuhten Hand, stolz strahlend, voller freudiger, weihnachtlicher Widerborstigkeit. Der Baum stand später im Flur, an die Wand gelehnt wie ein unangemeldeter Gast, in seinem grauen Netz, die Spitze störrisch verbogen, als wollte er sich höhnisch verbeugen. Schließlich hat ihn Per in den Weihnachtsbaumständer gesteckt und sich dann vor dem Fernsehapparat ausgestreckt.

Irene holt die Kiste mit dem Weihnachtsschmuck vom Dachboden und steckt die verhedderte Lichterkette fest. Sie hängt ein paar Kugeln an die Zweige und ein paar silberne und rote Papiersterne, einen Engel mit Wattehaaren und einen auf Pappe gehefteten, mit Nudelsternen beklebten Weihnachtsbaum, den Esther gebastelt hat, mit ihren dicken, ungeschickten Fingern, immer beschmiert und verklebt, als sie klein war. Als diese beschmiertesten und verklebtesten Finger, dick und weich und unbeholfen, Esther gehörten, ihrem Kind, und damit ihr selbst. Und die schönsten waren.

Aber Weihnachten mit Esther war damals auch schrecklich gewesen. Die Verwandten waren alle gekommen, um sich auf das Kind zu stürzen. Esther hatte im Laufe des Abends immer aus irgendeinem Grund zu weinen begonnen. Sie war erschöpft und manchmal fiebrig gewesen, hatte zu viele Geschenke bekommen, es war für alle einfach zu viel gewesen. Ihre Mutter, die gnadenlos auf Esther einredete, in ihrem hohen Tonfall mit ihrer bemühten Stimme, ihr Vater, der sie filmte, unentwegt filmte, sodass Esther sich manchmal umdrehte und ihn verstört ansah, während sie in die Schokomänner biss, die sie gierig ausgepellt hatte. Dann die Eltern von Per, die Mutter hin- und herhuschend, wie ein Vogel, immer hilfsbereit, aber immer am falschen Fleck und sich entschuldigend. Irene bekam an Weihnachten immer Kopfschmerzen, Esther weinte, und Per verfiel in eine Art Starre auf seinem Sessel, sein Lächeln und seine Ruhe konnte er nur unter eiserner Anstrengung aufrechterhalten, so schien es Irene. Es hatte zu viel Erwartung gegeben, die sich allein auf das kleine Mädchen entlud, und das war nicht gut gewesen für Esther.

Irene hatte es immer vorher gewusst, aber hätte sie dem entgegenwirken können?

Jetzt sind die Erwartungen weg, so oder so, Weihnachten ist ein normaler Tag geworden, die Jesusgeschichte, ihr Christentum, es ist alles verblasst und verschwunden, Irene fühlt sich befreit von den Verpflichtungen des Festes, und dennoch, ein Hauch von diesem Druck lastet noch auf ihr. In Form von Erinnerung und in Form von Schuld. Sie glättet einen grob ausgeschnittenen Stern aus silbrigem Papier auf dem Tisch, und sie denkt daran, dass sie ihre Tochter nie hat beschützen können, nicht damals vor den weihnachtlichen Irren, nicht jetzt vor der Kälte eines heruntergekommenen Hauses und vor allem nicht vor einem falschen Freund. Jetzt und im Nachhinein wünscht sie sich, ein netteres Fest mit Esther feiern zu können.

«Es ist schade, dass Esther nicht da ist», sagt sie.

Per nickt. «Ich würde mich nicht wundern, wenn sie noch kommen.»

Wenn Per das meint, denkt Irene, ist vielleicht was dran.

«Obwohl es mir fast lieber wäre, wenn sie nicht kommen. Ich könnte auch gut meine Ruhe haben.»

Der Gedanke gefällt ihr, Pers Leichtigkeit, seine unbekümmerte Haltung gefällt ihr. Für ihn fühlt es sich anscheinend so an, als hätte er noch unbegrenzte Zeit mit seiner Tochter vor sich, als wäre sie nicht gerade eben aus seinem Leben verschwunden und würde ihm fehlen. Vielleicht hat er recht? Irene steckt den Rest des Weihnachtszeugs wieder in die Kiste, es reicht doch.

«Sieht bisschen dünn aus», sagt Per.

«Ich finde es elegant so.»

«Häng doch noch was ran.»

«Mach du doch.»

Per steht auf, öffnet den Karton und beginnt, an den Baum zu hängen, was an Weihnachtszeug da ist. Jede noch so kleine Bastelarbeit, jeden goldenen Plastikengel hängt er in die nun ganz aufgerichtete Tanne.

«Es ist ein wunderhübscher Baum», sagt er. «Was meinst du?»

«Er ist wunderhübsch», gibt Irene zu. Der Baum sieht nicht mehr elegant aus, aber dafür froh. Der Baum sieht froh aus. Per hat ihn froh gemacht. Wo nimmt er nur seinen Frohsinn her?

Während sie in der Küche den Rosenkohl vorbereitet, am Tisch sitzend, Radio hörend, und draußen sich die Dunkelheit vollends breitmacht, lauscht Irene auf das Telefon. Sie stellt das Radio leiser, aber das kümmert das Telefon nicht. Vielleicht ruft Esther später an, vielleicht ruft sie auch gar nicht an.

Esther hat kein Telefon in ihrem Haus, noch nicht. Aber warum hat sie ihr Handy aufgegeben? Früher musste sie ihr Handy immer bei sich haben. Früher hat sie Fehler gemacht, ist gut gelaunt, schlampig und faul gewesen und hat schnell ihre Meinung geändert, ohne sich viel Gedanken darüber zu machen. Deshalb ist sie in diese Situation geraten. Genau deshalb, weil sie auch hier ihre Meinung geändert hat, sich einem anderen Lebensstil angepasst hat, mal was Neues ausprobieren wollte. Mal nicht mehr erreichbar sein. Mal in der Kälte hocken. Mal arm sein und alternativ. Gott, wie dumm sie ist! Das hat es doch schon so oft gegeben, das haben doch schon genug andere ausprobiert, Jesustypen.

Irene hatte Jesus, ihren privaten, immer ganz gern gemocht. Sie hatte seinen Bauch gemocht. Wie er gequält, aber mit einem tollen, mageren, muskulösen Bauch am Kreuz hängt. Man würde ihn gern abnehmen und pflegen und zwischendurch den herrlichen Bauch küssen. Ein Jesus mit einem Bauch wie Per wäre eine andere Sache gewesen, aber Per wäre gar nicht in so eine missliche Lage gekommen, dafür ist er viel zu gewitzt, er kann sehr diplomatisch sein und neigt gar nicht zum Märtyrertum. Ob aber Jesus tatsächlich so einen sexy Bauch hatte, ist historisch nicht bezeugt. Esthers lebendiger Jesusmann hat unglücklicherweise so einen Bauch. Vielleicht ist es das gewesen, was Esther angezogen hat, immerhin etwas, das sie, Irene, nachvollziehen könnte.

Sie wirft den Rosenkohl ins Wasser und stellt die Kartoffeln an. Die Ente sieht gut aus, kann auch bald raus. Irene kippt etwas Saft über die braune Kruste. Auch jedes Jahr dasselbe. Jedes Jahr Ente. Jedes Jahr Fernsehprogramm. Morgen kommen Pers Eltern, am Tag darauf fahren Per und Irene vielleicht zu Irenes Eltern, wenn sie sich überwinden kann, und dann ist Weihnachten abgehakt. Sekt trinken, zu viel Süßes essen, in überheizten Räumen sitzen und Nachtisch löffeln, heiße Birnen aus der Dose mit Schokoladensauce, Schlagsahne, dazu Kaffee, immer Kaffee und immer Sekt und Weinbrand. Was sonst? Noch einer einen Kaffee? Sektchen? Muss noch fahren. Einer geht noch. Ist ja Weihnachten. Sodbrennen. Fernsehprogramm. Winnetou.

Irene stellt erschrocken fest, dass sie furchtbar altmodisch ist, wie alte Leute, mit alldem, was sie kocht, und dieser Art zu feiern. Sie schenkt sich ein kleines Glas Wodka ein, den polnischen, den Patrizia immer mitbringt, von ihrer polnischen Verwandtschaft. Sie nippt am Glas, dann holt sie ein zweites aus dem Schrank und kippt Per auch was ein. Sie trägt die Gläser rüber ins Wohnzimmer, wo der Baum eine Art Stimmung verbreitet, während Per auf der Fernbedienung herumtippt. Er hat sich, solange sie in der Küche zugange war, geduscht und ein helles Hemd angezogen. Er hat sogar sein Eau de Toilette aufgetragen, und der ganze Raum duftet danach und nach dem Baum.

«Willst du ein Glas?», fragt sie und stellt beide Gläser auf dem Esstisch ab.

«Schnaps?», fragt Per.

«Ist es nicht eher Zeit für Sekt?»

«Sekt haben wir auch.»

«Soll ich den Sekt aufmachen?»

«Das kannst du gern. Ich trinke aber jetzt den Wodka.»

«Ich doch auch.»

Er kippt den Wodka und reibt sich die Hände. «Schmeckt nach mehr», sagt er.

«Ist das dein Ernst?»

«Warum nicht. Los, wir betrinken uns.»

Irene überlegt. Ganz früher hatten sie sich am Wochenende öfter mal betrunken, um dann anschließend ungehemmten Sex zu haben. Später hatte sie das nicht mehr so vertragen und musste sich oft am nächsten Tag übergeben, und dann kam es vor, dass sie sich zwar betranken, aber keinen Sex mehr hatten, und dann gaben sie dieses Hobby irgendwann auf.

«Ich will mich nicht betrinken. Ich habe aufwendig gekocht», sagt sie.

«Das macht doch nichts. Essen können wir schon noch.»

«Ich will mich nicht betrinken, Per. Was du machst, ist deine Sache.»

«Ich will mich auch nicht unbedingt betrinken, es war nur so eine altmodische Idee.»

«Mir geht es nicht so gut dabei, und morgen müssen wir deine Mutter und ihren Freund bewirten.»

Per seufzt. «Ich weiß. Sollen wir sie ausladen?»

«Wir können sie doch heute nicht mehr ausladen. Wo sollen sie denn dann essen?»

Per meint es nicht ernst. Er sagt immer alles so, wie Irene es hören will, lacht sich ins Fäustchen und macht dann, was er für richtig hält. Das hat ja auch was für sich. Es kommt selten schlechte Stimmung auf. Eine Ehe in Ironie. Es gibt Schlimmeres. Eine Ehe in Hass zum Beispiel. Ein weitverbreitetes Modell, denkt Irene und hört ihr Handy piepen, irgendwo in der Wohnung. Sie folgt dem Ton und findet das Handy im Schlafzimmer.

Eine Nachricht: «Frohe Weihnachten, Liebste! Valentin.»

Irene betrinkt sich doch noch mit Per, der ihr einen Plattenspieler und einen Verstärker schenkt, zwei dicke Kartons, eingewickelt in silbernes Papier mit weißen Weihnachtsmännern drauf, obwohl sie nur vier Platten hat, aber diese vier Platten standen ungehört seit Jahren im Regal: Cyndi Lauper, George Michael, Sade und Leonard Cohen. Per schließt den Plattenspieler mit den passenden Kabeln an den Verstärker und die Lautsprecherboxen an, und Leonard Cohen singt:

Goodnight, my darling, I hope you're satisfied,
the bed is kind of narrow, but my arms are open wide.
And here's a man
still working for your smile.

Im Fernsehen reitet Aschenbrödel derweil auf einem weißen Ross durch die verschneite Landschaft. Irene geht in die Küche, öffnet die nächste Flasche Sekt und kehrt damit ins Wohnzimmer zurück.

Sie stößt mit Per an, und Per sagt: «Auf Weihnachten!» – «Auf Weihnachten!», sagt auch Irene, trinkt rasch ihr Glas leer und gießt sich ein weiteres ein.

Später eine zweite Nachricht: «Es tut mir leid. Du hast jetzt meine Nummer. Valentin.»

Die Hitze stand im Wald wie in einem geschlossenen Raum, aber es breiteten sich Schatten aus, Wolken zogen auf. Irene näherte sich, und sie sah, wie sich Patrizia, ihr marmorner Körper ganz nackt, im Gras zurücklehnte. Mit einer Hand sich hinten aufstützend, goss sie mit der anderen kühles Wasser aus dem Rinnsal über ihr wolliges Schamhaar. Irene sah, wie sich das Wasser im dunklen, gekräuselten Haar verlor, wie es zwischen den Beinen versickerte. Die Selbstverlorenheit, mit der Patrizia das tat, das Träumerische, Schwelgerische, das ärgerte Irene.

«Geht es dir gut?», fragte sie etwas zu laut.

Patrizia zuckte zusammen und krümmte sich, um ihre Brüste zu bedecken, ihr Schamhaar und ihren Bauch, ihre ganze ausgebreitete Schneewittchenhaftigkeit. Sie drehte ihren Kopf und erkannte Irene, ließ die Knie wieder nach unten sinken, lächelnd. «Du bist es. Reni, ich habe so wundervoll gebumst, du glaubst es nicht.»

Irene hätte Patrizia am liebsten geschlagen, in ihrem Dreck, auf dem nassen Gras, in all dem Gesurre und Geplätscher. Sie empfand Neid, weil sie sich selbst, in Kleidung gehüllt, zerstochen und verschwitzt, als verkrampft und verdreht empfand, weil sie sich benachteiligt vorkam. Weil sie selbst zu einer solch hemmungslosen Glückseligkeit vielleicht gar nicht fähig gewesen wäre.

Patrizia zog ihren braunen, seidigen Slip über, zog ihren braunen Spitzen-BH an, während letzte Wassertropfen von ihren Schenkeln die Beine hinunterliefen. Sie schöpfte ein letztes Mal Wasser und wusch ihr erhitztes Gesicht, bevor sie in ihr zerknittertes Kleid stieg und Irene den Rücken zuwandte, damit sie den Reißverschluss zuziehen konnte. Den weißen, schwitzigen Rücken so dicht vor Augen, einen dumpfen, bitteren Geruch in der Nase, spürte Irene eine Abscheu, die nicht in Patrizias Körper oder Patrizias Unbeschwertheit ihren Ursprung hatte. Es war eine Abscheu, die sie allgemein vor Körpern empfand, wenn sie sich zu nah vor sie schoben, Leberflecken, rote Äderchen, Ansammlungen winziger Schmutzpartikel in den Poren, die ganze talgige und dann knitterige und fleckige Oberfläche des Menschen. Irene hätte sich nicht so dargeboten, im Tageslicht, an einem so ungeschützten Ort. Obwohl sie sich natürlich vor Per auszog.

«Willst du gar nicht wissen, mit wem ich's hier getrieben habe?», fragte Patrizia, sich dabei aufrichtend, ihr langes schwarzes Haar mit einer Klammer hochsteckend.

«Mit wem hast du's getrieben?», fragte Irene.

«Mit dem Hausmeister.»

Patrizia schritt voran, aus dem Wald heraus, über die Wiese, dem Hotel entgegen, wo sie sich auf einem der kiesbestreuten Kreise in einen Liegestuhl warf, obwohl die Sonne längst verschwunden war.

«Herrlich», murmelte sie und schloss ihre Augen.

«Ich sehe mal nach Sarah», sagte Irene, und Patrizia blickte ruckartig auf.

«Du sagst ihr nichts davon, Irene, ja? Bitte.»

«Wovon? Dass du nackt im Wald warst? Oder vom Sex mit dem Hausmeister?»

«Alles. Es ist so ...» Sie wand sich auf dem Liegestuhl, drehte sich zur Seite und zog die Beine etwas an, während sie ihren Kopf auf den Händen ablegte. Sie presste die Lippen zusammen. Dann sagte sie: «Ich möchte nicht, dass sie mich verabscheut.»

«Warum sollte sie das tun?», fragte Irene. Und erinnerte sich an ihre eigene Abscheu.

«Weil sie doch so hinter der richtigen Liebe her ist.» Patrizia schloss wieder die Augen.

Irene ging zum Hotel, lief um das Haus herum, betrat es durch den Vordereingang. Sie kam an dem Stein vorbei, an dem leise plätschernd das Wasser herablief, an einem Putzwagen, der Geruch von Desinfektionsmitteln und grüner Seife in der Luft, stieg die Treppe hinauf, lief bis vor Sarahs Zimmertür und klopfte. Sie wartete, weil sie Geräusche gehört hatte, klopfte noch einmal und hörte dann Sarahs Stimme.

«Später», rief Sarah, wie von fern, aus einer anderen Welt, aufgewühlt und heiser.

«Ich wollte dir nur sagen, Patrizia ist wieder da.»

Stille hinter der Tür.

«Das wollte ich dir nur sagen.»

Im Zimmer Flüstern. Irene wurde klar, dass Sarah nicht allein war. Dass nur sie allein war und sonst keiner.

Am 25. Dezember kommt Pers Mutter Regine mit ihrem Lebensgefährten Gerald zu Besuch. Pers schwedischer Vater ist vor zwei Jahren zurück nach Norrköping zu seiner schwedischen Jugendliebe Elizabet gezogen. Pers Mutter hatte schon tags darauf einen neuen Mann. Sie wollte sich ein neues Auto kaufen, weil ihr Ehemann mit dem BMW nach Schweden abgehauen war, und da fuhr sie zum Nedderfeld und lernte Gerald kennen, siebenundfünfzig Jahre alt, also zwölf Jahre jünger als sie, der ihr einen roten Peugeot 207 verkaufen wollte. Rot war auch das, was Regine vorgeschwebt hatte, erzählte sie später, ein Zeichen, dass Gerald ihr ein rotes Auto anbot. «Er war so liebenswürdig», hatte sie Per vorgeschwärmt, und Per hatte ihr nicht etwa erklärt, dass ein Autohändler aus verschiedenen Gründen liebenswürdig sein konnte. Er hatte seiner Mutter vertraut und sie bestärkt.

Regine ist eine Frau mit einer zu hohen Stimme, sie hat ihr Leben in einem Kinderhort verbracht und hatte oft Stimmausfall, ihre Stimmbänder rissen wie die zu straff gespannten Saiten eines Instruments. Irene hat sie immer ein bisschen leidgetan wegen ihrer kleinen Mäusestimme. Regine kommt nicht gut an, keiner nimmt sie richtig ernst. Seit sie Gerald hat, ist ihre Stimme etwas leiser, etwas ruhiger und eine Spur tiefer geworden. Und sie hat mit den Absätzen aufgehört. Zuvor war sie immer mit hohen Absätzen herumgelaufen, mit Absätzen und in Hosenanzügen, deren Hosen, seit Irene sie kannte, immer etwas zu eng gewesen waren und in ihren Bauch geschnitten hatten. Sie hatte sich aufwendig geschminkt und alle zwei Wochen ihr Haar schwarz gefärbt.

Jetzt sitzt sie auf dem Sofa, trägt einen grauen Pullover und eine bequeme schwarze Kordhose, ihr Haar ist immer noch schwarz gefärbt, aber kurz geschnitten, und sie trägt nicht mehr für alle erkennbar einen Konflikt aus, einen Konflikt zwischen ihrem Alter und ihrem Aussehen. Sie sieht so alt aus, wie sie ist. Als hätte Gerald, mit seiner relativen Jugend, sie älter gemacht. Gerald hat noch nie mit einer Frau zusammengelebt. Er kann Autos verkaufen. Er kann etwas Konversation machen, variiert dabei aber nur wenige Sätze. Er sitzt neben Regine und sagt: «Und schönen Dank auch für die Einladung.»

«Wir sind nur eine Notgemeinschaft», hat Regine einmal gesagt. «Aber er ist kein schlechter Mensch. Und er hilft mir über deinen Vater hinweg.» Per hat gelächelt. «Ja doch, Mutter, du musst dich nicht für ihn rechtfertigen. Ich mag Gerald.» Und das stimmt. Per kommt in eine ganz merkwürdige Laune, wenn er mit Gerald spricht. Vielleicht ist er ihm dankbar. Er stellt eine Flasche Rémy Martin auf den Tisch, das Getränk seiner Mutter, und dann schwenken sie gemeinsam ihre dickbäuchigen Gläser und reden über Dinge, die Per normalerweise nicht interessieren. Autos und Anschaffungen.

Auch jetzt platzt Per bald das Gesicht vor lauter Freundlichkeit, der Rémy Martin kreist, und Irene hat das Gefühl, in miefiger Wärme zu ersticken. Als Gerald auf der Toilette verschwunden ist und Regine mit Irene das Geschirr vom Abendbrot in die Küche trägt, obwohl Per meint, «Lass das doch, bleib doch sitzen!», flüstert Regine Irene zu: «Was macht der Emil?»

Der Emil ist Pers Vater, und Irene flüstert: «Sie haben sich ein Haus gekauft, sind aber noch nicht eingezogen, weil es noch renoviert werden muss. Vielleicht war es ein Fehlkauf. Es ist irgendwie Feuchtigkeit in dem Haus, sagt Per.»

Regine nickt. «Und mit der Elizabet?», flüstert sie. «Wie geht es mit der Elizabet?»

«Ich weiß es nicht», flüstert Irene. Sie weiß es eigentlich ganz gut, weil Per mit seinem Vater telefoniert, aber sie will

Regine nicht erzählen, wie prächtig es ihrem Exmann mit seiner Elizabet geht. Die beiden tanzen einen Liebestanz und leben ein ganz neues Leben.

«Er hat sie schon immer geliebt», sagt Regine, «schon seit der Schule. Er hätte mich nicht heiraten sollen.»

«Das ist doch Unsinn», sagt Irene jetzt lauter. «Er hatte doch so viele Jahre gar keinen Kontakt mit ihr. Er hat doch dich geliebt.»

Regine schüttelt den Kopf. Ihr kurzes Haar lässt sie ein bisschen wie ein Kind aussehen, ein störrisches, altes Kind.

«Irene, sie war seine große Liebe. Und deshalb ist er jetzt glücklich. Glaub mir. Mit mir ist es für ihn ein Fehler gewesen.»

Irene seufzt. Ihr ist heiß. Sie hat zu viel gegessen, und während sie das Geschirr in den Geschirrspüler räumt, während Regine danebensteht, an den Füßen braune Wildlederhausschuhe, die mit Lammfell gefüttert sind, während Irene beim Einräumen des Geschirrspülers einen Blick auf die knochigen, durch die Strumpfhose schimmernden Altfrauenknöchel ihrer Schwiegermutter wirft, die glaubt, von ihrem Mann nicht geliebt worden zu sein, die glaubt, zweite Wahl gewesen zu sein, bekommt sie Mitleid mit sich selbst.

«Weißt du, die große Liebe, das ist doch nur so eine Idee, das gibt es in Wirklichkeit gar nicht», sagt Irene.

Regine macht sich daran, wieder ins Wohnzimmer zu den Männern zu gehen. «Für manche schon», sagt sie, und ihre Stimme vibriert leise unter der Anstrengung, sanft und unauffällig zu klingen.

Am zweiten Feiertag sitzt Irene in Esthers Zimmer und starrt auf einen Berg von Pullovern, die sie aus Esthers Kleiderschrank genommen hat. Durch das Fenster fällt schwaches Sonnenlicht auf den fleckenübersäten Teppichboden. Sie steht auf und sieht hinaus. Am Himmel haben sich dunkle Wolken aufgetürmt, aus deren Rändern glühend gelbe Sonnenstrahlen hervorbrechen. Die Stadt liegt da wie am Vorabend eines Krieges, und ein erster, früh entsorgter Weihnachtsbaum liegt am Straßenrand. Die Nadeln noch frisch und grün, als bestünde die Chance, dort, im verrotteten Grasstreifen zwischen den Fahrradständern, Wurzeln zu schlagen. Irene wendet sich ab und hockt sich wieder vor den Stapel Pullover. Esthers Eau de Toilette im Gestrick, süß, stark und irgendwie chemisch. Im Bücherregal, vor den ungelesenen Büchern, stehen die Glasfläschchen nebeneinander aufgereiht. Sie hat die Fläschchen hiergelassen, als sie nach Rumpft zog. Sie wollte natürlich riechen.

Natürlich riechen. Dorffrau werden, mit Stiefeln und mit dicken, kräftigen Händen. Ein richtiger Mensch. Eine Frau.

Esther ist im Sommer ausgezogen und hat in wenigen Minuten die Sachen aus ihrem Zimmer, aus ihrem Leben, zusammengerafft, die ihr notwendig oder praktisch erschienen. Dass es bald Herbst und kalt werden würde, kam ihr nicht in den Sinn. Sie sprang in ihren rosa Shorts durch die Wohnung, sich gegen die stummen Vorwürfe ihrer Mutter mit Ausgelassenheit wehrend, und beeilte sich mehr, als sie es hätte tun müssen. «Ich glaube, jetzt fängt das Leben an. Ich bin eigentlich gar nicht für die Schule gemacht. Lernen und lernen und sich immer nur ducken. Abitur und Abitur und nichts anderes. Später dann Karriere machen. Ich bin so glücklich, dass ich da weg bin. Du wirst sehen, Mama, und kuck nicht so, wenn ich weg bin, kannst du heulen, aber kuck nicht so, das kann ich nicht leiden, ich werde jetzt eine erwachsene Frau. Und bald wirst du dich nicht mehr an Schule oder so was erinnern. Das interessiert doch auch keinen. Wirklich. Das interessiert niemanden, im *wirklichen* Leben. Ich will ein *richtiger* Mensch werden. Und hier, hier kann ich das nicht.»

Irene findet auf dem Boden des staubigen Kleiderschranks Püppchen und Tierchen, Püppchen und Tierchen, die früher in Esthers Bett gewohnt haben. Früher. Vor ein paar Jahren. Gar nicht lange her. Esther hatte sie entlang der Wand aufgereiht und abends vor dem Einschlafen jedes einzeln zugedeckt, mit Taschentüchern und kleinen Kissen. Manchmal. Manchmal lag auch ein Teil von ihnen unter dem Bett, und wenn Irene sauber machte, holte sie die kleinen Dinger mit einem Besenstiel hervor, klopfte den Staub ab, um sie wieder auf dem Bett zu platzieren. Sie nimmt ein rosa Häschen in die Hand, rosa Ohren, rosa Gesichtchen, große, glänzende Plastikaugen, made in Taiwan, ein Loch im Hals, herausquellende Plastikwatte.

«Irene, was machst du da?», fragt Per von der Tür her.

Irene dreht sich um, das Häschen noch in der Hand. «Ich dachte, ich schicke ihr ein paar Pullover. Sie hat ja gar keine Pullover mitgenommen. Und ihre Heizung ist doch ausgefallen.»

«Hat sie dich darum gebeten?»

«Nein.»

«Warum tust du das dann? Es ist Weihnachten, komm zurück ins Wohnzimmer. Hier ist es doch kalt.»

«Es ist schon so lange Weihnachten. Es hört ja gar nicht mehr auf, das Fernsehprogramm, die Kerzen, das ist doch auch mal genug. Und hier ist es nicht kalt. Bei *ihr* ist es kalt. Sie friert, Per. Ihre Pullover liegen alle hier. Sie braucht ihre Pullover.»

«Warum fällt dir das gerade jetzt ein? Warum nicht schon letzte Woche, als noch nicht Weihnachten war? Oder im Oktober?»

Irene zuckt mit den Schultern. Dabei lässt sich die Frage doch leicht beantworten. Sie hat Esther bisher keine Pullover geschickt, weil Esther sie nicht nach Pullovern gefragt hat. Heute hat sie Irene auch nicht nach Pullovern gefragt, aber heute ist Weihnachten. Nur dass es eigentlich, wenn Irene ernsthaft darüber nachdenkt, ohne Esther gar kein Weihnachten mehr gibt. Ohne Esther gibt es das ganze gewohnte Leben in dieser ordentlich aufgeräumten Wohnung nicht mehr. Und wer ist sie überhaupt selbst, Irene Molander, ohne ihr Mädchen?

Den Hasen in der Hand kniet Irene vor dem Schrank, die Pullover um sich herum zu Stapeln sortiert, die guten und die weniger guten, die mit Löchern, und die, die noch gehen, die, die unbedingt wegmüssen, und die, die fast noch neu sind, dazu die kleinen Tierchen und Püppchen, die glotzen und auch auf den Stapel mit den Sachen zum Wegwerfen gehören, die sich aber wehren wie Hölle. Irene kniet auf dem Teppich und ist ratlos. Steif und starr und alt.

«Per, können wir ihr die Pullover nicht hinfahren?»

«Du willst ihr die Pullover nach Rumpft fahren?»

«Ja, wir haben doch gar nichts vor, und die Straßen sind frei.»

«Du meinst, jetzt? Wir sollen jetzt wirklich nach Hessen fahren, um ihr ein paar Pullover vorbeizubringen?»

Irene setzt das rosa Häschen neben ein schielendes Püppchen. Sie nickt.

Bis Rumpft sind es um die fünfhundert Kilometer. Hat Per gesagt. Sechs Stunden, sieben Stunden Fahrt, je nachdem, wie es auf den Straßen aussieht.

Per hängt im Sessel, seinen Bauch vor sich, seine Arme auf den Lehnen, sein welliges, rötlich braunes Haar zerdrückt, als hätte er geschlafen, vielleicht hat er auch ein bisschen geschlafen, während der Fernseher lief.

«Sie kommt sicher bald von ganz allein zurück, glaub mir.»

Per richtet sich im Sessel auf und legt die Füße neben der Schale mit den Orangen und den Äpfeln auf dem Wohnzimmertisch ab. Schokoladenherzen, Kekse, ein Weihnachtsmann. Per ist der einzige Mensch, den Irene kennt, der Hohlfiguren isst. Er isst Weihnachtsmänner und Osterhasen. Er isst sie vollkommen auf. Wie ein Brot oder ein Stück Fleisch.

«Sie ist im Moment trotzig, und da halte ich es für keine gute Idee, sie darin zu bestärken.»

«Wie bestärke ich sie denn in ihrem Trotz?», fragt Irene.

«Du läufst ihr hinterher, du sorgst dich um sie. Du bringst ihr Pullover. Weißt du, was das heißt? Du zwingst ihr deine mütterliche Wärme auf.»

«Aber sie ist doch meine Tochter. Warum soll ich das nicht tun, Per?»

«Weil sie aus dem Nest gehopst ist. Sie ist freiwillig aus dem Nest gehopst, und du willst ihr jetzt nachfliegen und sie wieder einfangen.»

«Ich fange sie nicht ein. Ich mache mir Sorgen … Und ich langweile mich zu Tode. In diesem Wohnzimmer. Auf diesem Sofa. In dieser überheizten Wohnung. Merkst du eigentlich, wie warm es hier ist?»

«Nur dir ist warm. Du hast gepackt und geräumt, und deshalb ist dir warm. Aber in Wirklichkeit ist es nicht zu warm.

Sieh auf das Thermometer. Wir haben hier eine ganz gewöhnliche Zimmertemperatur.»

«Das Thermometer ist mir egal. Ich halte es jedenfalls nicht mehr aus, ich muss etwas unternehmen. Es ist wunderbares Wetter, es ist Weihnachten, und ich fahre meine Tochter besuchen, die übrigens auch deine Tochter ist. Du könntest immer noch mitkommen, Per.»

«Ich weiß, aber ich werde mich an dem Unternehmen nicht beteiligen, weil ich es für einen Fehler halte. Tut mir leid, Rehlein. Aber ich bleibe hier.»

Irene schweigt. Die Sachen sind bereits im Auto, in ihrem alten bronzefarbenen Passat Kombi, einem bequemen Wagen, den sie seit sieben Jahren fahren, mit geräumigem Kofferraum und Bezügen, in die Staub und Krümel tief eingesunken sind, und immer, wenn die Klimaanlage Staub und Krümel durch den Wagen pustet, bekommt Per eine dicke Nase, dicke Augen und seine Allergie. Er niest dann und sagt: «Es ist der Staub. Es sind die verdammten Sitze. Wir müssen saugen.»

«Ich fahre dann», sagt Irene. Sie hat ihren Mantel angezogen und ihre Stiefel, ihr Haar aufgesteckt und Lippenstift aufgetragen. Sie hat sich geschminkt und Parfüm aufgelegt. Sie sieht gut aus, wie es sich zu Weihnachten gehört, wenn man die Familie besucht. Sie redet sich so etwas in der Art ein.

Per sitzt im Sessel, das Silberpapier eines Weihnachtsmannes neben der leeren Flasche Festtagsbock, im Fernsehen ist George zu seiner Familie zurückgekehrt, das tränenreiche Ende, alle sind sie da, am Weihnachtsabend, alle wollen sie helfen, Nachbarn und Freunde, und eine große, wilde Liebe hängt über allem, eine staubige, plüschige Liebe, und dennoch, und dennoch. Irene konzentriert sich, sie kann das, um die Tränen zurückzuhalten.

«Fahr vorsichtig, Rehlein, und ruf bitte an, wenn du angekommen bist», sagt Per, und sie nickt, und sie drückt ihren Kopf ganz kurz gegen seinen und küsst ihn dann auf die Wange, die nach «Obsession» duftet.

5.

Markus streckte Irene seinen Stock entgegen, als wollte er mit ihr fechten. Sein Mund stand offen, blöde, sein Gesicht wie abwesend, ganz in etwas vertieft, das ihn vollkommen in Anspruch nahm, weil es sich gewaltsam in seinem Kopf breitmachte. Irene erhob sich von ihrem warmen Platz im Moos und hoffte auf einen Scherz. «Markus, du spinnst doch!», murmelte sie, um ein Gespenst zu bannen. Aber Markus schwieg und ließ seinen Stock langsam sinken, wobei er darauf achtete, der Vertiefung in der Erde, dem Schützenloch, in dem einst ein Soldat gelegen und gekämpft hatte, mit dem Stock nicht zu nahe zu kommen. Er trat einen Schritt zurück und schüttelte einmal kurz den Kopf. Dann lächelte er, weinerlich.

Irene sah von ihrer Position das Loch in der Erde, gefüllt mit Blättern, mit Zweigen und vermoderten Gräsern, bald würde alles zugewachsen sein, sie sah von ihrer Position aus, vom Fuße des Baumes, nichts weiter als das.

«Komm doch her!», rief Markus mit hoher Stimme. Wenn er aufgeregt war, kippte seine Stimme, und er sprach wie ein Mädchen. «Komm doch her, Irene!»

Er war wieder näher an den Rand des Loches getreten, er senkte seinen Stock vorsichtig hinein.

«Komm her!», befahl er, nun etwas übermütig.

Er hatte sich gefasst und zeigte eine Irene noch unbekannte, ganz neue männliche Entschlossenheit. Er war zwölf Jahre alt, und er bekam einen Schatten auf der Lippe, der an einen Bart erinnerte. Vielleicht war es aber auch nur Schmutz.

Irene folgte und sah hin. An der Seite von Markus war das Laub aufgewühlt, in den unteren Schichten schwarz, und im Dunkel, über das vereinzelt schillernde Sonnenflecken huschten, lag etwas milchig Weißes, wie ein Klumpen, in eine Häkeldecke gewickelt, die Häkeldecke rosa und hellblau und das milchig Weiße von dünnem, nassem Flaum bedeckt. Markus schob mit dem Stock die Decke zur Seite und drehte das Ding herum.

«Markus!», schrie Irene ihn an.

«Es ist tot», sagte Markus, scheinbar kalt, und sie fragte sich, ob es das war, was das Jungen-Sein ausmachte. Jungen-Sein. Mann-Sein. Kriegsfilme, Waffen und Jagd und Tod. Der Tod als Verheißung von was? Abenteuer? Jungen wollen schießen. Jungen treten auf Frösche. Mit Absicht. Markus war anders. Markus war nicht so. Aber jetzt war er so.

Das gewendete Bündel hatte Augen und eine Nase und einen kleinen, zerknitterten Mund. Seine Haut war von dunklen Stellen übersät, und es war schmutzig. Es sah eigentlich nicht aus wie ein Baby. Es sah aus wie ein Stück verwesende Natur, eine weggeworfene, eingewaldete Puppe. Etwas Unbelebtes, das sich belebte.

Irene sah sich um. Um sie herum nur Bäume und die tiefe, goldene Sonne, die zwischen den Bäumen glühte, entflammte Stämme, und nebenan die Wiese. Hochgewachsenes Gras, Grillen, Mücken, immer noch der Specht bei der Arbeit.

Nichts war gefährlich. Kein Mörder lief herum, um sie, Irene, zu töten. Sie redete sich Mut zu, weil es sonst keiner tat. Kein Mörder hier, Irene, der dich tötet. Der Mörder ist schon weg. Der Mörder.

«Wir sagen es … Frau Weidloff», sagte Markus und zeigte,

immer noch mit dem Stock, mit dem er das Baby berührt hatte, zum Backsteinhaus hinter der wilden Wiese.

Irene nickte. Sie stand starr, sah sich weiter um, steif und verkrampft, ihr Körper tat weh, von der Verkrampfung, von der Angst. Der Mörder ist schon weg. Zwischen all den warmen Stämmen, dem duftigen, würzigen Geruch, den Vögeln, die oben in den Blättern schrien, schrien, ungerührt von allem.

Irene hatte immer schon geahnt, dass das Böse in irgendeiner Form an sie herantreten würde. Damals zum Beispiel, als der Vater von Jörg Schwarz sich im Wohnzimmer erhängt hatte und Jörg am übernächsten Tag wieder in der Schule erschienen war. Niemand hatte Jörg darauf angesprochen, alle hatten es von ihren Eltern gewusst, jeder hatte gewusst, dass Jörgs Vater ein hoffnungsloser Alkoholiker gewesen war, dass er einen Entzug gemacht hatte, dass er wiedergekommen war und nicht durchgehalten hatte. Er war am Bahnhof aufgetaucht, wo die Mutter eines Mädchens aus der Zehnten, Susi Kolbe, die Männer bediente, mit ihrem dicken Busen und ihrem Ausschnitt bis in den Busen hinein. Er hatte nur einen einzigen Tag am Bahnhof gesessen, aber die ganze Stadt hatte es gewusst. Am nächsten Morgen hatte er in seinem Wohnzimmer an einem Haken in der Decke gehangen, und sein Sohn und seine Frau hatten ihn gefunden, als sie aufstanden, um zu frühstücken.

Die Kinder hatten nicht mit Jörg reden wollen, weil das Böse an ihm dran war. Dabei hatte Jörg sich sehr bemüht, kein Wort hatte er über seinen Vater verloren. Er hatte Witze gemacht und sich dabei sogar besonders hervorgetan. Er hatte Frau Weidloff in der Russischstunde mit Tinte getränkte Papierkügelchen auf die weiße Bluse geschossen. Immer wenn sie sich zur Tafel gedreht hatte, um Vokabeln anzuschreiben, hatte er geschossen, und die Kügelchen hatten blaue Flecken auf ihrem Rücken hinterlassen. Frau Weidloff hatte die Kügelchen gespürt, aber von der Tinte nichts gewusst.

Irgendwann hatte sie es dann doch gemerkt. Sie war zum Waschbecken gegangen, wo ein Spiegel hing, hatte ihm den Rücken zugewandt, über die Schulter geblickt und das Unglück erkannt. Die Klasse war in Gelächter versunken. Frau Weidloff war wieder zur Tafel zurückgekehrt, sie hatte die Hand mit der Kreide gehoben, um eine neue Vokabel an die Tafel zu schreiben, und dann hatte sie die Hand – ganz langsam – wieder sinken lassen. Sie hatte sich umgedreht und die Schüler angesehen. Sie hatte etwas in ihrem Blick gehabt, ein Lächeln, das nicht lustig war. Sie hatte weitergesprochen, nur noch mit dem Rücken zur Wand, und hatte sich ihre spitze Nase geputzt, und ihre Hand war dabei ganz zittrig gewesen, hatte Irene bemerkt.

Frau Weidloff.

Auf der A7 hinter Hildesheim fährt Irene auf einen Rasthof. Ihre Beine sind steif, ihr Kopf ist leer. Die Idee, die sich erst so gut angefühlt hatte (Mutter besucht spontan ihre Tochter, obwohl es etwas unvernünftig und vielleicht übertrieben ist), fühlt sich nicht mehr so gut an und fast nur noch unvernünftig. Der Antrieb lässt nach, und im Schatten der Anstrengung, auf dem steten Geradeaus der Autobahn, ist Irene aufgegangen, dass sie in sich etwas entfacht hat, das verglühen wird. Für Esther wird es kaum Bedeutung haben.

Irene holt sich einen Kaffee und läuft mit dem Becher über den Parkplatz. Es ist grau und diesig, zu warm für Dezember, kein Eis und kein Schnee, eigentlich ja gute Bedingungen. Ein älteres Paar in seinem Auto, unter der angeschalteten Innenbeleuchtung, die beiden sitzen nebeneinander auf ihren Sitzen und kauen Brote, Dosen auf dem Schoß, die Scheiben leicht beschlagen. Das Radio läuft, gedämpft durch die geschlossenen Fenster und Türen hört Irene Moderation und dann Schlager. Die Frau dreht sich nach hinten und holt sich etwas vom Rücksitz, vielleicht eine Thermoskanne. Der Mann wischt sich den Mund ab und öffnet seine Tür. Die Schlagermusik jetzt lauter, er steigt aus, wirft die Tür zu und sieht sich um.

Der Mann trägt eine bis an den breiten Hals zugeknöpfte blaue Strickjacke mit einem Zickzackmuster in Grün, darüber ein Kragen in Hellblau, er dreht den Kopf nach allen Seiten, er sucht mit den Augen nach einem Punkt, nach einem Ziel, bleibt kurz an Irene hängen, starrt sie an, sucht dann weiter. Vor ihm eine Reihe leerer Parkplätze, frische weiße Markierungen, rechts daneben der Bordstein, Gehwegplatten, dann lehmiger Boden, zerdrücktes Wintergras, Mülleimer, einzementierte Bänke und Tische, Familienpicknick an der Autobahn. Ein weißer Ballon mit einer Werbeaufschrift, die Luft fast gänzlich entwichen, eine schlaffe Blase, die an einem Stab hängt, den jemand in den feuchten Boden gesteckt hat. Die Beifahrertür geht auf, und die Frau sagt: «Herbert, geh ein Stück, du weißt, deine Beine.»

Der Mann nickt und läuft vorsichtig los, die Hüften starr, die Beine leicht verdreht aufsetzend, die Hände hinter seinem Rücken übereinandergelegt, schlendernd und doch zielgerichtet, ohne sich umzudrehen. Irene, die ihm langsam folgt, den Kaffee in der Hand, hört ihn leise schnaufen. Der Mann geht auf einen sehr kleinen, zottigen Hund zu, der am anderen Ende des Parkplatzes über das tote Gras bummelt. Daneben ein großes Mädchen in Jeans und Sweatshirtjacke, die Arme um den Oberkörper geschlungen, mit einer grünen Leine in den

Händen. Irene schlürft ihren Kaffee, der immer noch dampfend heiß ist, und der unangenehme Geschmack verdichtet sich zu einem leichten Kopfschmerz, während sie dem Mann weiter folgt, als könnte er sie woanders hinbringen, in eine andere Geschichte, an einen anderen Punkt in ihrem Leben.

Irene hebt den Kopf und sieht in den Himmel. Irgendwo hinter der Wolkendecke brennt heimlich die Sonne, die sich nur durch ein schwaches Leuchten bemerkbar macht. Ein weißlich glänzender Himmel, ein bescheidener Tag, Weihnachten. Seltsamer Brauch, zwei Feiertage, satt und matt und müde und alt.

Als Irene sieht, wie der Mann in der blauen Strickjacke mit dem Mädchen spricht, beeilt sie sich, näher zu kommen, um das Gespräch mitzuhören.

«Er kackt nicht hin», sagt das Mädchen.

«Der Hund kann ja nichts dafür», sagt der Strickjackenmann.

«Ich sagte doch, er kackt nicht hin. Das hier», sagt das Mädchen und deutet auf einen Haufen auf der braunen Matschwiese, «war er nicht.»

«Das machst du mal schön weg», sagt der Mann. Seine Beine stecken in einer beigefarbenen Breitkordhose, viel Stoff um den dicken Bauch, der von der breitesten Stelle, wo die Hose mit einem Gürtel gehalten wird, gerade runter auf ein paar Stiefeletten fällt. Sein Haar hat sich im scharfen, feuchten Wind aufgerichtet und steht hinter einem Ohr hoch wie ein Signal. Ein Signal des Alters und der Verbitterung.

Das Mädchen ist sehr groß, zu groß, zu dünn und vielleicht etwa so alt wie Esther. Sie steht verkrampft da, die Wangen blass, die Nase gerötet, der Kopf so lang und knochig wie ihr Körper, die Arme immer noch um den Körper geschlungen, sie friert. Das feine Haar klebt ihr strähnig im Gesicht und an ihrem Hals. Der Hund ist stehen geblieben, er hat den Kopf gehoben, als wolle er dem Gespräch lauschen. Dann ist er weitergetrottet, schnüffelnd und schließlich an einem Papierkorb das Bein hebend, eine Botschaft verbreitend, auch wenn das aussichtslos und unsinnig ist. In Hinsicht auf ihr eigenes Vorhaben ermuntert das Irene ein wenig, und sie schlürft den letzten Schluck Kaffee aus ihrem Becher.

«Wird das jetzt?», fragt der Mann.

Irene steht jetzt direkt hinter den zweien, sie gesellt sich dazu. Freunde auf der Autobahn. Weihnachten im Regen.

«Wie soll ich das denn machen?», fragt das Mädchen.

«Das ist doch nicht zu fassen», sagt der Mann.

«Was ist denn eigentlich los?», mischt Irene sich ein. Ihr Blut fließt gleich schneller. Der Tag gewinnt wieder an Fahrt.

Der Mann wendet sich jetzt ihr zu, ein neues Ziel, ein neues Muster, er braucht seine Zeit, schaut kurz zurück zu seiner Frau. Er steht da wie hingegossen, der breite Kopf geht konturlos in den Körper über, die Wangen gerötet, die wässerigen Augen tief in den Höhlen.

«Da scheißt der Hund hierhin, mitten auf die Wiese, und die macht das nicht mal weg.» Er keucht. Er wird sicherer. «Überall», er wedelt mit seiner gepolsterten Hand in der Luft herum, «ist alles vollgeschissen. Hunde zum Kuscheln, und dann ist alles vollgeschissen!»

«Henry», ruft das Mädchen und versucht, sich in Richtung des Hundes zu verdrücken, ungelenk, ungeschickt, sich aus dem Gespräch windend.

«Früher gab's das nicht, was die mit den Hunden heute machen. Die wohnen ja auf dem Sofa, die schlafen ja im Bett. *Meine* Hunde, die waren immer draußen, und die haben gespurt, aber der … Siehst du doch, den kannst du rufen, der hört nicht. Und scheißt alles voll.» Er schüttelt den Kopf.

«Henry», ruft das Mädchen noch einmal.

Henry trottet derweil weiter, unbeirrt, setzt jetzt sogar zu einem kleinen Trab an und läuft auf einen Drahtzaun zu, der den höher gelegenen Rastplatz von einem Feld und einem frisch angepflanzten Nadelwäldchen trennt. Ein Trampelpfad führt die abfallende Wiese hinab, und der Drahtzaun ist an einer Stelle aufgebogen, im von Pfützen übersäten, dunklen Erdboden weiß aufblitzende Fetzen von Taschentüchern zwischen den schmalen Stämmen, Kot und Verwesung im hoffnungslos zugemüllten Randbereich der mobilen Zivilisation.

Das Mädchen ist auf halbem Weg stehen geblieben.

Der Mann folgt ihr steif. «Der hört doch nicht», ruft er höhnisch.

«Das geht Sie doch überhaupt nichts an», sagt Irene.

Der Mann starrt sie an. Er atmet schwer, und er wischt sich immer wieder über den Mund.

«Wer sind *Sie* eigentlich?», stößt er hervor.

Irene lächelt. Wärme strömt von überall her, Wärme und Kraft. Langsam fühlt sie sich besser, das Leben kehrt in sie zurück. Obwohl oder vielleicht auch *weil* sie merkt, dass sie anfängt, sich aufzuregen.

«Was wollen Sie denn? Das Mädchen hat Ihnen doch nichts getan.»

«Der Hund hat da hingekackt», sagt der Mann und verschränkt die Arme vor der Strickjacke. Sein Gesicht rötet sich noch mehr. Es glüht geradezu.

«Und?», fragt Irene. «Was kümmern Sie kackende Hunde? Haben Sie nichts Besseres zu tun? An Weihnachten?»

«Mein Hund *hat* da nicht hingekackt», sagt das Mädchen,

das sich wieder zu ihnen gesellt hat, sodass sie jetzt im Kreis stehen, der Mann, Irene und das Mädchen.

«Ihr Hund hat da nicht hingekackt», wiederholt Irene.

«Haben Sie das gesehen?», nuschelt der Mann, jetzt ganz auf Verteidigung aus.

Mit einem Mal kehrt die Müdigkeit zurück. Irene spürt, wie unsinnig die Situation ist. Sie sieht sich um und stellt erleichtert fest, dass die Frau des Mannes ausgestiegen ist. Von ihrem Auto aus versucht sie zu erkennen, worum es geht. Sie winkt, ihr Mann soll zu ihr kommen, sie will weiter.

Der Mann sieht Irene an, jetzt etwas ratlos, dann das Mädchen, schließlich schüttelt er den Kopf und schlurft davon. Er murmelt etwas, in sich selbst verkrochen, er sieht die Ausweglosigkeit, sein Blick wie ein Schmerz, seine kranke Hüfte, sein schleppender Gang, jeder Schritt eine Demütigung, dazu das Gewicht und die seiner Figur angepasste Kordhose.

Das Mädchen sagt: «Danke.»

«So ein Arsch», sagt Irene.

Henry, der Hund, kommt angetrabt, im Maul ein Stück Pappe, ein Bratwursttellerchen, ketchupverschmiert. Er wedelt mit dem Schwanz, ein struppiges, mageres, graues Tier.

«Ich glaube, ich muss auch weiter. Frohe Weihnachten euch beiden», sagt Irene.

Das Mädchen sagt nichts.

«Ist ganz schön kalt», meint Irene noch, obwohl es für Dezember nicht besonders kalt ist. Aber der feuchte Wind reißt ihnen die Wärme vom Körper, und das Mädchen trägt keine Jacke und keine Mütze. Irene schaut sich um. «Steig besser wieder in dein Auto», sagt sie.

Das Mädchen lächelt verkrampft, und Tränen laufen ihm an der Nase vorbei die Wangen herunter.

Es riecht nach nassem Hund. Der sitzt im Kofferraum und versucht winselnd und jaulend, sich nach vorn durchzuarbeiten, was ihm auch gelingt.

«Henry!», sagt das Mädchen strafend. Aber Henry hat es sich schon auf den Rücksitzen bequem gemacht.

«Lass, es ist eh zu spät», sagt Irene und fühlt sich immer noch seltsam heiter. Das Mädchen neben ihr heißt Yasemine und hat sich auf dem Parkplatz von ihrem Freund Seba getrennt. Sie hatte ihm in seinem Auto mitgeteilt, dass sie mit ihm Schluss machen würde, sie waren unterwegs zu seinen Eltern gewesen, zum Weihnachtskaffeetrinken. Er war auf den Rastplatz gefahren, um vernünftig mit ihr zu reden, sie hatten sich gestritten, sie war ausgestiegen, entschlossen, ihren eigenen Weg zu gehen, mit ihrem Hund Henry, und Seba war schließlich gefahren und hatte sie ihren eigenen Weg gehen lassen. Sie hatte gedacht, er würde zurückkommen. Sie hatte gedacht, dass es das Beste wäre, auf ihn zu warten, aber er war nicht gekommen.

«Ich hätte nicht unbedingt an Weihnachten mit ihm Schluss machen sollen», sagt Yasemine, «und nicht im Auto.»

Sie sitzt neben Irene, auf dem plüschigen Bezug, in der Hitze der Heizung, die pustend den Staub und die Luft verteilt, gefilterte, stickige und bitter riechende Luft, als atme jemand aus, und dennoch tröstlich. Es ist alles tröstlich. Zu zweit sein, zu zweit mit Problemen sein, das ist besser, als allein unterwegs zu sein, mit den eigenen Problemen, die sich aufblähen, bis sie den Raum in einem Volkswagen Passat ausfüllen, bis man zwischen sie eingeklemmt ist, Druck auf der Brust fühlt, während man immer weiterfährt, immer geradeaus, Weihnachten auf der deutschen Autobahn.

«Man kann so etwas nicht immer planen», antwortet Irene.

Yasemine zuckt mit den Schultern. Sie sitzt merkwürdig da, nach vorn zusammengeschoben, den Rücken gebogen, die Knie vorne anstoßend, zu groß, um süß zu sein. Den Trumpf hat sie früh schon verloren, vielleicht mit elf oder auch schon mit acht Jahren.

«Schieb den Sitz zurück», sagt Irene, «du kannst ja gar nicht sitzen.»

«Ich hätte *nach* Weihnachten mit ihm Schluss machen sollen. Oder ich hätte am besten *vor* Weihnachten mit ihm Schluss machen sollen. Er hätte sein Geschenk noch zurückgeben können.»

«Was hat er dir geschenkt?», fragt Irene.

«Ein Fahrrad.»

«Das ist allerdings ein gutes Geschenk. Und nicht billig, wenn es ein gutes ist.»

«Hm», murmelt Yasemine. Ihr dunkelblondes Haar fällt ihr vors Gesicht.

«Dann ist es doch nicht verkehrt, dass du bis *nach* Weihnachten gewartet hast», sagt Irene.

«Kommt es Ihnen nicht gemein vor?», sagt Yasemine und sieht Irene von der Seite an. Irene muss nach vorne schauen, dichter Verkehr, ein schlingernder Lkw. Sie riskiert einen kurzen Blick, Yasemines dreieckiges Gesicht, hohe Wangenknochen, fast verdeckt durch ihr strähniges, elektrisch aufgeladenes, langes Haar, die Augen tief verschattete Höhlen.

«Schöne Haare hast du», sagt Irene und sieht wieder auf die Straße.

Die Autobahn, eine farblose Fläche, gesprenkelt von einer Kette roter Rücklichter, wenn sie sich auf dem Kamm eines Hügels befinden und sich die Straße sanft abfallend unter ihnen ausbreitet. Der Nachmittag geht unmerklich in den Abend über, grauer, konturloser Winter, eisfrei, schneefrei, schwammig und unentschlossen, müde und schwach. Kurz bevor es dunkel wird, ist der Tag am ehrlichsten. Kaum Schatten. Die Lichter der entgegenkommenden Fahrzeuge blitzen im hellen Grau auf. Ein endloser Faden von gleichgültigen Begegnungen.

«Er war gar nicht traurig. Er war nur wütend.»

«Ja. Das ist oft so.»

«Haben Sie schon mal mit jemandem Schluss gemacht?»

«Als ich fünfzehn war, mit meinem ersten Freund. Er war lieb, aber ich wollte eigentlich gar keinen Freund, der lieb ist, ich wollte was Abenteuerliches, mir war langweilig mit ihm. Aber als ich dann Schluss gemacht hatte, war es schlimm. Ich hab so geheult. Ich wäre fast zu ihm zurück. Später hat sich das mit anderen Männern noch zwei-, dreimal wiederholt. Es war immer schwer.»

Yasemine nickt.

«Warum hast *du* mit Seba Schluss gemacht?», fragt Irene.

«Er wollte, dass ich etwas aus mir mache. Er weiß, wie man klarkommt. Er ist extremst klug.»

«So», sagt Irene. «Das spricht nicht gegen ihn.»

«Er ist schon zweiunddreißig. Aber das hat mir nix gemacht. Wir haben gut zusammengepasst, echt. Ich mag eigentlich mehr ältere Männer. Er sieht auch gar nicht so alt aus. Er sieht eigentlich extremst gut aus. Ich war so verknallt am Anfang, ich bin fast gestorben.»

Irene muss lächeln, aber sie weiß, was gemeint ist. Sie fühlt sich sogar persönlich angesprochen, als hätte auch sie ihren Einsatz gegeben, als wäre sie in ein Spiel eingestiegen, das Jüngeren, Unerfahreneren, Naiveren vorbehalten ist, seit jener Nacht.

Die Straße wird voller. Glänzende schwarze Felder, eine breite Kuhle voller dunklem, brackigem Wasser, in dem sich der gräulich weiße Himmel spiegelt. Eine verkrüppelte Weide, weiter hinten Gehöfte, dicht aneinandergedrängt, eine schiefe Scheune, ein Kirchturm. Eine Sehnsucht wölbt sich in Irenes Brust, Sehnsucht nach einem kleinen gelben Fenster, einem fernen Zuhause, einer Kinderwelt, einer Abgeschiedenheit. Dabei ein altes Sofa, ein Feuer im Ofen, Kaffee, gebratenes Fleisch, Wind zwischen den hohen, raschelnden Pappeln.

«Wie alt bist du?», fragt Irene.

«Siebzehn», sagt Yasemine.

Alle Mädchen sind siebzehn. Alle diese klugen, großen Mädchen sind siebzehn. Verschwenden sich an ältere Männer. Verschwenden sich an jüngere Männer. Verschwenden sich auf jeden Fall.

«Was haben deine Eltern zu deinem Freund gesagt?»

Yasemine schweigt.

Eine Schicht mikroskopischer Tropfen legt sich auf die Frontscheibe. Irene schaltet die Scheibenwischer an, der Gummi quietscht, und der Schmutz verteilt sich über die Scheibe wie ein schmieriger Vorhang. Irene spritzt Wasser auf die Frontscheibe, und die Scheibenwischer vierteln ein Sichtfeld in den Schmutz. Die Scheibe ist, unmerklich, während der Reise dreckig geworden. Als Irene losgefahren ist, in Hamburg, in ihrer Straße zwischen den Häusern der Nachbarn, da schien der Wagen noch sauber. Die Scheibe war klar.

«Meine Mutter und ich, wir haben uns getrennt», sagt Yasemine.

«Wie das denn?», fragt Irene. Ist es möglich, sich von seiner Mutter zu trennen? Von seinem Freund wohl, aber von seiner Mutter? Wenn man siebzehn ist?

«Wir sind nicht mehr klargekommen. Ich wohne nicht mehr bei ihr. Ich wohne in einer Jugendwohnung in Hannover. In einer Wohngemeinschaft. Ich wollte zu Seba ziehen, sobald ich achtzehn bin. Er wohnt in Goslar, es ist sehr schön da, alles so alt und megagemütlich.»

«Was macht er da?», fragt Irene.

«Er arbeitet bei Harz-Metall. Er ist Chemieingenieur.»

«Und was hättest du da machen wollen?»

Yasemine zuckt mit den Schultern.

«Goslar ist doch groß.»

«So groß nicht», sagt Irene.

Yasemine schweigt.

«An der nächsten Abfahrt wende ich. Wenn du nach Hannover musst, könnte ich dich in Hildesheim absetzen, von da kommst du bestimmt nach Hannover zurück.»

«Sie brauchen nicht zu wenden», sagt Yasemine. «Ich will nicht nach Kack-Hannover.»

Ein kurzer Blick. Yasemines Lippen aufeinandergepresst. Sie wischt sich das Haar aus dem Gesicht. Hinten ein leises Fiepen vom träumenden Hund.

«Und wo willst du dann hin?»

Yasemine lehnt sich im Sitz zurück und sieht nach draußen. «Wo fahren Sie denn hin?»

«Nach Rumpft, das ist in Hessen, südlich von Darmstadt.»

«Das geht okay», sagt Yasemine. «Die Richtung passt mir. Ich kenn da jemand, da in München, oder in der Nähe.»

«München ist nicht direkt südlich von Darmstadt.»

«Nicht?»

«Nein.»

«Aber schon im Süden. Wir fahren doch nach Süden? Hier geht's doch nach Süden, oder?»

«Ja. Du könntest von Frankfurt aus mit dem Zug nach München fahren. Wenn du Geld hast. Hast du Geld?»

«Klar hab ich Geld.» Yasemine legt den Kopf an die Scheibe. Dann hebt sie ihn noch einmal und sagt: «Danke, dass Sie mich mitnehmen.» Sie lehnt den Kopf wieder an, die Haare fallen ihr ins Gesicht, und sie schließt die Augen.

Vor siebzehn Jahren war sie ein Baby. Siebzehn Jahre, das ist gar keine so lange Zeit. Vor siebzehn Jahren war Irene eigentlich schon die, die sie heute ist. Mit den gleichen erwachsenen Beinen und den gleichen erwachsenen Armen, mit den mangelhaften Zähnen und schon eine Mutter. Esther war ein Baby vor siebzehn Jahren, Yasemine war ein Baby. Kann Esther sich von ihrer Mutter trennen? Ist das möglich, dass Esther sich von ihr, nicht von irgendeiner Mutter, sondern von ihr, der bestmöglichen aller Mütter, einer liebevollen Mutter, ihr selbst, Irene, die immer noch so schwer begreifen kann, dass sie plötzlich Mutter und plötzlich alt ist, sich also von ihr einfach trennt? Irene hat doch all das auf sich genommen, das Zurücktreten, das Jungbleiben, nicht für sich, sondern für jemand anderen, für Esther, jung aussehen, für Esther jung aussehen, freundlich sein, warm sein, das hat sie alles für Esther gemacht, weil sie die bestmögliche aller Mütter sein wollte. Das Resultat: Esther, die nach Rumpf gezogen ist zu einem barfüßigen Jesusmann. Esther, die von ihrer Mutter genervt ist. Was würde Irene ihr sagen, wenn Esther sie einmal hören würde, in einem tieferen, einem ganz und gar verstehenden Sinn? Sie könnte Esther nur eines sagen: Ich bin es doch, Esther, ich. Mehr stände ihr nicht zu Verfügung. Wenn es Esther dann nicht gelänge, Irene zu verstehen, gäbe es keinen Ausweg, dann wäre Esther ihrer Mutter nie so nahe gewesen wie ihre Mutter ihr. Dann hätte Esther sich vom Tag ihrer Geburt an nur immer weiter von ihrer Mutter entfernt. Mit jedem Schritt, jeder neuen Körperzelle hätte sie sich weiter entfernt, um ihre Mutter zu töten, um sie altern zu sehen und schließlich fortzugehen. Irene würde gerne Yasemine fragen, warum sie sich wirklich von ihrer Mutter getrennt hat. Sie würde gerne etwas Radikales, eine Schuldgeschichte hören, von einer bösen Stiefmutter, von einer Frau, die es verdient hat, in den Brunnen geworfen zu werden, mit der Spindel in der blutenden Brust. Dann wäre ihr leichter, denn sie ist keine böse Stiefmutter. Sie ist herzenswarm, und Kinder von herzenswarmen Müttern trennen sich nicht von ihren Müttern. Sie verlassen sie nur? Verlassen diese Kinder ihre herzenswarmen Mütter, weil sie ihre Herzenswärme nicht ertragen? Liegt in der Herzenswärme die Schuld?

Yasemine schläft.

Das Handy klingelt. Per.

«Die Autobahn ist frei», sagt Irene.

«Das ist gut. Hörst du kein Radio?»

Per würde Radio hören. Per würde singen. Irene bedauert, dass er nicht mitgekommen ist.

«Nein.»

«Warum flüsterst du?»

«Ein Mädchen sitzt neben mir und schläft.»

«Hast du jemanden mitgenommen? Das ist nett.»

«Sie ist siebzehn, Per. Armes Ding. Sie hat sich von ihrem Freund getrennt, und der hat sie vor Wut an der Raststätte stehenlassen. Sie wohnt in einer Wohngemeinschaft und schlägt sich so durch, ganz ohne Eltern.»

«Nimm sie doch mit», sagt Per.

«Zu Esther?»

«Ja, nimm sie mit. Hilf ihr ein wenig, das tut dir gut, Rehlein, wenn du jemandem hilfst.»

«Du meinst, *mir* tut das gut?»

«Ihr auch, natürlich.»

«Ich werde sehen, was ich machen kann. Ich habe ihr vorgeschlagen, von Frankfurt aus mit dem Zug zu fahren. Sie will nach München, weil sie dort jemanden kennt. Ich weiß nicht, ob es richtig ist, dass ich sie nicht nach Hannover zurückbringe. Sie wohnt da, aber sie sagt, sie will nicht nach Kack-Hannover.»

«Nun, dann ist doch alles in Ordnung.»

«Vielleicht. Ich ruf dich später noch mal an.»

«Mach das, Rehlein. Und fahr vorsichtig.»

Ob Yasemine das Gespräch mitangehört hat, weiß Irene nicht. Yasemine hat eine Weile an die Scheibe gelehnt geschlafen oder gedöst, dann hat sie sich mit einem Ruck aufgesetzt, ihr Haar aus dem Gesicht gestrichen und gesagt: «Was für ein Arsch.»

Irene verfolgt seit einer Weile einen großen schmutzigen Laster mit polnischem Kennzeichen. Er schlingert, und sie wagt nicht, dichter an ihn heranzufahren und ihn zu überholen, weil ein Teil der linken Spur gesperrt ist und mit gelber Streifenfarbe verschmälert wurde. Was der polnische Lkw wohl an einem Feiertag auf der Straße zu suchen hat, und warum er schlingert? Man weiß es nicht. Gar nichts weiß man darüber, was andere Menschen im Straßenverkehr so denken und wie es ihnen geht, körperlich und seelisch. Ein silberweißer Benz hat Irene überholt, ist gefährlich nahe am schlingernden Lkw vorbeigedüst, mit einem Dauerhupen, er hat einen Nebel von Wassertropfen auf ihrer Frontscheibe zurückgelassen. Irene ist froh, dass Yasemine jetzt wach ist.

«Wer ist ein Arsch?», fragt sie, den Lkw nicht aus den Augen lassend.

«Seba», sagt Yasemine. «Er lässt mich einfach an der Autobahn stehen. Wenn er mich wirklich lieben würde, dann hätte er das nicht gemacht.»

«Da hast du recht», sagt Irene.

«Auch wenn ich Schluss gemacht hab», sagt Yasemine. «Das hat damit gar nichts zu tun. Wenn er mich liebt, dann liebt er mich doch immer. Auch wenn ich Schluss mache.»

«Warum hast du gerade jetzt mit ihm Schluss gemacht?», fragt Irene und lässt sich weiter hinter den Lkw zurückfallen, weil sie im Moment nicht die Kraft aufbringt, ihn zu überholen, und die ständige Aufmerksamkeit sie anstrengt. Es kommt ihr vor, als würde der Lkw langsamer werden. Langsamer, schmutziger, schlingernder. Was hat er in seinem schmutzigen gelben Inneren, unter den beschmierten Planen verborgen?

«Wir wollten nach Goslar, er hat mich abgeholt, damit wir zu seinen Eltern fahren, die wohnen auch in Goslar, und wir waren zum Kaffee eingeladen. Wegen Weihnachten.» Sie hat ihre Beine angezogen und die Schuhe abgestreift, große dunkelblaue Turnschuhe, sie hat den Kopf schiefgelegt, Irene sieht alles aus dem Augenwinkel.

«Seba sagt: ‹Besser, du sagst nicht so viel bei meinen Eltern.› Ich sag: ‹Warum soll ich nichts sagen?› Er sagt: ‹Ich sag nicht *nichts*. Ich sag nur, du sollst nicht *so viel* reden.› Ich sag dann: ‹Warum nicht, Seba? Warum soll ich nicht so viel reden?› Da sagt er: ‹Weil meine Eltern sonst vielleicht glauben, dass du unreif bist.› Ich sag dann: ‹Seba, ich bin siebzehn. Was wollen sie denn?› Dazu hat er nichts mehr gesagt. Sitzt nur und fährt und sagt nichts, und ich denk mir, Yasemine, du willst überhaupt nicht Sebas Eltern besuchen. Ich denk mir, Yasemine, du willst die Eltern von niemandem an Weihnachten besuchen, du besuchst nicht mal deine eigenen Eltern, weil du deinen einzigen Elternteil verlassen hast, und jetzt landest du wieder in so einer Kacke mit Eltern. Ich hab keinen Bock auf Sebas Eltern, und ganz, ganz ehrlich, ich hab auf einmal auch keinen Bock mehr auf Seba. Kannst du dir das vorstellen?» Sie starrt Irene von der Seite an. «Ich will sein ganzes Leben nicht. Ich weiß nicht, warum ich das nicht vorher schon wusste, aber er hat mir auch gar keine Zeit gelassen, darüber nachzudenken. Er hat so viel vorgehabt, und es hat sich alles so gut angehört. Und deshalb.»

Irene fährt mittlerweile siebzig, hinter ihr eiert eine Ente, und dahinter folgt eine Schlange von Autos, manche hupen. Sie trotzt. Es ist nicht ihre Schuld. Sie fährt keinen schlingernden Lkw, der vielleicht Gefahrgut unter seiner flatternden Plane transportiert. Ab und an gibt es Ausbruchsversuche. Ein kleiner schwarzer Polo, ein Junge mit Baseballkappe, saust bedenklich dicht am Lkw vorbei. Jung und leichtsinnig, er glaubt wohl nicht, dass ihm etwas passieren könnte. Wie sehr hängt man doch am Leben, wenn es nicht mehr nur einem selbst, sondern auch anderen gehört, dem Ehemann, den Kindern.

«Ich sag zu ihm: ‹Seba, ich muss mit dir Schluss machen. Tut mir leid, Seba.› Er kuckt mich an, ich sag: ‹Tut mir leid, aber ich meine es ernst.› Er kuckt mich weiter an, und ich denke, er glaubt mir nicht, er glaubt mir einfach nicht, er nimmt mich nicht für voll, weil ich jünger bin. Deshalb sag ich: ‹Seba, ich hab 'nen anderen, tut mir leid, Seba, aber mit uns ist Schluss. Ich hab 'nen andern, und ich liebe den.› Ich wollte, dass er mich ernst nimmt. Er grinst meistens nur, wenn ich was sage.»

«Und hat er dich ernst genommen?», fragt Irene.

Yasemine nickt. Irene nickt auch. Sie nicken beide über ähnliche Dinge.

«Ich hab gesagt, er soll mal anhalten, ich muss mal raus mit dem Hund, weil er auf einmal so komisch war und gar nichts mehr gesagt hat, und wir sind auf den Rasthof, und ich bin dann ausgestiegen, und plötzlich fährt der einfach weg. Ich hatte nicht mal meine dicke Jacke an. Ich war nur so angezogen, wie ich jetzt bin, mit Henry dabei und nur meine kleine Tasche. Aber gut. Er war enttäuscht.»

«Und der andere?», fragt Irene.

«Ich hab keinen anderen», sagt Yasemine, «ich bin doch keine Schlampe.»

«Du meinst, wenn du einen anderen hättest, wärst du eine Schlampe?»

«Ja», sagt Yasemine.

«So», sagt Irene. «Und wenn man sich verliebt?»

Yasemine schweigt und sieht Irene prüfend an. Irene spürt es. Irene folgt der grauen Straße und fühlt sich ertappt.

«Haben Sie sich verliebt?», fragt Yasemine.

«Ich bin verheiratet», sagt Irene, als würde das irgendeine Frage beantworten.

«Und, haben Sie sich trotzdem verliebt?»

«Vielleicht.» Irene will nicht lügen, es macht ja doch keinen Sinn.

«Sie wissen es nicht genau, aber es könnte sein», sagt Yasemine und ordnet ihre langen Beine neu, sie schlägt eines über das andere, dünne Beine, fast wie Spinnenbeine.

«So ungefähr», sagt Irene.

Die Wahrheit ist ein frisches, blaues Band, das die Menschen verbindet. Sauber und duftend.

«Bin ich eine Schlampe?», fragt Irene.

«Nein», sagt Yasemine. «Sie doch nicht.»

«Nicht? Aber vorhin klang es so.»

«Ich meinte nicht Sie. Es gilt mehr für andere Leute.»

«Was denn für Leute?»

«Leute wie mich. Ich muss aufpassen. Ich rutsche leicht in so eine Schiene rein. Wegen meiner Mutter. Weil sie auch in so einer Schiene drin ist.»

Yasemine zieht an ihrem Kaugummi und steckt ihn sich wieder in den Mund. Sie sieht aus dem Fenster, lehnt den Kopf gegen die Scheibe, die Scheibe ist beschlagen, und draußen schlittert grau verwaschene Gegend vorbei. Ställe, versprengte Gehöfte, dann wieder dunkle Felder, Krähen wie Unrat, eine Fabrik, eine Wellblechhalle, leere Parkplätze, ein Industriegebiet, dann wieder Wald, dann wieder Felder, in der Ferne ein Dorf, orangefarbene Lichter, ein Fleck auf dem Grasstreifen neben dem Feld, ein Reh oder ein Hund? Nieselregen auf der Heckscheibe.

Das Handy, ihr Handy summt.

«Wollen Sie rangehen? Soll ich rangehen? Soll ich nachsehen, wer es ist?»

Yasemine hält das Handy schon in der Hand.

«Und?», fragt Irene.

«‹V.› Einfach nur: ‹V.›»

Irene zuckt mit den Schultern. Das Telefon summt weiter.

«V. ist hartnäckig», sagt Yasemine.

Irene zuckt erneut mit den Schultern. Sie kann jetzt nicht mit Valentin sprechen. Sie hat ein moralisch integres Mädchen dabei. Sie muss geradeaus fahren. Das Summen hört auf, und eine SMS geht ein. Klingklang.

«Eine SMS», sagt Yasemine.

«Herrgott, es ist egal», sagt Irene.

Am nächsten Parkplatz hält Irene an. Sie steigt aus, sie geht ein paar Schritte, sie holt Luft, und sie geht noch ein paar Schritte, dann ruft sie Valentin zurück.

«Hallo, du», sagt er. Seine Stimme breitet sich über sie wie eine Decke.

«Ja», sagt sie, «was gibt's?»

Als könnte man so antworten, als wären sie ein Paar, das Informationen austauscht. Sie sind kein Paar, und sie tauschen keinerlei Informationen aus. Ein Lkw parkt neben Irene ein, sie stolpert über eine Kante, die den Lkw-Parkstreifen von einem sinnlos angelegten Blumenbeet trennt, verdorrte, mickrige Rosen. Irene starrt auf die Räder neben sich, aus hartem, schwarzem Gummi, abriebfest, quietschend, dampfend. Ein paar Meter entfernt das Mädchen, das weiche Haar im Wind wie eine Blume, ein blasser Fächer um den Kopf. Sie stopft das Haar mit beiden Händen unter die Kapuze ihrer Jacke.

«Ich würde dich gerne sehen.» Seine Stimme. Wie Wärme. Wie ein Bett.

«Geht nicht», sagt sie. «Ich bin unterwegs, auf der Autobahn, Richtung Hessen.»

«Hessen ist gar nicht weit», sagt er.

«Na ja», sagt sie.

Das Mädchen zieht seinen Hund an der Leine auf den Grünstreifen. Der Hund sträubt sich und pinkelt auf den Weg. Er stellt seine Ohren auf und sieht in Irenes Richtung. Vielleicht erkennt er in ihr seine Rudelführerin.

«Ich fahre sicher bald wieder zurück», sagt Irene. «Vielleicht ein andermal, nächste Woche vielleicht.»

«Und heute?», fragt er.

Dunkle Wolken rasen tief über das matschige Feld neben den Toilettenhäuschen. Die Toilettenhäuschen sind mit kleinen runden Steinen verputzt. Kleine runde Kiesel vom Strand in den Beton gedrückt, zur Verschönerung. Vor ihren Füßen liegt ein Lippenstift, ein blau glänzender Lippenstift, aus einer Handtasche gefallen und unversehrt auf dem Beton zum Liegen gekommen. Soll sie sich bücken? Fremde Lippen kleben am roten Fett. Das Mädchen, jetzt noch weiter entfernt, auf dem Grünstreifen, am Zaun vor dem matschigen Feld, es hat den Hund losgemacht, und es winkt. Der Hund läuft zurück und auf Irene zu.

Sie sagt: «Ich bin auf der Autobahn. Ich habe keine Ahnung, wie das gehen soll.» Und denkt, ich habe einen Ehemann und eine Tochter. Und jetzt habe ich dieses Mädchen und diesen Hund. Und Valentin. Und eine ganz irrsinnige Freude überflutet sie.

«Wie es der Zufall so will, habe ich ein Auto», sagt Valentin.

«Und da willst du mal eben nach Hessen kommen? Heute und gleich sofort?»

«Das würde ich wollen, wenn du willst. Aber du willst nicht.»

«Doch», sagt sie, schnell, zu schnell, weil sie es gar nicht weiß. Vielleicht wollte sie nicht abwarten, bis die Entscheidung gefallen ist, ihre eigene Entscheidung.

«Das Wetter ist nicht besonders», sagt sie, vielleicht zählt das irgendwie.

«Wo genau fährst du hin?», fragt er.

«Nach Rumpft», hört sie sich sagen. Aber es ist ja die Wahrheit. «Rumpft in Hessen. Ein kleines Dorf, ich gebe nur etwas ab, und dann fahre ich wieder zurück nach Hamburg.»

«Stell dir vor, ich fahre jetzt los, und wir treffen uns später, in einem Hotel. Ich suche uns was Hübsches raus. Wie fändest du das? Du könntest dann morgen früh zurückfahren.»

«Okay», sagt sie und will sich nicht fragen, warum so umständlich, warum er sich nicht spätnachts in Hamburg mit ihr verabredet.

Der Hund ist da, und er springt an Irene hoch, Yasemine folgt ihm, sie kommt mit ihren langen Beinen angerannt, und die Haare haben sich wieder aus der Kapuzenjacke gelöst und wehen um sie herum, sie läuft elastisch wie eine Sportlerin, eine große, schwarzafrikanische Langstreckenläuferin. Nur dass sie nicht schwarz ist. Und keine Sportlerin. Der Hund macht Irene schmutzig, als er an ihr hochspringt. Aber sie lächelt den Hund an. Der Hund ist wild und lebendig, mit seinem verfilzten Fell und seiner zitternden, lächelnden Schnauze.

«Tut mir leid», sagt das Mädchen.

«Was?», fragt Irene und lächelt immer noch, als hätte sie einen Krampf im Gesicht.

«Ist was passiert?», fragt das Mädchen. «Was Schönes?»

Irene nickt und lädt das Mädchen und den Hund ein, ihre Gefährten und ihre Familie auf dem Weg in einen violetten und grünen Himmel, der sich vor ihnen über der Straße aufbaut. Was das bedeutet? Zieht ein Unwetter auf? Es bleibt still, und von der Seite her schiebt sich die Sonne heran und färbt die Straße grün-orange, schiebt sich unter den Wolken hindurch und setzt ganze Batterien von Strahlen in die Landschaft, als wäre sie schön, als wäre diese Landschaft schön.

6.

Ich hätte Besseres vor, denkt sie. Ich *habe* eine Tochter. Sie hat Yasemine am Frankfurter Hauptbahnhof aussteigen lassen. Winzige Graupelteilchen waren auf sie gefallen, fast wie über sie gestäubt, aber dennoch scharf, unmerklich in die Haut pikend, winzige harte Körnchen, der Himmel jetzt ein dunkelgraues Band, eine Verpackung um den Tag, die Geräusche gedämpft, wie verwischt. Yasemine, groß und leicht gekrümmt, zu dünn angezogen, ohne Gepäck, war ausgestiegen, verschlafen lächelnd, der Hund an ihrer Seite. Yasemine hatte gesagt: «Vielen, vielen Dank fürs Mitnehmen.» Irene hatte ebenso freundlich zurückgelächelt und das große Kind an sich gedrückt, für eine Sekunde nur den knochigen Rücken gespürt, fremd und anders als die stramme Molligkeit ihrer Tochter Esther, die Irene plötzlich fröhlich und unbeschwert vorkam und für alle Zeiten sicher vor den Unwägbarkeiten des Lebens. Ein festgefügter und vernünftig gepolsterter Mensch. Vielleicht weniger verletzlich als immer befürchtet.

Dann war Irene weggefahren, und jetzt wendet sie plötzlich wieder, indem sie in eine Seitenstraße einbiegt, zurückstößt und die Straße zurückfährt.

Yasemine steht nicht mehr vor dem Hauptbahnhof. Irene parkt den Wagen, der Parkplatz ist halb leer. Tauben um die Mülleimer herum, eine Reihe von Bierflaschen, ordentlich fast in einer Linie, ein Rentnerpaar in erschreckend bunten Sachen, die Frau mit einer Pelzmütze auf dem grauen Haar und einem orangefarbenen Steppmantel, der Mann einen großen

Rollkoffer hinter sich herziehend, es quietscht, als würden die Räder blockieren. Aus den hohen Fenstern unter der Kuppel der Bahnhofshalle dringt weißes Licht und verteilt sich wie phosphoreszierender Dampf.

Innen wirkt die Halle seltsam unbelebt, obwohl weiter hinten Züge stehen und sich einer von ihnen gerade schwerfällig in Bewegung setzt, und obwohl die üblichen Ansagen unverständlich blechern durch den Lautsprecher hallen. Nur vereinzelt laufen ein paar Leute herum, rechter Hand steht ein Weihnachtsbaum zwischen den Brezel- und Bratwurstständen, geschmückt mit einem Vorhang aus Kugeln in Lila und Silber, davor eine Frau mit einem Kind an der Hand, die andere Hand führt einen Kaffeebecher zum Mund, das Kind in einen rosa Schneeanzug gepackt, die Augen schräg nach oben gezogen, offener Mund. Das Kind lächelt Irene an, mit einer unglaublichen Freundlichkeit, und aus den Lautsprechern tönt jetzt ein amerikanisches Weihnachtslied, «Jingle Bells».

«Haben Sie vielleicht ein Mädchen mit einem Hund gesehen? Ein großes Mädchen?», fragt Irene die Mutter. Das Kind kichert und klatscht in die Hände. Die Mutter schüttelt den Kopf.

Irene dreht eine Runde in der Halle, aber es ist nichts zu sehen, kein Hund und keine Yasemine. Sie bleibt stehen, unentschlossen. Sie könnte auch zurückgehen, zurück zum Auto. Es war vielleicht sowieso dumm hierherzukommen. Und dann hört sie ein Hecheln, dreht sich um, und ein Hund kommt ihr entgegengerannt, wie aus dem Nichts, der Hund hüpft an ihr hoch und lacht, mit seinem Hundemaul, bleckt die Zähne und lacht sie an und hüpft. «Henry», sagt Irene.

Vor den Toiletten, im hinteren Teil der Halle, entdeckt sie

jetzt auch Yasemine, sie sucht nach ihrem Hund und sieht Irene nicht gleich. Der Hund spitzt die Ohren und läuft auf Yasemine zu. Irene folgt ihm langsam, und Yasemine presst angestrengt die Lippen zusammen, als sie Irene erkennt.

«Alles in Ordnung?», fragt Irene, als wäre es ganz normal, dass sie jetzt hier steht.

Yasemine schüttelt den Kopf. «Es ist alles ziemlich beschissen ... Ich hab nicht genug Geld, und die Frau in München ist eigentlich ein Mann in München, und ich hab ihn angerufen, aber ich glaube, ich will eigentlich nicht zu dem. Er ist ’n Arsch.»

«Ich kann dich mit nach Hannover nehmen», sagt Irene. «Aber jetzt muss ich erst mal nach Rumpft. Ich schlage vor, du kommst mit nach Rumpft, und dann, auf dem Rückweg, lasse ich dich in Hannover raus.»

«Hm», sagt Yasemine.

«Wenn du was Besseres vorhast ...»

«Ich habe nichts Besseres vor. Ich komme mit. Und danke», murmelt Yasemine mit gesenktem Kopf.

«Na dann», sagt Irene. «Und sieh mal, ist doch auch gar nicht so übel, du kommst ein bisschen rum und kannst dich ablenken, bist unterwegs im Warmen ...»

«Na ja», sagt Yasemine.

Im Auto und endlich auf dem Weg nach Rumpft, das Navi weist den Weg. «Biegen Sie in fünfzig Metern rechts ab», sagt Sandra, die Lieblingsstimme von Per, und gleich darauf ein Glockenton, wieder eine SMS.

«Kuck mal drauf!», sagt Irene zu Yasemine, und Yasemine nimmt das Handy in ihre linke Hand, mit der rechten wischt sie sich Tränen aus dem Gesicht. Irene glaubt, dass Yasemine sonst nicht schnell weint. Manche Mädchen weinen schnell, manche Mädchen können gar nicht anders, als ständig in Tränen auszubrechen, aber man sollte sich nicht täuschen. Die Weinenden sind oft die Ansager, meinte Per einmal. Er kennt sich mit Mädchen bestens aus. Mit Jungen auch. Die Jungen weinen nicht, sie schlucken ihre Tränen runter. Das macht sie unruhig und aggressiv. Junge sein, in der Pubertät, ist nicht so leicht. Dann besser die Hormone rausweinen. Oder rauskichern, raustanzen, was eben geht.

Yasemine sagt: «Die SMS ist von ‹V.›.»

«Ja?», sagt Irene und meint damit gar nichts, jedenfalls nicht, dass Yasemine die SMS öffnen und lesen soll.

Aber genau das tut Yasemine, sie liest die SMS laut vor: «Hotel zur Linde in Fürth/Odenwald, bin unterwegs, ich freue mich.»

Yasemine sieht Irene an, im Licht des vorbeieilenden Verkehrs, Irene merkt es, mit einem Auge, das andere auf die Straße und auf die Stadt gerichtet.

«Ach ... Daran habe ich gar nicht gedacht», sagt Irene. Und Ärger wallt in ihr auf. Wie konnte sie *das* nur vergessen?

«Woran?», fragt Yasemine.

«Ich bin verabredet. Heute Nacht. Ich bin eigentlich heute Nacht verabredet, daran habe ich nicht gedacht. Ich wusste es ja, aber ich habe es irgendwie nicht zusammengebracht. Es kommt alles zu schnell und auf einmal.»

Yasemine sagt nichts dazu. Im Grau des Abends, im gelben Licht der Scheinwerfer und Straßenlampen, fallen ganz langsam, trudelnd, kreiselnd, feine, kleine Schneeflocken, legen sich auf die Frontscheibe, legen sich auf die Bilder der Stadt. Auf all das, was vor ihnen auftaucht und gleich wieder fort ist. Fensterreihen, beleuchtet, unbeleuchtet, dunkle Hauswände,

Hotelwürfel, Tiefgaragen, Warnschilder, am Ufer des Mains ein geschmücktes Pferd.

«Ein Pferd!», sagt Yasemine.

Das Pferd trägt einen weißen Schleier auf dem Kopf. Ein heiratendes Pferd, am zweiten Weihnachtsfeiertag, am kalten, schwarzen Mainufer, der Main ein graugrüner Schlammstreifen, Schaumufer, schlammiges Gras.

Bald wird die Stadt breiter, der Himmel grauer, orangefarbenes Licht in Abständen auf dem Beton wie ein Rhythmus, ein Lichtrhythmus, vorbeisausende Straßenlampen, dann die Auffahrt auf die A5 Richtung Darmstadt.

«Was soll ich denn machen, wenn Sie in der Nacht verabredet sind?», sagt Yasemine, jetzt wie ein kleines Mädchen, verzagt und verheult. Die langen Beine irgendwie verdreht, friert sie?

«Das wird sich finden», sagt Irene, «mach dir keine Sorgen, wirklich, mach dir keine Sorgen, du wirst schon untergebracht», und dreht die Heizung auf.

Yasemine nickt. «Das ist wohl der», sagt sie.

«Welcher der?»

«Der andere Mann. Der nicht Ihr Mann ist», sagt Yasemine.

«Wegen dem ich eine Schlampe bin», sagt Irene.

«Nein, das sind Sie nicht. Sie haben sicher Gründe.»

«Habe ich eigentlich nicht», sagt Irene und fragt sich selbst, welche Gründe sie hat. Braucht man Gründe? Und welche? Kein Sex mehr in der ehelichen Beziehung, reicht das als Grund? Langeweile, reicht das als Grund? Lust, reicht das als Grund? Reicht Lust als Grund für irgendwas? «Mein Mann ist sehr nett», sagt sie. «Er ist Lehrer am Gymnasium. Du würdest ihn sicher mögen. Er ist ganz gut als Lehrer, glaube ich.»

«Aber im Bett läuft es nicht?», fragt Yasemine, jetzt wieder schnoddrig und trotzig und leicht überheblich, die Schale hat sich wieder verhärtet, Yasemine kehrt zu alter Fassung zurück.

«Das werde ich nicht mit dir besprechen», sagt Irene.

«Aha», sagt Yasemine.

«Nicht ‹aha›. Es geht dich nichts an.»

«'türlich nicht. 'tschuldigung.»

Hinter Darmstadt dann kommt irgendwann die Abfahrt. «Fahren Sie jetzt rechts, vierhundert Meter weiter biegen Sie links ab.»

«Ich bringe nur ein paar Sachen bei meiner Tochter vorbei», sagt Irene, «damit sie nicht friert.»

Yasemine nickt und wundert sich nicht, zumindest sagt sie nichts. Sie findet sich mit den Gegebenheiten ab, es bleibt ihr auch nichts anderes übrig, sie ist angewiesen auf Irenes Organisation, sie muss ihr vertrauen. Yasemine hat den Arm nach hinten gestreckt und streichelt so, etwas unbequem verdreht, ihren Hund. Sie seufzt.

«Weil es bei ihr kalt ist», sagt Irene. «Die Heizung ist kaputt in ihrem Haus, und deshalb bringe ich ihr ihre Pullover, damit sie wenigstens etwas Warmes zum Anziehen hat.»

«Das ist nett», sagt Yasemine.

«Na ja, es ist wahrscheinlich ein bisschen übertrieben. So weit zu fahren, nur wegen ein paar Pullovern. Bestimmt hat sie neue Pullover oder Pullover von ihrem Freund, die sie sich überzieht. Vermutlich teilen sie sich seine Sachen. Ich bringe ihr jedenfalls die Pullover, wir trinken einen Kaffee bei ihr und fahren nach Fürth, wo ich dir ein Zimmer buche, dann übernachtest du halt mal im Hotel.»

«Ich hab da kein Geld für», sagt Yasemine.

«Das Zimmer zahle ich, war ja mein Fehler.»

«Was? Was war Ihr Fehler?»

«Ich hab das nicht bedacht, mit meiner Verabredung und der Rückfahrt, das war wirklich mein Fehler. Der Rest geht natürlich auf deine Rechnung. Aber, Gott, vielleicht war das, was du getan hast, auch genau richtig. Wenn man das Gefühl hat, in was Falschem zu stecken, sollte man auf der Stelle damit aufhören. Und sei es auf der Autobahn.»

«Ja, klar, nur hätte ich mir das auch früher überlegen können.»

«Ich weiß», sagt Irene. «Aber du hast es dir überlegt, und manche Leute überlegen sich so was nie und merken nichts und wissen überhaupt nicht, was eigentlich los ist und warum sie so unglücklich sind.»

«Sind Sie unglücklich?», fragt Yasemine.

«Ich? Ich glaube nicht. Warum sollte ich unglücklich sein?» Irene denkt an Sarahs Schwester Maret, die meistens unglücklich ist und genau zu wissen scheint, warum das so ist. Jedenfalls weiß Maret Bescheid, denkt Irene, und das scheint ihr irgendwie gar kein ganz schlechter Zustand zu sein. «Ich fühle mich nicht unglücklich.»

«Wie fühlen Sie sich denn?», fragt Yasemine.

«Normal», sagt Irene, und es blitzt das Ortsschild von Rumpft auf.

In Rumpft verläuft die Straße abfallend bis zu einem größeren Platz, wo es einen Kirchturm gibt, einige Fachwerkhäuser, einen Rest von altem Kopfsteinpflaster, einen schmiedeeisernen Brunnen, daneben einen Weihnachtsbaum, mit elektrischen Lichtern bestückt, und Straßenlampen, zwischen denen ebenfalls Lichterketten baumeln.

«Hübsch», sagt Yasemine. «Wie früher. Und alles so alt. Hier ist bestimmt ganz schönes Weihnachten.»

Sie fahren bis zu einer Abbiegung, danach steigt die Straße wieder an. Auf die alten Häuschen folgen Häuserblocks aus den achtziger Jahren, dahinter Höfe mit Garagen, Weihnachtsbäume und das Schimmern der Fernseher in den Fenstern, und über allem liegt feinstaubiger Schnee, immer noch zart, aber mittlerweile dicht wie eine Ladung Puder.

«Rumpft ist gleich zu Ende», sagt Yasemine.

Im Radio «Last Christmas» von Wham!. Ein Aldi-Markt, dazu ein weiter Parkplatz, auf dem ein einsamer kleiner Wagen steht. Dann ein Autohaus, Wimpelketten und ein runder verglaster Schauraum mit Autos darin. Ein einzelnes Wohnhaus, das grell geschmückt den Ort beschließt. Im Garten bunte Lichter, Weihnachtsmänner, Rentiere, alles flackernd und blinkend, und ein Stall oder Schuppen, der sich schräg zur Seite neigt. Dann Feld und Tannen und ein matschiger Weg, der scharf nach rechts abbiegt.

«Hier soll das sein?», fragt Yasemine.

Sandra, die Stimme, hat gesagt: «Biegen Sie – jetzt – rechts ab.»

Langsam schaukelnd rollt der Wagen über tiefe Löcher, die Scheinwerfer streifen Büsche und Stämme, und ein Tier huscht davon, ein Fuchs oder ein Reh, Irene konnte es so rasch nicht erkennen. Ein Schneespiel im Licht der Scheinwerferstrahlen.

Dann öffnet sich das Waldstück, rechter Hand wieder Felder, links ein überdachter Holzlagerplatz, ein Sägewerk, Stämme aufgereiht, nummeriert, mit roter Farbe gekennzeichnet. Eine verriegelte Einfahrt. Hinter dem Holzlagerplatz taucht ein Gehöft auf. Drei Häuser, die beieinanderstehen, von einigen Tannen umgeben, auf der Kuppe eines Hügels, ringsherum Felder, darüber ein gräulich schwarzer Himmel, aus dem es jetzt stark schneit. Irene klammert sich an das Lenkrad, die Räder haben an einigen Stellen des Weges durchgedreht, aber die Erde ist fest genug. Der Weg wird ganz offensichtlich öfter befahren, zwischen den Rillen finden sich immer wieder Inseln von Steinen und Kies. Das kommt ihr gepflegt vor, irgendwie, und beruhigend, ein gepflegter Weg, mit Kies befestigt, die Löcher gefüllt.

«Ich glaube, wir sind da», sagt Irene, und Sandra, die Stimme, sagt: «Sie haben Ihr Ziel erreicht.»

«Ist das in echt eine Adresse?», fragt Yasemine.

«Holzmühlenweg sechs», sagt Irene, und fragt sich, wo die Zahlen eins bis fünf geblieben sind. Sie lenkt den Wagen vorsichtig durch eine Einfahrt, deren Tor schief nach rechts gelehnt in den Angeln hängt, eingewachsen zwischen kleinen Bäumlingen und hohen Gräsern, und fährt auf die drei Häuser zu, vor denen kreuz und quer Autos parken oder verrotten, es ist nicht so leicht zu unterscheiden. Die Autos sind alt, manchen fehlen Teile, etwa eine Tür. Aber aus einem der Wagen steigt ein Mann mit einer Zigarette im Mund, eben gerade angekommen, scheint es, so wie sie. Er ist riesengroß, trägt einen Fellmantel, eine Art karierter Schlafanzughose und Cowboystiefel, er hat einen dunklen Vollbart und langes Haar, und er hustet und starrt die Besucher an.

Irene parkt den Wagen neben seinem und steigt aus. Der Schnee fällt jetzt sehr stark, es ist frostig kalt geworden, die Umgebung versinkt in einem taumelnden, blassgrauen Chaos. Das orangefarbene, schwache Licht, das aus einem Fenster des in der Mitte stehenden Hauses dringt, erscheint Irene wie eine Verheißung von Wärme und Frieden, vor allem von Wärme.

«Guten Abend», sagt sie.

«Wollt ihr da rein?», fragt der Mann und hustet wieder.

«Wohnen Sie hier?», fragt Yasemine.

Der Hund ist aus dem Wagen gesprungen und setzt einen dampfenden Strahl auf die frische, feine Schneedecke. Es riecht nach Hundepisse, und ganz fern hupt ein Auto.

Der Mann lächelt und streicht mit einer Hand über seinen langen zottigen Fellmantel. Beim Lächeln sind seine Zähne zu sehen. In der Reihe der Frontzähne klafft ein kantiges, sauberes Loch.

«Warum soll ich hier wohnen?», fragt er. «Wollt ihr jetzt da rein?» Er nickt mit dem Kopf zu dem mittleren der drei Häuser, in dem Licht brennt.

«Wohnen dort Thomas Lambert und Esther Molander?», fragt Irene. Sie wickelt ihren Mantel fester um sich herum und bindet den Gürtel zu. Sie betrachtet das Gesicht des Mannes, das sie interessiert, sie könnte nicht sagen, warum. Der Bart, die Zähne, und überhaupt der ganze Mann. Gesichter ähneln sich, denkt sie, das Kinn, die Nase, die Haare. Aber die Augen. Augen ähneln sich nie. Die Augen sind immer nur einmal.

«Kann schon sein», sagt der Mann. «Geht doch mal rein.» Er öffnet den Kofferraum seines Wagens und holt eine Tasche heraus, eine große Stofftasche, die sich wie ein Sack um seine Hüften schmiegt, als er sie sich umhängt, gefüllt mit etwas Schwerem. Er knallt den Kofferraum zu und beugt sich zu Henry herunter. Der Hund wedelt matt mit dem Schwanz und weicht ein Stück zurück, zu Yasemine hin, die ebenfalls ein Stück zurückweicht, und versteckt sich hinter ihren Beinen.

«Na, so was», sagt der Mann und lacht, und das Loch zwischen seinen Zähnen ist schwarz und viereckig, und seine Stimme ist plötzlich wie von einem Kind, zu hoch. «Geht da mal rein. Da wird schon was sein. Da tanzen die Affen auf dem Stuhl, und da grunzen die Täubchen auf dem Tisch, das habt ihr noch nicht gesehen.» Dann lacht er wieder, als würde er gleich weinen, so hoch und so quietschend.

Unten vom Dorf her macht es einen Rums, ein Silvesterknaller, und dann noch einer und mehrere dicht hintereinander. Irene holt den Wäschekorb mit Esthers Pullovern aus dem Kofferraum, die Pullover duften nach Waschmittel und nach Mädchenparfüm. Zu stark, zu süß, sie duften nach Esther. Dann geht sie auf das Haus zu, auf das orangene Licht. Yasemine folgt ihr nach und schließlich auch Henry, in dieser Reihenfolge, Irene, Yasemine, Henry, laufen sie auf den Eingang zu. Der Mann ist verschwunden, er hat sich in der Dunkelheit aufgelöst.

Irene klopft an die Tür, eine Klingel kann sie nicht entdecken. Sie klopft einige Male, und als sich gar nichts tut, drückt sie die Klinke hinunter. Die Tür ist nicht verschlossen. Irene tritt ein, hinter ihr Yasemine und dann Henry. Der Flur des Hauses wird nur durch das schwache Mondlicht erhellt, das durch die geöffnete Tür fällt, und durch einen schmalen Strahl, der unter einer weiteren Tür rechter Hand hervorkriecht. Irene erkennt einen Stuhl, eine Bank und eine Art Bauernschrank. Von rechts gedämpft Stimmen, Lachen, Musik.

«Hallo», ruft sie.

Henry fiept, als würde er sich fürchten.

«Der Hund ist echt schissig», sagt Yasemine und geht entschlossen voran, geht an Irene vorbei und öffnet die Tür, hinter der Licht leuchtet. Sie betritt den Raum, bleibt stehen und kuckt und sagt nichts. Und Irene hinter ihr kuckt und sagt auch nichts.

Auf einem Kissen in der Mitte des dampfend warmen Zimmers sitzt Esther, im Schneidersitz, nackt, die Arme ausgebreitet. An ihren Armen hängen Weihnachtskugeln, auf ihrem Kopf ist ein Brettchen mit einer brennenden Kerze befestigt, das Wachs hat auf ihren Haaren Haufen gebildet, an ihren großen Brüsten klebt je ein Paket Lametta, und vor ihrer Scham sitzt ein kleiner Plüschbär, der seinerseits eine rote Weihnachtsmannmütze auf dem Kopf hat. Der Bär wackelt zur Melodie von «Jingle Bells» hin und her. Esther kichert leise, neben sich ein Weinglas, während ihr gerötetes Gesicht, ihre großen, weichen Brüste mit dem Lametta zittern. Um Esther herum sitzen Menschen, in Decken gehüllt und darunter offenbar nackt, jüngere Leute, aber auch ältere, sie lachen laut, und die Frauen kreischen ein bisschen, einige sind dabei, Fotos zu machen, und alle reden durcheinander, die Stimmung ist erregt, der Raum riecht nach etwas, vielleicht nach der Lampe, die mit Petroleum oder Öl betrieben wird. Im Schein der Lampe sitzt Thomas L., komplett nackt, ohne Decke, unter einem beschlagenen Fenster, hinter dem es immer noch unerbittlich schneit.

«Mama», sagt Esther und lässt die Arme mit den baumelnden Kugeln nach unten sinken, «was machst du denn hier?»

«Ich wollte dir Pullover bringen», sagt Irene. Im Hinblick auf die Nacktheit ihrer Tochter, im Hinblick auf die Nacktheit aller im Raum befindlichen Menschen scheint ihr das mehr als unpassend.

«Mann», sagt Yasemine und zieht sich ihren Pullover über den Kopf, ihr ist wohl heiß geworden. «Seid ihr alle komplett bescheuert?»

7.

Vor dem Haus von Frau Weidloff wuchs das Unkraut hoch, aber es gab einen Trampelpfad und in der Mitte des Grundstücks einen betonierten Platz, an jeder Ecke eine Stange, dazwischen waren gelbe Wäscheleinen gespannt. Ein ausgeblichener hellblauer Strampler, ein Laken, eine braune Strumpfhose, ein paar Stoffturnschuhe, die noch tropften, dunkelblau mit weißer Gummisohle. Ein angebissener Apfel lag auf dem Beton, von Insekten besetzt, ein stetes Summen von Wespen und Mücken und Grillen, es roch nach Müll. Vorn, direkt vor dem Hauseingang, war das Unkraut weggesäbelt. Eine Sense stand neben dem Eingang, ein Aschenbecher auf der Treppe. Neben der Treppe das Skelett eines grünen Trabants, leer, ausgeräumt, auf dem Fahrersitz ein Eimer voll Kies, «Streusand» mit weißer Farbe auf den Eimer gepinselt.

Frau Weidloff wohnte unten rechts, eines ihrer beiden Fenster stand angelehnt. Irene drückte die Klingel, über der in Kugelschreiberschrift, von der Feuchtigkeit verlaufen und fast unleserlich geworden, «Weidloff» stand. Sie warteten. Schließlich betätigte Markus die Klingel noch einmal, dann mehrmals schnell hintereinander. Die Klingel war durch das angelehnte Fenster bis draußen zu hören.

Über ihnen wurde ein Fenster geöffnet. Ein Mann im Unterhemd rief herunter: «Wat klingelt ihr denn wie die Doofen?»

«Wir wollen zu Frau Weidloff», sagte Irene zu dem Mann, der sich zu ihnen hinunterbeugte. Aus seinem Fenster drang Radiomusik.

«Sie ist nicht da», sagte Markus und klingelte noch einmal, unentschlossen.

«Verpfeift euch hier», sagte der Mann oben. «Die hat jenuch um die Ohrn. Schule is aus. Seht zu, dassa wegkommt. Sonst machick euch Beene.»

Eine Frau erschien neben ihm im Fenster, ein Geschirrtuch in der Hand: «Bei der Weidloff isset still. Dit Kind sacht nüscht. Die is bestimmt wohin jejang. Müssta andamal wiedakomm.» Sie lächelte freundlich.

Ihr Mann oder Freund, Irene kannte den Mann nicht und die Frau auch nicht, schüttelte den Kopf und sagte: «Ab vom Hof. Hier jibtet nüscht.»

Irene nickte. Markus war schon ein paar Schritte zurückgetreten, über ihnen schloss sich knallend das Fenster. Ein leichter Windzug ließ die Turnschuhe an der Leine baumeln. Die Hitze brannte Irene und Markus auf den Kopf, und über ihnen, ganz, ganz leise, zog ein Flugzeug seine wolkige Linie hinter sich her.

Markus ging zum geöffneten Fenster von Frau Weidloff, stellte sich auf die Zehenspitzen und lugte durch die Scheibe, vor denen blasse Untergardinen hingen.

«Was kannst du sehen?», fragte Irene. «Siehst du was?»

«Sei doch mal leise!», flüsterte Markus, hielt sich am Fensterbrett fest und starrte durch die Scheibe.

«Siehst du was?», fragte Irene weiter, und ihr fiel ein, wie schlecht Markus normalerweise sah. Er hatte eine Brille, die er nicht trug, wenn er nicht musste, weil es ihm auch ohne Brille schon schwerfiel, in der Schule zwischen all den Jungs, die anders waren als er. Die Brille steckte in seinem Ranzen, eingewickelt in ein Taschentuch. Irene wusste, dass Markus sich anstrengte, aber falls es wirklich etwas zu sehen gab, musste sie das selbst übernehmen. Sie schob ihn beiseite, er murmelte «Spinnst du?» und machte Platz.

Irene spähte durch die im Lufthauch sanft wogenden Gardinen und sah dann, nachdem sie sich an das dämmrige Dunkel im Raum gewöhnt hatte, Frau Weidloff. Sie saß auf einem Stuhl und starrte ins Nichts. Sie bewegte sich nicht. Sie hatte die Arme um den Körper geschlungen, und als Irene lauschte, meinte sie etwas zu hören, vielleicht summte Frau Weidloff vor sich hin. So saß sie da. In ihrer braunen Kordhose und der weißen Bluse mit den weiten Ärmeln, die am Handgelenk mit einem kleinen Gummi zusammengezogen waren. Auf der Bluse waren ganz kleine Blümchen drauf. Das konnte Irene durch die Scheibe nicht sehen, aber sie kannte die Bluse. Frau Weidloff hatte nicht viele Sachen. Die Blümchenbluse und die braune Hose mit dem dünnen, abgerubbelten Kord trug sie sehr oft. Frau Weidloffs Po war rund und knackig, und die Kordhose saß sehr gut um ihren Po, wenn sie sich umdrehte zur Tafel, um etwas anzuschreiben.

Markus zupfte Irene am Ärmel.

«Sie sitzt da auf einem Stuhl», flüsterte Irene.

«Das dachte ich mir», flüsterte Markus, «aber ich konnte es nicht richtig erkennen.»

Sie sahen sich gegenseitig an. Neben ihnen zirpte laut eine Grille. Im Kiesboden, zwischen verstreuten Mauersteinen und Zigarettenstummeln, lag eine blau-weiße Packung Speisequark. Wie aus einer Tasche gefallen und nicht bemerkt und einfach liegengelassen. Die Verpackung war aufgeplatzt, etwas Grünliches quoll heraus. So etwas gab es bei ihnen zu Hause nicht. Lebensmittel wurden immer aufgehoben. Das Unkraut wurde entfernt. Autos standen nicht einfach nur herum und rosteten. Niemand redete so unhöflich wie der Mann am Fenster.

Und hinter der Scheibe saß Frau Weidloff auf einem Stuhl, ganz stumm und unbeweglich, in ihrer Lieblingsbluse, und hielt sich selbst fest. Und antwortete nicht. Und sah gar nichts.

«Ich muss nach Hause», sagte Markus.

«Und das Baby?», flüsterte Irene. Da gingen sie schon über den zerbröselnden Beton, unter den tropfenden blauen Turnschuhen hindurch, dann hintereinander den Trampelpfad entlang zum durchhängenden Drahtzaun.

«Das liegt bestimmt schon länger da», sagte Markus. «Es ist bestimmt bei der Geburt gestorben oder so. Und dann muss man es ja irgendwo hintun. Man kann es ja nicht einfach in die Mülltonne stecken.»

Als sie das Grundstück verlassen und über einen kleineren Weg die betonierte Straße erreicht hatten, die ins Dorf hineinführte, kam ihnen ein Motorrad mit Beiwagen entgegen. Auf dem Motorrad saß Herr Jeutner von der Fleischerei, der bei ihnen im Dorf am Teich wohnte. Im Beiwagen transportierte er einen Badezimmerschrank, und im Türspiegel sahen Irene und Markus für einen Moment lang den ganzen Himmel, als hätte Herr Jeutner den Himmel in seinen Beiwagen gesteckt. Staub wirbelte auf, und Irene sagte: «Markus, ich hatte solche Angst. Wegen dem Mörder.»

«Es muss nicht ermordet worden sein», sagte Markus. «Es war doch noch ganz klein.»

«Ganz kleine Babys sind viel kleiner, Markus, viel kleiner. Das Baby muss schon älter gewesen sein.»

«Ich muss nach Hause», sagte Markus. Sie waren an die Stelle gekommen, an der sich ihre Wege trennten.

«Ja», sagte Irene. «Ich weiß.»

«Sagst du deinen Eltern Bescheid, wegen dem Baby?», fragte Markus und ging schon ein Stück in die andere Richtung.

«Klar. Ich muss es ja sagen. Sagst du es deinen Eltern nicht?», fragte Irene.

Markus zuckte mit den Schultern. «Doch», sagte er. Und dann winkte er und lief in Richtung Thälmannstraße, wo er wohnte.

Er redete nicht viel mit seinen Eltern. Seine Eltern waren schwierig und redeten auch nicht so viel mit ihren Kindern, wusste Irene. Sie hatten Probleme. Welche Probleme das waren, wusste Irene nicht.

«Wer ist die denn?», sagt Esther und starrt Yasemine an.

Henry trottet durch den Raum und beschnüffelt die Nackten in den Decken, die Rotwein trinken und Bier. Ein Mann mit langen blonden Haaren hat eine Flasche Rum in der Hand. Die Leute streicheln Henry, der vor den Nackten keine Angst hat und einen Teller abschleckt, auf dem Essensreste liegen, Nüsse und Rosinen.

«Das ist Yasemine», sagt Irene.

«Und wer bist du?», fragt der blonde Nackte, greift Henry ins Fell und krault ihm den Rücken. Henry windet sich und zieht den Schwanz ein. Dann macht er sich los. Yasemine sagt nichts.

Thomas L. steht auf, komplett nackt, wie er ist, und tritt auf Irene zu. «Hallo, Schwiegermutter», sagt er, «wie schön, dass du uns besuchst.» Er reicht ihr die Hand, und Irene ergreift sie, er packt fest zu und zieht Irene zu sich heran, um sie flüchtig zu umarmen, als wäre sie eine Vertraute. «Schwiegermutter», sagt er noch einmal.

Kurz hat Irene ihn umarmt, reflexhaft hat sie ihn zurückumarmt, ihre Hand auf seinem nackten Rücken, ein nackter, junger Mann. Sie hat seinen Penis gesehen, alles.

Irene tritt einen Schritt zurück. Alle im Raum sehen sie an. Die Gespräche zwitschern leise vor sich hin, im Grunde sind alle beim Drama angelangt und verfolgen es mit dem Interesse der Außenstehenden. Von der geöffneten Tür her zieht es. Die Scheiben sind undicht, das Licht der Petroleumlampe flackert. Und vor den Fenstern herrscht ein dichtes, dunkles Schneetreiben.

«Ich kann nicht glauben, dass du einfach hierherkommst!», sagt Esther. Sie ist aufgestanden. Die Kugeln baumeln immer noch an ihren Armen. Sie müht sich, sie loszuwerden, aber sie bekommt die Knoten nicht auf, mit einer Hand. «Helft mir doch mal einer!», ruft sie, Verzweiflung in der Stimme. Eine Frau richtet sich auf, vielleicht dreißig Jahre alt, das Haar kurz geschnitten, mit grünen Streifen über den Ohren. «Reg dich nicht auf …», sagt sie. Sie nimmt Esthers Arm und beginnt vorsichtig, die Kugeln abzubinden.

«Wieso kommst du einfach hierher?», fragt Esther, wütend, sehr wütend. «Du bist so …»

Yasemine hat sich weiter hinten neben dem Ofen auf einen Stuhl gesetzt. Sie hat ihre Beine übereinandergeschlagen, und Henry hat sich neben ihr auf den Boden gelegt. Die Ohren gespitzt und den Kopf von einem Nackten zum anderen drehend.

«Ich konnte ja nicht wissen …», sagt Irene.

Thomas L. hat sich wieder zwischen seinen Kissen niedergelassen, er lächelt, er ist amüsiert, sein Penis liegt wie ein rosa Würmchen auf dem bunten Kissen.

«Was?», fragt Esther, ein bisschen drohend. Sie ist fast von den Kugeln befreit. Das Brettchen mit der Kerze hat sie sich vom Kopf gerissen und auf den Boden geworfen. Wachs klebt an ihrem dicken, dunkelblonden Haar. «Was konntest du nicht wissen?»

«Dass ihr hier … so was macht.»

«Ach ja? Was machen wir denn?»

Yasemine springt auf. Henry dicht an ihrer Seite. Sie sieht sich um, und sie sagt: «Ihr habt nix an, Mann, das traut sie sich nicht zu sagen, aber ihr habt komplett nichts an. Was soll das werden? Ein Gangbang?»

«Was?», fragt Irene.

Thomas L. fängt an zu kichern. Die Qietschfrauen quietschen wieder. Alle lachen, außer Esther, außer Irene und außer Yasemine. Aber Yasemine weiß zumindest, was ein Gangbang ist.

«Und wenn?», sagt Esther. «Geht's dich was an?»

Irene stellt den Korb mit den Pullovern endlich auf dem Boden ab. «Ich fahre auch gleich wieder, ich wollte nur die Pullover vorbeibringen. Entschuldige, Esther, ich hatte es nur nett gemeint. Ich wollte dich nicht … stören.» Sie stockt, starrt Esther an, die immer noch nackt ist, in eine Decke gehüllt jetzt, dann kriegt sie eine unglaubliche Wut. Weil Esther ihre Tochter ist. Weil sie unglücklich aussieht. Weil Irene sie mitnehmen will und sich nicht entschuldigen will, für gar nichts.

«Esther! Du ziehst dich an! Und dann kommst du mit!»

Sie hat es etwas zu laut gesagt, gebrüllt eigentlich, sie hat es herausgebrüllt. Sie wundert sich selbst. Sie weint fast. Vor Erregung. Vor Wut und vor Scham. Henry zittert. Der Hund ist wirklich ein Schisser.

Esther legt den Kopf in ihre Hände und schüttelt ihn.

Thomas L. steht auf, geht zu ihr und nimmt sie in die Arme. «Schwiegermutter», sagt er, «krieg dich mal ein. Esther bleibt hier, und schrei sie bitte nicht an.»

Irene verlässt das Zimmer, Yasemine folgt ihr, dahinter Henry. Sie eilen durch den dunklen Flur und die noch einen

Spalt offen stehende Haustür nach draußen. Sie stapfen durch den Schnee zum Auto, sie setzen sich hinein, und Irene startet den Wagen. Das Radio geht an, «White Christmas», Frank Sinatra, Irene seufzt, Tränen rinnen ihr über die Wangen. Sie kommt sich so dumm vor, sie kann sich gar nicht erinnern, dass sie sich schon mal so dumm vorgekommen ist. Um sie herum dichtes Gestöber, oben ein dunkler Himmel, der Mond ein heller Fleck. Weiter weg, hinter dem Feld, der matte Lichtschein des Dorfes.

«Fahren wir», sagt Yasemine. «Nützt ja nix.»

Irene lenkt den Wagen an den Autoskeletten vorbei, durch das schiefe Tor, auf den Weg, die tiefen Spuren entlang, auf denen der Schnee jetzt eine sanft wellige Fläche vorspiegelt. Sie fahren vielleicht hundert Meter, dann sackt der linke Vorderreifen in eine Kuhle. Die Räder drehen durch, und Irene versucht mehrere Male erfolglos, aus dem Loch herauszukommen.

«Mist», sagt sie.

«Ich schiebe», sagt Yasemine, öffnet die Beifahrertür und steigt aus.

Sie stemmt sich von hinten gegen den Wagen. Sie müht sich. Dann ruft sie: «Wir müssen etwas unterlegen, vorne, unter dem Vorderreifen.»

Irene öffnet ihre Tür und landet mit ihren Stiefeln in dem Loch. Sie fragt sich, was man unterlegen könnte. Es schneit jetzt so stark, dass sie kaum drei Meter weit sehen kann. Das Haus, in dem ihre Tochter nackt zwischen fremden Leuten lebt, ist fast nicht mehr zu erkennen, ein kleines, orangenes Licht wie ein Auge, da ist das überheizte Zimmer, in dem sie Rotwein trinken und Sachen machen, von denen Irene besser nichts wissen möchte.

«Die müssen uns helfen», sagt Yasemine.

«Nein.»

«Nun stellen Sie sich nicht an. Wie sollen wir denn sonst wegkommen?»

Yasemine ist schon auf dem Weg, zurück zum Haus. Sie stapft durch den Schnee, der Hund ein dunkler Schatten hinter ihr, sie ist verschwunden. Irene steht neben ihrem Auto. Sie friert. Sie will nicht mehr in dieses Haus. Sie steigt wieder in den Wagen. Sie schließt die Tür, sie lauscht Frank Sinatra. Sie holt ihr Handy aus der Tasche. Sie ruft Per an.

«Rehlein, wie geht's?»

Irene schluchzt ins Telefon.

«Was ist los? Nun weine doch nicht … Ist es so schlimm?»

Irene putzt sich die Nase. Sie sitzt in ihrem Sitz in ihrem kalten Auto, draußen Dunkelheit und Schnee, als wären alle verrückt geworden, auch die Natur und auch fast sie selbst.

«Ich bin hier, in Rumpft», sagt sie und bemüht sich, ordentlich zu reden und gefasst zu sein. «Ich habe – Esther – die Pullover gebracht.»

«Ja?»

«Sie war nackt, Per. Sie waren alle nackt. Sie war mit Kugeln … Sie hatte Kugeln und Lametta … Sie war wie ein Weihnachtsbaum geschmückt.»

«Wie ein Weihnachtsbaum?»

Wenn Per es so sagt, klingt es weniger schlimm.

«Per, sie war nackt. Alle waren sie nackt.»

«Wer denn noch?»

«Es sind jede Menge Menschen in dem Haus, und die waren alle nackt.»

«Und was noch?»

«Was noch? Mehr nicht.»

«War denen gar nicht kalt, Rehlein?»

«Kalt?»

«Wegen der Heizung, weil die Heizung doch kaputt ist.»

«Nein, es war sehr warm.»

«Dann ist es ja gut.»

«Dann ist es gut?!»

Irenes Herz klopft. Und draußen tobt jetzt fast schon ein Sturm. Und Yasemine ist weg. Yasemine und der Hund sind in der Nacktenbude.

«Per, was soll ich denn machen?»

«Hast du ihr die Pullover gegeben?»

«Ja, aber das ist doch jetzt vollkommen egal. Sie will überhaupt keine Pullover, sie schreit mich an. Und ich weiß nicht, was ich tun soll!»

«Du hättest nicht fahren sollen. Aber nun bist du gefahren, sie hat ihre Pullover, sie weiß, du sorgst dich, und sie kriegt sich schon wieder ein. Was willst du also machen?»

«Ich sitze fest. Ich bin auf diesem Scheißweg hier in einem Loch steckengeblieben. Und es schneit. Es schneit und schneit, und ich bin festgefahren. Yasemine ist zurück zum Haus gelaufen, sie will Hilfe holen.»

«Wer ist Yasemine?»

«Das Mädchen von der Autobahn. Du hast doch gesagt, ich soll sie mitnehmen. Ich habe sie mitgenommen, und jetzt ist sie eben dabei.»

«Ach, *dieses* Mädchen. Ich hatte sie schon vergessen. Okay. Das ist doch gut. So bist du zumindest nicht allein.»

«Per, findest du eigentlich ALLES IMMER NUR GUT!?»

«Nein, das ist natürlich eine unschöne Situation, aber was soll ich tun? Ich bin hier, du bist dort, Rehlein, du wolltest unbedingt nach Rumpft fahren, und jetzt, wenn du einen Rat willst, geh zurück zu Esther und ihren Leuten, rede vernünftig mit denen und frage, ob du bei ihnen übernachten kannst. Das Wetter ist schlecht, besser, du fährst morgen zurück. Bis dahin hat sich vielleicht einiges geklärt.»

«Ja.» Irene nickt. Sie sieht es selbst. Die Frontscheibe ist voller Schnee. Wie soll sie hier wegkommen, selbst wenn sie aus diesem Loch herauskommen sollte? Sie würde in das nächste Loch fahren, zehn Meter weiter, auf diesem verdammten Feldweg. Wie kann man hier nur wohnen?

Sie sind angezogen. Sie kommen in Stiefeln und Hosen und Jacken und Mützen. Sie stapfen durch den Schnee, der minütlich höher zu werden scheint. Yasemine kommt mit ihnen, in ihrer Hand hält sie ein Glas Rotwein, an dem sie nippt. Alle kichern und haben Spaß, wie es aussieht. Irene hat sich rüber auf den Beifahrersitz geschwungen, sie will nicht wieder im Loch voller Schnee und Matsch landen. Sie steigt auf der Beifahrerseite aus, und sie sieht ihnen entgegen, die kommen, um zu helfen. Einer hat eine Decke, ein anderer eine Schaufel. Esther ist nicht dabei. Aber Thomas L., ohne eine Mütze auf seinem langen, lockigen Haar. Thomas L. mit einem Bundeswehrparka über seinem nackten Körper, die Jacke nur leicht geschlossen. Henry springt durch den Schnee, zögerlich, immer wieder anhaltend.

«Ich glaube, es hat keinen Sinn», sagt Irene.

Sie kommen näher heran, zwei Männer und eine Frau, Yasemine und Henry. Henry japst und schüttelt sich.

«Ich komm doch hier nicht weg. Hat keinen Sinn.» Sie deutet auf den verschneiten Weg, von dem nicht mehr viel zu sehen ist, es ist alles in eine weiße, wellige Gleichmäßigkeit getaucht. Unten, am Fuße des Weges, in der Talsohle, die

Lichter des Dorfes. Wieder ein Silvesterknaller, Hundegebell. Eine bläuliche Färbung am unteren Rand des Himmels, der nach oben hin schwarzgrau geworden ist, eine dichte, tiefhängende Ladung von neuem Schnee, Massen von Schnee.

Eine Frau drängt sich nach vorne. Sie ist noch jung, mit einem sehr kleinen Gesicht und großen Augen, Augen, zu groß fast für den kleinen Kopf, dazu ein spitzes Kinn, wie ein kleines Tier. Ein flinker Blick, die kleinen Beinchen. Hopst herum, wie ein Eichhörnchen.

«Im Dorf gibt es vielleicht irgendwie Abschleppwagen, Traktoren oder so, die haben doch alle Traktoren. Und auf der Hauptstraße unten wird doch bestimmt Schnee geschoben. Man müsste nur hingehen. Und irgendwo fragen …» Das Mädchen rückt sich die weiße Strickmütze auf dem Kopf zurecht, zieht sie tiefer über die Ohren.

Thomas L. stellt sich neben sie, stützt sich auf die Schaufel, raucht dabei. «Lissilein, heute ist Weihnachten. Erstens. Und zweitens, Schwiegermutter, bleib doch hier. Wir sind ein gastfreundliches Haus. Du und das Mädchen, ihr könnt bei uns schlafen. Wir würden uns riesig freuen.» Er grinst. Er legt seinen Kopf schief, und der wirbelnde Schnee legt sich auf sein wildes Haar.

«Das war, was ich mir auch dachte», sagt Irene. «Wär wohl am besten. Wenn es euch recht ist. Sonst laufen wir rüber ins Dorf und schauen, ob wir da irgendwo unterkommen können.»

«In Rumpft, da kommst du nirgendwo unter», sagt Thomas L. «Da ist nichts. Nur Menschen und Häuser. So wie hier auch. Und hier ist deine Familie, Schwiegermutter.»

Lissilein und der andere Mann drehen sich um und laufen zurück zum Haus. Yasemine steht immer noch mit dem Weinglas in der Hand da und strahlt über beide Wangen, als würde sie sich freuen, als gäbe es tatsächlich einen Grund, sich ganz besonders zu freuen.

«Und Esther?», fragt Irene.

«Die ist doch glücklich, dass ihre liebe Mama sie besuchen kommt», sagt Thomas L., schnippt die Zigarette in den Schnee und latscht los, ohne auf sie zu warten.

Irene steht am Wagen, die Hand an der offenen Beifahrertür.

Yasemine zittert. «Kommen Sie?», fragt sie. «Ich geh sonst auch … für Sie … rüber. Ins Dorf. Wenn Sie wollen, kucke ich, ob ich was finde.»

Irene schüttelt den Kopf. Yasemine kommt näher ran an Irene. Als sie dicht vor ihr steht, flüstert sie: «Das sind … so was wie Nu – dis – ten. Vor allem die eine Frau und ihr Typ. Ist aber nix Schlimmes. Die sind extremst friedlich, echt, das geht denen nicht um sexuelle Sachen. Die wollen nur nackt sein. Aus Spaß.»

Irene nickt ganz langsam.

«Hat mir die eine Frau gesagt. Mit den grünen Haaren. Bekloppt, ne?», sagt Yasemine. «Ziehen die sich komplett nackt aus und finden das toll.» Sie hält Irene ihr Glas hin. «Nehmen Sie mal einen Schluck. Der ist megagut, wirklich.»

Irene nimmt einen Schluck, der Wein schmeckt aus irgendwelchen Gründen ganz wundervoll, und sie nimmt noch einen Schluck, gierig. Um sie herum Schneetreiben, Kälte, dass ihr vor Zittern die Rippen schmerzen. Der Wagen, der schief im Schnee steckt, drüben das Haus mit der Wärme und den Menschen und Esther. Ein Leuchten geht von den Flocken aus, von irgendwelchen Reflexionen, wie ein dunkles, leises Glühen. Fern, auf der glatten, weißen Fläche des Feldes, tanzt eine Gestalt, ein Schatten, aufgewirbelter Schnee, der sich zum Wald hin dreht und dort verschwindet.

«Irgendwie magisch», sagt Yasemine, und ihre Zähne klappern dabei.

Sie steigen eine rostrot gestrichene Holztreppe empor, ein Lichtstrahl streicht über die Stufen, oben liegen ebenso rostrot gestrichene Dielen, eine Wäscheleine ist aufgespannt, ein kleines Dachfenster in der Schräge, dunkel gefüllt mit Schnee, der Lichtstrahl wackelt über alles hinüber, hüpft und weist ihnen den Weg. Thomas L. hält die Lampe in der Hand, hinter ihm geht Esther, die kaum etwas gesagt hat, seit ihre Mutter in das Haus zurückgekehrt ist, um hier zu übernachten, dahinter Irene und hinter ihr Yasemine und Henry. Der Hund fiept leise vor sich hin, es gefällt ihm nicht, was vor sich geht, er kennt sich hier nicht aus. Es riecht muffig, und Staub steigt ihnen in die Nase. Auf dem Boden, unter der Schräge aufgereiht, liegen Kisten und Kartons. Liegt eine kleine Häckselmaschine mit hölzernem Griff, alles von Spinnweben bedeckt. Auf den rostroten Dielen sind dünne, rutschige Läufer hingebreitet. Dann finden sich die Gäste in einem Raum, ein großes Bett steht in der Mitte, zwei Nachttischchen, rechts ein Kleiderschrank, daneben eine kleine Bank, in der Ecke lagern Äpfel in Kisten. Der Geruch von Äpfeln steht im Zimmer wie ein dunkler Traum von Sommer.

«Das ist noch komplett, wie es war», sagt Thomas L. «Das war das Schlafzimmer damals, da haben sie mal geschlafen, die Urgroßeltern, unten gibt es noch ein Schlafzimmer, von den Großeltern, wo wir jetzt schlafen.» Er zieht einen Topf unter dem Bett hervor. «Hier könnt ihr pinkeln, wenn ihr nicht runterwollt in die Kälte.»

Yasemine lacht kurz auf, verstummt wieder. Der Hund fiept.

«Licht gibt es keins?», fragt Irene.

«Die Lampe hier, die könnt ihr haben», sagt Thomas L. und stellt sie auf eines der beiden Nachttischchen. Es ist eine große, viereckige Lampe mit wahrscheinlich acht Batterien im Bauch, sie ist hell, und der Raum ist ausreichend beleuchtet. «Der Strom ist seit gestern Abend weg, ist irgendwo was gerissen. Der Ziegenmann wird sich schon drum kümmern, wir müssen ihm nur noch Bescheid sagen. Er war vorhin nicht da. Aber hier oben ist sowieso kein Licht. Nur morgen früh, da kommt das Licht in eure Hütte, Schwiegermutter. Da begrüßt euch die liebliche Sonne in eurem Bett.» Er wedelt mit der Hand und deutet auf das Fenster, er zieht die staubigen Gardinen auf, aber draußen ist nur schneeflockiges Grau und in der Ferne ein dunklerer Streifen, wo der Wald liegt.

Esther hat sich auf das Bett gesetzt, in der Hand hält sie ein volles Glas Rotwein. Das kalte Licht der Lampe im Gesicht, sieht sie müde und erschöpft aus.

«Übrigens bin ich schwanger», sagt sie und wippt auf der nachgiebigen Matratze.

Schwanger. Wie ein Kind, trotzig, und nur, um Irene alles zu vergällen. Um sich zu rächen dafür, dass sie Esther besucht hat und nun hier übernachtet, dass sie sich eingeschlichen hat in Esthers Haus und in ihr Leben.

Durch die offen stehende Tür zum Dachboden pfeift der Wind. Der Wind pfeift und heult, und Henry heult auch, und etwas Dumpfes knallt gegen die Giebelwand, von außen, unsichtbar, unerklärlich. Ein Vogel? Henry bellt, leise und unentschlossen, zweimal, dreimal, dann rollt er sich auf dem Boden zusammen, legt den Kopf auf seine Hinterpfoten und findet sich mit allem ab.

Irene sagt noch immer nichts. Sie sieht Esther an, dann Thomas L. Der schüttelt den Kopf. «Sieh mich nicht so an, ich war es nicht.»

«Er war es nicht», bestätigt Esther. Sie wippt nicht mehr. Sie verzieht ihr Gesicht.

«Willst du darüber reden?», fragt Irene und denkt, dass sie selber gerade gar nicht darüber reden will.

«Ich will nicht darüber reden», sagt Esther und steht auf. Sie trinkt das Glas Rotwein mit einem Zug leer. «Es ist auch egal, ich lasse es ja eh wegmachen. Ich wollte es dir eigentlich gar nicht sagen. Aber jetzt, wo du gerade mal hier bist, warum nicht? Ich dachte, es interessiert dich vielleicht.»

Irene starrt auf Esthers Bauch. Er sieht aus wie immer, sie hatte immer einen kleinen, natürlichen Bauch, weil sie mollig ist. Oder drall, wie Per sagt. Sie trägt einen der Pullover, die Irene von zu Hause mitgebracht hat. Einen hellblauen, mit eingestrickten Zöpfen verzierten Baumwollstrickpullover. Ausgeleiert an den Ellbogen, etwas zu kurz an den Armen.

«Früher hat der doch immer gepasst. Letztes Jahr noch», sagt Irene und schüttelt den Kopf.

«Was?», fragt Esther.

«Die Ärmel sind zu kurz. Den hätte ich gar nicht mitbringen sollen.»

Eine Weile sagt niemand etwas. Thomas L. steht an der Tür, Yasemine steht vor dem verschneiten Fenster und starrt in die Dunkelheit hinaus, Esther steht vor dem Bett, die Arme in zu kurzen, hellblauen Ärmeln.

«Heul doch nicht!», schreit sie Irene plötzlich an und läuft aus dem Zimmer. Thomas L. bleibt noch für einen Moment in der Tür stehen, er zuckt mit den Schultern und sagt dann: «Ich bringe euch ein paar Sachen hoch, Zahnbürsten und was ihr braucht. Die anderen schlafen unten, in Schlafsäcken. Die Toilette ist draußen. Wenn ihr da hinwollt, zieht euch was an und nehmt die Lampe mit. Es ist ein kleines, solides Haus, gar nicht eklig, und wir haben einen kleinen Heizkörper da drinnen, aber im Moment ist ja der Strom weg. Deshalb … Aber ihr könnt gerne auf den Topf gehen. Und sonst, wir sitzen unten noch ein bisschen. Kommt doch einfach noch mal runter.»

«Gleich», sagt Irene, und Thomas L. schließt die Tür.

«Schwanger, nicht schlecht», sagt Yasemine. «Nur, von wem?» Sie schmeißt sich auf das dicke Federbett.

Irene steht immer noch regungslos da.

«Ich hab doch nicht geheult», sagt sie.

«Ne», sagt Yasemine.

«Warum schreit sie mich dann an? Ich habe doch kein einziges Wort gesagt.»

«Doch, mit dem Pullover, dass die Ärmel zu kurz sind.»

«Und? Das hat doch nichts mit der Schwangerschaft zu tun. Ich habe doch gar nichts zur Schwangerschaft gesagt.»

Irene setzt sich langsam auf das Bett. Das Bett gibt enorm nach. Dann lässt sie sich nach hinten fallen, in die tiefen Kissen.

«Ist das geil», sagt Yasemine, «wie im Himmel.»

«Was soll ich machen, Yasemine? Du bist doch auch siebzehn, du kannst dich vielleicht in sie reinversetzen. Was will sie von mir? Was ist richtig?»

Yasemine dreht sich zu Irene, stützt sich auf die Ellbogen und sagt: «Nichts ist richtig.» Dann setzt sie sich noch einmal auf, um sich wieder schwungvoll ins Bett fallen zu lassen.

Irene liegt auf dem Rücken, tief im Bett versunken, der Strahl der Lampe über ihr an der Wand, draußen Kälte und Sturm. Im Zimmer ist es kalt. Die dunklen Vorhänge bewegen sich leicht. An der Giebelwand wieder ein dumpfer Knall. Der Hund knurrt leise und wie im Schlaf.

«Meine Mutter hätte gesagt, dass ich 'ne Schlampe und 'ne Nutte bin», sagt Yasemine, «dabei ist sie selber 'ne Schlampe und 'ne Nutte. Und aus einer Frau, die 'ne Schlampe und 'ne Nutte ist, kann auch nur eine rauskommen, die 'ne Schlampe und 'ne Nutte ist. Nich?»

Irene dreht den Kopf langsam zu Yasemine. Yasemine ist länger als das Bett. Ihr Körper liegt im Federbett wie ein Pfahl, und ihre Füße mit den Turnschuhen hängen in der Luft. Ihr dunkelblondes Haar liegt strähnig um sie herum verteilt.

«Aber *sie* ist keine Schlampe, *sie* kommt von dir», sagt Yasemine.

«Mal sagst du ‹Sie›, mal sagst du ‹du› zu mir», sagt Irene.

«Wie es passt», sagt Yasemine.

«Ich glaube nicht, dass deine Theorie stimmt. Du scheinst mir keine Schlampe und auch keine Nutte zu sein.»

«Nein», sagt Yasemine, «aber ich muss aufpassen.»

Aus irgendeinem Grund muss Irene lachen. Das Lachen kommt ganz leicht aus ihrem Bauch herausgesprungen. Ein Lachen aus Verzweiflung geboren, ein wunderschönes, hilfloses, albernes Lachen. Yasemine lacht mit. Sie liegen zu zweit in dem eiskalten Zimmer in den staubigen Betten und lachen, und Irene tun die Rippen davon weh, so doll muss sie lachen.

Dann gehen sie runter zu den anderen.

Unten, im überheizten Zimmer, sitzen sie und hören Musik, ein Mann spielt Gitarre, leise klimpernd, eine Frau singt dazu, die anderen dösen und trinken Wein. Manche liegen bereits im Schlafsack eingewickelt. Nackt sind nur noch drei. Eine

Frau und zwei Männer. Sie sehen alle drei irgendwie klein und dünn aus, als würden sie aus derselben kleinen und dünnen Familie kommen.

«Stört es Sie?», fragt die Frau und zieht eine Decke um sich herum.

Irene schüttelt den Kopf.

«Ach, ich weiß nicht», sagt einer der beiden kleinen Männer und steht auf. «Wenn alle angezogen sind, ist es nicht mehr dasselbe. Dann komm ich mir irgendwie nackt vor.» Er kichert und schaut in die Runde, um zu sehen, ob sein Scherz angekommen ist. Die anderen kichern auch. Vier Frauen und drei Männer und Thomas L., Esther ist nicht da.

Irenes Handy klingelt, und sie steht rasch auf und geht in den Flur. Es ist Valentin.

Sie hat ihn vergessen. Sie hat die ganze Verabredung mit ihm einfach vergessen. Seine Stimme lässt sie glühen, und sie geht nach draußen in den Schnee hinaus. Sie möchte nicht, dass Esther etwas mitbekommt.

«Meinst du, du kommst noch, oder hast du es dir anders überlegt?», fragt Valentin.

«Ich hab es mir nicht anders überlegt», sagt sie und läuft einige Schritte, das Telefon fest an ihr warmes Ohr gedrückt, und sie steckt ihre Stiefel in den weichen, sanften Schnee. Die Kälte berührt ihre Haut, das dunkle Leuchten erhellt den leeren, stummen Raum.

«Gut. Kommst du dann bald? Liebste? Ich habe gegessen und warte schon, in Zimmer zwölf. Merkst du dir das? Zwölf.»

«Es tut mir leid ... Ich bin bei meiner Tochter, in Rumpft, in ihrem Haus, und ich habe mich mit dem Auto festgefahren. Das ist hier wirklich ... sehr abgelegen, man fährt auf einem Feldweg her, und es ist alles ... so uneben gewesen, und jetzt liegt hoch Schnee, es schneit immer noch. Der Wagen steht mitten auf dem Weg mit dem Reifen in einem Loch, und alles ist komplett eingeschneit, es geht einfach nicht. Ich muss morgen sehen, wie ich da rauskomme. Aber das ist nur ein kleines Drama. Es gibt hier noch andere Dinge, die schwieriger sind. Ich will das jetzt nicht mit dir besprechen.»

Er schweigt eine Weile. Dann sagt er: «Du kommst heute Abend also nicht.»

«Nein.»

«Das heißt dann wohl, ich bin umsonst hierhergefahren.»

«Es tut mir leid, ich habe mir das nicht ausgesucht. Es war auch, ganz ehrlich, eine ziemlich verrückte Idee, einfach mal so nach Hessen zu fahren. Wir hätten uns sehr viel leichter in Hamburg treffen können. Ich wohne in Hamburg. Du wohnst in Hamburg.»

«Ja, klar …»

«Ich hatte dich eigentlich schon abgeschrieben, nachdem du dich … so lange nicht gemeldet hattest.»

«Ich möchte *das* auch nicht am Telefon besprechen.»

«Nein, natürlich nicht.»

«Ich könnte vielleicht noch einen Tag bleiben. Wie sieht es morgen aus?»

«Ich weiß es nicht. Ich weiß es wirklich nicht. Ich muss das Auto morgen frei bekommen, ich muss das hier erledigen, mit meiner Tochter, und ich habe dieses Mädchen bei mir. Es ist alles etwas viel.»

Der Schnee kommt von der Seite, und es ist ihr nicht klar, ob er noch aus dem Himmel kommt oder von unten her aufgewirbelt wird, er fliegt um sie herum, und sie zittert, sie, die Liebste.

Eine Weile schweigt er, sie schweigt, sie lehnt jetzt an der

Wand des Hauses und sieht rüber zum Leuchten des Dorfes, sie denkt an die hellen Straßenlampen, die eine Glocke aus Licht über die Häuser legen, sie denkt «Liebste», sie denkt nicht «Liebster», sie denkt immer nur «Liebste», sie geht in der «Liebsten» verloren, und das macht sie wütend.

«Ich vermisse dich», sagt er.

«Ich weiß nicht, wie es bei mir ist», sagt sie. «Ich weiß doch nicht einmal, wer du bist. Was ist das denn mit uns? Es ist doch fast gar nichts.»

«Wenn du das so siehst.»

«Ich bin einfach nur müde. Und traurig.»

«Sei nicht traurig. Ich küsse dich. Gute Nacht, Liebste.»

«Gute Nacht», sagt sie und legt auf.

Obwohl es ihr eiseskalt ist, läuft sie ein paar Schritte bis zum Tor, sie schlingt die Arme um ihren Körper, sie starrt weiter auf das Licht unten im Tal, sieht den schwarzen Wald zu ihrer Rechten und dann zurück zu den drei Häusern auf dem Hof. Die Luft riecht metallisch, würzig und frisch, und das dunkle Glühen zwischen den wirbelnden Flocken ist immer noch da. Ihr Wagen ist eingeschneit, nur noch eine sanfte Wölbung auf dem unsichtbaren Weg, zugedeckt in der Landschaft aufgegangen.

«Gute Nacht, Liebste», denkt sie und fühlt sich betrogen und fürchtet sich vor dem, was im Haus ist. Vor den Leuten, vor allem vor Esther. Vor allem vor Esther.

Hinter ihr Schritte.

Der Mann im Mantel, der Mann mit den Cowboystiefeln und der Zahnlücke. Er hat eine Steppjacke in der Hand und hält sie ihr hin.

«Zieh an!», sagt er. «Das ist ein Todeswetter.»

Irene muss wider Willen lächeln. «Ein Todeswetter?»

«Ein Wetter zum Sterben. Man legt sich draußen auf das Feld, auf die weiche Decke, und bald ist man friedlich tot. So wünsch ich mir das.»

Irene zieht sich die große Jacke über und macht den Reißverschluss zu. Sie schlottert erst recht, als sie die Jacke anhat.

«Aber schön ist es auch», sagt der Mann.

«Sie wohnen hier?», fragt Irene.

«Ja.»

«Sie wollen doch nicht ernsthaft sterben?»

«Jetzt gerade nicht. Kommst du mit rüber?» Er deutet auf sein Haus, er winkt mit dem bärtigen Kopf.

Irene sieht ihn an. In seinem Gesicht ist noch immer etwas, das sie interessiert. Seine Nase, seine Augen, sein Haar, das ihm in die Augen fällt. Aber sie kennt ihn überhaupt nicht, und etwas macht sie auch misstrauisch.

«Ich weiß nicht, ich habe in dem anderen Haus da Verpflichtungen.»

Der Mann zuckt mit den Schultern. «Ich bin kein Sexualstraftäter. Ich bin ein friedlicher Mensch. Wenn auch mit Störungen. Das gebe ich gerne zu. Ich koch uns einen Kaffee.»

Kaffee. Ein richtiger, heißer Kaffee.

Er nickt ihr zu und dreht sich um, und sie folgt ihm.

8.

Das Haus ist innen besser ausgebaut als das Haus von Esther und Thomas L. Es riecht nach frischem Holz. Die Wände sind weiß gestrichen und mit Bildern behängt. Er schaltet das Licht an.

«Hier geht das Licht?», fragt Irene. «Drüben haben sie gesagt, der Strom wäre weg und ein Ziegenmann würde sich morgen drum kümmern.»

«Der Strom ist weg? Es ist ihnen nur wieder eine Sicherung durchgebrannt. Können die Kinder eine Sicherung eindrehen? Nein. Nackt sein, das können sie, und Sex, das können sie auch. Aber der ganze Frieden da drüben ist explosiv, und wenn sie heute noch singen, dann schreien sie sich morgen an. Kinder. Ach, eins davon ist ja deins.»

Irene setzt sich auf einen Sessel. Das Wohnzimmer ist nicht groß, die Fenster gehen auf eine Fläche Schnee hinaus, die sonst Wiese ist oder vielleicht auch Garten, und an dessen hinterem Ende ein paar hohe Tannen stehen, daran anschließend dann das dunkle Feld. Eine alte Stehlampe neben dem Sofa, eine Jagdszene auf dem gelblichen Seidenschirm, warmes Licht fällt auf den glänzenden Holzboden. An der Wand steht ein Ofen mit Glasfenster, ein Feuer dahinter. Der Mann geht weg, irgendwohin, in eine Küche. Er ruft: «Ich koch den Kaffee. Mach es dir hübsch.»

Sie macht es sich hübsch. Sie sitzt in der warmen Sauberkeit und fühlt eine Sicherheit, die es drüben nicht gibt. Erwachsene Menschen mit Kaffee. Eine Katze schnurrt heran. Irene streicht ihr über das Fell. Sie sieht sich um. Auf dem

Sofa, grün mit einer Decke über der Lehne, liegen Zeitungen verteilt. An der Wand hängt ein Bild mit einem Segelschiff. Daneben ein Porträt, ein alter Mann, er sitzt auf einer Bank vor einem Haus, das ebendieses sein könnte, im Hintergrund kleine, runde Schafe, das Fell dick und ungeschoren, über allem hängt ein Schäfchenhimmel, die Form der Schafe wiederholt sich in den Wolken. Auf einem Tisch steht ein Elefant aus Porzellan, darunter Briefumschläge. Ein Laptop.

Der Mann kehrt mit dem Kaffee zurück.

«Ich kann nicht lange bleiben», sagt Irene.

Er nickt. «Sag ihnen, sie sollen eine neue Sicherung reindrehen. Der Kasten ist vorne im Eingang, und die Sicherungen liegen davor.»

«Wenn es tatsächlich nur das ist, dann wäre es gut. Dann bräuchten sie den Ziegenmann nicht zu bemühen.»

«Das bin ich», sagt er, «der Ziegenmann.»

«Sind Sie so was wie ein Hausmeister?»

«Sag ‹du›. Wir sind hier nicht im Schloss. Und ja, ich bin so was wie ein Hausmeister. Und ich bin noch was anderes. Der Besitzer.»

«Das ist dein Haus?»

Er schlürft Kaffee. Dann steht er auf, holt eine Kiste Kekse aus dem Nebenraum, öffnet sie und stellt sie vor Irene auf den Tisch. Irene nimmt sich einen Keks, gedankenverloren, und isst und trinkt Kaffee.

«Das sind meine drei Häuser, und ich hab noch mehr. Im Moment gehören mir siebzehn Häuser. Alte Häuser, Bauernhäuser. Das ist mein Beruf. Bauernhäuser zu verkaufen.»

«Wie bekommt man denn siebzehn Bauernhäuser?», fragt Irene.

Die Katze ist zu ihrem Herrn auf den Schoß gesprungen.

Er schubst sie wieder herunter. Sie schmiegt sich an seine Beine.

«Man bekommt sie nicht auf einmal. Man kauft eins. Man kauft noch eins. Und so fort. Die Leute wollen aufs Land. Das ist ein Trend. Sie bleiben oft nicht lange, drei Jahre, fünf Jahre, dann gehen sie zurück nach Berlin oder Hannover oder München, oder wo sie eben herkommen. Aber eine Weile bleiben sie auf dem Land. Ich kaufe alte Bauernhäuser, Resthöfe, so was. Dann renoviere ich sie und verkaufe sie weiter. Oder ich vermiete sie weiter. Jetzt sind es siebzehn, die teils vermietet sind, teils werden sie noch verkauft. Ich bin Großgrundbesitzer, ein ordentlicher Kapitalist.»

Irene zuckt mit den Schultern. Sie steht auf. «Ich muss gehen», sagt sie, obwohl sie gerne in diesem ordentlichen Sessel sitzen geblieben wäre.

«Geh schon, Irene», sagt er.

Sie zuckt zusammen.

«Geh zu deinen Kleinen und zieh dich nackig aus.»

«Was redest du da?», sagt sie, und ihr wird klar, dass sie irgendetwas weiß, aber es ist irgendwo, an einer Stelle in ihr, an die sie nicht herankommt.

«Sie mögen das nicht, wenn man was anhat. Das macht sie bissig. Hast du das noch nicht gemerkt?»

«Woher weißt du meinen Namen?»

«Na so, ich weiß es eben. Ich weiß alles, macht dir das Sorgen?»

«Nein. Das nun nicht.»

Sie geht hinaus, sie schließt die Tür, und sie läuft rasch auf das andere Haus zu.

«Es ist vermutlich die Sicherung», sagt Irene in den Raum hinein, in dem, sie merkt es zu spät, die meisten auf dem Boden liegen und schlafen. Niemand antwortet. «Pscht», flüstert eine Frau. «Sind alle im Bett.»

Irene tastet sich durch den nachtdunklen Flur. Sie will unbedingt den Sicherungskasten finden und die Sicherung reindrehen. Sie streift an der Wand entlang, aber sie findet keinen Kasten. Sie steigt vorsichtig die Treppe hoch, immer mit der Hand am Handlauf. Oben fällt ein schmaler Streifen Licht aus dem Schlafzimmer. Auf dem Bett sitzt Yasemine und kämmt ihr langes Haar.

«Sind alle plötzlich schlafen gegangen», sagt sie. «Wo waren Sie denn?»

«Drüben, bei dem Mann von vorhin.»

«Bei dem Ziegenmann?»

«Genau bei dem.»

«Der ist gruslig, oder?»

«Geht so.»

Irene nimmt die Lampe in die Hand. «Ich laufe eben runter und sehe nach den Sicherungen. Er hat gesagt, es ist nur die Sicherung. Er hatte Strom.»

Yasemine nickt.

Der Kegel der Lampe breitet sich über den knarzenden Holzboden aus, Staub überall, tote Fliegen, Spinnengewebe, gestapelte Mauersteine, ein Eimer, Gläser von Eingemachtem, vermutlich noch von den verstorbenen Bauern, die kleine Häckselmaschine, eine Kiste, auf der Bücher liegen, ein Holzschrank mit einer schief in den Angeln hängenden Tür. Irene gibt ihrer Neugier nach und öffnet die Tür. Bettwäsche und Handtücher, alles eingestaubt. Auf dem Boden des Schranks stehen ein paar Stiefel, das Leder gebrochen. Sie schiebt die

Tür zu und steigt langsam und vorsichtig die Treppe hinunter. Im Licht der Lampe findet sie den Sicherungskasten. Es sind alte Sicherungen. Sie schraubt sie einzeln ab, zwei sind durchgebrannt. Sie kennt solche Sicherungen aus der Altbauwohnung, in der sie und Per früher gewohnt haben. Auf dem Rand des Kastens stehen acht Ersatzsicherungen. Als sie die erste Sicherung wieder reingedreht hat, geht das Licht im Flur an, und aus dem Wohnzimmer singt Michael Jackson. Sie dreht die nächste Sicherung rein. Sie öffnet die Tür zum Wohnzimmer, in dem es sehr hell und sehr laut ist. Schlafsäcke wälzen sich, es wird geschimpft.

Von hinten, vom Flur her, kommt Esther. «Spinnst du?», sagt sie.

Thomas L. kommt auch und stellt die Musik aus. «Wunderbar», sagt er, «meine Schwiegermutter hat in der Nacht den Strom wiedergebracht. Wie hast du das gemacht? Hat dir der Ziegenmann gezeigt, wie das geht?»

«Spinnst du total?», schreit Esther. «Musst du dich immer um alles kümmern? Ist das dein Haus? Geht dich das was an?»

«Esther», sagt Thomas L., «sie hat den Strom wieder in unser Haus gebracht. Freu dich doch.»

«Ach, halt deinen Mund!», schreit Esther, läuft aus dem Wohnzimmer und knallt die Tür zu.

«Sie kann nichts dafür», murmelt Thomas L. und schaltet das Licht wieder aus. «Und jetzt, hopp, ins Bett.»

Irene steigt wieder in den Dachboden hoch. Auf dem Dachboden gibt es kein elektrisches Licht. Sie hat ihren Lampenstrahl, und die Gegenstände leuchten alle einzeln auf und stauben still und sagen nichts. Sie legt sich neben Yasemine ins Bett.

Beim Frühstück sitzen viele Menschen in der Küche mit zu wenig Essen. Es war geplant, dass jemand in den nächsten Ort fährt, um etwas zu holen, aber der Schnee liegt hoch, und es ist keiner gefahren. Es konnte auch keiner fahren, denn Irenes Auto versperrt immer noch den Weg.

«Kaffee gibt es keinen?», fragt Irene.

Thomas L. schüttelt den Kopf. «Wir trinken Tee», sagt er. «Wir haben nur noch Pfefferminz. Der schwarze Tee ist leider alle.»

Esther sitzt im Schneidersitz auf dem Boden im Wohnzimmer, das Fenster ist geöffnet, frische und eisige Luft strömt herein.

«Habt ihr gut geschlafen?», fragt Esther.

Was soll Irene jetzt antworten, damit die Freundlichkeit erhalten bleibt? «Das Bett ist sehr gemütlich», sagt sie.

Esther nickt und beißt in ein Stück Knäckebrot, das mit Marmelade beschmiert ist. «Ich finde, es ist das schönste Zimmer. Es ist noch ganz, wie es früher war.»

«Man könnte was draus machen», sagt Thomas L. «Der Ziegenmann wird es eines Tages renovieren, und dann wird es ein phantastisches Zimmer. Habt ihr hinausgesehen, die Aussicht, runter aufs Dorf und auf den Wald? Und den Boden wird er auch ausbauen. Alles neu und schick und wohnlich. Wunderbar wird das werden. Genau passend für dich, Schwiegermama. Aber bis dahin musst du mit dem alten Zimmer auskommen.»

«Mach sie nicht an», sagt Esther, «sie ist meine Mutter!»

Thomas L. lacht.

Irene sagt nichts. Sie will durch kein Wort zerstören, was plötzlich an Nettigkeit in Esther ist. «Ich wollte euch nicht stören», sagt sie dann doch, bezogen vielleicht auf die Nacht und den Stromkreislauf oder auf ihren Besuch oder auf etwas

Grundsätzliches in Esthers Leben, in der Art einer Greisin, als wäre sie senil und irgendwie krank, und so fühlt sie sich, unsicher und krank, als hätte der Schnee sich auch auf sie gelegt und sie schwach gemacht. «Ich habe mir gar nichts dabei gedacht.»

«Das glaub ich nicht», sagt Esther. «Sei doch mal ehrlich. Du hast dir schon was dabei gedacht. Was ist eigentlich los bei euch? Wieso ist Papa nicht mitgekommen?» Sie beißt in ihr Knäckebrot, und Krümel fallen auf ihren Schoß.

«Er hat gesagt, dass er es für einen Fehler hält, hierherzufahren. Deshalb wollte er nicht mitkommen.»

«Ja, es war ein Fehler, aber jetzt bist du hier. Auch egal.» Esther klopft sich die Krümel von den Händen und bringt den Teller weg. «War dir schlecht, als du schwanger warst?», ruft sie aus der Küche. Anscheinend wissen alle hier von ihrem Zustand.

«Nein», ruft Irene. Obwohl ihr schon manchmal schlecht war, aber nur ein kleines bisschen.

«Mir ist auch nicht schlecht», ruft Esther zurück. «Zwei von uns haben gesagt, ich soll es behalten, aber ich will es nicht behalten, ich bin zu jung.»

Hat Esther ihre Schwangerschaft und den geplanten Abbruch mit den Leuten hier besprochen? Irene sieht sich um. Alle schauen ganz normal oder bemühen sich, normal zu schauen. Die Frau mit den grünen Haaren lächelt.

Esther kommt zurück. «Ich fühle mich da überfordert. Die ganze Arbeit und das. Und Thomas – es ist ja nicht einmal sein Kind. Ich kann mir gar nicht vorstellen, Mutter zu sein. Ich bin doch keine Mutter. Ich bin überhaupt nicht so, mit Stillen und so, das finde ich eklig, das finde ich zum Heulen, das will ich einfach nicht.»

«Ich habe nicht gesagt, dass du das Kind behalten sollst. Ich habe gar nichts gesagt, ich habe nicht einmal nach dem Vater gefragt. Ich traue mich nicht, irgendetwas zu fragen oder zu sagen, Esther.»

«Das ist auch besser so», sagt Esther, und ihr Gesicht klappt zu.

Ein Traktor zieht den Wagen aus dem Schnee. Ein junger Mann, ein Junge, er sieht aus, als ob er noch nicht achtzehn ist, mit einem blauen Arbeitsanzug in der beheizten Kabine des modernen Traktors, er zieht das Auto sachte heraus und gleich ganz bis an die Straße, holpernd, blubbernd, durch das Stück Wald, vorbei am Sägewerk, wo die Stämme wie weiße Pakete liegen. Auf der Straße steigt Irene aus dem Wagen, sie will dem Mann Geld geben, aber der Mann will kein Geld, weil sein Vater mit dem Ziegenmann bekannt ist und weil sein Vater von Geld nichts gesagt hat. Aus der Kabine dringt Hip-Hop-Musik und Wärme, der Junge strahlt. Er hat es gern getan. Aber er muss nach Haus, zu seinem Vater, wo er noch ein paar Sachen mehr erledigen soll, und vielleicht will er das sogar.

«Vielen, vielen Dank!», sagt Irene.

Er nickt, legt zwei Finger an den kleinen, jungen Kinderkopf, legt die Finger an den Kopf wie ein Mann, und fährt auf schweren Rädern die Straße zum Dorf hinunter.

Irene setzt sich in den Wagen, der Wagen lässt sich starten. Was soll sie tun? Ihn hier, mitten auf der Straße, stehen lassen? An den Straßenrand kann sie ihn nicht stellen, dort türmt sich der beiseitegeschobene Schnee. Sie sitzt im warmen Wagen, sie könnte wegfahren, zu einem Hotel, wo ein Mann auf sie wartet. Schön und duftend und nackt. Liebste und Liebster.

Aber vor allem Liebste. Sie legt den Gang ein und lässt sich langsam runter ins Dorf rollen. Auf einem kleinen Parkplatz, der sauber mit der Hand frei geschoben ist, neben einem Haus, das mit «Hasenkrug» beschildert ist, parkt sie das Auto am äußersten Rand, direkt neben dem aufgetürmten Schnee, und steigt aus. Sie muss den Weg zu Fuß zurückgehen. Sie muss den Wagen hier lassen. Es bleibt ihr nichts anderes übrig. Kein Mensch ist auf der Straße. Eine Katze streift am Hasenkrug entlang. Eine Frau tritt aus der Tür des Hauses und schüttelt eine Tischdecke aus. Misstrauisch schaut sie herüber. Sie trägt eine weiße Schürze. Sie ist dick, und sie hat graues Haar.

«Ich muss den Wagen für eine Weile hier stehen lassen», ruft Irene.

Die Frau hebt den Kopf. Ist sie schwerhörig?

«Ich muss den Wagen für eine Weile hier stehen lassen», sagt Irene noch einmal, während sie auf die Frau zugeht. «Ich hoffe, das geht in Ordnung. Ich war oben», sie deutet hoch zum Wald, «Holzmühlenweg sechs. Meine Tochter wohnt dort. Ich bin auf dem Weg von da stecken geblieben, und ein Mann aus dem Dorf hat mich rausgezogen und bis zur Straße gebracht. Jetzt muss ich den Wagen irgendwo abstellen, bis ich wieder fahre.»

Die alte Frau hält die Decke in der Hand und starrt sie an. Dann nickt sie zweimal und geht wortlos wieder in das Haus.

Irene folgt ihr. Sie will im Hasenkrug einen Kaffee trinken, den ersten heute. Drinnen ist es dunkel und kalt. Es riecht nach altem Rauch. Die Frau ist in einem der Seitenräume verschwunden. Hinter der dunklen, alten Theke steht niemand.

«Hallo», ruft Irene, «ist geöffnet?»

Sie hört von irgendwoher leise Radiomusik, ein Kind redet mit einem anderen Kind. Dann kommt die Frau mit der Schürze wieder.

«Ist es vielleicht möglich, hier einen Kaffee zu bekommen?», fragt Irene.

«Is zu», sagt die Frau. «Is nur abends auf.»

«Ach so», sagt Irene und will gehen.

«Sind Sie da oben, beim Ziegenmann?», fragt die Frau.

Irene nickt. Die Frau nickt auch.

«Dann sieh zu», sagt die Frau.

«Wie bitte?», fragt Irene.

«Ich hab nichts gesagt», sagt die Frau.

«Haben Sie doch», sagt Irene.

«Sieh zu», murmelt die Frau noch einmal leise, als würden die Worte von selbst ihren Lippen entschlüpfen. «Mit dem Ziegenmann.»

Irene geht einen Schritt auf die Frau zu. Die Frau weicht zurück.

«Was ist denn mit dem Ziegenmann?», fragt Irene. «Ich fand ihn nett.»

Die Frau schüttelt den Kopf. Irene legt die Hand auf ihren dicken, warmen Oberarm und sieht ihr ins Gesicht.

«Eine hat er ja totgemacht», sagt die Frau. Dann wird sie ärgerlich. «Ich lass mich nich ausfragen.»

«Wen hat er totgemacht?»

«Niemand», sagt die Frau. «Wenn Sie jetzt gehen könn. Es is zu.»

Hinter dem Parkplatz ein Drahtzaun, ein Schuppen, das Gegacker von Hühnern. Der Himmel über dem Dorf ist milchig grau, die Laternen verteilen in der kalten Luft ihr mattes Licht. Von der Straße aus sieht man höher gelegen, hinter den

Feldern, ganz klein das Gehöft, dort muss sie hin. Erst die Straße hoch, dann rechts in den Weg rein, am Sägewerk vorbei, durch die Bäume und bis zu den drei Häusern. Die Straße ist frei geschoben, aber der Weg nicht. Wäre es nicht kürzer, direkt hier über die verschneiten Felder zu stapfen? Wenn sie ohnehin später durch den Schnee muss? Irene entschließt sich dazu und bereut es bald. Der hohe Schnee macht ihr zu schaffen. Sie ist vollkommen erschöpft, und alles ist nass, ihre Füße vor allem sind nass und blutleer und erstarrt. Sie bleibt ab und zu stehen, sie schaut auf die kleinen Häuser oben auf dem Hügel, sie schaut hinunter auf das Dorf, wo neben dem Hasenkrug ihr Auto wartet, und sie denkt an den Ziegenmann, an Valentin in seinem Hotelzimmer, Liebste, Liebste, an Yasemine und an Esther mit dem Kind in sich drin. Als sie oben anlangt, sieht sie, dass der Weg jetzt auch halbwegs frei geschoben und mit Kies bestreut ist. Der Winterdienst von Rumpft funktioniert.

Es ist noch einer von den kleinen Männern und die Frau mit den grünen Haaren da, beide angezogen. Yasemine sitzt zwischen ihnen und redet über das Leben in Hannover. Sie sagt: «Wenn ich irgendwo nicht sein will, dann in dieser Stadt. Es ist die verpissteste Stadt auf dem ganzen Planeten.»

Damals, als Irene mit den Freundinnen im Wellnesshotel war: Sie war zurück zu Patrizia gegangen und fand sie schlafend, hingebreitet auf der Holzliege, das Haar floss herab. Eine Ameise lief über Patrizias Schienbein, und ihre Lippen standen etwas auf. Rosige, leicht rissige Lippen. Kein Lippenstift. Irene ließ sie schlafen.

Später wachte Patrizia auf, neben Irene, die ein Buch las, «Schloss Gripsholm», es interessierte sie nicht, aber sie musste dennoch weiterlesen, aus verschiedenen Gründen. Lydia und Karl und Billie bekamen Züge von Sarah und Patrizia und dem Hausmeister, teils las Irene, und teils dachte sie, nur sie selbst kam in der Handlung nicht vor, oder war sie selbst ein armes, kleines Waisenmädchen?

Patrizia fragte nicht nach Sarah. Der Hausmeister interessierte sie nicht mehr. Er stand in Irenes Sichtfeld oben neben dem Hoteleingang und rauchte. Stand er absichtlich dort, um von ihnen gesehen zu werden? Was dachte er von sich? Dass er ein heißer Hengst ist? Ein Mann, der es zwei Frauen besorgen kann?

Irene stand auf, wütend, und sagte: «Ich gehe rein, es fängt gleich an zu regnen.» Dann lief sie zum Hoteleingang.

Der Hausmeister stand, immer noch halb nackt, braun gebrannt, mit einer Haut, die schweißbedeckt war, aber schön und jung, leicht gebeugt da und sah sie nicht an. Irene wollte etwas zu ihm sagen, sie wollte ihn verletzen, aber dass sie das wollte, erschreckte sie auch. War er ihr nicht vollkommen egal? Er wirkte, von nahem, erschöpft. Er blickte auf, er nickte ihr zu und lächelte sie an. Dann drehte er sich um, zu einem Fahrrad, das achtlos neben ihm auf dem Rasen lag. Ein altes, rostiges Damenrad. Er hob es auf, schwang sich darauf und radelte weg, ohne ein Wort mit Irene gewechselt zu haben. Er radelte ein wenig wie ein großer Affe im Zirkus, er war zu groß für das Rad. Er wirkte wie ein großes, stilles Tier.

Irene ging auf ihr Zimmer und duschte. Später, nachdem Sarah ins Dorf gegangen war, weil sie ihre Haarbürste verloren hatte, und Patrizia sich in ihrem Zimmer schlafen gelegt hatte, ging sie noch einmal nach draußen. Dort setzte sie sich auf eine Bank, und der Himmel, die Wolken, die ganze Umgebung lagen unter einem späten Gelb, einem frühabendlichen, nebeligen Gelb. Die Sonne war irgendwo tief, aber noch über dem Wald, hinter einem Schleier von feuchter Luft und Wolken verborgen. Alles wirkte alt und zerbrechlich. Sie saß auf der Bank, als der Hausmeister zurückgeradelt kam. Er hielt einen Sack in der Hand, und in dem Sack bewegte sich etwas. Er ließ das Fahrrad fallen, wo es auch vorher gelegen hatte. Er ging mit dem Sack hinter das Haus, wo der Eingang war. Der Sack bewegte sich weiter, und Irene dachte an eine Katze oder einen Hund, an einen Fisch und später dann an einen Fuchs, an eine Eule und dann an ein Baby. Ein Baby in einem Sack. Ein stummes Baby in einem Sack. Sie wusste, dass ihre Gedanken dumm waren, aber sie ließ sie zu. Sie konnte nicht anders, sie hatte das Gefühl, dass die Ereignisse hier an dieser Stelle unwiderruflich an ihr vorbeiliefen. Dass sie abseits stand und ihr jegliche Handlung, aber auch jegliche Information verweigert werden würden. Sie saß bewegungslos da, es war alles sinnlos. Der Himmel war gelb. Die Bank war gelb, ihre Beine waren komplett gelb. Sie war so neidisch auf jeden einzelnen anderen Menschen auf dieser Welt, dass sie zu weinen begann. Und das war die Lösung. Sie weinte, und das Gelb löste sich auf.

«Wenn du wissen willst, von wem das Kind ist …»

«Ich habe nicht gesagt, dass ich das wissen will.»

«Du willst es aber wissen, jeder will das wissen.»

Esther trägt den hellblauen Pullover, den sie schon am Tag zuvor getragen hat. Er hat einige Flecken bekommen. Er ist immer noch zu klein und vor allem an den Armen zu kurz. Sie trägt ihn aus Trotz, vermutet Irene.

«Wenn du mir gerne sagen möchtest, von wem das Kind ist, dann sage es doch bitte.»

«Ich möchte es nicht sagen.»

«Dann lass es bleiben, dein Sexualleben geht mich ja eh nichts an.»

Esther kichert. Sie beugt sich auf ihrem roten Plastikhocker vor und kichert. Der rote Plastikhocker ist an einer Stelle gebrochen, das Plastik hat einen Riss bekommen. In dem Riss stecken Haare. Drei oder vier lange Haare. Sie könnten von Esther sein. Sie könnten aber auch von Thomas L. sein. Sie haben sich in dem Riss verfangen.

«Ich wünschte, du würdest mir *irgendetwas* sagen. Was du möchtest. Was dir am Herzen liegt, Esther. Etwas, worüber du selbst, von dir aus, mit mir reden möchtest. Ich will dir nichts Böses. Ich bin deine Mutter.»

Esther hört auf zu kichern. Sie beugt sich noch weiter nach vorne, ihr Po, in ihrer blauen Jogginghose, stülpt sich weit nach hinten. Weiße Haut schaut unter dem Pullover heraus.

«Ich weiß, dass du das willst. Du willst, dass ich zu dir zurückkehre. Dass ich wieder dein Baby werde. Damit du mich beschützen kannst.»

Irene schüttelt heftig den Kopf, obwohl sie sich dabei sehr unsicher ist. Denn was Esther gesagt hat, ist genau das, was sie will. Sie will ihr Baby zurück, und sie will es beschützen. Vor Thomas L., vor diesem Haus, vor diesen nackten Leuten, vor einer Schwangerschaft, vor dem Abbruch, vor allem aber vor sich selbst. Vor ihrer jugendlichen Dummheit.

«Hast du bereits einen Termin?», fragt sie Esther.

«Nein. Ich hatte schon ein Beratungsgespräch, ich wollte aber noch eine Weile darüber nachdenken. Jetzt weiß ich es. Ich lasse mir nächste Woche einen Termin geben. Weil ich es jetzt weiß.»

«Seit wann weißt du es?»

«Seit gestern. Seit du hier bist. Jetzt weiß ich ganz genau, dass ich es nicht will.»

Mit dem Schnee tut sich nichts weiter. Es ist noch kälter geworden, und er liegt hoch und ganz trocken und staubig über der Landschaft. Er liegt auf den Feldern ringsherum, er liegt auf den Tannen und im Graben neben dem Weg. Er liegt auf den Autowracks im Hof, er liegt auf den Dächern der drei Häuser, und Spuren von kleinen Tieren tüpfeln die großen Flächen. Katzenspuren, Vogelspuren, Menschenspuren.

Thomas L. trägt eine dunkelblaue wattierte Arbeitsjacke, er trägt eine gestrickte grüne Pudelmütze mit einer übertrieben großen Bommel, er schiebt den Schnee vom Hof. Er schaufelt einen Weg frei, dann verbreitert er den Weg und häuft Türme auf. Er arbeitet zügig und als wäre er das Arbeiten gewohnt. Vielleicht ist er das Arbeiten gewohnt? Was weiß Irene über ihn? Fast nichts. Sie hilft ihm. Sie hat sich eine schiefe kleine Schaufel aus einem der Schuppen genommen, am Blatt klebt noch alte Erde, und sie schaufelt stumm, und es kommt ihr ein wenig unsinnig vor. Die Mädchen sitzen im Wohnzimmer und sehen einen Film. Irene hat den Eindruck, dass die Mädchen sich nicht leiden können. Sie reden kaum miteinander. Aber deshalb ist es gut, dass sie zusammen im Wohnzimmer sitzen. Der Fernseher ist sehr klein und schwarz-weiß und empfängt über eine Zimmerantenne. Thomas L. hat ihn von einer Freundin geschenkt bekommen. Thomas L. hat viele Freundinnen, hat Irene von Esther erfahren. Aber Esther ist schwanger von einem anderen Mann. Dass er es akzeptiert, macht die Sache für Irene nicht einfacher. Sie schaufelt, und sie schwitzt. Es ist schon nicht mehr hell. Der Schnee hat eine blaue Färbung angenommen. Hinten am Wald ist der

Himmel dunkelblau. Dort scheint es bereits Nacht zu werden, während auf den freien Flächen der Felder noch ein Glanz von Nachmittag liegt.

«Du kannst ganz schön arbeiten», sagt Irene zu Thomas L.

Er sieht auf. Er ist wunderschön. Sie weiß nicht, was ihre Tochter mit so einem Mann will. Er ist kein gutmütiger Typ. Er ist nicht bescheiden, er macht sich die Welt zu eigen auf eine Art, wie manche Leute essen. Hungrig, gierig, schmatzend. So etwas ist ihr immer zuwider gewesen.

«Ich hab immer gearbeitet, mein Leben lang. Ich komme vom Bauernhof», sagt er.

«So lang ist dein Leben noch nicht», antwortet sie.

Er grinst. «Lang genug. Es kam mir ewig vor. Ewige Misthaufen.» Er läuft ein paar Schritte und schießt einen Plastikeimer mit dem Fuß über eines der eingeschneiten Autos. Schnee löst sich aus dem Eimer und fällt, noch im Flug, runter auf das Dach des Autos.

«Zigarette, Schwiegermutter?», fragt er und zieht seine aus der Wattejacke. Er hält ihr die Schachtel hin. Sie schüttelt den Kopf. Früher hat sie mal geraucht. Früher hätte sie die Zigarette von einem wie ihm nicht abgelehnt.

«Ich bin noch lange nicht deine Schwiegermutter», sagt sie.

Er steckt sich eine Zigarette an.

«Fährst du manchmal hin?», fragt sie.

«Wohin?»

«Nach Haus, zu deinen Eltern, auf den Bauernhof.»

Er schüttelt den Kopf.

«Nie?»

«Fast nie.»

Vom Nebenhaus kommt der Ziegenmann herangeschlendert. Er trägt seinen langen weißen Pelzmantel oder Kunstpelzmantel. Er trägt seine Cowboystiefel. Er kommt direkt auf sie zu. Er isst einen Apfel, und es knackt, als er hineinbeißt. Er bleibt vor ihnen stehen und isst den Apfel zu Ende. Thomas L. schaufelt weiter.

«Hat ordentlich geschneit», sagt der Ziegenmann.

Niemand sagt etwas.

«Ist der ganze Himmel niedergefallen», sagt der Ziegenmann weiter. «Der ganze weiße Himmel auf unser kleines heimeliges Nest.»

Thomas L. schaufelt, Irene steht da und lässt den Ziegenmann reden. Er hat etwas an sich, als sei er krank oder betrunken oder schwer verletzt in sich drinnen unter dem langen, zotteligen Fell.

Der Ziegenmann holt weit aus und wirft den Apfelgriebs über den Zaun. «Miete steht aus», sagt er.

Thomas L. kümmert sich nicht drum. Er schaufelt wie ein Verrückter. Er schwitzt unter seiner wattierten Jacke, Irene riecht es oder spürt es, wie er dampft und wie es in ihm kämpft, der Schnee, seine Freundin Esther, das Kind und vor allem der Ziegenmann. Dem Ziegenmann ist er nicht gewachsen.

Der Ziegenmann lächelt und geht zurück zu seinem Haus.

«Welche Miete, die für Dezember?», ruft Irene ihm hinterher. Sie wollte es eigentlich nicht tun. Sie wollte sich nicht einmischen.

Der Ziegenmann dreht sich um. «Die Miete für Dezember, und dann noch die für November. Ach ja, und die für Oktober und für September, und für August, ja, die für August hätte ich fast vergessen. Die Miete für Juli auch noch. Die für Juni ist, glaube ich, bezahlt.»

Er geht ein paar Schritte. Der weiße Mantel weht hinter ihm her, er hat ihn nicht geschlossen. Der Ziegenmann dreht sich noch einmal um, er ruft: «Du willst das doch nicht bezahlen, oder?»

Irene schüttelt den Kopf.

Thomas L. sieht sie an. Dann schaufelt er weiter.

«Irgendwann schmeißt er euch raus», murmelt Irene.

Thomas L. zuckt mit den Schultern. Er sieht müde aus und als wäre er älter, als er ist. Eine Krähe landet auf dem Eimer, den er hinter das Auto gekickt hat, und pickt daran herum. Dann fliegt sie weg und krächzt. Vom Wald her ein Schuss. Das Krächzen ist noch lange zu hören.

«Ich hab keine Angst vor dem», sagt Thomas L. «Andere vielleicht, aber ich nicht. Und ich schulde dem gar nichts. Wenn hier jemand wem was schuldet, dann der mir.»

Er stellt seine Geräte im Schuppen ab und geht wortlos ins Haus.

«Ich nehme es nicht zu leicht. Ganz gewiss nicht. Aber es nützt nichts, verrückt zu spielen. Du musst vernünftig sein und sie unterstützen.»

«Ich bin vernünftig, Per. Ich schreie nicht, falls du das denkst, ich raste auch nicht aus. Ich bin komplett vernünftig. Ich schiebe Schnee. Ich koche Essen, ich wasche ihre Sachen, ich rede mit ihr. Aber sie will nicht. Sie sieht fern, den ganzen Tag schon. Sie sitzt auf einem Sitzkissen und sieht fern.»

«Sie lenkt sich ab.»

«Ja. Aber ich komme nicht weiter mit ihr. Ich glaube fast, es ist das Beste, ich fahre nach Hause.»

«Du wirst es sicher richtig einschätzen. Und sie hat ja den Thomas, sie sind ja zu zweit mit der Entscheidung.»

«Per, das Kind ist nicht von ihm.»

«Oh. Von wem ist es denn?»

«Ich weiß es nicht. Sie will es mir nicht sagen.»

«Gut.»

«Es ist nicht gut. Es ist überhaupt nicht gut. Es ist schlimm, es ist eine Katastrophe, und ich kann nichts, ich kann überhaupt nichts tun!»

«Beruhige dich. Es bringt nichts, wenn du schreist.»

«Ich bin draußen, mich hört hier keiner.»

«Du hast gesagt, sie will einen Abbruch.»

«Ja. Sie ist sich ziemlich sicher.»

«Gut.»

Irene schweigt.

Dann sagt sie: «Ist das wirklich dein Ernst?»

«Ja. Wenn sie das so will, dann müssen wir sie darin unterstützen. Es ist keine Katastrophe. Solche Dinge passieren. Sie wird darüber hinwegkommen. Sie ist nicht die Erste, die mit siebzehn schwanger wird.»

«Nein. Aber sie ist nicht irgendeine. Sie ist meine …» Irene muss schlucken.

«Und das ist das Problem», sagt Per, «sie ist nicht mehr deine, sie gehört dir nicht, sie ist ein eigenständiger Mensch. Sei nicht böse, Rehlein, aber manchmal denke ich, sie tut das alles nur, um irgendwie von dir wegzukommen.»

«Sie lässt sich schwängern, um von mir wegzukommen? Per, das meinst du nicht ernst.»

«Nein. Natürlich nicht. Ich weiß nicht. Komm nach Hause, Rehlein. Es ist so langweilig hier, ohne dich.»

«Wir fahren», sagt Irene. Die Mädchen starren immer noch auf den kleinen, brummenden Fernsehkasten.

«Warum brummt er so?», fragt sie.

«Er brummt schon immer so», sagt Esther. «Irgendwann ist er kaputt, und dann sitze ich da.»

«Und dann sitzt du da», äfft Thomas L. sie nach, der eben aus der Küche gekommen ist, mit einem Ei in der Hand, das er gepellt hat und in das er hineinbeißt. Gierig wieder. Etwas daran, an dieser Gier, macht Irene wütend.

«Ohne Fernsehen würde ich sterben», sagt Yasemine.

Thomas L. nickt.

«Er denkt, du bist dumm, weil du das sagst», meint Esther wie nebenher und als hätte er das auch ihr gegenüber schon so gesagt.

Yasemine verdreht die Augen. «Denkst du, dass mir das was ausmacht? Meine Mutter hat gesagt, ich hab schlechte Gene, von dem Arsch, der mein Vater ist. Dabei sind die von ihr mindestens genauso schlecht. Interessiert mich das? Ich bin doch irgendwie ein Mensch, und ich denk mir meine eigenen Sachen. Wenn einer großartig studiert und Sachen lernt, die andere ihm sagen, dann wird er dadurch auch nicht so viel klüger, oder? Er ist doch derselbe Mensch, und ob er sich Sachen denkt, das hängt doch nicht davon ab, ob er irgendwo die Gedanken von anderen Menschen hört. Oder liest. Oder so.»

Thomas L. hat sich mit seinem Ei auf den Teppich gesetzt. Er sitzt im Schneidersitz da und isst.

«Du machst dir deine eigenen Gedanken, ja?»

«Ja.»

Thomas L. stopft sich das Ei in den Mund. Esther sieht ihm dabei zu. Sie ist von ihm eingenommen, erkennt Irene. Sie selbst ist eingenommen von Yasemine. Yasemine trägt immer noch die Sachen von gestern. Irene hat Esther um eine saubere Unterhose gebeten. Die ist das einzig Saubere, was Yasemine an sich trägt. Aber man sieht es ihr nicht an. Sie schafft es, ihre Kleidung ordentlich zu halten.

«Was denkst du dir denn zum Beispiel über die liebe Esther, die sich von irgendeinem Typen schwanger machen lässt?», fragt Thomas L., süßlich lächelnd.

Yasemine lächelt süßlich zurück. Die Frage kommt ihr gar nicht unrecht, sie hat sie für sich bereits beantwortet. Sie schlägt die Beine übereinander und sagt: «Ich denke, sie hat es aus Liebe getan. Sie ist gar nicht der Typ fürs Rumvögeln. Sie hat es aus Liebe getan.»

Esther verliert die Fassung. Sie rennt aus dem Wohnzimmer.

Ein paar Minuten später steht sie wieder in der Tür. Sie hat geweint. Ihr Gesicht ist fleckig. Sie sagt mühsam beherrscht und ganz gequält: «Wenn ihr jetzt – bitte – endlich gehen würdet. Wir brauchen hier unseren Frieden.»

Thomas L. nickt.

Yasemine trägt plötzlich einen roten Wintermantel, so elegant wie extravagant, auch wenn er an den Ärmeln und auch sonst viel zu kurz ist. Sie hat ihn von Esther bekommen. Der Mantel ist schmal und gerade geschnitten, und Yasemine sieht darin aus wie eine Dame aus einem alten Film. Sie wollte den Mantel nicht annehmen, aber Esther hat ihn ihr aufgedrängt, als wollte sie den Mantel unbedingt loswerden («Sonst wirf ihn weg. Sobald du deine eigenen Sachen hast, wirf ihn weg. Aber jetzt kannst du ihn noch brauchen, du hast ja sonst nichts an»).

Irene drückt Esther an sich. Esther kaut Lakritz. Den ganzen Morgen schon hat sie Lakritz gekaut. Sie hatte eine Riesentüte vor sich liegen. Sie hat niemandem etwas davon angeboten. Ihr Lakritzatem weht durch die schneidend kalte Luft.

«Mami», sagt Esther ganz unbewusst, während sie noch in einer Lakritzkinderwelt lebt.

Irene schießen die Tränen in die Augen. Sie dreht sich weg und geht ein paar Schritte. Wenn sie jetzt heult, wird Esther böse werden.

«Herrliches Wetter», stößt sie hervor. Und es stimmt. Die Sonne scheint, der Schnee glitzert auf dem Feld, alles glänzt und strahlt.

Thomas L. trägt wieder seine blaue Stepparbeitsjacke und seine grüne Mütze. Er verstaut Irenes Tasche in seinem eigenen Auto, einem alten Mercedes-Benz, der nur leicht verrostet ist.

«Wie macht ihr das mit der Miete?», fragt Irene.

Er zuckt mit den Schultern. «Bezahlen? Oder auch nicht? Mal sehen.»

«Habt ihr Geld?» Sie weiß, dass Esther monatlich von Per Geld überwiesen bekommt, auf ihr eigenes Konto, aber es ist nicht viel.

«Du meinst, ob wir welches brauchen, Schwiegermutter? Brauchen wir nicht.»

Thomas L. fährt Irene, Yasemine und Henry ins Dorf zum Hasenkrug, wo das Auto steht. Esther verschwindet, kleiner werdend, im Eingang des alten Hauses und lächelt, als wäre sie plötzlich doch ganz glücklich, ein weiches, rosiges Mädchen in einer sonnigen, winterlichen Landschaft.

Unten auf dem Parkplatz vor dem Hasenkrug, auf dem jetzt mehrere Fahrzeuge neben Irenes Auto parken, kommt mit großen Schritten der Ziegenmann angerannt. Thomas L. ist schon weg, und sie wollen gerade einsteigen, als er von der Seite her angelaufen kommt. Sein Gesicht ist gerötet. In seinen Händen trägt er etwas, in Papier eingewickelt. Er öffnet den Mund mit den fehlenden Schneidezähnen, Dampfwölkchen vor sich hin atmend, er sieht aus, als würde er gleich vor Glück weinen. Dabei hält er Irene das in Papier Eingewickelte hin.

«Ein Brot», sagt er. «Für dich, Irene, für die Fahrt. Für euch. Mach es auf!»

Irene wickelt das Papier auf, ein rundes Brot, mit scharfer Kruste, es ist warm, und es duftet.

Der Ziegenmann strahlt. «Siehst du. Ist das ein schönes Brot? Ich hab es eben vom Bäcker geholt.» Er holt ein Messer aus seiner Manteltasche. Ein großes Messer.

Henry, der Hund, läuft auf den Ziegenmann zu und wedelt mit dem Schwanz, er lässt sich von Messern nicht beeindrucken. Wedelt und setzt sich hin und steht wieder auf und setzt sich wieder hin und fiept.

Der Ziegenmann deutet mit dem Messer auf den Hund.

«Was bist du denn für ein Kind?»

«Ist kein Kind, ist ein Hund», sagt Yasemine.

Yasemine, in ihrem umwerfenden kleinen Mantel, kaut Kaugummi und zuckt nicht mit der Wimper.

«So ein Hund ist so was wie ein Kind. Er hat einen Kinderkopf, und er hat Kinderaugen. Hat er doch? Und du bist seine große Mutter.» Er lächelt breit.

«Ihre Zähne sind krass», sagt Yasemine.

«Wunderschöner Mantel», sagt der Ziegenmann. «Nimm mal das Messer, das ist für das Brot, damit ihr es schneiden könnt, wenn ihr unterwegs seid.»

Yasemine sieht sich das Messer an und reicht es Irene. Irene hat jetzt in einer Hand ein Brot, in Papier gewickelt, und in der anderen ein Messer. Sie weiß nicht mehr genau Bescheid.

«Gute Fahrt», sagt der Ziegenmann. «Und mach dir keine Sorgen, es geht alles, wie es soll. Fahrt vernünftig. Hier in Rumpft passiert nichts. Hier ist noch nie was passiert. Und die Kleinen, da oben in meinem Haus, die lernen ein bisschen die Natur kennen und ein bisschen die Kälte, und irgendwann wollen sie ein bisschen zurück nach Hause.»

«Ich würde mich nicht so sorgen», sagt Irene, «wenn sie nicht so ein bisschen schwanger wäre.»

«Schwanger?», sagt der Ziegenmann, und sein Blick wird anders. «Wer ist schwanger? Das Mädchen?»

Warum hat Irene ihm das erzählt? Was geht es ihn an?

Er starrt auf die Spitzen seiner Cowboystiefel. Dann sieht er Irene an, und sein Gesicht ist wie das einer alten Puppe, die ihr einst gehörte. Und aus irgendeinem Grund würde sie die Puppe jetzt gerne in den Arm nehmen, sie versteht das alles gar nicht.

«Warum hat sie das denn gemacht?», sagt er, dreht sich um und geht.

«Wie bekloppt ist der denn?», fragt Yasemine, als er kaum weg ist.

Irene hält ein Brot im Arm und ein Messer in der Hand. Es fasst sich alles ganz warm an.

9.

Es ist ja schon ganz schön unsinnig, mit dem Mann», sagt Yasemine, als sie unterwegs auf der Autobahn sind.

«Mit dem Mann?»

«Dass er gekommen ist und dass er dann wieder gefahren ist. Das hätte er sich sparen können. Werden Sie ihn noch einmal sehen?»

«Ich weiß es nicht.»

«Aber Sie würden wollen?»

«Das weiß ich auch nicht.»

«Das kenne ich.»

«Was?»

«Dass man nichts weiß. Ich wusste auch im Ernst nicht, ob ich Seba liebe. Ich weiß eigentlich gar nicht, wie das ist. Und wenn man das nicht weiß, wie soll man dann wissen, ob es das ist. Die meisten denken doch nur, dass sie einen lieben, weil es so sein muss. Weil sie sich SMS schreiben, mit Herzen und Love und so, weil die anderen das auch machen, und weil sie dann einen haben. Es geht ja nur drum, dass man einen hat. Haben Sie es schon mal gewusst?»

«Dass ich jemanden liebe, meinst du?»

«Ja, also richtig ernst und voll aus dem Herzen?»

«Wahrscheinlich. Aber ganz ehrlich, sicher bin ich mir nicht. Mir geht es wie dir.»

«Sie haben noch nie mal gedacht, dass Sie einen jetzt richtig, total lieben?»

«Vielleicht hat es sich manchmal so angefühlt, für den

Moment, aber dann hört es wieder auf. Dann ist es wieder normal.»

«Meinen Sie, dass das alles ein Beschiss ist, mit der ganzen Liebe?»

«Ich weiß nicht. Es liegt vielleicht nur an mir. Im Augenblick kommt es mir so vor, als ob ich alles verkehrt mache. Aber auch alles.»

«Das kenn ich auch. Aber das is nichts Schlechtes. Wenn man denkt, man macht alles verkehrt, dann fängt man gerade an, was richtig zu machen.»

«Woher hast du diese Weisheit?»

«Von Seba.»

«Er ist gar nicht so dumm.»

«Nein. Aber ich liebe ihn komplett gar nicht. Das ist nun mal so. Und wenn er mich liebt, dann ist das seine Sache. Und wenn ich niemals irgendeinen lieben kann, dann kann ich nichts machen. Dann lebe ich eben so. Ohne Liebe. Geht auch.»

Irene nickt. Draußen ist es kalt, und die Sonne streift über die Felder neben der Autobahn.

In Hannover hängt ein diesiger Schleier in der Luft, der Schnee liegt in der Stadt nur ganz dünn. Yasemine hat eine Zeitlang nichts mehr gesagt. Nur nach vorn gesehen, den Kopf an die Scheibe gelehnt, den Mantel über den Knien. Von hinten hat der Hund immer mal wieder seinen Kopf zwischen den Sitzen hindurchgesteckt, und Yasemine hat ihn zurückgeschubst.

Nun stehen sie vor einem weiß verputzten, dreistöckigen Haus, Yasemines Jugendwohnung. Vor dem Haus stehen junge, kahle Bäume, in vom Gehweg abgetrennte, viereckige

Erdbereiche gepflanzt. Henry läuft die Straße auf und ab und freut sich.

«Zu Hause», sagt Irene und betrachtet das Haus.

«Ja», sagt Yasemine.

«Du freust dich wohl nicht?»

Yasemine zögert. «Es war so nett von Ihnen», sagt sie. «Es war ein schöner Ausflug, echt.»

«Na ja.»

«Danke», sagt Yasemine, nimmt ihren Hund an die Leine, schließt die Tür zum Haus auf und dreht sich gar nicht mehr um.

«Deine Freundin hat angerufen.»

Per steckt in einem blauen Jogginganzug aus einem weichen, leicht glänzenden Material. Er hat einen roten Kopf, und er schwitzt.

«Was hast du gemacht?», fragt Irene.

«Ich bin gejoggt.»

«Wirklich?»

«Ist das vollkommen absurd? Ich werde ja immer dicker. Und ich bin doch noch nicht alt. Ich bin schwerfällig geworden. In allem, und das wollte ich nicht werden, schwerfällig, ich muss mich verändern.»

«Du willst dich verändern?»

«Ich will nur etwas laufen und dabei den Kopf frei kriegen, das ist alles. Und vielleicht auch abnehmen, wenn das geht. Wenn ich gar nicht abnehme dabei, wenn ich so bleibe, will ich auch zufrieden sein.»

Irene stellt ihre Tasche ab. Sie ist lange unterwegs gewesen, sie ist müde. «Wer hat angerufen?», fragt sie, während sie zum Bad geht.

«Die Große. Die – warte – Patrizia. Die hat angerufen.»

«Was wollte sie?»

«Weiß nicht. Hat sie nicht gesagt.»

Irene wäscht sich die Hände und das Gesicht, besieht sich im Spiegel und ruft dann Patrizia an.

«Warum rufst du nicht auf meinem Handy an?»

«Hast du Zeit? Kannst du herkommen?»

«Ich bin gerade erst wieder hier.»

«Kannst du?»

Patrizia ist nicht wie sonst. Sie ist ein bisschen weich in ihrer Stimme, wie gebrochen, wie am Zerbröseln. Es ist erschreckend.

«Ja. Soll ich gleich?»

«Bitte.»

Patrizia legt auf.

Leute sterben. Man weiß es, jeder stirbt, jeder Mensch auf der ganzen Welt stirbt irgendwann. Aber keiner denkt daran, während er die Milch einkauft, während er die Wäsche sortiert, während er träumt und leidet und lacht. Leute sind so, Leute leben, und das hat nichts mit Sterben zu tun.

«Ich glaube nicht, dass das deine Schuld ist», sagt Irene.

«Natürlich ist es meine Schuld.»

Patrizia sitzt in einem Korbsessel, die Beine auf einem Hocker aus Holz. Glänzende Strumpfhosen, lang und elegant. Schwarze Schuhe mit glänzenden Absätzen. Ihr Kleid rostbraun, hochgeknöpft. Eine Kette mit Amulett um den Hals.

Eine Jazzplatte läuft auf Patrizias Plattenspieler, sie eiert etwas, und Patrizia steht immer mal wieder auf und dreht sie um. Sie dreht sie viermal um. Sie ist dringend darauf angewiesen, diese Platte zu hören.

Irene sagt nichts dazu, sie ist gewillt, es auszuhalten, obwohl sie selber ganz schön in Dingen drinsteckt.

Die Frau von Patrizias Professor ist gestorben. Patrizia hat ihn unter Druck gesetzt. Sie hat gesagt, er werde alt.

«Ich habe gesagt, du fängst an zu riechen. ‹Wonach?›, hat er gefragt. Und ich habe gesagt: ‹Nach Alter. Du wirst alt, und du riechst danach. Nach Alter und nach Krankheit.›»

Irene nickt. Sie sitzt auf Patrizias Sofa, in das Leder eingesunken, und trinkt ein Glas spanischen Brandy.

«Ich habe ihm gesagt, wir würden leben wie in einem Gully, wo alles hineinläuft, Lüge und Dreck. Aber das war nicht das Schlimme.»

«Nein?» Irene legt den Kopf schräg und denkt an Esther, an das Kind, und dann doch wieder an Patrizia, weil Patrizia ihre Beine übereinanderschlägt und Irene sieht, dass die Beine ein bisschen zittern, dass die ganze, coole Patrizia ein wenig zittert. Und ein bisschen Wahnsinn in sich hat.

«Das Schlimme war, dass ich ihm gesagt habe, dass ich ihn nicht liebe. Ich habe ihm gesagt, es würde mir nichts ausmachen. Ich hätte mich dran gewöhnt. Das Leben ist grau, nicht wahr, wer was anderes denkt, spinnt. Irene, ich stehe auf, ich gehe zur Arbeit, ich gehe einkaufen, dann Fernsehen und dann Bett. Am Wochenende essen gehen mit den Kollegen und abends Sex mit einem Video. Wir haben nur noch Sex, wenn nebenher Pornos laufen. Das ist ja nicht schlimm. Aber bin ich das Wichtigste in seinem Leben? Bin ich das? Weißt du, was ich bin? Ich bin etwas, das läuft, in seinem Leben. Etwas Nettes. Etwas, das läuft wie geschmiert. Schön und gesund. SIE aber, sie ist das Drama, sie ist das ganz große Gefühl, sie ist immer die Lady gewesen. Sie hat in ihrem Stuhl gesessen und hat geherrscht.»

«Warst du neidisch auf sie?»

Patrizia seufzt. Sie nippt an ihrem Brandy. Es ist ihr vierter.

«Wir haben uns gestritten. Ich habe ihn verlassen, nicht wirklich, ich wäre sicher zu ihm zurückgekrochen, aber er konnte glauben, dass es ernst wäre, und da ist er zu ihr gegangen und hat es ihr gesagt. Ich nehme an, sie wusste es sowieso, aber als er es ihr gesagt hat …»

Patrizia stellt das Glas ab, steht auf und sieht aus dem Fenster. Irene sitzt auf dem Sofa und sieht Patrizia, groß und schön, sieht ihren Rücken, das dunkle Haar. Eine Frau wie ein großes, geschmeidiges Tier.

«Sie hat eine Zyankalikapsel geschluckt. Die muss sie schon vorher gehabt haben. Er kam nach Hause, und sie war tot. Sie hat sich umgebracht, Irene, wegen mir – hat sie sich umgebracht.»

Irene steht auf, geht zu Patrizia und legt ihr den Arm um die Schulter. «Es ist nicht deine Schuld», sagt sie.

«Doch», sagt Patrizia. «Und das Schlimmste ist, das war es nicht wert, es ist alles ein riesiges Missverständnis. Dass ich mit ihm zusammen war. Er war so klug und zufällig an der Uni, an der ich auch war, und er hat was dargestellt, Irene, das hat mir immer viel bedeutet. Aber was ist das denn? Gar nichts. Überhaupt nichts. Ich bin doch krank, ich bin so krank im Kopf. Ich gehe mit ihm aus, ich ziehe mir diese dummen Kleider an … und diese Schuhe. Und dann kriegt er, in Wirklichkeit, ja kaum einen hoch. Und ich muss mir Pornos ansehen, damit ich ein bisschen scharf werde. Wie jämmerlich, wie albern, wie unbedeutend.»

Draußen auf der Straße geht eine Frau entlang, eine Frau mit einem großen Bild unter dem Arm. Das Bild ist in graues Papier eingewickelt. Die Frau hat ganz kurzes, schwarzes Haar. Sie trägt das Bild zu ihrem Auto.

«Siehst du die Frau?», fragt Irene.

«Weißt du, dass ich erst einmal in meinem Leben wirklich guten Sex hatte, Irene?»

Irene sieht Patrizia ins Gesicht, und sie weiß nicht, ob sie Patrizia gerade mag oder nicht. Sie beobachtet die Frau draußen, wie sie das Bild in den Kofferraum ihres Wagens lädt. Sie würde gerne wissen, sie würde gerne unbedingt wissen, was hinter dem Papier ist, was für ein Bild sich dahinter verbirgt.

«Kennst du die Frau?», fragt Irene.

«Das war im Wald, mit einem Hausmeister», sagt Patrizia. «Er war mir eigentlich ganz egal. Ich hab mich kaum um ihn gekümmert. Er hat gut gerochen. Er hat sich anfassen lassen, und er wollte nichts bedeuten. Er wollte im Grunde gar nichts, nicht mal mich. Es war ganz rein und ganz ohne Lüge. Ich bin mir ganz, ganz sicher, das war das schönste Erlebnis, das ich in meinem ganzen Leben hatte.»

«Kennst du die Frau?», wiederholt Irene ihre Frage. Die Frau ist eingestiegen, und der Wagen rollt an. Es wird allmählich dunkel. Der Verkehr bewegt sich dicht. Es nieselt, es ist die Zeit der Wärme und der Zuneigung. Aber alles neigt sich in verschiedene Richtungen. Alles wird immer schwieriger.

«Welche Frau?», fragt Patrizia.

«Gott, die Frau da draußen!»

Irene ist außer sich. Sie weiß nicht, warum. Sie versteht das alles selber nicht. Nur wenn Patrizia rechtzeitig zugehört und hingesehen hätte, dann hätte sie vielleicht etwas machen können. Mit der Frau und dem Bild und dem Ganzen.

«Interessiert dich überhaupt, was ich dir erzähle?», fragt Patrizia. «Und wie es mir geht?»

«Tut mir leid.» Irene geht zurück zum Sofa und lässt sich ins Polster fallen. Was nützt das alles? Wie soll man die Lügen umgehen? Wie in nur eine einzige Richtung denken und immerzu da sein und sich zuneigen? Hat Patrizia nicht recht? Ist es nicht ihre Schuld? Ist nicht immer alles unsere Schuld? Wie es auch wird, und was wir auch tun? Aber muss man es Schuld nennen? Musste sich Patrizia denn nicht nach etwas Besserem sehnen? Konnte sie zufrieden sein und weitermachen? Können wir weitermachen und schuldlos bleiben?

«Wenn du den Hausmeister meinst, den ich meine: Sarah hat den auch gebumst. Also mach da nichts Herrliches draus.»

Sieben kleine Zwerge kriechen um das Schneewittchen herum, und keiner ist es gewesen. Keiner hat sie berührt. Alle sind nur mit den kleinen Schäufelchen herumgehopst und haben sich eben abgefunden. So ist das Märchen und das Leben in den großen Städten.

Es ist ganz plötzlich wärmer geworden. Es tropft von den Dächern, die Straßen dampfen in der schrägen Wintersonne, der Weihnachtskram leuchtet blass von den Balkonen. Ab und an knallt es irgendwo.

«Du kannst Silvester zu uns kommen», hat Irene zu Patrizia gesagt, damit sie nicht allein ist. Damit sie selbst nicht allein ist. Sie und Per und das Zimmer, in dem Esther gewohnt hat. Esther ist letztes Jahr und auch das Jahr davor nicht an Silvester da gewesen. Sie hat in den letzten Jahren mit ihren Freundinnen gefeiert, mit Annemarie und Zoe und Lea und mit einigen Jungen im Haus von Annemaries Eltern, wo Annemarie das Obergeschoss bewohnt. Aber Esther hat angerufen, sie ist irgendwann, gegen Morgen, nach Hause gekommen, und sie hat ihre Eltern geweckt. Die haben dann mit ihrer Tochter auf das neue Jahr angestoßen.

Irene seufzt. Das Zimmer ist ein Loch. Sie räumt um. Sie kann es nicht ertragen. Die Pullover liegen vor den Schränken. Die alten Puppen und der Hase und der Bär mit dem fransigen Ohr sitzen noch auf dem Bett. Das Regal mit ihren Büchern. Die kleine Mandoline. Wie niedlich war sie gewesen, als sie Mandoline geübt hat, ungefähr ein Jahr lang, mit verkniffenem Mund. Dann ist sie zu Gitarre übergegangen, hat ihr Haar immer lang und offen getragen, dazu karierte Hemden. Nicht mehr süß. Und hat das Gitarrespielen Gott sei Dank wieder aufgegeben. Esther war zu dieser Zeit scheußlich gewesen. Unzufrieden, überheblich und fast immer schlecht gelaunt, dazu dann Gesang und Gitarre, die Pest. Zu Hause. Unter ihren Freunden war sie bestens gelaunt. Das war dann vielleicht der Ausgleich, die häusliche schlechte Laune. Ein Mensch kann nicht immer gut drauf sein. Einen Menschen strengt das Gutdraufsein manchmal auch mächtig an.

Silvester verläuft trübe. Irene, Per und Patrizia essen Fondue, trinken, um Mitternacht stoßen sie an.

Patrizia sitzt im Sessel, in einem dunkelblauen Strickkleid, in hohen schwarzen Stiefeln, und hebt ihr Glas. Sie ist betrunken, und sie hat Mühe, gerade zu reden. Sie sagt: «Ich … möchte das alles nicht mehr. Das neue Jahr wird wie das alte sein. Ich möchte das alles nicht mehr. Nehmt … mir das nicht übel. Ich … rate euch zu Sport.» Sie kichert.

«Ich treibe Sport», sagt Per.

«Er joggt», sagt Irene. Sie hat die Beine auf den Rand von Patrizias Sessel gelegt. Sie hat das Telefon auf den Tisch gestellt. Für den Fall, dass jemand anruft. Dass Esther anruft.

Sie betrachtet Per, der keinen besonders sportlichen Eindruck macht.

«Ich möchte das alles nicht mehr», sagt Patrizia und kichert wieder.

Später schläft Patrizia auf dem Sofa ein. Sie ist zu betrunken, um nach Hause zu fahren, vielleicht will auch keiner, dass sie allein bei sich ist. Irene hat sie noch nie so betrunken gesehen. Sie legt ihr eine Decke um den Körper, über das Kleid, und sie sagt: «Ich hab dir einen Eimer neben das Sofa gestellt. Nur für den Fall.»

Patrizia streicht ihr über den Arm. Mit geschlossenen Augen lächelt sie und sagt: «Reni, du hast so einen unglaublich netten Mann, weißt du das eigentlich?»

«Ich weiß», sagt Irene.

«Was ist dann das Problem?»

«Ich. Ich bin das Problem. Ich kann das Leben einfach nicht genießen. Ich kann es einfach nicht. Ich will immer da sein, wo ich nicht bin, und will immer das haben, was ich nicht habe. Ich bin undankbar, und ich bin unersättlich, Patrizia, ich bin eine komplett unfähige Frau, unfähig, glücklich zu sein, unfähig, auch nur zufrieden zu sein, ich bin wie ein Hund, der die ganze Zeit an der Leine zieht, und ich weiß gar nicht, warum und wohin.»

Patrizia hustet und öffnet die Augen. Irene hält ihr den Eimer hin, aber Patrizia schüttelt den Kopf. «Dass ich mich jemals so gehenlassen würde, noch dazu bei anderen Leuten zu Hause.»

«Ich bin nicht ‹andere Leute›.»

«Reni, ich weiß nicht … was ich tun soll. Wenn ich die ganzen Frauen sehe, die Kollegenfrauen von Vincent, mit ihren schönen Sachen, die sind klug und werden … rücksichtsvoll behandelt, rücksichtsvoll und respektvoll, die Kinder sind auf dem Gymnasium, spielen ein Instrument, entwickeln sich, und zusammen bilden sie eine Familie … Wenn ich das alles sehe, was da bei denen dahintersteckt, dann kriege ich einen solchen Neid, dass mir der Hals dick wird, Reni. Aber weißt du, was der Preis ist für das Ganze?»

Patrizia schüttelt, wie um sich selbst zu antworten, den Kopf, und das dunkle Haar fällt ihr ins Gesicht. Irene sieht, dass die Ansätze weiß sind, dass Patrizia, was sie noch nie an ihr gesehen hat, versäumt hat, sich die Haare rechtzeitig nachzufärben.

«Ich kann es dir auch nicht erklären, aber es gibt einen. Das ist jedenfalls», Patrizia schließt wieder die Augen, «mein einziger Trost.»

Etwas später in der Nacht, bereits gegen Morgen, aber es ist noch stockdunkel, hört Irene sie im Wohnzimmer brechen. Sie selbst kann nicht schlafen. Sie wartet darauf, dass ihre Tochter zur Tür hereinkommt, lächelnd und betrunken und mit einer Flasche Sekt. Das Telefon liegt auf dem Nachtschränkchen neben ihrem Bett. Per atmet ruhig und regelmäßig. Er hat keine Sorgen, oder seine Sorgen sind ganz tief in ihm vergraben, und er wälzt sie allein und von ihr unbemerkt in seinen Träumen mit sich herum. Durch die Ritze unter der Schlafzimmertür dringt ein Lichtstrahl, und Irene hört Geräusche aus dem Bad. Patrizia spült den Eimer aus. Dann ist wieder Ruhe.

Irene steht auf und holt das Handy aus ihrer Handtasche. Barfuß, frierend, in ihrem hellblauen Nachthemd, das schon Fäden zieht und am Po ganz dünn ist, das sie aber immer noch am liebsten trägt, geht sie in die Küche, schließt die Tür und ruft ihn an.

«Du bist es.» Er flüstert.

«Passt es nicht?»

«Es passt nicht», flüstert er noch leiser.

«Warum flüsterst du?»

«Ich ruf dich morgen an», sagt er ganz, ganz leise.

«Warte», ruft sie, erschrocken über sich selbst, weil sie so laut ist in der Küche, sie sollte selber besser flüstern. «Leg nicht auf. Ich denke an dich. Ich denke andauernd an dich.»

Er schweigt.

Dann, nach einer Weile, sagt er: «Ich muss auflegen. Es geht nicht. Morgen.» Er ist weg.

Irene stellt die Füße hoch auf den Stuhl, zieht die Beine an die Brust, legt die Arme herum und den Kopf auf die Knie. Ihr Kopf ist schwer vom Sekt. Sie friert. Der Kühlschrank summt. Draußen ist es ganz dunkel. Sie will nicht wieder in das warme Bett, es kommt ihr feige vor. Sie will raus, will weg, will irgendetwas tun. Sie läuft zurück ins Schlafzimmer, sie nimmt ihre Jeans vom Stuhl, ihren Pullover und ihre Socken, sie zieht sich warm an und holt dann im Flur ihren Mantel aus dem Schrank. Sie nimmt keine besondere Rücksicht. Patrizia schläft, Irene hört sie im Wohnzimmer schnarchen. Irene schließt die Haustür auf, sie macht einen Schritt in den dunklen Flur, dann schließt sie die Tür vorsichtig. Sie geht raus auf die Straße.

Draußen riecht es verqualmt, vereinzelt knallt es noch. Auf der Straße liegt Silvestermüll, abgebranntes Zeug, leere Flaschen. Gegenüber, in Frau Reindkes Wohnung, brennt das ewige wache Licht. Irene zieht die Mütze tief in ihr Gesicht. Sie geht ein paar Schritte. Sie sieht zurück, sieht das dunkle Schlafzimmerfenster. Dann geht sie weiter, geht einfach, geht bis zur Bahn, steigt ein und fährt rüber nach Altona. Während der Fahrt wundert sie sich, aber es erfordert nicht mehr viel Entschlusskraft, zu fahren, einfach zu sitzen und zu fahren.

In Altona sind noch viele Leute unterwegs. In Gruppen und allein. Überall liegt Müll. Aus den Kneipen dringt Musik. Heranwachsende durchstreifen China-Böller werfend die Straßen. Müdes Gejubel. Unter einem nackten, schwarzen Baum vor dem Einkaufszentrum übergibt sich ein Mädchen in einen Mülleimer. «Noch nie ein' kotzen sehn?», blafft es Irene an. Dann taumelt es Richtung Bahn, der Zopfgummi ist heruntergerutscht bis fast ans Ende des Zopfes, der Anorak steht offen, darunter ein glitzerndes Kleid.

Irene bekommt eine SMS: «Tut mir leid, ich wünsche dir ein ganz tolles neues Jahr. Ich denke ja auch an dich, jede Minute. Valentin.»

Eine Rakete zischt hoch. Ein Junge und ein Mädchen umarmen sich. Das Mädchen sagt: «Schön, dass du die noch aufgehoben hast.» Der Junge drückt sie an sich. Er trägt eine Mütze mit einer dicken Bommel. Sie sind beide ganz jung. Ein alter Mann steht an einer Hausecke, die Arme hinter dem Rücken verschränkt. Er geht ein paar Schritte, bleibt stehen, schwankt vor und zurück, geht dann wieder humpelnd ein paar Schritte. «Sollen wir Sie nach Hause bringen?», fragt der Junge, der die Rakete losgelassen hat. Er will nett sein und ein Gentleman, um das Mädchen zu beeindrucken. Er probiert es mit Nettigkeit. Auch das kann funktionieren. Vielleicht ist er aber auch nett von Natur aus. Es gibt jede Menge netter Menschen. So wie Per. So wie Thomas L.? Irene schüttelt den Kopf. Thomas L. ist nicht nett.

Irene läuft weiter, sucht nach einem Straßenschild, währenddessen holt sie ihr Handy aus der Jackentasche und tippt eine Antwort: «Ich bin hier, in der Eulenstraße, in Altona. Ich bin auf der Straße.»

Ihre Antwort ist keine Antwort auf Valentins Entschuldigung. Eher eine Aufforderung. Eine Verlockung und eine Bitte. Irgendwo hier ist auch er, irgendwo hinter den Fenstern im Warmen, im Bett? Irene läuft die Eulenstraße hoch und die Eulenstraße runter. Sie wagt es nicht mehr, die Eulenstraße zu verlassen. Am Himmel ist Dunkelheit, die von unten her bestrahlt wird. Um sie herum ist die ganze große Stadt, die noch nicht schläft. Die noch feiert. Die müde ist. Die am Ende ist. Irene läuft die Eulenstraße hoch und die Eulenstraße runter. Er hat gesagt, er kann heute nicht telefonieren. Wenn er heute nicht telefonieren kann, dann kann er noch weniger irgendwo hinkommen. Sie entzieht sich dieser Logik, weil sie es will. Kurz kommt ihr sogar in den Sinn, dass ihr Verhalten für ihn unangenehm sein könnte, dass sie ihn unter Druck setzt. Sie streift den Gedanken von sich ab, es soll ihr egal sein. Sie läuft die Eulenstraße hoch und die Eulenstraße runter. Sie bekommt eine Antwort. Mit eisigen Fingern öffnet sie die Nachricht: «Bleib da!»

Sie läuft die Eulenstraße hoch und die Eulenstraße runter. Sie nimmt die Mütze vom Kopf, sie schüttelt ihr Haar nach vorn und dann mit einem Schwung nach hinten. Dann setzt sie die Mütze wieder auf. Sie sieht sich, im Licht der Straßenlaterne, gespiegelt in einem Fenster. Und jetzt kommt auch das schlechte Gewissen angekrochen. Per, allein, schlafend in ihrem Bett. Und Patrizia mit ihrer Übelkeit und ihrer Trauer auf ihrem Sofa in ihrer Wohnung. Beide ganz allein und heimlich von ihr verlassen.

Er kommt mit großen Schritten, erst ist er nur ein Scherenschnitt, ein dunkler Schatten am anderen Ende der Straße, dann kommt er näher, sie erkennt ihn aber gleich. Sie wartet unter der Laterne. Er sagt: «Da bist du also.» Sie küsst ihn.

Sie muss nicht lange darüber nachdenken, was sie sagen soll und wie, sie drückt ihn an sich und küsst ihn nur. Sie drückt ihn an sich, und um sie herum ist es kalt, und irgendwo schreit einer etwas. Sie lässt die Augen geschlossen, sie fragt sich, wer jetzt schreit, ein Irrer, ein Betrunkener, ein Bibelmann? Sie fragt sich weiter, ob es noch so mit ihm ist, wie es war. Sie ist verunsichert und sofort ganz aufgeweicht.

«Du kannst doch heute gar nicht», sagt sie schließlich, etwas anderes fällt ihr nicht ein.

«Kann ich auch nicht», sagt er und lächelt und strahlt über das ganze Gesicht, gerötete Wangen von der Kälte, die Stirn leicht gerunzelt. Dunkle Augen, kräftige Brauen, die fast zusammenstoßen, ein langes, aber genau konturiertes Gesicht und eine Eleganz in Kleidung und Auftreten, inklusive Geruch.

«Du bist nicht echt?», fragt sie. Sie meint es ernst. Sie sagt es auch zu sich selbst.

Er schiebt die Hand vorne in ihren Mantel, er macht einen Knopf auf und schiebt die Hand durch die Öffnung, um ihren Bauch herum bis auf ihren Po, und er holt sie zu sich heran.

«Mach dich doch ein bisschen schmutzig», flüstert sie.

«Das würde ich ja gerne, aber wo?», flüstert er.

«Bei dir?»

Er drückt sie fester an sich, seine Hand tastet weiter an ihrem Körper entlang.

«Oder bei dir?»

Irene fragt sich, warum es bei ihm nicht geht. Sie löst sich aus seinem Griff und schließt ihren Mantel. Sie schaut ihm ins Gesicht. Er strahlt immer noch. Die Luft ist neblig geworden, das Licht rosig gelb, ein Dunst überall, Schwaden von Feuchtigkeit, Wolken von Atemluft. Dumpfes Knallen immer noch von weitem. Alles beginnt. Alles geht von vorne los. Dieses Jahr wie letztes Jahr, wie Patrizia richtig erkannt hat, dieselben Straßen, derselbe Schmutz, dieselben Erwartungen.

«Bei mir geht es nicht. Ich habe Besuch», sagt sie.

«Wir könnten in ein Hotel», sagt er, und Irene will ihn nicht mehr fragen, warum es bei ihm nicht geht. Es ist ihr auch egal. Sie will eigentlich gar nicht mehr viel, sie will nur, dass er sich rasch auszieht. Sie will ihn anfassen. Sie ist gierig und weniger verliebt in diesem Moment. Sie verspürt diesen Hunger, der sich aus der Erfahrung speist. Sie weiß, was sie bekommt. Sie würde am liebsten die nächste Tür in dieser diesigen Straße aufreißen, ihn ins Haus zerren und ihn ausziehen und sich satt essen. Sie ist fast wütend, während er vor ihr steht, in seinem Anzug, in seinem Mantel, in seinem weißen Hemd, mit seinem Gesicht, wie ein Mann mit Würde und Stil. Obwohl es das nicht mehr gibt, obwohl das aus einem Film ist, aus einem Buch und aus der Phantasie. Ein Mann aus der Phantasie, für Irene Molander. Bitte, gebt mir meinen Verstand zurück. Aber Hilfe, der Verstand ist da und schämt sich nicht.

«Hotel, ist das weit? Ich würde gerne, wenn es nicht zu lange dauert.»

«Das käme auch mir entgegen», sagt er, und Irene denkt, so, wie er es sagt, hat er eine Frau. So wie sie einen Mann hat. Das enttäuscht sie, und es erleichtert sie zugleich. Er hat eine Frau. Er steht da so und sieht so aus und hat eine Frau und sagt: «Das käme auch mir entgegen.» Höflich und kühl.

Als er ihr verschiedene Hotels vorschlägt, er kennt sich aus, die Hände sanft um ihren Kopf gelegt, sie sanft auf die Stirn küssend, kommt piepsend eine SMS, die nun nicht von ihm sein kann.

Rums, rast das Gewissen in ihren Bauch. Es ist nur eine

SMS, sagt sie sich, es ist kein Anruf. Es ist ganz sicher nicht Per. Per würde nur anrufen.

Die Nachricht ist von Yasemine, und die Nachricht ist kurz: «Henry ist tot.»

Irene steht auf der Straße, im dunklen Schein eines sehr frühen Morgens, zwischen abgebranntem Feuerwerk, der Mann, den es nur einmal gibt, der Mann aus der Phantasie, steht vor ihr, immer noch schön und unter seiner Kleidung ganz nackt. Aber der Tag ist angebrochen. Das rosagelbe Kunstlicht wird blass, das Knallen hat aufgehört, die Betrunkenen sind zu Bett gegangen. Sie ist müde. Sie sagt: «Ich suche mir besser ein Taxi.»

«Ist etwas?», fragt er. Er will diskret sein. Er würde immer diskret sein. Er ist so. Aber es passt nicht in den Morgen.

«Jemand ist tot», sagt sie. Irgendwas mit Bedeutung.

«Jemand, der dir nahesteht?», fragt er und legt die Stirn wieder in Falten und seine Hand sachte auf ihre Schulter.

«Hm. Es ist ein Hund.»

Er weiß nicht mehr, wie er angemessen schauen soll und ob sie traurig ist oder Witze macht. Er kann es nicht wissen, denn sie muss lachen. Sie kann nicht anders, sie sieht ihn und sieht, wie er kuckt, wie jemand, der gar nicht weiß, wie er kucken soll, er sucht in sich drinnen nach dem Richtigen, nach dem Edlen und dem Romantischen, aber ein Hund ist tot, und es gibt nichts, was passen würde. Sie sagt: «Der Hund hieß Henry.» Sie lacht weiter. Leise zwar nur, aber sie hat eine innere Verkrampfung, die sich vibrierend lösen muss.

«Ich verstehe nicht», sagt er schließlich und ist darin ehrlich und wieder elegant. «Bist du traurig, oder bist du es nicht?»

«Ich bin traurig», sagt sie. Das ist nicht gelogen. Aber es ist kompliziert. Und sie will nichts Kompliziertes mit ihm teilen. Sie wünschte, Per wäre hier und sie könnte ihm sagen, dass Henry tot ist und was das bedeutet. Dabei weiß sie es selbst nicht. Sie sagt: «Ich weiß nicht, was das bedeutet.»

«Ist es dein Hund gewesen?», macht er einen Versuch.

«Er gehörte einem Mädchen, ich habe es vor ein paar Tagen auf einem Rasthof an der Autobahn kennengelernt.»

«Ach so», sagt er, «deshalb.»

«Deshalb was?»

«Deshalb ist es nicht so schlimm. Du lachst, ich konnte das nicht einordnen.»

Sie sieht ihn an. Ist er wirklich nicht in der Lage, solche Dinge einzuordnen? Macht er tatsächlich auch «Fehler»? Und es wird heller um sie herum. Es sind nur Nuancen, in Wirklichkeit ist es noch dunkel, in Wirklichkeit ist es noch Nacht. In Wirklichkeit ist gerade eine halbe Stunde vergangen, seit sie in Altona angekommen ist, oder höchstens eine Stunde. Aber diese Wirklichkeit ist nicht die, in der sie gerade denkt.

«Es *ist* schlimm», sagt sie bedeutungsvoll, als hätte er nichts verstanden. «Dass ich lache, bedeutet nicht, dass es nicht schlimm ist. Denk das nicht.»

Er ist getroffen. Er zieht sich in sich zurück. Er bedauert, dass er sich zu diesem Treffen hat hinreißen lassen, das erkennt sie. Sie sagt: «Es tut mir leid.»

«Aber was sollte dir leidtun?»

«Sei nicht zynisch. Es ist eben schwierig.»

Er bemüht sich, optimistisch und gefasst auszusehen, er strahlt wieder. «Ich hätte nur gern …» Er beendet den Satz nicht, das gehört zur Eleganz.

«Gott, ich auch», sagt sie. Sie küsst ihn auf den Mund, und kurz spürt sie seine Zunge, sie bekommt Bauchschmerzen vor

Gier. Wie kann es sein, dass man so sehr mit einem Mann schlafen will, dem man ansonsten eher kühl gegenübersteht? Teil des Systems? Ein System, in dem Dummheit eine wichtige Rolle spielt. Von der denkenden Seite her gesehen, will sie befriedigt werden, von einer Illusion, und das weiß sie auch. Aber Wunder, die Illusion an sich erneuert sich sekündlich und immer schneller.

Irene sucht sich ein Taxi. Auf ihrem Weg durch die Stadt, die abgebrannt und ausgeknallt ist, denkt sie immer weniger an ihn, denkt sie, je näher sie ihrem Heim kommt, nur noch an Henry, Henry, den Hund. Er breitet sich in ihr aus und nimmt Raum ein wie ein größeres Unglück. Erst war er einfach nur ein Hund von einem Mädchen, das sie zufällig kennengelernt hat. Doch dann war er mehr, er war Henry. Er war ein bescheidener Hund, etwas feige, aber vielleicht auch nur schüchtern. Ein unauffälliges Tier, nicht sehr verspielt. Untypisch geradezu, für einen Hund. Und Yasemine? Was ist mit Yasemine, jetzt, wo Henry tot ist? Je näher Irene ihrem Haus kommt, desto größer wird das Problem. Henry und Yasemine. Henry, wie er in der Halle des Frankfurter Hauptbahnhofs auf sie zuläuft, Yasemine, wie sie später dazukommt, allein, auf dem Hauptbahnhof in Frankfurt mit einem Hund und sonst nichts. Ohne Mutter, die ihr was zusteckt. Ohne Freund. Nur mit Hund.

Irene nimmt keine Rücksicht auf die sehenden Nachbarn und lässt sich bis vor ihr Haus fahren, sie stapft die Treppe hoch, sie schließt auf, im Flur immer noch der leichte Geruch nach Erbrochenem, Alkohol, Schlafdunst. Im Wohnzimmer Patrizia, der schlafende Körper, die Träger des Unterhemds, die schweren Brüste, ihr dunkles Haar, das Gesicht blass und die Mundwinkel schlaff. Sie atmet tief, der Eimer steht vor dem Sofa, ausgespült und sauber. Aber der Geruch ist immer noch im Zimmer.

Irene würde gern mit Per sprechen, sie braucht Trost. Aber wie? Sie legt sich neben ihn. Sie sagt leise, zur Probe, «Henry ist tot». Per erwacht nicht. Sie versucht es etwas lauter: «Henry ist tot.» Per schläft. Irene seufzt, sie dreht sich auf den Rücken. Auf dem Rücken liegt sie selten. Sie schläft immer auf der Seite. Aber jetzt liegt sie wach auf dem Rücken, wegen der Bilder, die genau über ihrem Kopf hängen. Das große, dünne Mädchen, mit dem herben Gesicht, mit den langen, dunkelblonden Haaren, der Hund, struppig, das Fell verfilzt, das Fahrrad, das ihr Seba zu Weihnachten geschenkt hat, die Fahrt im Auto zu seinen Eltern, die Raststätte, der Mann ohne Hals mit der Kordhose und mit seinem Hass, dann wieder Yasemine, frierend ohne Jacke, der kackende Hund. Ein Hund kann nicht anders, er kackt. Sie kriegt ausgerechnet diesen letzten Gedanken nicht aus dem Kopf. Dann hört sie Pers Stimme: «Wer ist tot?»

Und alles, die Kälte, die Gräue des anbrechenden Tages, die Einsamkeit, alles zergeht in einem Ehebett mit einer Stimme, die vertraut ist.

«Henry. Der Hund von dem Mädchen an der Autobahn.»

Per setzt sich im Bett hoch und stöhnt dabei. Seine Träume und sein verdorbener Schlaf.

«Das ist nicht gut.»

Irene setzt sich auch hoch.

«Nein. Ich weiß gar nicht, was ich machen soll. Ich weiß nicht mal, warum ich mich davon so betroffen fühle.»

«Irene, du hast sicher recht damit.»

Eine Weile sitzen sie so. Per an seinem Teil, sie an ihrem

Teil des Kopfendes angelehnt, es ist dunkel, und sie sehen sich gar nicht an. Sie hängen so ihren Gedanken nach. Irene sieht, auch durch die heruntergezogenen Jalousien hindurch, das schwache Licht im Haus gegenüber.

«Ob Frau Reindke jemals schläft?»

«Sie schläft nachmittags, hat sie gesagt», sagt Per.

Er unterhält sich manchmal mit ihr, weiß Irene, dennoch ist sie erstaunt.

«Sie mag die Nacht nicht», sagt Per. «Die Nacht macht ihr Angst. Sie findet es gut, dass das Fernsehprogramm jetzt durchläuft, hat sie mir erzählt, sie strickt Strümpfe, sie hat eine Bekannte, die sie online verkauft, es lohnt sich nicht, aber sie tut es trotzdem, weil es sie beruhigt.»

Der kleine, helle Fleck hinter der Jalousie ist wie ein Makel in der Dunkelheit. Er stört Irene. Müssen die Menschen ihre Probleme überall vor sie hinstreuen, wie Krümel auf den Weg? Wie Schmutz und Dreck vor ihre Haustür?

«Per, findest du es nicht seltsam, dass mich der Tod dieses Hundes mehr berührt als der Schwangerschaftsabbruch meiner Tochter?»

In ebendiesem Moment wird ihr eigentlich erst bewusst, dass es wahr ist. Als sie den Satz begonnen hat, wollte sie sich reinwaschen von jenem Gedanken, aber der Gedanke steht jetzt da wie ein Baum.

«Es *ist* seltsam, wenn du es so betrachtest.»

Irene spürt, wie sehr sie auf Pers verzeihende Vernunft angewiesen ist.

«Aber ich glaube nicht, dass du es tust. Das mit dem Hund ist nur klarer, und du kannst damit was anfangen. Ein armer Hund, ein armes Mädchen. Esther ist deine Tochter, sie hat nicht arm zu sein, sie hat Glück, dass sie dich hat, die du ihr jederzeit zur Seite stehen würdest, so denkst du doch, und deshalb gibt es keinen Grund, sie zu bedauern. Oder?»

«Das ist gemein von dir.»

Per schweigt. Dann, nach einer ganzen Weile, er ist wieder hinuntergerutscht in seine Kissen und atmet gleichmäßiger, sagt er: «Rehlein, wo bist du gewesen?»

«Nur ein bisschen draußen», sagt sie. «Ich musste einfach mal raus.»

Per sagt nichts mehr dazu, und er atmet bald ganz ruhig. Irene starrt noch eine Weile auf den hellen Punkt gegenüber, aber dann wird es ganz allgemein und überall heller, und die leichte Helligkeit macht sie bleischwer. Mit dem Tag kommen die Pflichten, und das zu wissen, zieht sie herunter. Sie lässt sich auf ihr Kissen rutschen, fühlt sich warm und fühlt sich ein bisschen traurig, die Traurigkeit ist wie ein zusätzliches Gewicht. Was kann sie tun, außer zu schlafen? Sie schläft ein.

Gegen Mittag steht Irene auf. Draußen schwimmt immer noch alles im orangefarbenen Licht, es ist neblig, und als sie das Fenster öffnet, ist es relativ warm und feucht. Die Wolken am Himmel haben Risse mit schmutzig gelben Rändern, durch die zögerlich die Sonne bricht. Auf der Straße liegt noch der Müll. Sie wickelt sich in ihren Bademantel und geht ins Wohnzimmer, der Eimer ist weg, die Decke zusammengelegt.

«Sie ist schon gegangen», sagt Per. «Sie lässt dich grüßen, und sie entschuldigt sich für das Kotzen.»

Irene schmiert sich ein paar Scheiben Toast und setzt sich damit im Wohnzimmer auf das Sofa, auf dem Patrizia geschlafen hat. Sie isst und trinkt heißen Kaffee und tippt eine Nachricht an Yasemine in ihr Handy: «Es tut mir sehr leid, dass Henry gestorben ist. Wenn du reden willst, ruf mich bitte an. Irene.» Dann schaltet sie den Fernseher an. Sie lehnt sich im Sofa zurück und hüllt sich in die Decke. Sie denkt an anderes. Sie dreht den Kopf und sieht aus dem Wohnzimmerfenster. Aber von hier aus kann sie keinen Himmel sehen. Auf dem Rasen liegt kein Silvesterzeug rum. Der Rasen ist düster und schattig.

Vor einigen Wochen lag ein sterbendes Kaninchen neben den Rosen. Krähen stürzten sich auf das noch zuckende Tier, bis Irene, die das beobachtete, einen Karton darübergestülpt hat. Was sollte sie tun? Sie wollte es unter dem Karton sterben lassen und später in die Mülltonne werfen. Und als sie draußen den Karton im Garten liegen sah, tat es ihr doch leid, dass das Kaninchen nicht unter freiem Himmel sterben konnte. «Hasen sind das gewöhnt, die leben in Löchern, Rehlein», hatte Per gesagt und das Tier, das dann wirklich irgendwann tot war, entsorgt. Nur der Karton liegt noch im Garten, nass, aufgeweicht, vom Wind in eine Ecke getrieben, dann wieder in eine andere. Unter den Tannen steht der Kompostbehälter, den der Gärtner bis zum Platzen füllt. Jedes Jahr wird noch eine Lage draufgepackt. In der Mitte des Gartens ist ein Viereck von Rasen und Rosen und ein Sandkasten für das Kind. Den Sandkasten rührt keiner mehr an. Die Abdeckung ist durchgerottet, Halme sprießen aus den Ritzen. Wenn Irene doch mal im Garten sitzt, was sie selten tut, starrt das Haus sie an, mit seinen dunklen, viereckigen Augen. Ihr eigenes Haus starrt sie an. Und sie sitzt inmitten eines viereckigen Platzes, der ihr vorkommt wie ein Karton. Und sie mag es nicht. Sie mag die Sonne nicht, die hier hereintröpfelt wie eine milde Gabe. Sie mag nicht die Kulisse von Verkehrsgeräuschen, mag nicht die gedämpften Schreie der spielenden Kinder von den Gärten hinter der Mauer. Sie meidet den Garten. Selbst Per kann daran nichts ändern. Am Ende liegt es an ihr.

«Draußen ist immer noch der Karton von dem Hasen», sagt Per. Er hat sich eine große Kanne Kaffee gekocht und setzt sich in den braunen Sessel. Er hat gesehen, dass Irene in den Garten starrt.

«Warum hast du den Karton nicht zusammen mit dem Tier weggeworfen?»

«Warum hast *du* nicht den Karton weggeworfen, wo ich schon das arme Häslein weggeworfen habe?»

Per hatte das Kaninchen auf eine Schaufel geladen und vor sich hergetragen. Per, in seinen Badelatschen, in seiner Anzughose und einem T-Shirt, die Schaufel mit dem Kaninchen vor sich, wie er zur Mülltonne lief. Ein Bestatter. Der Karton hatte ihn nicht interessiert.

«Es war kein Hase, es war ein Kaninchen», sagt sie.

«Wenn du es sagst. Ich bin in der Biologie nicht bewandert.»

«Wir hatten welche zu Hause, früher. Zum Schlachten.»

«Solche?»

«Nein, sie waren viel dicker und größer. Solche kleinen Karnickel schlachtet doch keiner. Das sind Stadtkaninchen. Die gibt es hier in Massen. Gestern war schon wieder eins da. Sie leben hier.»

«In unserem Garten?»

«Sie leben überall. Sie wühlen sich durch, du hast doch wohl schon mehr von denen gesehen.»

«Sicher.» Er lächelt. Er nimmt die Fernbedienung und schaltet um. Er trägt eine grüne Jogginghose. Sie ist ganz neu, er hat sie sich erst vor kurzem gekauft. Er will das Sportliche irgendwie an sich binden, auch durch die Kleidung, denkt Irene. Sie weiß nicht, ob es ihr gefallen soll.

Im Fernsehen Affen. Per sieht ihnen interessiert zu. Die kommentierende Männerstimme ist tief und beruhigend. Es geht um Forschung und Klimaveränderung. Irene wickelt sich enger in die Decke und überprüft ihr Handy. Sie hat noch keine Antwort von Yasemine bekommen. Hätte sie gestern Nacht gleich antworten sollen? Yasemine konnte nicht erwarten, dass sie die SMS gleich lesen würde, an Silvester und um diese Zeit. Es musste gegen fünf gewesen sein oder schon sechs.

Per springt auf. «Der Karton ist mir ein Dorn im Auge.» Er reißt die Terrassentür auf und läuft in den Garten. Durch die geöffnete Tür dringt der frische, feuchte Geruch von Rasen und Erde. Über der Mauer am Ende des Grundstücks blinken die Balkone aneinandergereihter Rotklinker-Genossenschaftswohnungen, sie sind mit Lampions behängt, blinkende Weihnachtsbäume, schillerndes Fernsehlicht. Die Bäume an der Mauer, ein Birnbaum, dessen Früchte zur Erntezeit klein und verkrüppelt sind, zwei Apfelbäume und eine Pappel, sind kahl und die Zweige schwarz. Im Sommer werden die Häuser dahinter vom Laub der Bäume verdeckt.

Per ist zurück, er hinterlässt nasse Spuren auf dem alten Stäbchenparkett. Er verschwindet im Bad und kommt mit einer Rolle Klopapier wieder. Mit dem Papier wischt er die Flecken weg. Sein Kopf ist rot, und er strahlt so etwas wie Lebensfreude aus. «So», sagt er, «alles hübsch sauber.» Dann setzt er sich in den braunen Sessel und verfolgt die Affen.

«Frau Reindke», sagt er nach einer Weile, «steht wieder

draußen auf der Straße und wartet. Ich hab sie gesehen, als ich bei den Mülltonnen war. Wo sie immer hinfährt?»

«Warum fragst du sie nicht, du redest doch anscheinend so viel mit ihr.»

«Ich will nicht indiskret sein. Es geht mich nichts an.» Er streckt sich im Sessel aus, er streift die Badelatschen von den Füßen und gähnt. «Was hältst du von Alkohol?»

Irene schüttelt den Kopf. «Ich fühl mich nicht wohl.»

«Ich auch nicht», sagt er. «So bin ich draufgekommen.»

Die Affen toben durch den Urwald und schreien, eigentlich sind es Gorillas, und ein Gorillamännchen haut einem anderen Gorillamännchen mit einem Stück Holz auf den Kopf, und dann geht das Geschrei richtig los. Sie toben und fletschen die Zähne, und die Kameramänner müssen etwas Abstand nehmen, sagen sie.

«Rehlein, wo bist du gestern Nacht gewesen?», fragt Per wie nebenher. Er sieht sie nicht an. Er sieht nur die Affen.

«Draußen. Einfach nur so draußen», sagt sie. «Du hast mich das schon mal gefragt.»

Es gefällt Irene nicht. Wenn er mehr mit ihr reden und sie dabei ansehen und sie ausfragen würde, würde ihr das mehr gefallen.

Sie starrt wieder raus in den Garten, wo der Karton nicht mehr liegt, wo das Kaninchen nicht mehr liegt. Dann klingelt das Telefon.

«Mama ...»

Esther. Sie weint.

«Esther, Liebes, was ist denn los?»

«Mama ...»

«Ja? Es tut mir ja so leid, aber was ist denn los, Esther?»

«Kannst du kommen, Mama?»

«Sicher … Aber, Esther, ich fahre nicht fünfhundert Kilometer, wenn ich nicht weiß, warum.»

«Das kann ich nicht sagen … am Telefon.»

Schweigen. Esther schluchzt.

«Esther, ich soll zu dir kommen, ohne zu wissen, warum?»

Esther schnieft und räuspert sich. Dann hat sie eine ganz neue Stimme, eine ernste und sehr beherrschte Stimme.

«Mama, ich bitte dich, komm her. Ich kann nicht mehr. Bitte, Mama.»

Es fühlt sich an, als wäre Esther heimgekehrt. Wärme breitet sich aus, trotz eines Unglücks, aber das Kind telefoniert, wie groß kann das Unglück sein? Geht es um Geld, um das Baby, das sie nicht bekommen will, um Thomas L., den großen nackten Mann? Oder geht es um jemand ganz anderen? Um den großen bösen Mann, den Ziegenmann?

«Estherlein, Kleine, weine nicht, ich komme ja. Und tu nichts Unüberlegtes. Warte einfach, bis ich da bin, es wird schon nicht so schlimm sein, wie es jetzt noch aussieht.»

«Ja», sagt sie leise und mühsam gefasst.

«Wo kann ich dich anrufen?»

«Nirgendwo. Ich bin unten im Hasenkrug. Ich gehe wieder zurück zum Haus.»

«Gut. Ich packe ein paar Sachen zusammen, und dann fahre ich los, okay? Ich habe mein Handy dabei, du kannst mich also erreichen, wenn irgendwas ist … Und sei nicht so traurig, ich kann sonst gar nicht fahren, weil ich dann auch so traurig bin, und dann weine ich, und dann fahre ich irgendwo dagegen, weil ich nichts mehr sehe. Estherlein?»

«Ja.» Sie schluchzt.

Dann legt sie einfach auf.

Per runzelt die Stirn. «Da kannst du dich wohl glücklich schätzen.»

«Per, wie kannst du so gemein sein? Sie hat geweint!»

Per steht auf, tritt ans Fenster, streckt sich, die Arme über den Kopf. Dann dreht er sich zu Irene um und lehnt sich, ein Bein über dem anderen, an die mit einem kunstvollen Gitter verkleidete alte Heizung. In kleinen Abständen sind weiße Metallröschen an das Gitter geschraubt, die Blütenblätter mit Staub gefüllt. Man kommt nicht hinein, weder mit dem Staublappen, noch schafft es der Staubsauger, den Staub herauszuholen. Eine Zahnbürste könnte helfen, aber niemand besorgt eine Zahnbürste und bürstet die Heizungsröschen aus. Noch schlimmer sieht es hinter der Heizungsverkleidung aus. Seit sich die Rollenverteilung im Haushalt auflöst, denkt Irene, gibt es Bereiche, für die niemand mehr eine Rolle übernimmt.

«Was hat das Estherlein denn?», fragt Per schließlich.

Irene überlegt, ob er eifersüchtig sein könnte, er liebt Esther, er hat sie immer verwöhnt, trotz seiner zur Schau getragenen pädagogischen Strenge. Aber Esther hat nicht ihn gefragt, sie hat ihre Mutter um Hilfe gebeten, und das hat ihn möglicherweise gekränkt.

«Sie hat es mir nicht erzählt», sagt Irene und zuckt mit den Schultern.

«Irene, du fährst nicht wirklich ein zweites Mal nach Hessen wegen eines Problems, das dir Esther nicht näher erläutern will?»

Irene schweigt. Per hebt seinen Hintern von der Heizung, die Heizungsabdeckung knarrt. Er geht einige Schritte durch den Raum, sein Gesicht ist glatt und ebenmäßig, seine Züge vollkommen entspannt. Für Per ist das Problem noch nicht real. Er ist mit sich und seiner Welt noch im Reinen.

«Dich hat sie auch nicht drum gebeten», sagt Irene. Etwas Gemeineres ist ihr nicht eingefallen.

Per lächelt. Er hat Augen wie blasse Kiesel. Mit so einem Gesicht flirten Frauen, auch wenn sich an den Kopf ein runder Bauch anschließt. Eine unerschütterliche Haltung im Rückgrat. Nie Rückenschmerzen.

«Nun, ich muss morgen arbeiten, Klausuren korrigieren», sagt er beschwichtigend. Er hätte ebenfalls gemein sein können. Aber das ist nicht seine Art. Vielleicht die größere Gemeinheit, wenn man es genau betrachtet. Sie ist allein gemein und schwach.

Irene trägt das Geschirr in die Küche. Licht fällt plötzlich von irgendwoher glühend auf die Küchenschranktür, die Wintersonne taucht den Raum in ein unwirkliches, herzzerreißendes Licht, schmierige Spuren an den Türen der Hängeschränke, Krümel neben dem Brotschrank, Kratzer auf dem Ceranfeld, ein Lied tönt aus dem Radio, ein dummes, fröhliches Lied. Dann verschwindet das Licht wieder, und es wird dunkel. Irene schaltet das Radio aus, wirft einen Blick auf das Huhn, es ist dreizehn Uhr einundzwanzig, nicht so spät, wie sie dachte. Aber es wird bald Nacht sein, auf der Autobahn, dunkle Nacht.

Per sitzt in seinem Zimmer, Musik läuft, die Tür steht offen, er sitzt an seinem Schreibtisch und malt mit einem Bleistift auf einem Stück Papier herum.

«Willst du arbeiten?», fragt Irene. Sie ist hinter ihn getreten. Sie fühlt sich zart und wie durchsichtig. Sie findet, er hat in allem recht, sie aber trotzdem irgendwie auch. Sie kann diesen Konflikt nicht lösen. Er soll aufhören, vernünftig zu sein. Er soll aufhören, er selbst zu sein.

«Nein, eigentlich nicht», sagt Per und dreht sich zu ihr um.

«Was machst du dann hier?», fragt sie.

«Ich weiß es nicht», sagt er.

Irene empfindet plötzlich Mitleid mit ihm. «Per, ich muss einfach fahren.»

«Ich weiß, Rehlein», sagt er, und sie empfindet noch mehr Mitleid mit ihm, sie weiß nur überhaupt nicht, woher das Mitleid kommt, aus welcher Ecke es sich regt. Sie legt eine Hand auf seinen Kopf, sein Kopf ist erschreckend warm, und seine kupfernen Haare sind ganz drahtig. Sie glättet sie mit ihrer Hand, wie eine zarte, empfindliche Skulptur, die sie selbst geschaffen hat. Sie hat alles geschaffen, seinen Kopf, seinen Bauch, seine knolligen Füße, sie hat das alles aus einem festen, rosigen Material geformt, die kringelig drahtigen Haare hineingepflanzt und alles zusammengedrückt, wodurch es seine spezielle Konsistenz erhalten hat. Ein elastisches kleines Kunstwerk, etwas, das zu ihr gehört, untrennbar, Produkt ihrer Eingebung und schmerzbehaftet, wie jede Schöpfung.

Unter ihren Händen wird er weich und nachgiebig und sein Blick heiß. Er flüstert: «Soll ich vielleicht doch mitkommen, Rehlein?» Fast ein Flehen, aber auch ein Witz. Per kann nicht ohne. Aber nur eine Spur und in der Hauptsache Nähe und Hitze und Flehen.

Irene löst sich von ihm. Sie nimmt sehr unvermittelt Abstand. «Es wäre vielleicht doch übertrieben, wenn wir beide fahren. Wir wissen nicht, worum es überhaupt geht, und sie lebt, sie ist nicht im Krankenhaus. Also, wie schlimm kann es sein?»

Sie fühlt sich nicht gut. Eigentlich hat sie sich doch gewünscht, dass Per sie begleitet, und sie ist nicht einmal empört darüber, dass er sie alleine fahren lässt, schon wieder alleine. Irgendetwas an der Art, wie er sie gefragt hat, wie er ihr auf diese bittende Art nahegekommen ist, hat sie einen leichten Abscheu empfinden lassen.

Irene packt ihre Sachen zusammen, sie verabschiedet sich besonders nett von Per und fährt raus in die schmutzige, nasse Januarnacht. Zu warm für die Jahreszeit, Klimawandel, auf den Straßen Müll, Reste einer Feier und der neue Tag bald eine neue Nacht im neuen Jahr, hinter und zwischen den Rotklinkerhäusern die späte Nachmittagssonne. Sie stellt das Radio an.

10.

Kurz vor Hannover ruft jemand auf dem Handy an. Der Verkehr ist dicht, Feiertagsrückreiseverkehr, und Irene lässt es klingeln. Sie fährt auf den nächsten Autobahnparkplatz und steigt aus. Ein Toilettenhäuschen, zwei Lkws, eine täuschende Frühlingshaftigkeit in der Luft, fast mild, der Verkehr rast im Dunkeln gleichmäßig vorbei wie ein Naturereignis. Auf kleinen betonierten Plätzen stehen quadratische Tischchen, festgeschraubte Bänkchen, mit kleinen Kieseln besetzte Mülleimer, dahinter toter Rasen, der sich in der Dunkelheit verliert. Sie streckt sich in der dicken, wattigen Luft, im weißen Licht einer Parkplatzlaterne, und ruft Per zurück.

«Esther hat angerufen», sagt er.

«Was wollte sie?»

«Sie wollte wissen, ob du kommst. Ich habe ihr gesagt, dass du unterwegs bist.»

«Ich hab ihr doch gesagt, dass ich komme.»

«Ich weiß, aber sie hat eben angerufen. Es drängt wohl irgendwie.»

«Irgendwie? Dann hat sie dir also auch nicht erzählt, worum es geht, Per?»

«Nein.» Seine Stimme ist ruhig und freundlich, Irene sieht ihn vor sich, wie er lächelt und wie sich die rosa Haut auf seiner Stirn zusammenzieht. Er lächelt ein bisschen traurig. Aber er ist zuversichtlich. «Ich habe sie natürlich gefragt. Aber sie meinte, sie könnte es unmöglich mit mir besprechen. Sie hat gesagt, ich soll aufhören, autoritär zu tun. Es hätte keinen Sinn.»

Irene spürt eine Art Befriedigung, aber sie versucht, das Gefühl von sich abzuschütteln. Es ist nicht das richtige, angemessene Gefühl für die Situation, in der ihre Tochter steckt.

«Weißt du, Rehlein, sie klang weniger verängstigt, als ich mir das vorgestellt hatte. Vielleicht bist du vorschnell gestartet.»

Ihre Befriedigung löst sich auf. «Vielleicht», sagt sie. Es ist gut, das eine oder andere zuzugeben, das stärkt das Selbstvertrauen, das zeigt, dass man aufrecht durch die Welt geht. «Aber ich bin da meinem Gefühl gefolgt. Und noch wissen wir nicht, ob es falsch war. Ich denke, es war richtig, aus der jetzigen Sicht heraus.»

«Wenn du meinst. Wo bist du jetzt?»

«Vor Hannover. Ich stehe auf einem dunklen Parkplatz, es riecht nach Toilette, und außer mir parken hier nur zwei Lkws, in denen sicher welche schlafen.»

«Dann bist du gut durchgekommen?»

«Ja, ging einigermaßen.»

«Weißt du, was ich mir so dachte?»

«Was?»

«Dieses Mädchen, das du aufgelesen hast vor ein paar Tagen, das tritt jetzt wohl etwas in den Hintergrund, weil du nun Esther wiederhast. Ich meine, du kennst sie natürlich kaum. Aber es ist doch vielleicht ein kleines Drama passiert. Ich meine, wenn sie wirklich niemanden hatte außer den Hund.»

«Was willst du damit sagen, Per? Meinst du, ich hätte sie für meine mütterlichen Bedürfnisse benutzt und lasse sie jetzt fallen?»

«So drastisch würde ich es nicht ausdrücken.»

«Nein, du würdest es nett ausdrücken. Aber du meinst es

doch so. Per, ich mache mir durchaus Sorgen um sie. Aber was soll ich tun? Ich bin nicht für sie verantwortlich. Sie ist nicht meine Tochter. Und für meine eigene Tochter fahre ich gerade fünfhundert Kilometer durch die Nacht.»

«Ich weiß. Reg dich nicht auf. Es war ein Fehler, das jetzt anzubringen. Aber es ging mir tatsächlich gerade eben durch den Kopf. Ich bin manchmal unsensibel.»

«Selten. Aber manchmal schon.»

«Fahr vorsichtig, Rehlein, auch wenn die Straßen trocken sind. Es ist spät, und du bist müde.»

«Ich bin gar nicht müde. Mach dir keine Sorgen. Ich melde mich, wenn ich da bin.»

Als das Autobahnkreuz Hannover/Kirchhorst in Sicht kommt, wechselt sie dennoch kurz entschlossen auf die Spur in die Stadt hinein.

Ihr Navigationsgerät hat die Adresse noch vom letzten Mal gespeichert. Sie durchquert eine Stadt, die eine Feier hinter sich hat. Die Straßen kleben noch vom Dreck, wie anderswo auch. Die Stadt ist müde, des neuen Jahres schon leicht überdrüssig. Fernseher in überheizten Wohnungen. Böser Kater. Bier hilft. Morgen wieder arbeiten. Wenn doch das Sodbrennen nachließe.

Die Halbwüchsigen durchstöbern die Straßen nach nicht gezündetem Feuerwerk. Es knallt in den Gullys und in den Müllcontainern, unter den Brücken und Überführungen. Es knallt besser und schöner und bedeutsamer als gestern. Es knallt einsam und mit mehr Rums, weil die Halbwüchsigen mit Bedacht ihren Platz wählen. Weil es zur falschen Zeit knallt, weil es deshalb ein Schlag ist, geführt gegen die Rituale und Regeln. Dazwischen trotten rauchende Hundemenschen, das Tier hinter sich herziehend oder sich hinter dem Tier herziehend, gähnend, frierend.

Vor dem Haus von Yasemine in der Otto-Brenner-Straße findet Irene erst keinen Parkplatz. Alle Welt ist zu Haus. Sie fährt eine Weile unentschlossen herum und parkt dann doch fast gegenüber, weil sich plötzlich eine Lücke aufgetan hat, ein kleiner Nissan-Bus tritt seinen Heimweg nach Braunschweig an. Das Haus ist ein weiß verputzter Fünfzigerjahrebau, rosa Zierstreifen um die Fenster und zwischen den Fensterreihen schmale Sockel, die ebenso rosa angestrichen sind. Es reiht sich ein zwischen ähnlichen Häusern, im Hintergrund, alles überragend, ein mindestens zwanzigstöckiges Hochhaus mit den riesigen blauen Buchstaben der Allianz-Versicherung. Vor den Häusern, zwischen Parkstreifen und Straße, stehen junge Linden, blattlos, schwarz und dürr. Dicht neben der Eingangstür eine Durchfahrt zum Hinterhof: «Fixdruck, Schnellsatz, Fotosatz».

Irene zögert, sie wartet auf den richtigen Moment. Aber der Moment kommt nicht. Was will sie, in Hannover, in der Otto-Brenner-Straße, neben einer leeren Batterie Silvesterraketen und einer zerbrochenen Proseccoflasche? Vor der Tür eines fremden siebzehnjährigen Mädchens? In dem Allianz-Hochhaus flammt mit einem Mal eine ganze Reihe von Licht auf, eine ganze Etage in Sonne getaucht, in Wärme und Sauberkeit. Ein Zeichen. Nebenan steht der Verkehr so gleichmäßig wie ein Gebäude, so dumpf und glatt wie eine Wand.

Irene klingelt. Was sonst?

Yasemine steht oben im dritten Stock in der Eingangstür, sie trägt einen geringelten Pullover, eine pinkfarbene Jogginghose, und ihre Füße stecken in flauschigen Hausschuhen. In ihren Armen und fest an ihren Körper gedrückt hält sie den kleinen Hund. Das Fell schmutzig grau, im Nacken angetrocknetes Blut. Den Kopf auf Yasemines Arm gelegt, die Augen zu, die Zunge schaut zwischen den ledernen schwarzen Lippen heraus, ein rosiges kleines Läppchen, und die dünnen zottigen Beine hängen alle vier auf Yasemines Bauch herunter.

«Mann, Yasemine», sagt Irene. Ihr fällt nichts anderes ein. Der Tag ist wie ein Hammer auf sie niedergegangen. Der Irrtum wird ihr bewusst. Von da an, als die SMS kam, als sie mit Valentin auf der Straße stand, heute Morgen war das, gar nicht so lange her.

«Das ist nett von Ihnen», sagt Yasemine, «dass Sie vorbeischauen.»

«Hör auf mit dem ‹Sie›», sagt Irene.

Yasemine geht voran durch den grün gestrichenen Flur, eine glänzende weiße Tafel hängt neben dem Spiegel an der Wand: «Toilette/Küche/Glas/Kochen». Eine Aufteilung von Tagen und Diensten. Drei Türen, Yasemine stößt eine auf. «Ist keiner da, ich bin ganz allein.»

Ihr Zimmer geht zur Straße raus. Weiße Raufaser. Zwei Bilder an der Wand, große Abzüge von Henry. Henry mit dreckverschmierter Schnauze, aus einem Erdloch hervorkuckend, und Henry in einem See stehend, mit nassem, angeklatschtem Fell, der Schädel ganz dürr, wie nackt, die Augen zwei blinkende Knöpfe, der Schwanz eine Peitsche über dem aufgewirbelten Wasser.

«Das ist im Maschsee», sagt Yasemine. «Wir waren da öfter diesen Sommer, Seba und ich und Henry. Da gibt es schöne Stellen.»

Irene sieht den Hund im schwarz-weißen See, sieht den Hund in Yasemines Arm.

«Wie geht es ihm?», fragt Irene.

«Seba, meinen Sie? Meinst du?»

«Hat er sich mal gemeldet?»

Yasemine setzt sich auf einen kleinen weißen Sessel. Der Hund liegt auf ihrem Schoß.

«Hat er sich mal bei dir gemeldet und gefragt, wie es dir geht?»

Yasemine schüttelt den Kopf und betrachtet die Hausschuhe an ihren Füßen. Sie haben ein kleines Gesicht, sie sind wie kleine Tiere. Die Dreierkombination aus Schnauze, Schnauze und der Schnauze auf Yasemines Schoß verwirrt Irene.

«Er will nichts mehr mit mir zu tun haben. Es war sowieso ein Fehler von ihm.»

«Was war ein Fehler? Mit dir zusammen zu sein?»

Yasemine blickt auf und sieht Irene an. Sie lächelt. Ein mattes Lächeln und irgendwie großartig.

«Klar war es ein Fehler. Aber er hat ihn gemacht. Weil er doof war. Und das hat er jetzt davon.»

Irene fühlt sich unwohl. Das warme Zimmer, der tote Hund und das Mädchen, das ihr plötzlich fremd erscheint, nicht besonders klug, nicht besonders entwicklungsfähig. Ihre Anteilnahme scheint ihr jetzt übertrieben, und ist sie überhaupt nicht nur wegen Per hergekommen? Weil er ihr ein schlechtes Gewissen eingeredet hat?

«Warum denkst du, dass es für ihn ein Fehler war?» Irene hakt nach, obwohl ihr fast schon klar ist, warum es für diesen Seba, wahrscheinlich Sebastian, ein Fehler war.

«Ich bin zu jung, ich bin zu blöd, ich seh nicht süß aus.» Sie gestikuliert mit den Händen, und der Hund rutscht auf ihrem Schoß nach vorn. Sie schlägt die Hände resignierend zusammen und nimmt den Hund wieder fest in ihre Arme.

«Du siehst nicht süß aus, aber …» Irene fühlt sich angegriffen, als wäre es ihre eigene Tochter, die jemand nicht süß finden könnte, nicht klug und überhaupt nicht gut genug für irgendjemanden.

Yasemine sieht sie an, Irene muss die richtigen Worte finden. Yasemine glaubt nicht, dass sie hoch im Kurs steht, für Seba oder auch andere Jungen. Aber Yasemine ist sich dennoch etwas wert. Das hat mit ihr selbst zu tun, oder mit ihrer Mutter, die nicht für sie da war. Alles, was Yasemine ist, ist sie aus sich selbst heraus, das hat sie niemandem zu verdanken, und das weiß sie. Daher nimmt sie ihren Trotz und ihre Sicherheit.

«Du bist eine Art Königin. Eine Königin», sagt Irene, weil das das Einzige ist, was ihr einfällt, und weil sie das schon einmal gedacht hat. Zu ihrer eigenen Tochter hätte sie so etwas nicht gesagt.

«Na, danke schön», sagt Yasemine und schüttelt ihr Haar nach hinten. Sie hat es mit ironischem Ton gesagt, wie amüsiert, aber sie ist zufrieden. Sie nimmt den Titel an.

«Er hat eine Mail geschickt», sagt Yasemine, «er hat geschrieben, dass es ihm voll leidtut, dass er mich an der Autobahn stehengelassen hat, aber er war fertig, weil ich mit ihm Schluss gemacht hab und weil ich gesagt hab, ich hätte einen anderen. Er meinte, ich soll es mir noch mal überlegen.»

«Und, hast du es dir überlegt?»

Sie lächelt wieder. Sie lächelt wie ein Kind, offen und hell, aber das Gesamtbild ist doch getrübt. Man weiß nicht, warum, denkt Irene, warum sie immer so grundsätzlich traurig aussieht, sogar wenn sie lächelt.

«Ich hab es mir überlegt, an der Autobahn, weißt du doch. Ich hab es mir da schon zu Ende überlegt. Ich bin komplett fertig mit Überlegen.»

«Wenn du es so sicher weißt.»

«Es ist ganz gut so», sagt sie.

«Wirklich?» Irene kann die Augen nicht vom Hund abwenden, er hängt in Yasemines Armen, wird nicht erwähnt und ist doch der Mittelpunkt, ein Inneres nach außen gestülpt, die Seele des Raumes. Er leuchtet und glüht, ein Schmerz, eine Wahrheit, drum herum nur Leichtigkeit, Substanzlosigkeit.

«Dann geht es dir gut?», fragt Irene.

Yasemine zuckt mit den Schultern. Ihr Haar ist ungewaschen. Die Haaransätze wie feucht.

«Ich hab ja noch Henry», sagt sie.

Das verschlägt Irene die Sprache. Und so sitzen sie beide im dunklen Zimmer. Draußen rauscht der Verkehr. Draußen war die Luft scharf, ein Geruch nach Industrie und Stadt. Hier drinnen ist es zu warm, zu dicht, und es riecht nach Hund, nach totem Hund.

Irene will sich dem Thema annähern. Es war ein Fehler, von Seba zu reden und nicht über den Hund.

«Wie ist es denn passiert?», fragt sie.

«Wie Henry überfahren wurde?»

«Ja, das.»

«Er musste pinkeln. Ich bin mit ihm rausgegangen, es hat – Scheiße – geknallt, und da ist er weggerannt. Ich weiß nicht, was los war, ich hatte ihn an der Leine, weil er Silvester immer so zittert, wenn es kracht, und er ist losgerannt, die Leine ist mir weggerutscht, er ist mit der Leine weggerannt, und ich bin hinter ihm hergerannt, aber dann ist er auf die Straße gelaufen, und es hat geknallt, und dann sind die Arschlöcher … einfach weitergefahren. Und Henry lag da und hat gar nichts mehr gesagt und hat auch gar nicht geweint. Gar nichts. Er war ein bisschen blutig, aber nicht so doll, er hat nur ein bisschen geblutet.»

Yasemine kratzt sich am Kopf, und das fettige Haar verschiebt sich und bildet eine kleine Haarbeule.

«Da war ein Mann, der ist aus einer Tür gekommen, der hat gesagt, dass Henry tot ist. Er hat den Knall gehört, und er hat Henry mit zu sich genommen in die Küche, ich bin mit reingegangen, es war bei seiner Mutter, hier in dem Haus vorne, am Anfang der Otto-Brenner-Straße. Er hat Henry auf den Tisch gelegt, er war voll nett, er hat sich mit Blut beschmiert und alles, und er hat ihn untersucht, und er hat gesagt, er wär tot. Er war ein richtiger Arzt und kein Tierarzt. Er meinte, er kann trotzdem sagen, ob ein Hund tot ist, weil es das Gleiche ist wie bei Menschen.»

Irene nickt, erleichtert.

«Ich will ihn nur noch ein bisschen behalten», sagt Yasemine.

«Das kann ich verstehen.»

«Ja? Hattest du mal einen Hund, der gestorben ist?»

Irene weiß selbst, dass sie es nicht verstehen kann. Sie will es nur verstehen. Sie ist die Ältere, und sie hat Lebenserfahrung, sie müsste sie haben und müsste in der Lage sein, damit etwas Vernünftiges anzufangen. Nur gerade in diesem Bereich des Lebens ist sie noch jungfräulich, denn niemand aus ihrem näheren Umfeld ist bisher gestorben. Nicht einmal ein Tier.

«Was willst du nun tun?», fragt sie.

«Mit Henry, meinst du?»

«Kann ich dir irgendwie helfen?»

«Bist du extra deshalb hergekommen?»

«Nein. Nein, ich will nach Rumpft. Wieder mal. Ich muss wegen meiner Tochter nach Rumpft. Sie hat Probleme.»

Yasemine nickt. «Fahr mal. Mir geht es gut.»

«Es wäre mir lieber, wenn jemand hier wäre. Wo sind deine Mitbewohner? Sind sie alle verreist?»

«Bei ihren Brüdern und Tanten und so. Alle weg. Ich hab meine Ruhe.»

«Du bist so allein hier.»

«Ich hab ja Henry.»

Irene, die sich erhoben hat, schon auf dem Weg zur Tür, hält inne. Die Schnäuzchen an Yasemines großen Füßen, die trockene Schnauze von Henry. Die Hitze im Zimmer. Draußen der Verkehr. Sie fühlt sich wie eingesperrt. Gebannt in dieses Zimmer, in diesen Geruch. Ihr ist ein wenig übel. Sie muss etwas tun, das diesen klebrigen Zustand verändert, den Schleier zerreißen, der sich um sie gelegt hat.

«Yasemine, warum sagst du immer, dass du Henry hast? Henry ist doch tot.»

Ihr stockt selber der Atem, ob dieser Gemeinheit und Härte. Irene steht steif im Zimmer wie ein Pfahl.

Yasemine ist auch aufgestanden. Groß, viel größer als Irene, steht sie unter der Lampe, den Hund an ihren Körper gedrückt, sie sucht nach Worten, dann sagt sie: «Könntest du Henry für einen Moment halten? Ich muss dringend pinkeln.»

Irene streckt die Arme aus und nimmt den Hund entgegen. Ihre Kraft ist vorerst aufgebraucht. Sie ist fast willenlos. Einmal kann man die Wahrheit sagen, aber das Ganze nicht ewig verfechten. Der Hund in ihren Armen ist steif und schwer. Er riecht. Sein Fell ist stumpf und wie von einer Wachsschicht überzogen. Es ist verfilzt, und die untere Schicht ist weicher und wärmer. Er hat eine gewisse Wärme an sich, die Wärme von Yasemines Körper.

Als Yasemine zurückkehrt, registriert sie erleichtert, dass Irene den Hund im Arm hält.

«Jetzt kannst du fahren», sagt sie. «Ich bin nicht verrückt. Ich weiß, dass Henry tot ist. Aber er ist noch warm, er kühlt sich gar nicht ab.»

«Das kommt von dir, weil du ihn so festhältst», sagt Irene. «Du legst ihn ja gar nicht ab, du hast ihn sogar mir gegeben, damit ich ihn warm halte.»

«Und?»

«Gar nichts und. Du kannst ihn jedenfalls nicht ewig mit dir herumtragen.»

«Weil er verwest?», fragt Yasemine. Sie betrachtet Henry, und die Tatsache, dass er verwesen könnte, scheint ihr einen schlimmeren Schrecken einzujagen als die, dass er tot ist.

«Das wird er tun. Er wird verwesen. Und dann riecht er. Er wird bald schon riechen, Yasemine. Er riecht jetzt schon.»

Yasemine läuft mit dem Hund durch das Zimmer, sie sieht aus dem Fenster. «Und wenn er verwest, ich werfe ihn nicht in die Mülltonne.»

«Du musst ihn nicht in die Mülltonne werfen.»

Irene stellt sich neben Yasemine und schaut hinunter auf die Otto-Brenner-Straße. Betrachtet die Autos und die Lichter, die dunkle Straße, einen Jungen, der ein Mädchen an der Hand hält, die Fenster gegenüber, Büros, weißes Licht, oben der blaue Abend.

Das große Mädchen. Der tote Hund. Der blaue Abend. Irgendwo, ganz weit weg, Per in seinem Kämmerchen. Was würde er sagen? «Rehlein, du musst ihr helfen, den Hund zu beerdigen. Sie kriegt es grade nicht hin.» Dabei muss sie aber doch weiter, sollte längst gefahren sein. Esther kommt ihr in den Sinn, der Feldweg, die Einfahrt mit den schiefen Pfählen, die Autowracks, wird sie wieder stecken bleiben? Das Loch, in dem der Reifen festhing. Nasse, schwarze Erde. Erde.

«Yasemine, komm doch mit.»

«Nach Rumpft?»

«Ja. Wir bringen Henry nach Rumpft und beerdigen ihn auf dem Land. Was hältst du davon?»

Yasemine zuckt mit den Schultern.

Irene legt sich ins Zeug. Jetzt ist es ihr wichtig geworden. Jetzt muss sie sich kümmern.

«Wo willst du ihn sonst beerdigen? Eine andere Sache ist die, dass ich dich ungern alleine lassen würde, in diesem Zustand. Ich könnte es einfach nicht. Ich denke, es wäre für alle das Beste, wenn wir es so machen. Auch für Henry. Wir könnten ihn unter einem Baum begraben. Was meinst du? Pack ein paar Sachen, ich halte den Hund so lange, und dann fahren wir. Oder, warte, wir machen uns erst einen Kaffee, hast du Kaffee?»

«In der Küche», sagt Yasemine. Nun ist sie es, die keine Kraft mehr hat, scheinbar willenlos ist. Irene folgt ihr in die Küche, sie ist klein und kalt. Ein Tisch, drei Stühle, an der Wand ein winzig kleines Regal, auf dem winzig kleine Autos stehen. Yasemine deutet mit dem Kopf auf eine orangefarbene Dose neben der Kaffeemaschine. Irene füllt die Maschine und setzt sich zu Yasemine an den Tisch.

«Du kommst also mit?»

Yasemine zuckt wieder mit den Schultern, dazu nickt sie mit dem Kopf.

«Gut, das ist gut», sagt Irene, obwohl sie nicht so genau weiß, ob es wirklich gut ist. Der Kaffee beginnt durchzulaufen, der Geruch verbreitet sich wie eine Erinnerung.

Yasemine räumt in ihrem Zimmer, während Irene den Hund hält und ab und zu einen Schluck Kaffee nimmt. Irene steht auf, sie stellt sich an das Küchenfenster, es geht zum Hof raus. Draußen eine Reihe von Garagentoren, ein betonierter Platz, ein Mann, der raucht und telefoniert. An der Garage lehnt ein Besen. Valentin, denkt sie. Seine Augenbrauen, sein Kinn, sein Gesicht. Wie er sie angefasst hat. «Ins Hotel.» Und dann die Nachricht: «Henry ist tot.» Die Nachricht hat die Nacht beendet. Die Nacht wäre auch so zu Ende gegangen, aber die SMS hat sie abgeschnitten. Vielleicht war es richtig so, vielleicht hatte Yasemine das gewusst? Aber dann musste der Hund Henry es auch gewusst haben, als er auf die Straße rannte, um zu sterben, damit Irene ihre Nacht beenden konnte. Damit ihr Valentin auf diese Art erhalten bleiben konnte. Valentin ist so etwas wie eine Fiktion, denkt sie. Und sie denkt an fiktive Liebhaber in Büchern. Alle Liebhaber in Büchern sind fiktiv, und es wäre ja auch ganz schön, etwas Fiktives für sich allein zu haben, im echten Leben. Andererseits hat er mit ihr geschlafen, sie hat blaue Flecken davon behalten, er hatte eine Wohnung und sogar einen Beruf. Er lebte. Leute, die leben, sind nicht fiktiv.

«Fertig», sagt Yasemine.

Irene lächelt sie an. Yasemine greift nach dem Hund wie nach einem Kind. Wenn sie ein Kind hätte, sie würde es versorgen, geht es Irene durch den Kopf. Sie würde es füttern und würde es lieben, weil sie es könnte. Esther dagegen … Irene ist sich nicht sicher. Esther ist egoistisch, so flatterig und so leicht in ihrer Art zu leben. Als wäre das Leben ein Spielzeug, das sie hin- und herdreht und sich ansieht und dann wieder gegen ein anderes eintauscht. Menschen, die so leben, denen passiert nichts. Die hüpfen durch die Welt, umgeben von Menschen, die ihnen nichts tun, so wie sie selbst den Menschen nichts tun. Yasemine dagegen hat eine Schwere in den langen Knochen, eine Trauer, die sie befähigen würde, Verantwortung zu übernehmen und eine Last zu tragen. Eine Last wie einen Hund.

Irene nimmt Yasemine die Tasche von der Schulter, und gemeinsam verlassen sie das Haus. Draußen ist es düster. Hoch über der Silhouette der Häuser an der Otto-Brenner-Straße blinken jetzt alle Lichter des Allianz-Hochhauses. Irene stellt sich vor, wie die Männer und Frauen der Putzkolonne durch die leeren Büros ziehen. Aber es ist ein Feiertag, der erste Tag des neuen Jahres. Warum sollten sie an diesem Tag arbeiten? Warum arbeitet überhaupt jemand an diesem Tag? Irene wird es nicht erfahren. Aber es geht alles seinen Gang, ob sie davon weiß oder nicht.

Anfangs reden sie nicht viel. Der Hund verbreitet einen unangenehmen Geruch, aber Irene will Yasemine nicht darum bitten, den Hund in den Kofferraum zu legen.

«Hast du eine Ahnung, wie dieses Jahr wird?», fragt dann Yasemine.

Irene fühlt sich jetzt doch müde, und sie muss sich sehr auf den Verkehr konzentrieren. Das Autofahren strengt sie an, mehr noch als vor ihrem Besuch bei Yasemine. Die letzten Stunden haben sie erschöpft.

«Woher soll ich das wissen? Hast du eine Ahnung, wie dein neues Jahr wird?»

«Das Jahr hat beschissen angefangen, was soll schon werden?»

«Dein Jahr hat traurig angefangen, aber es kann noch viel Gutes kommen.»

«Kann, ja.»

«Du glaubst es nicht?»

«Ach, von allein kommt doch gar nichts. Ich muss mir selber was überlegen. Ich will raus aus der Wohnung, ich will weg aus Hannover, ich hasse Hannover, schon weil meine Mutter da wohnt. Weißt du …», sie streicht sich das Haar aus dem Gesicht und beugt sich mitsamt dem Hund rüber zu Irene, «ich würde so gerne ein vernünftiges Leben haben. Eine Arbeit, eine Wohnung, einen Mann, der auch irgendwo arbeitet, und ein Kind vielleicht, abends immer warmes Essen und dann Fernsehen und dann ins Bett.»

«Das ist alles, was du dir wünschst? Ein vernünftiges Leben? Mit Arbeiten und Fernsehen? Wünschst du dir gar nichts Schöneres?»

Yasemine starrt sie an. «Was denn zum Beispiel? Was soll ich mir denn Schöneres wünschen?» Sie ist gekränkt. Irene merkt es an ihrer Stimme.

«Bevor du dir einen Mann wünschst, wünschst du dir da nicht erst mal Liebe, zum Beispiel?»

Yasemine sieht aus dem Fenster. Draußen hat der Verkehr nachgelassen, und Irene kann etwas entspannter fahren. Es ist trocken, und die Straße ist nicht glatt. Streusand splittert manchmal von den Lkw-Reifen an ihre Frontscheibe.

«Ob ich mir Liebe wünsche, weiß ich nicht», sagt Yasemine zögerlich. Aber dann schweigt sie wieder.

Nach einer Weile sagt sie: «Ich glaub, jetzt ganz im Ernst, und lach nicht, ich glaub wirklich, dass das alles ausgedacht ist, mit der Liebe. Manchmal hab ich vielleicht irgendeinen gern, aber … Seba hat gesagt, er liebt mich, aber als ich mit ihm Schluss gemacht hab, hat er gleich damit aufgehört.»

«Und? Was heißt das?» Irene wird ungeduldig.

«Das heißt, dass es keine Liebe war, weil die nicht einfach aufhören könnte. Er hat sich das nur ausgedacht. Und wenn ich die sehe, die sich angeblich lieben, mit dem ganzen Rumgemache, dann könnte ich, ganz ehrlich, dann könnte ich kotzen. Die lügen doch nur. Die bilden sich das alles ein, weil sie ...»

«... weil sie was?» Irene kommt sich seltsam vor, als wäre sie eine Lehrerin, als wäre sie Per, seine Güte will sie kopieren, seinen Humor, so wie er mit den Problemen seiner Schüler umgehen.

«Weil sie nicht alleine sein wollen. Jeder hat irgendeinen. Du hast doch auch einen, sogar zwei, oder?»

Irene spielt ihre letzte Karte aus. Sie fühlt sich nicht gut dabei, aber sie muss dieses Mädchen überzeugen. Vielleicht auch nur sich selbst.

«Und was ist mit Henry?»

Yasemine schweigt. Über Henry und ihre Gefühle für Henry will sie nicht reden. Niemand will über das reden, was groß ist, damit es nicht kleiner wird.

11.

Als sie Rumpft erreichen, scheint Irene der Ort bereits vertraut. Die Häuser liegen im Dunkel, blasses, gelbes Licht von den Straßenlaternen links und rechts des Weges, in einer Hofeinfahrt parkt ein Traktor, und sie meint, dass es der sein könnte, der sie vor einigen Tagen aus dem Schnee gezogen hat. Dann der Weg in den Wald, das Sägewerk, der Feldweg. Der Schnee ist weg, und Irene sieht, dass der Weg in Teilen gepflastert ist. An einigen Stellen sind die Steine herabgesunken, größere Mulden sind entstanden, aber dennoch ist der Weg jetzt besser befahrbar, als sie gedacht hätte. Ihr Wagen schaukelt zum Gehöft des Ziegenmanns, das im Mondlicht auf dem Feld liegt, umwachsen von Gestrüpp und krummen Obstbäumen. Der Ziegenmann sitzt auf einem Hauklotz, in dem ein Beil steckt, und raucht eine Zigarette. Neben ihm sitzt ein Huhn.

«Das ist ein selten dämliches Huhn», sagt er, als Irene und Yasemine aussteigen. «Verhält sich wie ein Hund. Ich hab nur das eine, ist mir zugelaufen. Kam übers Feld spaziert, da hab ich es behalten. Jetzt ist es anhänglich geworden. Ich glaub, es fühlt sich nicht wohl, so ganz allein, wahrscheinlich braucht es Gesellschaft. Jetzt bin ich mir nicht sicher: Schlacht ich es, oder kauf ich ihm eine Freundin?»

«Legt es Eier?», fragt Yasemine.

«Ja, manchmal legt es sogar ein Ei. Aber finde das mal. Ich denke, der ganze Hof ist voller Eier, die holt sich dann der Fuchs. Der kommt angeschlichen und räumt das Buffet ab. Das Hühnchen kann froh sein, dass es noch lebt. Aber warum trägst du den Hund auf dem Arm? Kann er nicht laufen?»

«Er ist tot», sagt Yasemine.

«So.» Den Ziegenmann scheint es nicht zu verwundern. Den Ziegenmann scheint gar nichts zu verwundern. Er tritt seine Zigarette auf dem Boden aus und sagt: «Wegen der Miete braucht ihr euch keine Sorgen mehr zu machen, die Miete ist bezahlt bis nächstes Jahr. Der alte Herr hat sein Säcklein ausgeschüttet. Der junge Mann ist finanziell weniger schlecht gestellt, als man denkt. Schade eigentlich. So wird er nie den Hintern hochkriegen.» Er steht auf, dreht sich um und geht, das Huhn folgt ihm nach in die Dunkelheit.

Kaum ist er weg, öffnet sich im Haus von Esther und Thomas L. die Tür. Ein Lichtschein fällt in den Hof.

«Mama!», ruft Esther.

Irene läuft auf sie zu und nimmt ihre kleine, kleine Tochter in die Arme.

Esther bebt.

Dann erst bemerkt sie Yasemine.

«Was macht die denn schon wieder hier?», schluchzt sie.

«Esther, sei nicht so gemein.»

«Was schleppst du die dauernd mit? Ich brauche dich. Ausnahmsweise mal brauche ich dich.»

«Ich wusste, es war ein Fehler», sagt Yasemine.

Thomas L. tritt auf die Schwelle. Er trägt einen Bademantel, und sein nasses Haar dampft. «Lieber Besuch», sagt er. «Warum kommt ihr nicht herein? Hör auf zu heulen, Liebes, wir haben Besuch.»

«Du bist so widerlich», sagt Esther. Aber sie gibt die Tür frei, und Irene kann die Taschen, ihre und die von Yasemine, in die Wohnstube wuchten. Der Ofen brennt, es sieht einigermaßen aufgeräumt aus, und auf dem Tisch steht ein Kuchen. Ein warmer Kuchen.

«Ich habe euch einen Karottenkuchen gebacken», sagt Thomas L. und strahlt.

«Das ist wirklich nett», sagt Yasemine.

«Er hat ihn nicht für dich gebacken», sagt Esther. «Was willst du eigentlich mit meiner Mutter? Hast du keine eigene?»

Thomas L. seufzt. «Setzt euch doch. Ich trage eure Sachen nach oben. Ihr bleibt doch über Nacht, Schwiegermütterchen?»

Irene nickt. «Esther, ich bin total fertig. Kannst du bitte einfach nett sein? Ich bin wegen dir hierhergefahren, obwohl ich die ganze Nacht auf war. Ich bin fünfhundert Kilometer gefahren wegen dir, und du bist so ...»

«Unfreundlich?», ergänzt Thomas L. den Satz. Dann greift er sich die Taschen und verlässt den Raum.

Yasemine steht mit dem Hund mitten im Zimmer. Sie steht im Lichtschein unter den Fransen der braunen Deckenlampe und sieht nicht unglücklich aus, trotz allem. Sie ist gefasst, und sie lächelt ein bisschen, sie ist Ablehnung und Grobheit gewohnt, wie es aussieht.

«Was ist mit dem Hund? Er stinkt irgendwie», sagt Esther.

«Das liegt daran, dass er verwest», sagt Yasemine. Dann sagt eine Weile lang keiner mehr etwas.

Thomas L. kommt in die Wohnstube zurück und sieht sich munter in der Runde um. Sein Bademantel ist etwas aufgegangen, und sein Bauch und seine Unterhose sind zu sehen. Irene sieht woanders hin.

«Ich mach uns Kaffee, hole Wein und Schnaps, und dann geht die Party los! Ein glückliches neues Jahr, Schwiegermütterchen!» Er macht einen Schritt auf Irene zu, um sie zu umarmen. Irene riecht sein Shampoo und spürt den Dampf, der von seiner Haut aufsteigt. «Ich hab grad gebadet», sagt er, als er sie an sich drückt. Dann wendet er sich Yasemine zu: «Junge Frau, auch Ihnen wünsche ich ein ganz wunderbares neues Jahr!» Yasemine hält den Hund fest und steht immer noch steif unter der Lampe. «Sowie diesem Hund.» Er streckt die Hand aus, um Henry zu streicheln, bemerkt aber rasch, dass der Hund tot ist. «Für diesen Hund wird es wenig nützen. Warum bringt ihr einen toten Hund mit? Ist das euer Gastgeschenk?»

«Hör auf mit deinen Witzen!», schreit Esther und läuft aus dem Zimmer.

«Es geht ihr nicht so gut», sagt Thomas L. Er holt eine Flasche Rotwein und eine Flasche Birnenbrand aus der Küche, außerdem mehrere Gläser. Er stellt einen Topf warme Erbsensuppe auf einen Untersetzer und verteilt ein paar tiefe Teller auf dem Tisch. Er kocht Kaffee, und er summt, und er scheint nicht im mindesten schlecht gelaunt zu sein.

Yasemine setzt sich mit dem Hund in einen Sessel und sieht aus dem Fenster.

«Du darfst es ihr nicht übelnehmen», sagt Thomas L. und reicht ihr ein kleines Glas Obstler. «Es sind die Hormone und das, was ihr passiert ist. Normalerweise ist sie ein sehr nettes Mädchen. Wirklich, sehr, sehr nett. Nur hat sie gerade Kummer, und da kann ein Mensch schon mal unleidig werden.»

Yasemine nickt. Sie nimmt den Obstler dankbar an und trinkt das Glas aus. Sie streckt Thomas L. das leere Glas entgegen, er gießt ihr nach und trinkt selber mit. Er prostet auch Irene zu, die sich Wein eingeschenkt hat. Thomas L. setzt sich Yasemine gegenüber auf den zweiten Sessel. Hellbraunes Kunstleder, an den Lehnen von einem Geäst feiner Risse durchzogen, aus denen der gelbliche Polsterstoff hervorlugt.

«Woran ist er gestorben?», fragt Thomas L.

«Überfahren worden. Heute Nacht», sagt Yasemine.

«Wichser!», sagt Thomas L. «Verdammte Wichser.»

«Es war Henrys Schuld», sagt Yasemine. «Oder auch meine. Er hat einen Schreck bekommen, wegen dem Feuerwerk. Mir ist die Leine aus der Hand gerutscht. Da ist er ins Auto gelaufen.» Yasemine presst den Hund an sich. Ihre langen Arme ragen aus einem gestreiften Rollkragenpullover, dessen Ärmel zu kurz sind und ihre knochigen Armgelenke freigeben. «Ich hab die Leine nicht festgehalten.»

«Man kann nicht immer die Leine festhalten», sagt Thomas L. «Es tut mir so leid.» Er ist aus seinem Sessel aufgesprungen. Er umarmt Yasemine. Er küsst dem Hund auf den Kopf. Dann gießt er sich einen weiteren Schnaps ein. In der Tür, unbemerkt von allen, steht Esther und beobachtet, wie sich das Mitleid auf Yasemine ergießt, ihr Mund steht leicht offen, sie ist fassungslos.

Irene hat sich einen Teller Erbsensuppe genommen. Sie hat riesigen Hunger. Sie hat während der Fahrt nichts gegessen. Je mehr sich diese Geschichte entwickelt, desto größer wird ihr Hunger. Sie kommt sich vor wie ein unbeteiligter Zuschauer. Als hätte sie jegliche Verantwortung für Fürsorge und Trost an den halbnackten Jungen im Bademantel abgegeben.

«Geht es euch gut?», fragt Esther. Sie hat sich einen dicken Strickpullover übergezogen. Ihr Gesicht ist gerötet, und das Haar klebt feucht auf ihren Wangen. Sie hat geweint.

«Nein, Liebes, dieses Mädchen hat seinen Hund verloren.»

«Und?», sagt Esther. «Ich …», sie stockt einen Moment und geht ganz langsam an den Tisch heran, «habe mein Baby verloren.» Triumphierend, so kommt es Irene vor, blickt sie Irene an. Sie wartet auf die Wirkung ihrer Worte.

Irene steht auf und umarmt ihre Tochter, die steif dasteht wie ein Möbelstück. Dann setzt sie sich wieder hin und überlegt, ob sie die Erbsensuppe weiterlöffeln kann oder ob ihre Tochter das schlecht auffassen könnte. Schließlich entscheidet sie sich für das Löffeln. Sie hat Hunger, und die Suppe wird kalt. Sie greift auch nach dem Wein.

«Es tut mir so leid, Esther», sagt sie schließlich. «Aber ich dachte, du … ihr … hattet vor, einen Schwangerschaftsabbruch vorzunehmen.»

Esthers Augen füllen sich wieder mit Tränen. Sie lässt sich auf einen Stuhl sinken. «Ich weiß», sagt sie.

Von irgendwoher erklingen leise die Kirchenglocken. Thomas L. steht auf und öffnet das Fenster weit. Die kalte Luft und die hellen Glocken, der weite Himmel über dem beleuchteten Dorf, im Haus nebenan der Ziegenmann mit dem zahmen Huhn und hier Esther mit ihrer Dummheit. Sie ist erst siebzehn Jahre alt, wird Irene jetzt bewusst. Siebzehn Jahre. Per hatte unrecht. Diesmal hatte er nicht recht. Esther wusste nicht, was sie tat. Alles passiert mit ihr, alles zum ersten Mal. Der Sex, die Schwangerschaft, das Gefühl, eine Mutter zu sein, und dann das Gefühl der Leere, wenn alles vorbei ist. Erst war alles lustig und abenteuerlich, jetzt ist es eine Katastrophe.

«Es war kein Baby», sagt Thomas L. «Es war nur ein kleiner Klumpen Blut und Schleim.»

Irene lief den Rest des Weges allein nach Haus. Ihre Beine in den kurzen beige und braun karierten Shorts waren zerstochen und von Brennnesseln verbrannt, aber das war sie gewohnt. Sie lief, und sie kratzte sich dabei, ohne sich dessen bewusst zu sein. Die Luft war so heiß, dass sie in Wellen von der Straße aufstieg. Irene dachte an Frau Weidloff auf ihrem Stuhl, wie sie summte und lächelte, sie dachte an Markus, der die Thälmannstraße entlanggelaufen war, als wollte er dem Unglück entfliehen, sie glaubte aus irgendeinem Grund nicht, dass er es seinen Eltern erzählen würde. Sie dachte an den grünen Quark auf dem Boden, an das graue Baby zwischen dem Laub, an sein Gesicht. An sein Gesicht dachte sie immer wieder, und an die Vögel, deren Geschrei eine andere Bedeutung bekommen hatte, an die nassen blauen Stoffturnschuhe an der Leine, dann wieder an Markus mit dem Stock, an den Mann am Fenster, an das Gesicht des Babys und wieder an den Quark. Die Gedanken wirbelten um sie herum.

Irene kratzte sich, und sie lief, und sie wollte einige Dinge gerne loswerden. Sie bog in den kleinen Trampelweg ein, der von der Straße in den Wald führte. Sie ging zwischen den hohen trockenen Kiefern hindurch, den Hügel am Bach hinab, überquerte die Brücke. Sie kratzte sich, und sie dachte an Frau Weidloff in der Blümchenbluse. Sie hätte selber auch gern so eine Blümchenbluse. Irgendetwas an dieser Bluse war wunderschön. Sie wollte den Haufen von Gedanken irgendwo abladen, bei jemand Größerem, der Mutter, dem Vater. Sie lief den kleinen Weg zwischen den Stachelbeerbüschen hindurch, links die Wiese, auf der die angebundenen Schafe blökten. Sie blökten immer, wenn sie jemanden sahen. Sie hatten einen Kreis in den Rasen gefressen. Der Vater würde sie morgen umpflocken.

Der Vater war zu Haus. Das Auto stand vor der Garage. Irene ging durch die Veranda, sie zog ihre Sandalen von den Füßen und stellte sie neben die Sandalen ihres Bruders. Sie hörte schon von der Veranda aus, dass die Mutter weinte. Irene lief in die Küche. Der Vater saß auf der Bank mit einer Flasche Bier in der Hand. Er sah kurz hoch und deutete ein Lächeln an. Die Mutter sah sich vom Herd aus um und wischte sich mit der Hand über das verheulte Gesicht.

«Tag», sagte Irene und ging durch den Flur in das Kinderzimmer, wo Mirko auf dem Boden saß. Die Tür zog sie hinter sich zu.

In der Küche wurde die Mutter laut. Dann wurde auch der Vater laut. Es ging um Geld.

«Ich gehe nur noch für deine Mätzchen arbeiten», schrie der Vater.

«Für deine Sauferei gehst du arbeiten. Dafür.»

«Wenn ich einmal im Monat mit Bernd ein Bier trinken gehe, dann machst du einen Aufstand, das ist doch nicht normal! Du bist nicht normal!»

«Es ist kein Leben», weinte die Mutter. «Es ist kein Leben mit dir.»

Mirko stand vom Teppichboden auf, er trug einen grauen Strickpullover und ein Unterhöschen, sonst nichts.

«Ist dir nicht heiß?», fragte Irene.

«Selber», sagte er.

«Du bist so blöd», sagte sie.

«Selber, selber.»

Sie setzte sich auf ihr Bett. Dann streckte sie sich darauf aus. Mirko kam zu ihr und hockte sich neben sie.

«Was hast du in deiner Faust?», fragte sie.

Er hielt die Faust geschlossen.

«Sag, was du in deiner Faust hast!» Sie versuchte, seine Finger zu lösen. Sie beugte sich über ihn und zerrte an den Fingern seiner Hand.

«Hör auf», schrie er, «du machst ihn tot!» Er sprang vom Bett und rannte zur Tür. In der Küche immer noch Geschimpfe und Geheule. «Ich zeig es dir, wenn du mir sagst, wo du warst.»

«Gar nichts sag ich dir. Und wenn du mir nicht zeigst, was du in der Hand hast, sag ich es den Eltern.»

«Mach doch.»

Irene wusste, dass Mirko sich sicher fühlte, weil die Eltern stritten und weil sie nicht wagen würde, dazwischenzugehen. Im Zimmer war es unordentlich. Mirko hatte sämtliches Spielzeug auf dem Boden verteilt. Zwischen den Buntstiften lagen Autos und Sandspielzeug, Bücher und Plüschtiere, aus denen die Füllung quoll.

«Wenn du das so lange in der Hand hältst, erstickt es», sagte Irene.

Mirko öffnete sofort die Faust. In der Hand lag ein regloser Frosch.

«Siehst du», sagte Irene.

Mirko fing sofort und übergangslos an zu heulen. Er heulte still. Er konnte das, wenn die Eltern stritten, konnte er sogar still heulen. Irene stand auf und beugte sich über den grauen winzigen Frosch. Er bewegte matt einen Schenkel.

«Mach ihn nass. Vielleicht erholt er sich.»

Irene nahm die Hand ihres Bruders in ihre, und gemeinsam liefen sie ins Bad, das durch einen kleinen Flur von der Küche und vom Kinderzimmer getrennt war. Sie drehte den Wasserhahn auf, und Mirko hielt den Frosch unter das Wasser. Er bewegte langsam die Glieder. Irene drückte den schwarzen Gummistöpsel in das hohe alte Waschbecken, Mirko ließ den Frosch in den kleinen Teich über dem Stöpsel plumpsen. Er taumelte, bis er über dem Stöpsel zum Liegen kann. Mirko schluchzte auf. Das Wasser stieg, und der Frosch fing langsam an, sich zu räkeln und zu zappeln. Er schwamm an die Oberfläche.

«Du bringst den Frosch sofort dahin zurück, wo du ihn herhast. Sonst stirbt er nämlich», sagte Irene.

Mirko nickte. Beide standen sie vor dem Becken und betrachteten den Frosch, der an den glatten Wänden des Beckens abrutschte, als er versuchte, aus dem Wasser zu kommen.

«Nimm ihn, sonst ersäuft er doch», schimpfte Irene. Mirko fing den Frosch mit beiden Händen ein und hielt die tropfenden Hände geschlossen über den Badezimmerboden. Er ging durch die Tür in den Flur, in dem der Kachelofen stand, der das gesamte kleine Haus beheizte. Mit nassen Händen und dem in ihrer Höhlung eingeschlossenen zappelnden Frosch blieb er vor der Tür zur Küche stehen und lauschte. Irene lauschte auch. Dann sagte sie: «Wir gehen durchs Fenster.» Mirko nickte.

Irene schob den kleinen Maltisch und die Stehlampe vor dem Fenster beiseite und öffnete das Fenster. Dann stellte sie einen Stuhl aus dem Kinderzimmer davor, und beide kletterten sie durch das Fenster in den Hof, wo ihnen der Schäferhundmischling Horvak japsend entgegenkam. Horvak stank, und die Mücken surrten in Wolken um ihn herum. Seine Zunge tropfte, und in seiner Freude über die Kinder sprang er an ihnen hoch. «Geh weg!», schrie Mirko und hielt die Hände hoch über seinen Kopf. Irene fasste den Hund an seinem ledernen Halsband, damit Mirko mit dem Frosch durch den Hühnerhof hindurch, über die Wiese und durch das Tor entschlüpfen konnte. Sie wartete im Kinderzimmer auf Mirkos Rückkehr.

In der Küche war es jetzt endlich still. Das Radio spielte.

Es roch nach gebratenem Fleisch. Irene hatte Hackfleisch in einer Schüssel gesehen. Es würde Buletten geben, und sie aß gerne Buletten. Der Streit der Eltern war erst einmal vorbei. Sie würden heute nur noch schweigen. Morgen würden sie ebenfalls schweigen. Sie würden die Kinder scharf tadeln, wenn es auch nur den geringsten Ärger gab. Sie würden notfalls Ohrfeigen verteilen. Es würde eine stille und gefährliche Atmosphäre am Abendbrottisch herrschen. Sie und Mirko durften sich keinen Ausrutscher erlauben, vor allem durften sie sich nicht streiten.

Im Radio sang Frank Schöbel «Wie ein Stern in einer Sommernacht ...». Die Mutter sagte diesmal nicht, dass sie das Lied so schön finde. Irene wollte erzählen, dass sie mit Markus zusammen ein totes Baby gefunden hatte. Aber die Luft war drückend, und die Mutter hatte ein altes Gesicht. Der Vater war rot. Seine Wangen waren rot, und seine Augen waren ganz klein.

Wie ein Stern in einer Sommernaaacht ist die Liebe, wenn sie straaahlend erwacht. Leuchtet hell und klar durch Raum und Zeit. Wie ein Stern aus der Uneeendlichkeit ...

Irenes Mund war wie zugeklebt. Sie wollte es morgen sagen. Sie hoffte auch, dass Markus es sagen würde und dass seine Eltern sich darum kümmern würden. Sie dachte, dass es genügen würde, wenn einer es seinen Eltern sagte. Sie ging nach dem Essen mit Mirko in ihr Zimmer. Sie putzten sich die Zähne, und sie gingen in ihre Betten.

Im Bett drehte sich Irene hin und her. Frau Weidloff, der Fleischer mit dem Spiegelschrank, der tropfende Turnschuh – und all diese Gedanken wirbelten um einen einzigen riesigen Gedanken. Der Gedanke wurde immer größer, er wuchs und wuchs, und er hatte das Gesicht eines toten Babys zwischen verrotteten Blättern.

«Mirko, bist du noch wach?»

«Ja», sagte Mirko. «Ich denke an den Frosch. Ob er lebt.»

«Er lebt.»

«Aber er ist nur noch ganz langsam gelaufen.»

«Das macht nichts. Er lebt.»

Mirko atmete tief ein, hielt die Luft an und atmete wieder aus.

«Mirko, ich hab heute was gesehen.»

«Was?»

«Ein totes Baby. Es lag im Wald. In einem Loch.»

Mirko schwieg.

«Ich hab es mit Markus entdeckt. Es war schon ganz verschimmelt.»

«Soll ich es nicht weitersagen?», fragte Mirko.

«Ich weiß nicht. Ich hab mich nicht getraut, es zu sagen.»

«Ich hätte mich auch nicht getraut. Ich würde es nie sagen.»

«Markus sagt es seinen Eltern.»

«Okay.»

Sie hörte, wie Mirko, der sich im Bett aufgerichtet hatte, sich wieder hinlegte. Dann schliefen sie.

Am nächsten Morgen kam Markus nicht in die Schule. Er kam auch am übernächsten Tag nicht in die Schule, er kam niemals mehr in die Schule, und nachdem Irene es am ersten Tag nicht erzählen konnte, erzählte sie es auch an den folgenden Tagen nicht mehr.

In den vielen Pfützen auf dem Feld hinter dem Haus spiegelt sich das Grauweiß des Himmels. In einiger Entfernung steht ein Reh. Es wirkt wie eine Skulptur, reglos, dann dreht es den

Kopf und springt leicht und elegant auf die dunkle Wand des Waldes zu. Zwei zuvor vollkommen unsichtbare Gefährten folgen ihm im gleichen lässigen Tempo.

Irene wendet sich wieder dem Naheliegenden zu. Ein Loch wird geschaufelt von Thomas L. Er gräbt, und er lächelt dabei. Körperliche Arbeit scheint ihm tatsächlich Freude zu bereiten. Er arbeitet zügig und gleichmäßig. Sie sieht ihm zu. Yasemine und Esther sitzen im Haus und schauen wieder in den kleinen rauschenden Kasten. Sie trinken Pfefferminztee und essen Chips. Der Haushalt gibt nicht viel her. Das Fernsehen bewahrt sie davor, sich unterhalten zu müssen. Die Stimmung ist schlechter, als ein Außenstehender meinen würde. Es war der Vorschlag von Thomas L. gewesen: «Lasst uns den Hund unter der Linde begraben. Da hat er es schön.»

«Der Hund hat es nirgendwo mehr schön», hatte Esther geantwortet. Aber Thomas L. hatte geschwiegen. Yasemine hatte genickt.

«Was macht ihr hier eigentlich?», fragt Irene ihn jetzt. «Wovon lebt ihr, und was ist euer Plan?»

Thomas L. richtet sich auf und sieht ihr ins Gesicht. Er ist immer gleich schön. Sie traut ihm nicht. Sie versteht das Ganze nicht. Was, fragt sie sich zum wiederholten Mal, will er mit ihrer Tochter?

«Der Plan heißt Leben», sagt er.

«Aha.»

«Darunter kannst du dir wohl nichts vorstellen?»

«Werd nicht frech!», sagt sie.

«Oh. Entschuldigung.»

Er schweigt eine Weile. Er gräbt weiter. Die dunkle, feuchte Erde häuft sich neben dem Loch. Regenwürmer winden sich im Erdhaufen.

«Wie seid ihr überhaupt auf dieses Haus gekommen?», versucht Irene es aus einer anderen Richtung. Irgendwie muss sie zu ihm durchdringen. Dass sie so wenig von Esthers gegenwärtigem Leben weiß, macht sie unruhig.

«Das Haus?» Er stützt sich auf den Spaten und wirft einen Blick zu den Häusern. Gerade zu das Haupthaus, in dem unten links der Ziegenmann wohnt. Links daneben, im rechten Winkel dazu, das kleinere Haus, in dem Esther und Thomas L. wohnen.

«Woher kennt ihr den Ziegenmann?», fragt Irene. «Wieso vermietet er ein Haus an euch? Ihr habt doch nichts.»

«Das Haus», sagt Thomas L. und macht eine kleine und wirkungsvolle Pause, «ist mein Haus – gewesen. Ich hab es ihm verkauft.»

«Es hat einmal dir gehört?»

«Das war der Hof meiner Großeltern, sie haben ihn mir vererbt, als sie gestorben sind. Mein Haus. Mein Hof. Sie haben mir den Hof gegeben, weil sie sich sicher waren, dass ich was draus mache.»

«Du hast ihn verkauft», sagt Irene.

«Ja. Was sollte ich denn draus machen? Aus einem Hof kann man *was* machen? Einen Hof. Man kann Schweine in den Stall stellen oder Pferde kaufen, und man kann natürlich auch einfach auf dem Hof wohnen und aus dem Fenster kucken. Gurken einlegen im Sommer. Mit dem Auto in die Stadt zum Arbeiten wie der Opa, und hier schön die Wäsche aufhängen, wenn es windet.»

«Wenn es windet? Für meine Begriffe macht ihr das doch so. Ihr wohnt hier. Warum verkauft man ein Haus, um dann anschließend darin zur Miete zu wohnen? Das leuchtet mir nicht ein.»

«Warum führst du dieses Gespräch nicht mit deiner Tochter?»

Irene tippt ihm mit der Hand auf die Schulter, schubst ihn fast. «Was willst du eigentlich von ihr?» Seine Art macht sie aggressiv.

Thomas L. wirft die Schaufel auf die Erde und holt ein Päckchen Zigaretten aus der Tasche. Er schüttelt eine in seine schmutzige Hand, steckt das Päckchen wieder weg und zündet sich mit einem durchsichtigen grünen Feuerzeug die Zigarette an. Er nimmt den ersten Zug, kräuselt die Stirn, schüttelt den Kopf, als wollte er sich selbst etwas ausreden, und sagt dann zu ihr: «Willst *du* eigentlich irgendwas von mir, Schwiegermutter?» Er grinst dabei, anzüglich, denkt sie, weil ihr kein anderes Wort dazu einfällt.

Sie schlägt sonst eigentlich nie zu und wundert sich darüber, aber schon während sie ihn schlägt, ist sie sich bewusst, dass diese Reaktion eine relativ hilflose und schwache Reaktion ist, die seine vorangegangene Frage in ihrer Aussage verstärkt und ihr eine Ernsthaftigkeit verleiht, die diese vielleicht gar nicht hatte. Seine bärtige Wange, kühle Haut, irgendeine Reaktion, die vom Herzen kommt, eine Berührung, ein menschlicher Kontakt, er nimmt es gelassen, er kommt aus der Landwirtschaft, er ist nicht zartbesaitet.

«Entschuldigung», sagt er, «das war dumm.»

«Was?», fragt sie. Ihr Atem rennt. Es tröpfelt vom Dach der Linde. Ein Baum wie eine Kathedrale. Der ganze krumme Hof kommt ihr plötzlich unglaublich schön vor, und es schmerzt sie, dass er ihn weggegeben hat. Gelbliches Licht breitet sich hinter den Wolken aus. Die weißgraue Masse, goldgerändert, Konturen bildend. Ein aschiger Himmel, ein ganz altes Licht.

«Ich habe was Dummes gesagt. Du bist eine Respektsperson.» Die Ohrfeige ignoriert er komplett. Er nimmt sie nicht für voll, denkt Irene. Er fühlt sich nicht einmal gedemütigt, kein Stück.

«Ich wollte nach Island. Ich wollte …»

«Ja?», fragt sie, als er nicht weiterspricht.

«Esther wollte *nicht* nach Island. Jetzt jedenfalls noch nicht. Sie wollte erst die Schule zu Ende machen und dann weitersehen.»

Irene läuft zum Zaun rüber, blickt über das Feld, kein Reh mehr, aber Vögel, jede Menge kleiner grauer Vögel, fast unsichtbar, Spatzen, große Vögel, Krähen. Die Krähen fliegen auf, als sie in die Nähe des Zaunes kommt. Schreien, setzen sich wieder, suchen Sachen im Dreck. Dicke, ölige Federn, sie frieren nicht, obwohl es nass und kalt ist. Irene wiederholt für sich immer wieder diesen sinnlosen Satz: Esther wollte die Schule zu Ende machen. Was ist los, worum geht es eigentlich?

Thomas L. kommt hinterher, er setzt Wölkchen von Zigarettenrauch in die Luft. Er dünstet frischen, warmen Schweiß aus, angenehm und männlich.

«Sie ist weniger assig, als du denkst.»

«Ich denke nicht, dass sie assig ist.»

«Aber dass ich assig bin, das denkst du schon. Ich komme damit klar. Nur sie, sie hängt doch sehr an der Mama. Sie ist ja auch noch klein. Wenn es nach mir gegangen wäre, dann wäre sie jetzt nicht hier, dann wäre sie jetzt in Hamburg, und ich in Akureyri. Aber Fräulein hat seine eigenen Ansichten, und Fräulein bestimmt und diktiert und räumt um, wie es will, verstehst du? Sie verändert sogar mein Leben. Und wollte ich das? Nein. Wollte ich nicht. Jetzt sitze ich hier, in einem Haus, das mir nicht mehr gehört, und hätte um ein Haar ein Baby dazubekommen, das mir noch viel weniger gehört. Wirklich komisch, oder, Schwiegermama?»

Irene zuckt mit den Schultern. «Warum machst du dann das alles?»

«Warum? Es muss wohl mit ihr zusammenhängen. Nur ein Jahr. Dann sehen wir weiter. Ein Jahr in Rumpft, was soll's. Ich hab ein Haus in Akureyri mit Blick auf den Fjord. Habe ich das erwähnt? Ein kleines Haus, aber es gehört mir. Es wartet auf mich. Was tue ich? Ich sitze in Rumpft und küsse der kleinen Esther die Füße.»

Irene seufzt, sie will davon nichts hören. Weder von Füßen noch von Küssen.

«Der Hund kann ins Loch», sagt sie und geht zum Haus, um Yasemine zu holen.

Sie stehen zu viert um das frisch ausgehobene Loch herum. Dunkle Erdbrocken, eine Scherbe. Porzellan, weiß mit einem Goldrand, Wurzelfasern, die ihre widerspenstig elastischen Ärmchen in das Loch hineinhalten.

Yasemine hält den Hund fest.

Esther steht auch dabei. Sie hat die Arme verschränkt. Sie friert. In sich drin vielleicht immer noch blutend. Ihr Gesicht blass. Weiß wie Sahne.

«Nun mach!», sagt Esther.

Yasemine hält den Hund fest.

«Nun mach doch endlich!», ruft Esther, verzweifelt fast.

Yasemine hält den Hund fest.

Thomas L. grinst und zündet sich eine Zigarette an. Er stützt sich auf den Spaten. Er steht über allem. Jedenfalls nach außen hin. Ein Auto fährt auf den Hof, ein neues, glänzendes Auto, wie frisch gekauft. Es hält, der Ziegenmann steigt aus.

Er trägt einen Beutel mit Einkäufen. Er kommt zu ihnen herangeschlendert, langsam, lächelnd.

«Tag», sagt er. «Was gibt es denn? Beerdigung?»

«Wir begraben den Hund», sagt Thomas L. und deutet auf Yasemine. «Er ist überfahren worden, und jetzt muss er unter die Erde.»

Der Ziegenmann geht zu Yasemine und streichelt dem Hund über das Fell. «Böse Autos!», sagt er. «Böse, böse Autos!»

Seine Empathie löst bei Yasemine etwas aus, einen stummen kleinen Fluss von Tränen. Sie wischt sich mit ihrem Mantelärmel über das Gesicht. Es ist der rote Mantel, den Esther ihr geschenkt hat, als sie das erste Mal hier waren.

«Sie legt den Hund nicht in das Loch. Hier passiert gar nichts», sagt Esther.

«Leg du dich doch rein, wenn es dich nervt», sagt Thomas L. «Dein Hund ist es ja nicht. Du verstehst doch gar nicht, was los ist.»

«Was soll denn los sein?», fragt Esther. «Ihr Hund ist tot. Und?»

Der Ziegenmann nimmt Yasemine langsam, aber bestimmt den Hund aus den Armen und lässt ihn sanft in das ausgehobene Loch gleiten. Als der Hund in seinem Grab liegt, erinnert sich Irene an etwas, ein Bild, etwas, das man sagen wollte und dann nicht gesagt hat, weil es nicht ging. Ein kleines dunkles Ding, zwei Augen, ein stiller kleiner Mund, in einem Erdloch. Der Ziegenmann richtet sich wieder auf, er lächelt Yasemine an, die die leeren Arme jetzt hängen lässt, als wären sie steif gefroren, und Irene erinnert sich.

Sie erinnert sich.

Ein Strahl weißlicher Sonne fällt in das Loch, auf den Hund

und den Ziegenmann, auf Esther mit dem Blut der verlorenen Schwangerschaft, auf den dunklen Erdboden und Yasemines Tränen, die tropfen wie kleine Erbsen. Erinnerung wie ein Geschmack im Mund. Wie ein riesiges Zelt, eine Glocke, die sich über Irene stülpt und alles verwandelt, im Winter ein Duft von August, ummantelt von stummer Angst.

«Markus», sagt Irene.

Markus? Knieflicken. Braune Sandalen. Ranzen auf dem Gepäckträger, Turnbeutel am Lenkrad, rotes Brausepulver in der Hosentasche.

Der Ziegenmann sieht gar nicht mehr so alt aus, wie es sich zuerst für sie angefühlt hat. Er sieht ungefähr genauso alt aus wie sie. Er ist ein Mann im besten Alter. Er trägt seinen Ziegenfellmantel, seine Cowboystiefel und auf dem Kopf eine russische Fellmütze mit heruntergeklappten Ohrenschützern.

«Wie bitte?», fragt er. Nimmt die Mütze ab, kratzt sich am Kopf. Lange Haare, zu lang. Dann setzt er die Mütze wieder auf.

«Willst du noch was sagen?», fragt Thomas L. Yasemine, während er den Spaten voller Erde über das Loch hält. «Willst du? Willst du?»

Yasemine steht noch immer stocksteif da, ihr Gesicht wirkt wie eingefroren.

«Wir könnten etwas singen», schlägt Thomas L. vor.

«Hör auf zu spinnen», sagt Esther.

«Singen?», wiederholt Thomas L.

Die Sonne breitet sich aus, weit und weiß, durch dünne Wolkenschichten hindurch.

«Markus?», sagt Irene. «Markus?» Sie weiß selbst nicht, warum.

Der Ziegenmann zuckt mit den Schultern. Dann dreht er sich um und geht.

Thomas L. wirft die erste Erde. Die Brocken prallen am Hundekörper ab und springen zur Seite, dann legen sie sich auf ihm zurecht, bedecken langsam das Fell.

«Der Mann ist verrückt», sagt Thomas L. «Der ist mal so und mal so. Manchmal macht er irre Geschäfte, und dann ist er wieder verrückt.»

Er hält beim Schaufeln inne, überlegt kurz und hält den Spaten Yasemine hin. «Willst du? Ist ja dein Hund. Und es ist gut, wenn man etwas tut.»

«Was denn tut?», fragt Esther. Sie schabt mit ihren Stiefelchen auf dem Boden herum. Sie trampelt auf dem Boden, um sich zu erwärmen, sie schnieft durch die Nase. Sie kratzt mit der Stiefelspitze Muster in die Erde. Sie kann nicht ins Haus gehen, und sie kann auch nicht hierbleiben. Sie sitzt zwischen den Stühlen, und sie ist aufgebracht. Sie ist sich über vieles nicht im Klaren, denkt Irene. Aber jetzt ist sie einfach nicht dran.

«Für sie ist es gut, wenn sie etwas tut, was zur Beerdigung beiträgt. Das hilft.»

«Dann würde es mir vielleicht helfen, wenn ich mein Baby vergraben würde, mit meinen eigenen Händen?», fragt Esther. Sie trampelt und kratzt.

«Dein Baby gab es nicht. Dein Baby war ein Nichts. Ein Klumpen», sagt Thomas L. «Und wenn es dir hilft: Bitte, ja, vergrab den Klumpen.»

«Du bist ein Schwein», sagt Esther und geht immer noch nicht.

Thomas L. schaufelt das Loch wieder zu. Er tritt die Erde über dem Loch fest und steckt ein Stück Holz hinein.

«Schlaf gut, kleiner Hund», sagt er, als er fertig ist, und klopft sich die Hände ab.

Yasemine steht immer noch auf ihrer Stelle, groß und blass und ungeschützt, gerade wegen ihrer Größe, ein kleines Mädchen in einem großen Körper. Irene legt ihr den Arm um die steifen Schultern und zieht sie mit sich fort. Esther folgt, Thomas L. bringt den Spaten in den Schuppen.

«Esther, wie heißt der Ziegenmann mit Vornamen?», fragt Irene, als die drei in der Wohnstube sitzen.

Esther zuckt mit den Schultern. «Weiß nicht.»

«Heißt er vielleicht Markus?»

«Ja, ich glaub schon. Markus Ziegenmann, oder? Ich glaube, so heißt er. Hast du gesehen, wie der mit mir umspringt?»

«Wer?»

«Wer wohl. Thomas.»

«Willst du wieder zurück zu uns nach Hause, Esther? Ich nehme dich mit.»

Die Tür öffnet sich, und Thomas L. kommt herein. Sein dickes Haar steht verschwitzt vom Kopf ab, er grinst, er reibt sich die Hände. Er geht in die Küche und kommt mit einer Flasche Wodka wieder. Er knallt Gläser auf den Wohnzimmertisch. Dann legt er eine Platte auf. Genau die gleiche, die Irene zu Hause hat, Leonard Cohen. Er gießt für jeden ein volles Glas ein und drückt Esther als Erster eines in die Hand.

«Wenigstens kannst du jetzt trinken», sagt er. Dann hebt er sein Glas. «Auf die Toten!»

Yasemine trinkt ihr Glas leer und wirkt immer noch steif. Steif mit leeren Armen.

Irene setzt sich in einen Sessel und betrachtet das Fensterbrett, das staubig ist und auf dem viele kleine Gegenstände aufgereiht sind. Ein Feuerzeug, eine Messingglocke an einem Stab, eine zerdrückte Packung Zahnpflegekaugummi, ein kleines Gummischwein, ein zerknülltes Taschentuch, eine zusammengerollte Socke, ein kahler, einblättriger Weihnachtsstern. Hinter den matten, ungeputzten Fensterscheiben der trübe, weißliche Tag. Die Sonne irgendwie da, aber nicht greifbar. Die Strahlen mild und wie besänftigend. Wie in den Wolken, denkt Irene, wie in den Wolken.

«Markus Ziegenmann …», sagt sie. «Oder doch Häupl? Markus Häupl heißt er nicht?» Der Schnaps brennt in ihrer Kehle und wärmt in ihrem Bauch. Sie nimmt sich noch einen. Die Erinnerung läuft an ihr lang wie Sirup. Markus Häupl? Markus Ziegenmann? Zufälle gibt es.

Zufälle gibt es nicht.

12.

Ein Traum. Ein Loch voller Blumen, ein gelbes Licht von unten, von zwischen den Blättern her, von der Erde her. Eine Katze, sie schnurrt, dann wälzt sie sich in den feuchten Blättern, unter dem Dach der Bäume. Im Wald ist sie, wird Irene bewusst, im Wald. Und dass es sich um eine Katze handelt und nicht um einen Hund. Oder um ein Baby. Um eine Katze, die lebt. Irene beugt sich hinab, sie greift nach dem Tier, das sich in ihre Arme schmiegt. Die Katze ist warm und weich, und Irene ist erleichtert. Sie ist so erleichtert, dass es eine Katze ist und kein Hund und kein Baby. Sie drückt ihr Gesicht in das weiche Katzenfell. Sie fühlt das gelbe Licht auf sich wie ein Gewicht. Die Bäume sind verschwunden, das gelbe Licht breitet sich aus. Es wird noch heller und noch gelber. Die Mutter ist da, und der Vater ist da. Die Mutter ist doch gar nicht da, denkt Irene, in ihrem eigenen Traum. Die Mutter ist doch arbeiten, denkt sie, und dass sie träumt, dass die Mutter da ist und der Vater da ist, obwohl sie weiß, dass auch der Vater arbeiten ist. Die Katze schläft, und Irene selbst rollt sich auch zusammen, in einem Bett aus Moos. Die Katze weint im Schlaf, wie ein Baby, gar nicht wie eine Katze, und Irene fragt sich, ob die Katze ein Baby ist oder eine Katze. Dann müht sie sich, wach zu werden, die Katze, der Hund, das Baby, das gelbe Licht, dann ist sie wach.

In der Nacht, im feuchten Dachzimmer, im klumpigen Bett, wird sie wach, weil etwas anders ist. Der Mond im Zimmer. Ein leises Kratzen, ein Schaben an der Wand oder an der Decke, aber das ist normal. Kleine Tiere, Mäuse, Käfer, Würmer, das ist schon am Abend so gewesen. Sie denkt an Valentin. An die Haut auf seinem Bauch. Dann ist sie ganz wach, und dann sieht sie neben sich das leere Bett.

Ganz kurz, nur ganz kurz, fühlt es sich an wie ein Déjàvu. Jemand verschwindet, geht aus dem Zimmer, geht aus dem Leben, während sie schläft. Leute verschwinden immer mal. Leute gehen weg. In ein anderes Land. In ein anderes Dorf, zu neuen Freunden, zu neuen Geliebten. Alles passiert auf eine natürliche Weise. Man nennt es Veränderung, Irene. Gedanken schwirren durch ihren Kopf, halb noch von Schlaf triefend, in den Untiefen wabernder Traumbilder. Katzen, Hunde, Babys, Eltern, gelbes Licht.

Dann sitzt Irene auf der Bettkante, greift nach ihrem Pullover, greift nach ihrer grauen Wollhose und tastet sich am Dachgewölbe entlang, die Taschenlampe liegt nicht mehr auf dem Nachtschränkchen, tastet sich die Treppe hinunter, durch ein Dachfensterchen fällt ein blauer Strahl darauf. Stufe für Stufe tastet sie sich hinab, bis sie unten das Licht anschalten kann. Sie geht in das Wohnzimmer, geht in die Küche. Yasemine ist nicht da. Sie nimmt ein Glas aus dem Regal und lässt Wasser aus der Leitung hineinlaufen. Sie trinkt, und sie setzt sich an den Küchentisch. Die Gläser stehen noch dort. Alkohol und immer wieder Alkohol. Man sollte nicht mit seiner siebzehnjährigen Tochter trinken.

Esther hatte über die kurze Schwangerschaft geredet. Über die Ausschabung und darüber, wie sie sich jetzt fühlte. Thomas L. hatte sie reden lassen und einmal, unvermittelt, ihre Hand in seine gelegt, und das war Irene liebevoll vorgekommen. Wie Liebe sich anfühlt. Sie hatte begriffen, dass die Beziehung der beiden auf Zuneigung beruhte. Das hatte sie sich natürlich auch gedacht und es gehofft, aber sie war sich nie sicher gewesen und hatte beiden etwas unterstellt, das mit Egoismus zu tun hatte. Dass sie sich nur aufgrund körperlicher Anziehung zusammengetan hatten, aus Selbstverwirklichungsgründen, als wäre das weniger wichtig. Als wäre Liebe der einzige Grund. Wenn man jung ist. Wenn man sich entschließt, etwas zu ändern. Wenn man unzufrieden ist, dann gibt es viele Gründe, etwas zu ändern. Aber am Tisch, die Hand, ihre Hand in seiner Hand, war die Liebe sichtbar geworden, und das hatte Irene weniger beruhigt, als sie gedacht hätte. Wenn Esther Thomas L. liebt, hatte sie gedacht, dann ist sie weg. Dann ist sie raus, aus der Mutterliebe, aus der Vaterliebe. Dann ist sie eine Frau. Punkt.

Yasemine hatte am Tisch gesessen, hatte getrunken und hatte geschwiegen. Der Hund war weg, die Arme waren frei, und da lagen sie auf dem Tisch und ruhten sich aus. Die großen, langen Arme. Der Pullover, der zu klein war. Zu kurz an den Ärmeln. Das große Gesicht. Ein großes Mädchen. Eine Königin ohne Staat. Ohne Hündchen und ohne Eltern. Nicht auf Süßheit bedacht. Musste niemanden von irgendetwas überzeugen, so wie Esther. Esther überzeugte ihre Mutter von ihrem Schmerz und ihrem Verlust. Dass in ihrer Tochter herumgewühlt worden war, traf Irene schon. Gebärmutter. Ausschaben. Das waren ungemütliche Worte. Ein Kind sollte nicht ausgeschabt werden. Ein Kind sollte es schön haben, wenn es das eigene ist.

Dann waren sie schlafen gegangen. Betrunken. Müde und erledigt. Der Tag war erledigt. Eine Beerdigung war erledigt. Eine Aussprache von Tochter zu Mutter war erledigt. Zufrieden sogar war Irene ins Bett gesunken, neben dem großen Mädchen, und war eingeschlafen. So kümmert man sich. So wird man gebraucht, und so kümmert man sich. Im Schlaf dann die Katze, das gelbe Licht und dann das Kratzen.

Die Flasche.

Irene ist, als würde ein Vorhang weggerissen, und alles, wirklich alles, ist mit einem Detail sichtbar geworden, die Flasche steht nicht mehr auf dem Tisch.

Die Flasche ist weg.

Natürlich könnte jemand die Flasche woanders hingestellt haben. In den Kühlschrank, ins Schlafzimmer, irgendwohin, wo jemand aus der Flasche trinken kann. Irene öffnet den Kühlschrank, sie glaubt nicht daran. Der Kühlschrank ist schwach bestückt mit sauren Gurken und Butter und zwei, drei Karotten, Orangensaft und angebrochenen Plastikpackungen, schwach bestückt und kein Schnaps.

Und keine Yasemine.

Sie geht rüber zu der Tür, die ins Schlafzimmer ihrer Tochter und ihres Freundes führt. Eine Holztür, eine Postkarte mit Tesafilm an die Tür geklebt, Berge, ein See, Steppengras. Island?

Hinter der Tür Schlaf. Irene öffnet die Tür, vorsichtig, leise, es gelingt sogar, Schatten, Umrisse, aber sie schläft, das Mädchen schläft. Der Junge ist ihr egal. Atemgeruch, Atemgeräusche, Ruhe und Frieden. Das Mädchen hat eine Wunde in sich drin, klein, aber scharf, sie fühlt sich beleidigt von einer Fehlgeburt, sie hat getrunken, und jetzt schläft sie und ruht. Irene entscheidet sich, sie nicht zu wecken. Sie zieht die Tür sachte wieder zu, sie zieht ihren Mantel an, sie setzt ihre Mütze auf und wickelt sich ihren Schal sorgfältig um den Hals. Sie öffnet die Tür zum Badezimmer, um sicherzugehen. Im Badezimmer ist niemand. Yasemine ist nicht mehr im Haus. Irene tritt hinaus in den Mond, und die kalte Luft schneidet ihr ins Gesicht. Atemwölkchen steigen auf. Es ist so viel kälter als am Tag. Es ist eisig.

So weit, so gut. Der Entschluss ist da, aber was soll sie tun? Sie stapft über den Hof, der Boden ist hart gefroren, sie geht rüber zum Hundegrab, das nur ein kleiner Haufen festgetrampelter Erde ist, eine kleine Erhebung, ein Stück Holz, sonst nichts.

Irene ruft, leise erst: «Yasemine!» Dann lauter: «Yasemine!» Sie stolpert los, sie läuft durch die Toreinfahrt, verlässt den Hof, sie geht den Weg zum Sägewerk, «Yasemine!». Sie stolpert über die festgefrorenen Furchen, sie sieht sich um, «Yasemine!». Sie bleibt stehen. Sie muss ganz vernünftig bleiben und nachdenken. In welche Richtung könnte Yasemine gegangen sein? Es gibt keine vernünftige Richtung. Jede Richtung ist unvernünftig, in der Nacht, mit einer Flasche Schnaps im Arm und Kummer im Bauch. Irene muss unvernünftig sein, sie kann Yasemine nur durch Unvernunft auf die Spur kommen. Der Mond und das Reh. Sie denkt an das Reh, das auf dem Feld hinter dem Haus stand. Der Mond scheint weiß, und jede einzelne Stoppel wirft einen kleinen schmalen Schatten. Irene läuft wieder zum Hof zurück, steigt über den Zaun, und das Feld liegt silbern vor ihr, dahinter der schwarze Wald und über ihr ein Himmel voller harter Sterne.

In der Ferne entdeckt sie eine Figur, einen schwarzen Schatten, wie ein Kreuz, in einer merkwürdigen Form, schwer stapfend.

«Yasemine?» Irene geht der Figur entgegen, die Figur sieht nicht nach Yasemine aus. Die Figur kommt näher, sie trägt Yasemine in den Armen.

Der Ziegenmann, in einem Wollpullover, das Mädchen in

den Ziegenmantel gewickelt. Er stöhnt. «Mann, ihr …», sagt er und legt Yasemine auf der Erde ab.

Irene beugt sich über das Mädchen. Es liegt da wie tot. Aber seine Augen sind aufgerissen. Es liegt wie eine lange, weiße Marionette auf dem schwarzen Boden.

«Lieberwillich …», sagt Yasemine. «Totsein.» Dann kichert sie, und dann hustet sie, und dann zittert sie.

«Das möchtest du nicht», sagt der Ziegenmann. Er fasst Yasemine unter den Schultern, Irene fasst sie unter den Knien.

«Sie ist schwerer als eine Kuh», sagt der Ziegenmann. «Dabei hat sie gar kein Fett. Sie hat Knochen aus Beton.» Dann schreit er: «Vorsicht!», und er dreht sie zur Seite. Yasemine speit einen stillen Strahl auf den Boden. Einen dampfenden Strahl. Eine blasse Pfütze.

«Irrsinn und alles», sagt der Ziegenmann. «Der Mond macht die Leute verrückt.»

Sie stapfen über das Feld, Irene schmerzen die Arme, obwohl sie nur die Beine trägt. «Wie kommst du zu ihr, wie hast du sie gefunden?», fragt sie.

«Sie hatte Glück», sagt er. «Wenn ich nicht gehört hätte, wie sie die Tür zugeschlagen hat, und dann gesehen hätte, wie sie rumgestolpert und über den Zaun gestiegen ist, dann wäre sie jetzt noch auf dem Feld.»

Sie legen Yasemine vor dem Zaun ab.

Der Ziegenmann wischt sich mit der Hand über die Stirn. «Sie ist irgendwie nicht ganz dicht. Sie läuft nicht ganz rund. Aber Gott, das macht sie auch sympathisch.»

«Ihr Hund ist tot», sagt Irene.

«Ich schätze, wir kriegen sie nicht über den Zaun gehoben. Wir müssen außenrum gehen.»

«Ihr Hund ist tot», wiederholt Irene, damit er ihren Satz versteht und als ob er es nicht wüsste und nicht selbst gesehen hätte.

«Das und alles andere», sagt er, während beide ihre Last wieder anheben.

Yasemine fängt an zu wimmern.

«Du hättest es nicht erwähnen sollen», sagt der Ziegenmann. «Gleich spuckt sie wieder.» Wie auf das Stichwort röchelt Yasemine und blubbert.

«Was meinst du mit ‹alles andere›?», fragt Irene.

«Das Leben eben. Das ganze dumme Leben.»

Sie fahren Yasemine in seinem Wagen zu einem Krankenhaus. Er fährt, sie sitzt hinten bei Yasemine, hält ihren Kopf und streicht ihr über das Haar. Draußen ist es dunkel, draußen fliegen Häuser vorbei, Chausseebäume, ein Stück Wald, Straßenlampen.

«Geht es?», sagt der Ziegenmann, Markus.

«Es geht. Sie atmet, und sie würgt nicht. Wie viel, meinst du, hat sie getrunken?»

«Die Flasche war leer. Aber wer weiß, was vorher drin gewesen war.»

Irene überlegt. Die Flasche war zu gewesen, Thomas L. hatte sie mit einem Knack geöffnet, er hatte ihnen eingegossen, hatte sich eingegossen, dann später noch einmal. Aber wie voll oder leer die Flasche schließlich gewesen war, daran kann sie sich nicht mehr erinnern.

«Sie war nicht mehr voll», sagt Irene.

«Gut. Dann geht es wahrscheinlich. Lange hat sie nicht auf dem Feld gelegen. Gesicht zum Mond, Arme lang, Beine lang, die Flasche ist noch dort. Die hat sie vielleicht schon vorher geleert. Ich bin ja relativ bald hinterher. Und da lag sie schon stramm auf dem Boden, das Fräulein.»

«Warum legt sie sich aufs Feld? Warum macht sie das?»

«Sie war voll, und dann wollte sie sterben.»

«Meinst du wirklich, sie wollte sterben?»

Yasemine schnauft. Dann sagt sie: «Was isdas fürne Scheiße? Wo seidihr denn?»

Irene streicht ihr über den Kopf. Dann schließt Yasemine wieder die Augen und zittert und fällt zurück in eine andere Welt.

Im Krankenhaus müssen sie Fragen beantworten. Krankenkassenkarte, Alter, Eltern, Telefon. Sie können nur unzureichend antworten, das Alter weiß Irene. Sie sagt schließlich, dass das Mädchen eine Freundin ihrer Tochter sei, dass sie zu Besuch gewesen sei. Dass sie keine Krankenkassenkarte dabeihabe, vermutlich. Dass sie keine Zeit gehabt hätten, danach zu suchen. Eine Mutter habe das Mädchen, bei der wohne sie aber nicht. Sie lebe allein.

Eine Ärztin untersucht Yasemine. Währenddessen sitzt Irene mit Markus Ziegenmann in einem Wartezimmer. Die Wand ist bis auf halbe Höhe hellgrün gestrichen. Auf einem Glastisch liegen Zeitungen. Eine Frau mit schlaffem Gesicht sitzt halb schlafend auf einem Stuhl. Neben ihr steht eine Reisetasche. Die Frau rafft sich immer wieder zusammen, um sich aufzusetzen.

«Mir kommt es so vor», sagt Irene, «als würde ich dich kennen. Ich weiß, es klingt verrückt, aber es kommt mir so vor, und ich muss es einfach wissen. Ich habe mir gedacht, ich frage dich einfach.»

«Ja», sagt der Ziegenmann.

«Ja, was?»

«Ich bin der. Markus Häuple. Ich dachte, du wusstest es schon früher. Schon von Anfang an.»

«Als du ‹Irene› sagtest … Da wusstest du es.»

«Ja.»

Eine Schwester steckt den Kopf herein, sieht sich um und geht wieder. Die Frau, die fast schläft, schreckt hoch. Dann nimmt sie sich eine Zeitung vom Tisch und blättert zu schnell die Seiten um. Sie starrt Irene und Markus an, als würde sie sie erst jetzt wahrnehmen. «Ich bin schon so lange hier», sagt die Frau. «Ich schlafe immer ein. Und mein Mann wird operiert. Aber mittlerweile … Ich bin einfach so müde.»

«Es macht doch nichts», sagt Irene. «Das ist doch verständlich.»

Und neben ihr sitzt Markus. Er sitzt auf dem Stuhl, die Mütze mit den Ohren in der Hand, den Ziegenfellmantel über dem Arm. Er ist groß und kantig. Sein Gesicht ist voller Falten, und er hat einen Bart. Er sieht nicht aus, als hätte er mit Immobilien zu tun. Er sieht aus, als wohnte er im Wald, wenigstens ab und zu. Irene versucht, sich zu erinnern, eine Ähnlichkeit zu entdecken. Aber ein Zwölfjähriger und ein Dreiundvierzigjähriger sind sich nur noch bedingt ähnlich, besonders wenn der Dreiundvierzigjährige keine Schneidezähne mehr hat und einen Bart.

«Markus», sagt sie, «das kann doch nicht sein, dass du das bist. Dass wir hier sitzen. Das kann doch nicht sein.»

«Das ist merkwürdig, aber es ist nun mal so. Es hat im Grunde alles keinen Sinn. Es gibt keinen Pfad, und die Esel trampeln, wo das Kraut wächst. Bitte schön, wenn du willst, ist es Schicksal. Aber ich denke, ne, das ist es nicht. Es ist doch komplett ohne Bedeutung. Ich bin da, und du bist da, und ich war früher schon mal da, wo du warst, und morgen bist du, wo wieder jemand anderes ist. Was hat das zu bedeuten? Gar nichts. Du kannst nicht allem, was ist, eine Bedeutung aufpfropfen. Und das dann noch mit Tränen begießen.»

«Was redest du für einen Müll?»

«Entschuldige.»

«Ich habe überhaupt nichts in der Art gesagt. Ich habe mich nur gewundert.»

«Das darfst du.»

«Natürlich darf ich das. Es sind meine Gedanken. Ich kann das, ich kann auch Gefühle haben, wenn ich will. Das geht dich gar nichts an.»

«Nein. Sicherlich nicht. Du hast ja recht.»

Sie schweigen eine Weile. Die Frau hat interessiert zugehört. Sie hält sich wach durch fremde Gespräche, durch fremde Streitigkeiten, interessanter als Zeitschriften. Fremde Probleme halten wach.

«Ich habe gar keine Chance, mich zu freuen», sagt Irene.

«Du willst dich freuen?»

«Ich will mich nicht freuen. Ich weiß es nicht. Aber vielleicht würde ich das. Das nimmt man sich nicht vor. Das kommt so. Das lässt man zu. Aber jemand wie du, der lässt gar nichts zu, der bremst alles aus. Was ist eigentlich los mit dir?»

Die Tür geht auf. Die Ärztin kommt herein.

«Yasemine Jeutner. Ihre Tochter?», fragt sie.

«Nein», sagt Irene. Sie ist aufgestanden. Markus ist auch aufgestanden. Als wären sie die Eltern. Die grüne Wand. Die Frau mit der Tasche. Die Ärztin hat ganz viele kleine Falten neben den Augen.

«Sie ist nur zu Besuch», sagt Irene. «Ich ... Sie hat allein getrunken. Es tut mir sehr leid, dass ich nicht aufgepasst habe.»

«Sie ist siebzehn. Da kommt so was vor», sagt die Ärztin.

«Ihr Hund ist tot. Ihr Hund wurde überfahren. Sie … ist sonst gar nicht so. Sie trinkt sonst nicht so.»

«Jedenfalls …», sammelt sich die Ärztin, um endlich ihre Botschaft zu überbringen, «ist es nicht so schlimm. Sie hat viel getrunken, sie ist ein bisschen ausgekühlt, aber im Grunde … Wir lassen sie hier bis morgen Abend, dann können Sie sie wahrscheinlich abholen. Aber die Eltern müssen schon benachrichtigt werden.»

«Wissen Sie, das Mädchen wohnt nicht bei seiner Mutter, es versteht sich nicht mit ihr, die Zustände sind … nicht so besonders. Sie wohnt in einer Jugendwohnung. Ich weiß gar nicht, wer die Mutter ist und wo sie wohnt.»

«Dann», sagt die Ärztin, die Fältchen legen sich neu, ihr Gesicht schließt das Gespräch ab und eilt zu einem neuen Schadensfall, mitten in der Nacht, «können wir wohl nichts machen.»

Auf dem Rückweg, im Wagen, die Nacht und das Radio, draußen die Dämmerung, ein erstes Aufglühen von Tag. Müdigkeit kommt über sie, eine riesige Müdigkeit, wie ein Gewicht, wie eine Gleichgültigkeit.

«Warum bist du einfach weggegangen?», fragt sie.

Sie hätte auch etwas anderes fragen können. Die Frage ist im Grunde dumm, denn er ist ja nicht weggegangen, er wurde mitgenommen, das weiß sie auch. Er war zwölf und konnte nicht für sich selbst entscheiden. Aber es kam für sie auf dasselbe raus. Er ist weggegangen. Er ist einfach weggegangen.

«Markus?»

Er sagt nichts. Er lenkt das Auto, draußen krähen die Hähne, und die Katzen spazieren nach Hause. Augen blitzen am

Straßenrand, Schneereste im Straßengraben, Lichter im Haus, der Kaffee wird gekocht, bald beginnt die Schicht. Ein Leben voller Frieden, so kommt es Irene vor, so ist es auf dem Dorf, wenn man die Kühe melkt und den Traktor fährt, und doch ist es so ja eigentlich gar nicht.

Markus hält am Straßenrand an, eine Einfahrt zu einem Feld, dicke schwarze Rillen vom Trecker. Er stellt den Motor aus, er setzt sich zurecht. Sein Bart, seine Haare, seine ganze Fremdheit, sie begreift es nicht.

«Reni, es ist doch egal. Wenn man ein Kind ist, dann passieren die Sachen einfach. Man geht weg, oder man bleibt da. Meistens bleibt man da.»

«Aber …», sagt Irene und kann nicht mehr reden. Eine Flut bricht über sie herein. Kindheit ist furchtbar, ist schrecklich. Währenddessen ist sie goldig und süß und angefüllt mit Gewohnheiten. Nichts scheint schlimm, nicht mal das Schlimme. Aber alles *ist* schlimm.

«Was weinst du denn, Reni, das muss doch nicht …», sagt Markus und hält das Lenkrad fest, als wollte er mit ihr irgendwohin fahren. In die tiefen Treckerspuren tauchen. In den schillernden schwarzen Pfützen schwimmen. In seinem großen, neu riechenden Wagen. Im neu riechenden Leder.

«Ich wusste es ja gar nicht», sagt er. «Sie haben es mir nicht gesagt. Dass wir weggehen.» Er lässt das Lenkrad los. Zwischen ihnen ist es wieder, als wären sie Kinder.

Irene wischt sich mit einem Taschentuch das Gesicht ab und schnäuzt sich die Nase. «Es war nur … so schwer, wegen dem … Baby.»

«Wegen welchem Baby?»

Sie starrt ihn an. Kann es sein, dass er sich nicht mehr erinnert?

«Du weißt nichts mehr von dem Baby? Das war an dem Nachmittag, bevor du nicht mehr da warst. Wir waren im Wald. Das weißt du nicht mehr? Das kann doch nicht sein.»

«Ein Baby? Im Wald? Irgendwas … Du musst bedenken, dass für mich damals ein ganz anderes Abenteuer begann. Ich bin mit meinen Eltern über die Grenze, nach dem Westen, das war ein Riesenerlebnis für mich. Ich hab geheult, und ich hatte Angst, und dann habe ich mich gefreut, und es war alles so schrecklich und aufregend, und die Mutter hat auch geheult. Der Vater war wütend, es war einfach unglaublich. Wir wohnten in einem Lager, bevor wir zu einer Tante meiner Mutter konnten. Ich bekam einen Globus, und mein Vater sagte, wir könnten bald überall hinfahren, überall auf dem ganzen Planeten, der Affe, der. Auf dem ganzen Planeten! Irene, das war alles so … Ich wusste gar nicht mehr, was als Nächstes passiert, über das Vorher haben wir überhaupt nicht mehr gesprochen. Vorher war verboten. Ein falsches Leben, wenn du verstehst. Das falsche Leben des Vaters. Weil er sein Kunstzeug nicht losgekriegt hat, nur hat er es dann auch nicht losgekriegt. Aber das ist eine andere Geschichte. Wir kriegten einen eigenen Hund, den Hund Elisabeth, und wir hatten bald ein hübsches Reihenhaus, der Vater hat einen Eichbaum gepflanzt, der ist eingegangen, der Eichbaum, der hatte nicht den richtigen Platz. Ich bekam eine Schwester, nicht mehr vom Vater, sondern von Herrn Ohlsen. Wir sollten ihn Jo nennen, weil er Joachim hieß. Wir nannten ihn Dr. Oll. Sogar das Schwesterlein. Sibylle. Ich hab ein Schwesterlein Sibylle. Er war ein Zahnarzt, Dr. Oll, er wurde angeklagt, wegen Betrug, und war dann weg, in Dänemark oder so, er ist der Mutter abgehauen, dann wollte sie den Vater wieder nehmen, aber der war nicht mehr der Alte. Er hat sich vor einen Zug geworfen, was soll ich sagen, er war mit der Kunst auf keinen grünen Zweig gekommen und mit Muttilein auch nicht. Und das alles ist irgendwie in den ersten Jahren im Westen passiert, Reni, verstehst du das? Ich bin gewachsen und Abitur und alles und studiert, Architekt, und jetzt sogar Geld. Ich hab sogar Geld. Wie du weißt. Aber was vorher war, als ich zwölf war, in der alten D – D – R … Ich weiß es schon noch, es ist mir wieder eingefallen, wie es dalag, in dem Loch, das arme Ding, in dem rosa Anzug.»

«Der Anzug war nicht rosa.»

Rosa war die Sonne. Rosa war das Brausepulver. Rosa war der Abend und die Tränen im Bett. Der Stuhl, auf dem Frau Weidloff saß, der Quark auf dem Boden, der Frosch in der Hand.

«Markus, ich habe es nicht gesagt, ich konnte es nicht. Ich wollte es sagen, aber ich konnte einfach nicht. Ich dachte, du sagst es, aber du warst dann auf einmal nicht mehr da. Und dann konnte ich es auch nicht sagen, und je mehr Zeit verging, desto weniger konnte ich es sagen. Ich habe es nie gesagt.»

Markus zuckt mit den Schultern. «Es war nicht unsere Schuld.»

«Schuld, nein. Aber dann, in der Schule, Markus, da sind sie gekommen und haben Frau Weidloff abgeholt. Sie haben sie festgehalten und mitgenommen, sie hatte gerade Unterricht in der Siebenten. Sie kamen am Bioraum vorbei, durch die Fenster habe ich sie gesehen. Sie haben sie richtig festgehalten, als ob sie wegrennen wollte. Markus, sie hat es totgeschüttelt, es war ihr Baby gewesen, und sie hat es totgeschüttelt.»

Markus sieht sie an. «Das tut mir leid», sagt er. «Die Welt ist ganz schön komplex. Ich muss mir dringend neue Zähne einsetzen lassen. Ich sehe krank aus.»

«Wie kommt es, dass du so bist?», fragt sie und schüttelt den Kopf. Er ist schon immer so gewesen, und jetzt ist er eher noch mehr so.

«Es tut mir leid», wiederholt er und startet den Motor. «Die Zähne habe ich bei einem Sturz verloren», sagt er, während der Motor leise summt, er setzt zurück, er fährt auf die nun helle Straße, «im Kampf mit den Ziegen. In Wahrheit mit der Ziegenfrau. Aber das willst du nicht wissen. Ich wollte mich nur rechtfertigen.»

Irene starrt aus dem Fenster, sie hätte gedacht, dass es ihm mehr ausmacht, dass es ihn berührt oder irgendwas in der Art. Sie hätte gedacht, dass eine Bombe platzt, ein Funken springt, eine Knospe sich öffnet, aber er ist wohl doch nur mit seinem eigenen Fell beschäftigt.

«Ich habe ihren Namen angenommen, weil ich den Namen von Dr. Oll nicht mehr wollte. Nicht mehr tragen wollte. Wer will Dr. Oll im Schrank? Ich nicht.»

«Deine Exfrau heißt Ziegenmann?»

«Ja. Wir sind noch verheiratet. Aber nicht mehr lange, wie es aussieht. Ich soll sie umgebracht haben. Glaube mir, das habe ich nicht. Ich wirke vielleicht ein bisschen verrückt, aber ich ermorde niemanden.»

«Ist sie tot?»

«Nein. In ihrem Herzen vielleicht, aber körperlich ist sie ganz lebendig.»

Sie fahren auf den Hof. Der Hof liegt da, als würde er sich gar nicht wundern, schläfrig und alt. Der krumme Zaun, der Apfelbaum, die Dreieinigkeit der Gebäude, die Fensterläden, dahinter das Feld und der Wald. Plötzlich erkennt Irene wieder, dass der Hof wunderschön ist, ein Juwel. Dass Markus ein Auge hat für attraktive ländliche Immobilien, dass er klug ist, dass er ein Mann mit Schäden, aber auch mit Qualitäten ist. Markus Ziegenmann. Irgendwie geknickt und irgendwie noch aufrecht. Sie hofft, dass sie sich nicht irrt, dass er immer noch der ist, der ihr Freund war. Wenigstens auf die kindlich schwache Art und Weise. Kinderfreundschaften sind wie Frösche in Händen, schnell vertrocknet ohne Wasser und bald auch schon tot.

Esther ist besser gelaunt, obwohl ein Mitglied der kleinen Stammesgemeinde im Krankenhaus liegt. Obwohl sie noch blutet und obwohl ihr Babytraum noch immer verpufft ist. Der Traum, der sich erst gebildet hat, nachdem er schon verpufft war.

«Das konnte keiner ahnen», sagt sie, gähnt und streckt sich. Aber sie ist nicht unfähig, Mitleid, dieses süß triefende Gefühl, zu empfinden. Sie ist nur jung.

«Ahnen schon», sagt Thomas L. Er kocht, er macht schon wieder Eier, und er röstet Toastscheiben. Er trägt eine verbeulte Kordhose und einen dunkelblauen Strickpullover. Er ist schön wie immer.

«Ahnen schon», wiederholt Esther seine Worte. «Aber eigentlich auch nicht. Sie war so ruhig, als wir hier am Tisch saßen.»

«Eben», sagt Thomas L.

Er drückt Esther im Vorbeigehen an sich. Er streicht ihr über den Kopf. Sie glüht warm. Sie sieht ihm nach, es ist alles anders als gestern. Was ist anders? Sex? Irene wischt den Gedanken beiseite. Aber was dann?

«Habt ihr euch verliebt?», fragt sie.

Esther lächelt. Sie lächelt tatsächlich ihre eigene Mutter an. Tochterliebe. Großzügigkeit in Butter getaucht.

«Love», sagt sie. «Wir sind zusammen.»

«Schon», sagt Irene, «aber das wart ihr auch schon gestern. Oder das letzte Mal, als wir da waren. Da ist es mir nur nicht so aufgefallen.»

Thomas L. stellt Irene einen Becher Kaffee hin. Er setzt sich neben Esther auf den Holzstuhl, er wischt sein langes Haar aus dem Gesicht, wie ein Filmstar, er schüttelt seinen Kopf, als wollte er etwas abschütteln, dann sagt er: «Wir haben ein paar Sachen geklärt.»

«So?»

«Es ist doch mein Kind gewesen. Das Kind, das nicht geworden ist. Es ist mein Kind gewesen. Esther hat mir nur erzählt, dass es ein Fremdkind ist, weil sie mir was heimzahlen wollte, Schwiegermama, aber das geht dich ja nichts an, die Details gehen dich nichts an. Jedenfalls, die Missverständnisse sind ausgeräumt, und die Liebe kann weitergehen.»

«Die Liebe kann weitergehen?» Irene nimmt einen Schluck Kaffee und verbrennt sich den Mund. Esther sitzt neben ihrem Thomas und strahlt und hält seine Hand, als hätte sie ihn eben erst kennengelernt. Als wäre nichts passiert und sie nicht kurz davor gewesen, wieder nach Hause zurückzuwollen. Sie trägt ein Nachthemd aus Flanell oder ein großes Männerunterhemd aus Flanell, so etwas in der Art. Es hat sich sanft über ihre vollen Brüste gelegt, die Beine darunter sind nackt. Im Ofen knackt ein Feuer, draußen liegt die Sonne auf dem Grab eines Hundes, der fast schon vergessen ist, und Irene sieht vor allem eines plötzlich vor sich, hier von Rumpft aus, von dem harten Stuhl aus, auf dem sie sitzt. Ihr Leben. Dass sie nach Haus fahren wird und in ihre Wohnung gehen wird und das Abendbrot bereiten wird, neben Per schlafen wird, neben seinen unruhigen Träumen, dann aufstehen und zur

Universität gehen wird, in die Studienberatungsräume voller staubiger Luft, voller Kolleginnenfreundschaft, Kaffee, Akten, Studenten. Die kleinen Duftzerstäuber in den abgetrennten Toilettenräumchen. Die flüssige Seife in Rosa an den Waschbecken. Die Spiegel darüber und ihr Gesicht. Ihr Gesicht vor allem.

«Ist was?», sagt Thomas L. «Schnäpschen?»

Irene schüttelt den Kopf. Sie atmet tief durch. Sie atmet ganz tief durch. Jeder Mensch ist in seinem eigenen Leben auf seinem eigenen Weg, und wenn die Lebenswege sich kreuzen, dann nur punktuell, und dann streben sie wieder auseinander auf ihrer eigenen Achse. Bitte keine Schuldzuweisungen, Irene.

«Einen kleinen vielleicht», sagt sie, legt den Kopf auf den Tisch, neben den Kaffee und die Butter, und weiß, dass das nicht schön ist und nicht würdevoll vor den Kindern, und weint endlich ganz richtig und lange, und niemand stört sie dabei. Kein Thomas L., kein Estherkind. Sie sitzen nur da und streicheln ihr ganz leicht das Haar. Weinen ist eine Kur. Weinen ist eine Anstrengung, bis der Magen schmerzt und die alten Augen und die Muskeln im Gesicht, alles verschrumpelt und geschrumpft, die Haut kaputt, und der Kopf tut weh von den Gedanken, die sich nach außen wölben, als Kummer und als etwas, das sich nicht mehr im Inneren halten lässt.

«Ihr liebt euch also plötzlich», sagt Irene gegen Mittag noch einmal, das Licht fällt schräg in den Raum, der plötzlich staubig ist, überall Staub, wie eine Schicht von Alter in den Regalen, in den Schränken, auf dem Boden. Auf dem Boden liegen auch ein paar Klamotten. Auf dem Boden liegen Krümel. Irene sehnt sich nach der Ordnung ihrer eigenen Wohnung, obwohl sie diese Ordnung auch anödet. Es ist nicht möglich, in den unordentlichen Aufbruch einer Jugend zurückzukehren, so wenig wie in die junge Haut und die verliebte Dummheit.

«Wenn du uns provozieren willst, das gelingt dir nicht», sagt Esther. Sie sitzt auf dem Sofa und kaut auf einem Stück trockenem Brot.

«Ich will niemanden provozieren, ich wundere mich nur, schon wieder. Es ist ja nicht so, dass ich mich einmischen will.»

«Natürlich willst du dich einmischen. Natürlich. Aber ich rede nicht mit dir über meine Gefühle. Weil ...»

Das ist wohl, was man eine Kunstpause nennt, denkt Irene und betrachtet ihre eigene Tochter relativ lieblos. Sie ist ein molliges Mädchen. Sie isst zu viel, sie wird noch dick werden, wenn sie so weitermacht. Keine Selbstdisziplin. Keine Straffheit in sich drin. Nur die Haut unter den Augen, die ist straff. Und schon die erste gescheiterte Schwangerschaft hinter sich. Muttertier, genetisch als Frau in die Welt geworfen. Schlampig oder nicht.

«... dich das nichts angeht.»

«Klar», sagt Irene gleichmütig. Sie steht auf, sie geht aus dem Raum in den dunklen, kleinen Flur, alles Holz, die Wände mit Blumen tapeziert, ein Bild von einem Mann vor einem Gartenzaun, er lächelt, und in der Hand hält er einen Hut. Das Glas vor dem Mann ist gesprungen. Daneben die Tür von Esthers und Thomas L.s Schlafzimmer. Wo sie es treiben, denkt sie. Wo sie kuscheln, jung und in feuchte Betten gedrückt, ohne Ziele. Ohne Ziele.

Irene nimmt ihren Mantel vom Haken, sie schlüpft in ihre Stiefel und läuft raus auf den Hof. Es ist gleichmäßig grau, der Himmel ist wie aus Watte. Ein kränkliches Weiß ohne Lichtpunkte, ohne Höhepunkte, kein Laut in der Luft. Nebel auf dem Feld, zwischen den Furchen und den Rehen. Aber die Rehe sind gar nicht da. Yasemine auch nicht. Die Feldbevölkerung hat sich verzogen.

Sie geht rüber zu Markus. Sie muss den Tag rumkriegen bis zum Abend, wenn sie Yasemine abholt und nach Hause fährt. Nach Hause, denkt sie, welches Nachhause? Yasemines Zuhause? Sie verdrängt den Gedanken, verschiebt ihn auf später.

Markus öffnet die Tür, bevor sie klopfen kann. Er trägt nur noch ein T-Shirt zu einer Jeans, drinnen ist es warm, so warm, dass es auch Irene warm wird. Aber sie zieht sich nicht aus.

Er drückt sie an sich. Vorher hat er sie nicht berührt. Warum auch? Sie haben sich als Kinder nie angefasst. Zwölfjährige Freunde verschiedenen Geschlechts fassen sich möglichst nicht an. Sie setzten die Freundschaft an selber Stelle fort.

Die Wärme im Haus und an seinem Bauch greift Irene an. Sie hat sich eigentlich und insgeheim eine Umarmung gewünscht. Die Kinder, auf die Dauer, die ganzen Kinder, Esther, Thomas L. und Yasemine, die machen auch einsam, hatte sie gedacht, hatte sie gefühlt. Ein erwachsener Mensch ist ein Trost. Ein älterer erwachsener Mensch. Ein Mensch mit derselben Erfahrung, teilweise derselben Erfahrung jedenfalls.

«Du hast einen schönen, kräftigen Rücken», sagt Markus. Dann lässt er sie los. Er muss geduscht haben, sein Haar ist nass, und er duftet nach Rasierwasser.

«Ich habe mich rasiert», sagt er und fasst sich ans Kinn. «Ich nehme an, das habe ich für dich getan.»

«Warum?», fragt Irene. Sie findet es aber nicht merkwürdig. Sie findet es normal.

«Weil ich dachte, du würdest vielleicht noch mal kommen. Und da bist du ja. Es ist nicht so gut gelaufen vorhin, oder?»

Irene folgt ihm ins Wohnzimmer. «Ich habe mir nichts

erwartet. Ich wusste nicht, dass ich dich plötzlich wiedersehe. Ich war nicht enttäuscht.»

«Doch, doch, du warst enttäuscht. Du warst ganz verknittert, Reni. Das habe ich bemerkt. Ich bin wie so ein komisches Tier, ich bin oft ganz wuschig und unkontrolliert, und wenn es ernst wird, dann krieche ich unter den Tisch, husch, husch. Deshalb klappt es auch alles nicht.»

«Was klappt nicht?»

«Mit den Frauen. Das klappt nicht. Ich finde mich jetzt damit ab.»

Irene sieht sich im Zimmer um. Soll sie sich auf das Sofa setzen? Soll sie sich an den Tisch setzen, auf einen der blau gepolsterten Stühle? Was ist geplant, Essen oder Anfassen?

Markus umarmt sie wieder, zärtlicher und schmeichelnder, und sie lehnt sich richtig in seine Arme. Sein Körper ist hart und groß und irgendwie knochig. Er fühlt sich an wie ein großer, alter Mann, wie eine Wurzel, wie ein Stamm. Letztendlich macht es auch nichts, denkt sie. Letztendlich ist es egal. Dann schläft sie eben mit ihm. Irgendwas muss jedenfalls passieren.

Sie gehen rüber in ein karges Schlafzimmer, aber es riecht nicht muffig, wie Irene befürchtet hat. Es ist sauber. Sie ziehen sich aus, als wäre es abgesprochen. Er legt seine Sachen sorgfältig auf einen Stuhl und steht dann nackt vor ihr. Er sieht fremd aus, er hat nichts mehr von einem kleinen Jungen an sich. Sein Bauch wölbt sich leicht vor, eine kleine Beule im Vergleich zu Pers Bauch, seine Rippen zeichnen sich ab, die Arme sind sehr lang und sehnig. Er setzt sich hilflos auf das Bett, er lächelt. Sie lässt ihre Sachen auf die Erde fallen. Sie ist sich ihres eigenen, nackten Körpers bewusst, die Schwächen, die Stärken, sie ist nicht verunsichert. Mittagslicht dringt in den Raum, der zum Feld hinausgeht. Die Kühle des Schlafzimmers fühlt sich gut an, sie hat Lust, auf eine kalte und klare Art hat sie Lust, weil sie weiß, was passiert, weil sie nichts Romantisches erwartet. Eine aus dem mittleren Alter heraus entstandene Sicherheit. Der Gesamtzustand: relativ alt, relativ schön. Ängstlichkeit ist nur noch ein Stäubchen, ein Häubchen auf dem kleinen Finger, und wusch, ist es fort. Das ist das Schöne am Älterwerden, denkt sie, während er schon in sie eindringt, es ist alles gar nicht mehr so schlimm.

13.

Was ich sagen wollte: Wir gehen hier weg. Wir gehen nach Island.»

Irene ist noch ganz bestürzt. Vom Sex mit einem zwölfjährigen Jungen. Sex klärt einiges auf. Sie ist ganz nahe an ihn herangekrochen, und das hat die Missverständnisse auf eine unmittelbare und körperliche Weise ein wenig fortgeschoben. Sicherlich, er ist immer noch ein fremder Mann. Er ist so fremd, wie nur jemand sein kann. Und was bedeutet Freundschaft schon, wenn man zwölf ist? Gibt es Freundschaft überhaupt, wenn man zwölf ist?

«Das erlaube ich nicht», sagt Irene.

Sie sitzt auf dem grünen Sofa, das gleich neben der Tür steht, sie ist in die Kissen gesunken wie in etwas Organisches. Die Füllung ist alt und nachgiebig. Esther und Thomas L. sitzen auf Stühlen und sehen auf sie herab. Sie haben sich zusammengeschlossen, sie bilden eine dumme, junge Einheit.

Esther lächelt. «Und wenn», sagt sie.

«So ist das nicht», beeilt sich Thomas L. zu sagen, «wenn du etwas dagegen hast, dann müssen wir darüber reden.»

«Pfff», sagt Esther und schlägt ein Bein über das andere und runzelt die Stirn und sieht sich um, als würde sie das Zimmer, die ganze staubige Einrichtung nicht kennen. «Als würde das was ausmachen. Ich will gar nicht reden …»

«Warum nicht?», fällt ihr Thomas L. ins Wort. «Warum nicht, Esther, sie ist deine Mutter, und es schadet nichts, seine Entscheidungen zu besprechen. Selbst, wenn sie feststehen. Man muss seine Entscheidungen reflektieren.»

Irene fühlt sich wie ein Stein, als könnte sie nie wieder aufstehen. Und doch fühlt sie sich innerlich immer noch ganz weich, von dem Sex, der ein paar Sachen aufgebrochen und relativiert hat. Es ist ja keine Liebe, denkt sie beruhigt. Liebe ist es überhaupt nicht. Es ist nur Vergangenheit. Als sie ihn gepackt hat, den alten, knochigen Mann, der eigentlich genauso alt ist wie Irene, da hat sie an Ereignisse angeknüpft, die sich nur durch radikale Nähe auflösen ließen. Irene ist fast gleichgültig gegenüber den Kindern. Nur das Pflichtgefühl lässt sie reden.

«Ich kann vieles verstehen, aber ich sage dir, ich habe genug Verständnis gezeigt. Ich bin an einem Punkt, an dem ich aufhöre, zwischen den Entscheidungen herumzuschwimmen. Ich möchte lieber ...», sie zögert, immer noch, «ich mache lieber Fehler, als dass ich gar nichts tue und dich alles tun lasse, was du willst. Bitte, dann bin ich eben eine Mutter, die nicht loslassen kann. Mach dich lustig, empöre dich, das ist dein Recht. Es ist nicht so, dass es mir egal wäre, aber ich bin es leid, mich zu fragen, was Per dazu sagen würde oder was ich eigentlich – pädagogisch gesehen – richtigerweise zu tun habe. Esther, ich will nicht, dass du mit dem nach Island gehst. Es passt mir nicht. Ich halte es für falsch, egal, welche Argumente du anschleppst. Nein!»

«Ich schleppe keine Argumente an, ich diskutiere nicht mit dir, ich mache mein Leben, wie ich will. Ich bin nächsten Monat achtzehn. Dann kann ich tun, was ich will.»

«Sicher.» Irene legt die Beine hoch und liegt jetzt auf dem Sofa. Sie denkt an Yasemine, die sie bald abholen muss. «Wenn du achtzehn bist, kannst du tun, was du willst. Aber was ich will und was ich denke, das werde ich dir sagen, und das wird Einfluss auf dich haben, so oder so. Ob du willst oder nicht.»

«Das ist nicht direkt eine Diskussion über den Punkt, den ich gern besprochen hätte. Um Island sollte es gehen», wirft Thomas L. beschwingt und wie nebenher ein.

«Nein», sagt Irene, «aber das ist jetzt auch überflüssig. Sie bleibt, solange ich entscheiden kann. Wenn sie trotzdem geht, hole ich sie.»

«Du bist kämpferisch drauf, Schwiegermama», sagt Thomas L., weiterhin lächelnd, und steht auf. «Was hast du eigentlich drüben gemacht, beim Ziegenmann?»

Jetzt lächelt Irene und schweigt. Sie könnte einiges sagen, zum Beispiel, dass sie den Ziegenmann schon sehr lange kennt, und dann könnte sie eine Geschichte von einem Baby in einem Loch erzählen, und die würde sich mit einer Geschichte von einem Hund in einem Loch mischen und eventuell sogar mit der Geschichte von einem Baby, das nur ein kleiner Klumpen war, der in einer Toilette gelandet ist. Aber sie will eigentlich gar nichts erzählen.

Yasemine sitzt angezogen auf ihrem Bett, die Haare gekämmt und hinten zusammengedreht und mit einem Gummi gehalten. Sie sieht blass aus, aber kaum blasser als sonst. Im Zimmer geht die Krankenpflege ihren täglichen Gang. Besuch am Bett eines Jungen mit verbundenem Arm. Nichts Schlimmes, keine schlimmen Sachen.

«Es tut mir leid», sagt Yasemine und steht erleichtert auf, als sie Irene sieht.

«Wie geht es dir?», fragt Irene.

«Mir ist noch schlecht, aber es geht. Ich komm damit ganz gut klar.»

«Womit? Mit Alkohol? Damit kommst du gut klar?»

Yasemine geht voran, den Gang entlang. Sie hat keine Tasche, sie trägt die alten, schmutzigen Sachen, die sie auf dem Feld getragen hat. Eine Jacke hat sie immer noch nicht an. Irene hat den kleinen roten Mantel mitgebracht, aber den hat Yasemine nicht angezogen. Egal, sie muss nur ins Auto steigen. Irene muss bei der Stationsschwester etwas unterschreiben, dann verlassen die beiden das Krankenhaus.

Im Auto sagt Yasemine: «Ich hab nur einmal gekotzt, das geht.»

Irene sagt nichts. Sie ist verärgert. Sie ist plötzlich sogar ziemlich verärgert.

«Bist du böse?», fragt Yasemine nach einer Weile.

«Ach», sagt Irene. «Was heißt böse? Es geht doch gar nicht ums Trinken. Du bist aufs Feld rausgegangen und hättest erfrieren können. Es waren sechs Grad unter null, Yasemine.»

«Was für ein Feld?»

«Du hast doch auf dem Feld gelegen, auf dem Feld hinter dem Haus. Du hattest kaum was an, und du bist über den Zaun gestiegen, und in der Mitte des Feldes hast du dich hingelegt und in den Himmel gestarrt. Wenn Markus nicht gewesen wäre, dann hättest du jetzt tot sein können. Tot, Yasemine. Warum hast du das getan?»

Yasemine schüttelt den Kopf. «Ich weiß es nicht. Ich kann mich nicht erinnern. Welcher Markus?»

«Der Ziegenmann. Er ist dir nachgelaufen. Er hat dich vom Feld geholt. Er hat dich aufgelesen und zurückgetragen.»

«Er hat mich getragen?»

«Was sonst? Sollte er dich an den Beinen hinter sich herschleifen?»

«Ne. Aber ich bin schwer.»

«Ja. Wie eine Kuh.»

Yasemine kichert. Irene muss lächeln bei dem Gedanken an

das, was Markus gesagt hat. Und auch bei dem Gedanken an das, was er getan hat. Er hat Yasemine gerettet. Wer weiß, ob Irene sie gefunden hätte. Und wäre sie nicht erwacht, dann hätte sie gar nicht gemerkt, dass Yasemine nicht in ihrem Bett ist.

«Da bin ich dem Mann wohl was schuldig», sagt Yasemine. «Und dir auch. Es tut mir leid, dass ich so anstrengend bin.»

«Eigentlich bist du nicht anstrengend», sagt Irene. «Es sind nur die Probleme, die du hast, die sind anstrengend, aber wenn du mal mit den Problemen durch bist, dann wirst du ein ganz okayer Mensch sein, weil du die Sachen schon durchhast, und dann kannst du aufatmen.»

«Meinst du?» Yasemine beugt sich auf dem Sitz vor und schiebt die Heizungsregler ganz hoch, obwohl es schon sehr warm im Wagen ist. Sie zittert. Sie ist blass und dünn, und sie hatte eine Alkoholvergiftung, wenn auch keine schwere. Sie war unterkühlt und ist übermüdet, und jetzt zittert sie.

«Ich weiß nicht», sagt Irene. «Ich hoffe es, ich versuche nur, in all dem was Gutes zu sehen.»

Irene packt ihre Sachen zusammen und ruft, draußen auf dem Hof hin- und hergehend, Per an.

«Per, ich fahre jetzt zurück. Es ist alles erledigt, der Hund ist begraben, und Esther hat sich beruhigt. Es ist nur so, sie will jetzt nach Island, Per. Sie will wirklich mit ihm nach Island fahren, ich kann das nicht zulassen.»

«Nach Island? Warum will sie nach Island?»

«Sie haben sich vertragen, weil sie ihm gesagt hat, dass das Kind doch von ihm war. Ich weiß nicht, was sie sich immer denkt und was stimmt und was nicht stimmt, langsam glaube ich sogar, dass es mir immer mehr egal wird …»

«Das ist gut», unterbricht sie Per.

«Das ist gut? Ich weiß nicht, ob das gut ist, wenn mir meine eigene Tochter immer mehr egal wird.»

«Sie ist dir nicht egal, Rehlein. Du findest dich nur damit ab, dass sie selbständig wird.»

«Wenn du meinst. Jedenfalls hat er dort ein Haus oder was. In dem Haus will er leben, und sie will mit. Dieses Haus hier in Rumpft hat ihm auch gehört, er hat es verkauft und sich dann ein Haus in Island gekauft. Ich schätze, es ist ein sehr kleines Haus. Also, ich habe ihr das Islandreisen verboten, Per.»

«Sie wird bald achtzehn.»

«Ich weiß. Aber noch ist sie siebzehn, und noch kann ich es ihr verbieten.»

«Das ist Blödsinn, tu es nicht. Es ist gut, dass sie nach Island geht. Es ist viel besser, als in Hessen zu bleiben. Sie sieht was von der Welt, lernt eine neue Sprache und bildet sich auf diese Weise.»

«Gut. Wenn du das meinst, gut. Ich bin anderer Meinung, aber ich werde es ihr ausrichten.»

«Nein, nein, ich denke, wir sollten vor ihr einig sein. Ich will dir nicht in den Rücken fallen. Sag ihr, was du willst, es ist deine Entscheidung.»

Irene verabschiedet sich und läuft zu Yasemine, die immer noch blass ist und immer noch nichts gegessen hat. Sie steht auf der Schwelle des Hauses, sie trägt leider immer noch ihre schmutzigen Jeans, sie hat keine andere Hose mitgenommen. Sie hat mit einem Lappen dran herumgewischt, in der Küche, und die schmutzigen Flecken sind jetzt nasse, verschmierte schmutzige Flecken. Sie hält ihre Tasche in der Hand, in die sie ihr Waschzeug und ihre Unterwäsche gepackt hat. Und sie trägt den roten Mantel.

Esther kommt hinter ihr aus dem Haus und sieht nicht nett aus, dann Thomas L., sein Lächeln im Gesicht. Die Sonne steht tief, aber immerhin ist sie da, und der Abend ist klar. Irene wird noch eine Weile gut sehen können, bis die Nacht kommt und sie wieder einmal nachts unterwegs sein wird.

Auch Markus Ziegenmann kommt von seinem Haus her angelaufen. Er steckt in seiner selbst erfundenen Tracht, einer Mischung aus Cowboy und Schamane, frisch rasiert und, wie Irene weiß, frisch befriedigt. Er hat einen kindlichen Ausdruck im Gesicht, erinnert sich nicht mehr und hat scheinbar die Kindheit hinter sich geworfen, das Gewicht von Eltern und Erziehern, wie schön für ihn. Sein Rasierwasser riecht noch wie vorhin, und er drückt Irene an seinen duftenden Hals und küsst sie auf den Mund und drückt sie wieder an seinen Hals.

Esther steht starr vor Empörung, die Lippen zusammengepresst wie ein Strich. Das gefällt Irene, sie soll erstarren und sich empören, vielleicht erkennt sie ja, dass auch ihre Mutter ein Mensch ist. Mehr weiß sie nicht. Mehr kann sie nicht wissen. Ein Kuss unter Freunden, unter zwölfjährigen Freunden, ist kein Betrug gegen den Vater. Der Rest auch nicht. Nichts ist Betrug, was in einem anderen Leben, in einem ganz anderen Alter geschieht und überhaupt seine guten Gründe hat.

«Liebste», flüstert Markus Irene ins Ohr. «Ich denke, ich muss mit dir Schluss machen. Ich bin kein Kavalier, das weißt du ja.»

Sie flüstert zurück: «Du kannst gar nicht mit mir Schluss machen, weil ich schon mit dir Schluss gemacht habe, vorhin. Es war nur eine Kleinigkeit.»

«Sag das nicht, sag das nicht, Reni, es war ganz und gar keine Kleinigkeit. Es hält mich für eine Weile in den Stiefeln.

Und ich kämme wieder mein Haar und wasche mir den Sack. Das ist es doch wert.»

«Was flüstert ihr?», fragt Esther von der Tür her, die Arme um den Körper geschlagen, frierend, zitternd. Thomas L. steht hinter ihr, als stünde er tatsächlich im Leben und ganz gefühlsmäßig hinter ihr. Vielleicht tut er das.

Irene umarmt ihr Töchterchen und ihr Schwiegersöhnchen. Sie sagt: «Bitte, wegen mir geht nach Island, es macht keinen Sinn, euch aufzuhalten. Ich stelle mich nicht mehr dazwischen.»

«Du hast mit Papa geredet», sagt Esther.

Irene seufzt. Sie steigt mit Yasemine ins Auto ein, sie winkt, sie fährt vom Hof. Die holprige kleine Zufahrtsstraße über Pflastersteine und Kieslöcher. Das Sägewerk, die Straße durch das Dorf. Der Hasenkrug. Dann auf die Autobahn nach Frankfurt.

14.

Yasemine, was wirst du machen? Wenn du zu Hause bist in Hannover?»

Yasemine schweigt, die Landschaft eilt vorbei, im Wagen ist kaum noch Luft, die Heizung ist voll aufgedreht worden, von Yasemine, die, scheint es, immer noch friert.

«Ich frage nicht, weil es mich was angeht. Aber ich mache mir eben Gedanken.»

«Es geht dich schon was an», sagt Yasemine, «nur, ich weiß nicht, was ich mache. Ich weiß gerade gar nix. Ich bin nur müde.»

«Du bist noch traurig wegen Henry?»

Yasemine schüttelt heftig den Kopf. Ihr Haar ist noch fettiger geworden, sie hat immer noch nicht geduscht, nicht einmal im Krankenhaus, wo sie Gelegenheit dazu gehabt hätte.

«Ich bin nicht traurig. Ich bin gar nix. Ich könnte gar nicht weinen oder irgendwas. Ich glaub, meine ganzen Gefühle sind einfach weggegangen.»

«Wie ist das?», fragt Irene, ernsthaft interessiert.

«Ich finde es extremst überflüssig, dass ich hier langfahre. Und dass ich Henry überhaupt begraben hab. Ich weiß nicht, was ich in Hannover machen soll. Ich soll mich bewerben, ich soll mich auf eine Lehre festlegen. Aber ich finde das extremst überflüssig. Alles.»

Draußen wird es dunkel, es gibt keinen Mond und keine Sterne, aber reichlich Licht von den Scheinwerfern auf der schwarzen Straße, von den entgegenkommenden Scheinwerfern, von den Schweinwerfern hinter ihr und zuweilen von den riesigen Theatern von Rastplätzen und Tankstellen, blauweißen Lichtinseln, dann wieder Straße und Wald, die Stämme im Licht silbrig glänzend, unendliche, hell schimmernde Leitplanken, und dann wieder weite, dunkle Felder, irgendwo Lichtpünktchen in den Talsenken, in kleinen Häusern und in größeren Häusern, weit hinten eine Stadt, ein orangeroter Lichtschein wie ihr Atem, die Dunkelheit hier komplett ausgeschlossen.

Irene fährt mechanisch und denkt über Yasemine nach, über Esther, die jetzt ganz konkrete Pläne hat, über Thomas L., der die Ideen hat und tatkräftig ist wie ein Bär, der Irene einen Teil der Last von den Schultern nimmt, weil er, wie es scheint, für Esther sorgen kann. Dann denkt sie über die Blase nach, die Yasemine in ihrem Herzen hat, ihre Ratlosigkeit und ihre Verlassenheit, als Teil der großen Verlassenheit und Gefühllosigkeit der Welt um sie alle herum, auch als Teil von Irenes eigener Ratlosigkeit.

Das Mädchen, denkt Irene sich, wäre fähig, irgendwo etwas zu leisten, es ist fähig zu lieben und auch fähig, sich zu wehren. Sie könnte ihren Platz im Leben finden, aber sie ist auch spröde und weniger angepasst als Esther. Sie hat nicht gelernt, sich geschmeidig in eine andere Gesellschaft als die ihrer Herkunft einzufügen, elegante Worte zu finden, sich entsprechend zu platzieren. Sie steht meistens leicht gekrümmt da, vielleicht unglücklich über ihre unbescheidene Größe, und sie wehrt alles ab, was ihr nicht aufrichtig vorkommt. Sie ist stolz und unsicher. Sie ist wie ein geducktes Tier, das es nicht wagt, sich zu voller Größe aufzurichten.

Gott, denkt Irene sich, wo ist denn der Glamour in dieser Geschichte? Soll sie wirklich und schon wieder nach Hannover fahren? Soll sie selbst nach Hause fahren und weitermachen wie bisher? Die Arbeit, die Wäsche und Per? Valentin fällt ihr ein, aber blass wie ein Traumbild. Wie er in der Straße vor ihr stand und wie irgendwo jemand schrie, wie sie selbst unsicher war und später dann schuldbewusst. In Altona, zwischen den Raketen, die längst verschossen waren. Ist es das jetzt gewesen, ist es das jetzt wirklich alles schon gewesen?

«Du machst also nichts, in Hannover? Du sitzt den ganzen Tag in der Wohnung rum und machst nichts?»

«Das ist asozial, nicht?», sagt Yasemine.

«Ja, irgendwie schon. Aber du willst ja was machen, oder? Irgendwas willst du doch machen.»

«Nicht nach Island gehen oder so.»

Irene schüttelt den Kopf. Sie könnte etwas tun, etwas Unvernünftiges, etwas Gutes, etwas Riskantes. Sie dreht den Gedanken hin und her, rollt ihn herum und hält ihn so lange fest, bis sie den nächsten kleinen Rastplatz erreicht.

«Ich will eben kurz mit Per telefonieren», sagt sie zu Yasemine, die müde auf ihrem Sitz hängt und nickt.

«Per, ich habe mir etwas überlegt … Und wenn du es nicht willst, dann kannst du es sagen. Ich dachte nur …»

«Du willst das Mädchen mitbringen», unterbricht sie Per.

«Ja. Ja. Sie ist so niedergeschlagen, und sie hat keine Aussichten. Im Moment ist sie ganz allein. Und ich mag sie. Ich dachte, sie könnte ein paar Wochen bei uns bleiben. Vielleicht fällt ihr bei uns etwas ein, das sie machen kann.»

«Gut», sagt Per, «das ist eine gute Idee. Bring sie mit, ich bin gespannt.»

«Per, wie kannst du das gut finden? Das ist doch überhaupt keine gute Idee. Das ist doch vollkommen verrückt und bringt uns vermutlich nur Ärger ein.»

«Vielleicht, vielleicht aber auch nicht. Lass es uns ausprobieren.»

«Danke! Ich frage sie, ob sie will. Ich frage sie gleich. Sie sitzt im Auto und ist unglücklich.»

Eine Welt, in der es schwierig ist festzustellen, was das Richtige ist, weil es so viele Aspekte des Richtigen gibt, dass es eigentlich das Richtige nicht mehr gibt. Vielleicht hat es nie eine andere Welt gegeben.

Vater, Mutter, Kind. Das ist die kleine Zelle gewesen, warm und gemütlich, netter Kindergarten, annehmbare Grundschule, ein Beruf mit Einkommen, Bildung, immer wieder Bildung, die ihre Welt im Kleinen war. Dem natürlichen Lauf der Dinge folgend, verließ das Kind die Zelle und riss ein Loch hinein. Das Kind ist auf dem Weg, eine neue Zelle zu bilden. Das Kind rennt ganz woanders hin. Früher, denkt sich Irene, wäre das Kind vielleicht in der Nähe geblieben, im selben Haus oder um die Ecke, und hätte dort seine Familie gegründet. Früher war die Familie größer, früher gab es Tanten und Nichten und Großonkels, und alle lebten sie in der Nachbarschaft und feierten die Feste und begruben gemeinsam die Toten, wie ein einziger, riesiger Organismus, der sich ständig erneuert. Heute sind Familien winzig kleine Zellen, die anfällig sind und alle paar Jahre zerbrechen. Nichts ist von Dauer, Verwandtschaft ein Anachronismus, und wer wollte es anders haben? Hat jemand gesagt, dass es früher besser war? Nein, früher war es niemals besser. Zu keiner Zeit.

Irene parkt den Wagen. Sie begleitet Yasemine in ihre Wohnung, in der immer noch kein jugendlicher Mensch ist, weil alle jugendlichen Menschen immer noch bei ihren Freunden, Familien oder sonst wo sind. Yasemine packt ihre Sachen zusammen, sie stopft sie in die Tasche, sie hat nicht gleich ja gesagt, sie hat geschwiegen und dann gesagt, sie wüsste eigentlich gerade gar nichts, weil sie ja auch gar nichts fühle, das mache sie voll fertig, aber als Irene dann mit ihr in Hannover eingefahren ist, da hat Yasemine geflüstert: «Ich komme mit.» Irene ist es warm ums Herz geworden, richtig warm ums Herz. So ein Wunder, kriegt mit dreiundvierzig noch ein Kind. Schon fix und fertig ausgewachsen. Irene vermutet, dass Yasemine jede Stadt hassen würde, die mit ihr umgeht wie Hannover, mit dieser Mutter und diesem Leben. Obwohl, weiß Irene wirklich, wie die Mutter mit ihr umgegangen ist, und darf sie Yasemine einfach mitnehmen?

«Yasemine, darf ich dich einfach so mitnehmen? Gibt es nicht Probleme?»

«Du darfst gar nichts, und ich darf auch nichts.» Yasemine schweigt eine Weile, dann sagt sie: «Das ist mein Leben. Ich mach doch sonst gar nichts. Ich häng doch hier rum. Ich häng doch nur hier rum, was bringt das denn?»

«Können wir jemandem Bescheid sagen? Was ist mit deiner Mutter?»

«Meiner Mutter sagt nie irgendjemand Bescheid. Die interessiert das nicht. Herr Stroschein ist erst am Dienstag wieder da.»

«Dann rufst du ihn an.»

Yasemine zuckt mit den Schultern und schüttet Tampons in eine grüne Plastiktasche.

«Und deine Mutter muss wirklich nichts wissen?»

Yasemine setzt sich auf einen Sessel und lehnt sich zurück. «Ich hab meine Mutter seit über einem Jahr nicht gesehen und auch nicht mit ihr telefoniert. Als ich das letzte Mal bei ihr war, als ich reinkam … da saß sie im Wohnzimmer und hatte keinen Pulli an, nur ’nen BH. Und es hat gestunken. Und weißt du, was sie gesagt hat? ‹Schön, dass de auch mal an mich denkst.› Dass ich an sie denke, ja? Dass ich an sie denke. Die ist total alleine, total alleine, glaub mir. Die hat keinen. Ich ruf sie auch nicht mehr an. Vielleicht ist sie schon tot.»

«Ruft sie dich denn nie an?»

«Die ruft nicht an, die interessiert sich nicht für mich, und die hat gar kein Geld. Vielleicht hat sie auch kein Telefon mehr. Letztes Mal war der Kühlschrank kaputt, und da drin waren Pflanzen!»

«Ich nehme an, sie hat Probleme, Yasemine, du darfst sie nicht verurteilen.»

«Wenn die sich – irgendwann mal – um meine Probleme gekümmert hätte, dann würde ich … vielleicht … auch mal ein Amt anrufen oder so, damit ihr einer von den Leuten da hilft. Aber die hat kein Gefühl für mich. Die hat nichts verdient, kein Mitleid, nichts.»

«Okay, ich will mich nicht weiter einmischen, wirklich nicht.»

Irene wundert sich. Yasemines Mutter ist ihr tatsächlich ganz egal.

Auf der Autobahn, in der sanften Dunkelheit, schläft Yasemine ein. Ihr Kopf ist zur Seite gerollt, auf ihren zusammengeknüllten Mantel, den sie sich auf die Schulter gelegt hat, als Kissen. Im Radio läuft ganz leise eine verrückte Jazzmusik, und der Verkehr geht. Der Verkehr geht, denkt Irene, um sich zu beruhigen, denn sie hat noch ein paar Stunden Fahrt vor sich, und es ist nicht klar, überhaupt nicht, ob es die richtige Entscheidung war, ein siebzehnjähriges Mädchen mit Problemen zu entführen und mit in die eigene leer gewordene Familienwohnung zu nehmen. Bitte bedienen Sie sich, es gibt genug Jugendliche, die keiner haben will. Aber nein, so ist es doch auch nicht, so ist es nicht, Irene, oder?

Als sich das Mädchen dann in Hamburg, in Irenes aufgeräumter, geordneter Wohnung, in Esthers Bett legt, in Esthers Kopfkissen schmiegt, wie eine zu groß gewordene Puppe, als sich das falsche, das knochige, dreieckige, blasse Gesicht statt des runden, rosigen Gesichts von Esther hier breitmacht, da ist es Irene plötzlich gar nicht mehr so recht, da überrollt sie der Verdacht eines Missverständnisses, eines riesigen Fehlers, wie ein heranziehendes Unwetter, das vorerst nur eine stickige Wärme vor sich herschiebt, knisternde Luft und einen getrübten Himmel.

«Sie ist reizend», flüstert Per ihr im Flur zu. Er hat schon geschlafen, er hat Yasemine nur kurz gesehen, weil es spät in der Nacht war. Aber er hatte sich sogar seinen selten getragenen Bademantel übergeworfen und Yasemine die Hand gereicht. «Ganz anders als Esther», sagt er, während er wieder unter die Decke kriecht, um doch aufrecht sitzen zu bleiben, derweil Irene auf der Bettkante ihre Zähne putzt.

«Was hast du erwartet», murmelt sie undeutlich durch die Zahnpasta.

Als sie sich neben ihn legt und das Licht ausschaltet, flüstert sie, als müsste sie wie er flüstern: «Per, ich frage mich, ob es ein Fehler war. Ich bin mir plötzlich gar nicht mehr sicher. Ich habe Angst.»

«Wovor? Dass sie uns beklaut? Dass sie uns unangenehm wird und uns auf die Nerven fällt?»

«Ich kenne sie eigentlich gar nicht, vielleicht ist sie einfach nur eine untalentierte, langweilige Siebzehnjährige.»

«Du meinst, wie Esther?», sagt Per und kriecht rüber auf ihre Seite an sie heran.

«Du findest Esther untalentiert und langweilig?»

«Nein. Ich finde sie ganz außergewöhnlich und interessant. Aber jemand anderes könnte sie so finden. Ganz ehrlich? Esther ist ein ganz gewöhnliches Mädchen ohne besondere Begabungen, wenn man von ihrer Begabung, Menschen für sich einzunehmen, mal absieht. Und von ihrer Begabung, Schwierigkeiten mit Leichtigkeit zu nehmen, und von ihrer Begabung, Menschen glücklich zu machen.»

«Esther hat die Begabung, Menschen glücklich zu machen?»

«Ja. Mich hat sie sehr glücklich gemacht. Dich nicht?» Per schiebt seinen Arm unter ihrem Körper durch, um sie ganz dicht an sich heranzuziehen.

«Aua», sagt Irene und lässt sich von Per an seinen Körper drücken. Seine Umarmung hält an, und obwohl sie unbequem auf seinem Arm liegt, lässt sie ihn. Sie denkt, dass sie vielleicht nicht mehr ewig mit ihm zusammen sein kann, weil es ein Kompromiss ist. Wenn man erst damit anfängt, verrückte, riskante Sachen zu machen, wie fremde siebzehnjährige Mädchen in sein Heim aufzunehmen, hört man vielleicht auch damit auf, alle anderen Lügen zu pflegen. Womöglich ändert man dann sein Leben, in alle Richtungen. Aber der Arm um ihren Körper ist wie der Arm dieser ganz alten, längst ausgestorbenen großen Familie. Eine tiefsitzende Verwandtschaft, aus Gewohnheit und vor allem aus Vertrauen erwachsen, umklammert sie, sehnt sich nach ihr und drückt auf ihre Innereien.

«Per, das tut weh!»

«Ach, das tut doch nicht weh.»

«Wenn ich es dir sage. Es tut weh.»

«Wenn es weh tut, warum nimmst du es dann hin?»

«Weil es geht. Weil es auch – schön ist.»

«Es ist schön?»

«Es ist schön.»

«Ich liebe dich, Rehlein.»

«Ja.»

In der Nacht, den Druck von Pers Arm noch im Gedächtnis ihrer Haut und ihrer Knochen, hat Irene einen Traum von einem Stück Wiese, in ein diffuses, orangebraunes Licht getaucht, auf dem sie sich in alle Richtungen dreht, aber in allen Richtungen ist Nebel und Wärme. Sie weiß, wo sie ist, sie ist im Land ihrer Kindheit. Sie weiß es, es ist alles, was sie weiß, und die Gewissheit fühlt sich an, als hätte sie sich in die Hose gemacht, warm und beschämend. Sie spürt den Ort wie einen körperlichen Zustand, und das Wissen ist so wichtig und farblich und körperlich festgelegt, dass es noch in das Erwachen mit hinüberdringt, sie denkt etwas Vergangenes, Deutsche Demokratische Republik.

«Es ist etwas Merkwürdiges passiert», sagt Irene zu Per, der noch im Bett liegt, die Bettdecke über sich, aber den Kopf zu ihr gedreht, das rötliche Haar feucht geringelt festgedrückt, jede Pore seiner Nase und die Falten unter den Augen, das feine Geäst der zarten, zerknitterten Haut über den Lidern, alles zusammen in dem dicken Schädel, der auf dem Kissen liegt wie ein Baby. Wie ein Gegenstand ohne Körper.

«Den Mann, der dem Jungen das Haus abgekauft hat, den Ziegenmann, wie sie ihn nennen, den kenne ich. Der ging in meine Klasse. Der war mein Freund. Er war zwölf, als ich ihn das letzte Mal gesehen habe. Er hat sich verändert.»

«Ein alter Schulfreund? Warum habt ihr euch damals aus den Augen verloren?»

«Seine Eltern sind ausgereist. Ich hatte ihn ganz vergessen und alles, was war. Ich hatte eigentlich alles vergessen. Wie es damals war.»

«Ich dachte immer, du hattest eine schöne Kindheit. Mit Wald und See und allem.»

«Das dachte ich auch.»

Per schiebt die Decke beiseite und setzt sich auf. Sein T-Shirt ist hochgerutscht und gibt seinen Bauch frei, und Irene fragt sich, ob Per schmaler geworden ist. Eigentlich sieht er immer noch dick aus. Eigentlich bildet sein Bauch, wenn Per sich beugt, die gleiche runde Kugel wie immer. Er steigt aus dem Bett, er streckt sich, und er sagt: «Ich mach uns einen Kaffee. Meinst du, dass das Mädchen schon wach ist? Meinst du, sie möchte auch einen Kaffee? Wenn ja, dann bring du ihr den doch ans Bett.»

Yasemine. Irene hat sie fast vergessen, durch den Traum, durch Markus. Yasemine ist hier, in Esthers Zimmer. Irenes Herz fängt an, heftiger zu schlagen, aber dann beruhigt es sich wieder.

«Per, stell dir vor …»

«Was?» Per steht im Türrahmen, in seinem weißen T-Shirt, in seiner karierten Unterhose, und wartet.

«Nichts», sagt sie und streckt sich wieder unter der Decke aus. Sie lauscht nach Geräuschen aus Esthers Zimmer. Per geht in die Küche und kommt mit einem Becher Kaffee wieder zurück. Seinen Becher in der Hand, stellt er sich wieder in den Türrahmen. «Was soll ich mir vorstellen?», nimmt er das Gespräch wieder auf.

«Sie sind einfach weggegangen. Und dann waren sie weg.»

«Wer? Wer, Rehlein, ist weggegangen?»

«Manche Menschen. Markus ist weggegangen, und am nächsten Tag ist er einfach nicht in der Schule gewesen. Er ist einfach weg gewesen.»

«Ja.» Per kommt zu ihr und setzt sich auf die Bettkante. «Wenn einer weggeht, dann ist er weg.»

«Sie haben es ihm gar nicht gesagt. Er hat es nicht mal gewusst.»

«Du sprichst in Rätseln.»

«Sie sind nach dem Westen gegangen, deshalb haben sie ihm nichts gesagt, damit er es nicht uns erzählt. Es muss schwierig gewesen sein, für die Familie, also für die Eltern.»

«Die Leute wurden verfolgt, wenn sie ausreisen wollten. In ihren Betrieben wurden sie gemobbt und bespitzelt, und sie wurden von der Stasi verhört.»

«Die Eltern von Markus waren Künstler. Also, die Mutter hat geputzt und war Künstlerin, und der Vater war nur Künstler. Sie konnten beide nicht unbedingt gemobbt werden, von wem denn? Die Mutter hat ja kaum was mit dem Putzen verdient, und mit der Kunst sowieso nicht, sie war einfach nicht so wichtig. Der Vater wurde vielleicht verhört, aber als aussichtsloser Künstler war er für das sozialistische Vaterland wahrscheinlich entbehrlich. Jedenfalls durfte die Familie ausreisen.»

«Hat es dir was ausgemacht? Dass dein Freund weg war, meine ich?», fragt Per.

«Ja», sagt Irene und überlegt sich, ob es ihr etwas ausgemacht hat. Sie hatte eine schöne Kindheit. Schöne Natur. Keine schlagenden Eltern, nur ganz selten mal eine Ohrfeige, ein Kinderzimmer, einen Bruder, einen ihr zugeordneten Metallstuhl in der Schule und einen Holzstuhl im Hort, weißes Papier zum Malen, eine Kiste mit Stiften, eine nette Hortnerin mit einer Dauerwelle, bei mindestens der Hälfte der Mädchen zum Geburtstag eingeladen, selber Geburtstag feiernd, irgendwann ein Meerschweinchen, dann einen Hund, abends baden im See, der Badeanzug am Po voller Sand, der Kopf schwer von der Sonne, im Winter taube Füße, beißende Finger, Gleitschuhe auf dem gefrorenen Teich, Kastanien für die Schweine, Brennnesseln für die Hühner, Pappeln am Feldrand, ein Drachen aus Packpapier, Gummistiefel mit eingerissenen Hacken, angeraute Trainingshosen, vollgesogen mit dem Wasser aus dem Bach, abends Tomatensalat und vierzehntägig Bücher aus der Bücherei. Sonne und Wind und Wolken und Eltern, die streiten wegen Geld, ein Baby zwischen Blättern, ein Freund, der nicht mehr da ist. Eine Lehrerin, die weggebracht wird.

Und wenn man mit dem schläft, der einmal nicht mehr da war, dann ist nichts anders. Dann ist das nur der Versuch, eine intensive Präsenz herzustellen, aber Präsenzen lassen sich nicht herstellen, schon gar nicht rückwirkend. Irene weiß gar nicht mehr, ob sie Markus wirklich vermisst oder nur plötzlich gebraucht hat, und fühlt sich auch deshalb schlecht, weil ihr das nicht klar ist. Als Hilfe für eine Erinnerung, die ihr schwerfiel, weil sie ein Grauen enthielt, das sich nur mit Leichtigkeit umflattern ließ, mit Auslassung, mit Negierung, mit Vergessen. Das Einzige, was ihr klar gewesen ist, was wirklich sicher war: Babys dürfen nicht tot in Löchern liegen.

In einer Welt, in der sie das tun, in solch einer Welt ist die Kindheit, die eine schöne war, eine Lüge. Deshalb weiß Irene nicht mehr, wie sie auf die Frage nach ihrer Kindheit antworten soll. Alles ist immer relativ, aber Antworten muss es trotzdem geben.

Dass sie mit Markus geschlafen hat, um die Entfernung zwischen ihnen rasch wieder aufzuheben, nachdem er ihr in einer geisteskranken Zusammenfassung sein zwischenzeitliches Leben aufgeblättert hatte wie ein Daumenkino und nachdem sie als Vater und Mutter das Kind Yasemine väterlich und mütterlich umsorgt und gerettet hatten, das sagt Irene Per nicht.

Eine gute Ehe. In der einer dem anderen vertraut. Liebe und alles. Sie hat innerhalb kurzer Zeit mit zwei Männern geschlafen, einmal in flammender Liebe, einmal in verlorener Freundschaft. Nichts davon ist mit Vertrauen vereinbar. Lüge ist der Plan, Lüge und Mitleid mit Per, das sich wie ein Gewicht auf sie legt. Per wird stöhnen in der Nacht wie ein uralter Mann, dem Tode geweiht, verraten von seiner eigenen Frau.

15.

Sie frühstücken gemeinsam. Yasemine bemüht sich, liebenswürdig zu sein, es fällt ihr schwer. Sie ist es gewohnt, allein in ihrem Zimmer zu frühstücken. In Rumpft war es ihr egal, in Rumpft gab es keine Höflichkeitsregeln, hier sitzt ein Fröhlichkeit und gute Laune ausdampfender Gymnasiallehrer an ihrem Tisch und strahlt sie an, als gäbe es von ihr etwas zu erwarten.

«Ich werde mir eine Arbeit suchen», sagt sie mit leiser, aber bestimmter Stimme, vielleicht auch nur pflichtbewusst.

Per nickt und kaut sein Brötchen und sieht sie weiter mit diesem erwartungsvollen Blick an. Vielleicht erwartet er wirklich etwas von ihr? Er erwartet von Menschen hauptsächlich das Beste, und selbst dem nicht so Guten kann er noch etwas abgewinnen, als einer interessanten Abweichung. Abweichungen interessieren ihn.

«Ich werde mir dann auch eine eigene Wohnung suchen. Ich will nur weg von Hannover.»

Irene beobachtet abwechselnd Per und Yasemine. Sie selbst scheint außen vor zu sein. Sie kann sich zurücklehnen und das Schauspiel verfolgen, draußen hat sich der Tag herangewälzt, schwer und dick und grau. Nichts rührt sich, Farben sind rar, und wenn sie da sind, dann gedämpft, ebenso wie die Töne. Als sie das Schlafzimmerfenster zur Straße hin geöffnet hat, ist ihr kalte, feuchte Luft ins Gesicht geschlagen, niemand war unterwegs, und nur das Licht gegenüber bei Frau Reindke brannte schwach nach der verlängerten, schlaflosen Nacht der alten Frau.

«Ich zahle dann auch alles zurück, Miete für das Zimmer hier und alles. Ich helfe auch, ich kann putzen, ich bin zwar nicht ordentlich, aber ich kann putzen, wenn ich will, dann kann ich das.»

«Also», sagt Per, schluckt runter und atmet tief durch. «Nun bist du doch hierher zu uns mitgekommen, weil wir dich eingeladen haben, ja? Irene und ich, wir haben dich beide eingeladen, eine Weile bei uns zu wohnen. Du hattest einen Unglücksfall, habe ich gehört, und das hat dich etwas niedergedrückt. Jetzt mach es dir hier gemütlich, leg dich ins Bett und ruh dich aus. Oder geh spazieren oder lies ein Buch. Ich weiß nicht, was dir so passt. Wenn es dir dann irgendwann bessergeht, wenn du ausgeruht und frisch bist, dann kannst du dir Gedanken machen, und wenn du damit fertig bist, dann machst du dir einen Plan. Aber bis dahin mach dir keine Sorgen. Kaum ein Mensch hält das einfach so aus, wenn sein Hund stirbt.»

Daraufhin sagt Yasemine nichts mehr. Daraufhin kullern Yasemine wieder die Tränen wie Erbsen von den Wangen. Sie steht auf und geht still in ihr Zimmer. Eine Weile essen Per und Irene schweigend, dann kehrt Yasemine lächelnd zurück.

«Ich bin nur nicht dran gewöhnt», sagt sie.

«An was?», fragt Irene.

«An die Nettheit», sagt sie. Und reißt die Augen auf und wischt mit dem Taschentuch, um Haltung bemüht.

«Er redet wie ein General», sagt Irene. «Nein, er redet wie ein Lehrer. Man kann gar nichts dagegen tun. Es ist einfach seine Art.»

«Na ja», flüstert Yasemine, «es ist sehr nett.»

«Siehst du», sagt Per, «sie findet es sehr nett. Jetzt hör auf, mich schlechtzumachen. Ich rede ein ordentliches Deutsch, das ist alles, das hat mit meiner zweisprachigen Vergangenheit zu tun. Menschen, die mit zwei Sprachen aufwachsen, sprechen viel bewusster.»

Irene nickt. Sie reicht Yasemine ein Brötchen, damit sie endlich etwas isst. Es kommt ihr so vor, als ob Yasemine, seit Irene sie aus Hannover abgeholt hat, noch gar nichts gegessen hat. Und ihre Armgelenke liegen wie bloße Knochen, von weißer Haut nur dünn umspannt, auf dem Küchentisch. Ihre Wangen sind eingefallen, und ihre Lippen spröde und eingerissen. Irene beobachtet ganz genau, wie Yasemine das Brötchen aufschneidet, mit Butter beschmiert, mit Käse belegt und isst. Sie isst ganz normal, nicht affektiert, sie beißt ab und kaut und schmiert sich schon das nächste Brötchen. Essen ist nicht das Problem, denkt Irene, zum Glück ist Essen nicht das Problem. Sie trinkt Kaffee, und sie wendet sich Per zu, der am Radio herumdreht und die Sender kurz anhört, dann wieder weiterdreht und mit keinem zufrieden ist.

«Was willst du denn? Was drehst du denn rum?»

«Gute Musik. Ich will gute Musik.»

«Sing nur nicht.»

«Ich singe nicht, wenn Besuch da ist, nicht am selben Tisch.»

«Wegen mir können Sie singen», sagt Yasemine.

Per hat es wirklich geschafft, sie zum Lächeln zu bringen.

Er nickt Irene zu, wie zur Bestätigung, er darf singen.

«Wenn es dir nichts ausmacht, sag ‹du› und ‹Per›. Du wirst eine Weile hier wohnen, und ich zahle deine Miete und dein Essen, da ist es unangebracht, mich zu siezen.»

Irene muss wieder arbeiten, Per auch. Wenn sie nach Hause kommt und Yasemine fragt, was sie getan hat, dann sagt Yasemine, sie hätte nichts getan, als im Bett zu liegen. Vier Tage liegt sie also im Bett, am Freitag steht sie sehr früh auf, bereitet das Frühstück für Per und telefoniert mit ihrem Handy, als Irene in die Küche kommt.

«Nein, nein, nein, ich glaub nicht, dass ich das mache, nein. Glaub mir, auf gar keinen Fall.» Dann legt sie auf.

Irene sagt nichts, sie will Yasemine nicht fragen, worum es ging, schließlich ist es nicht ihre Sache. Aber es beschäftigt sie, während sie Milch auf ihr Müsli gießt. Sie hört das Rauschen vom Bad her, Per duscht wie jeden Morgen.

Yasemine setzt sich mit an den Tisch und schmiert sich ein Brot. Sie schweigt eine Weile und betrachtet die Uhr im Bauch des Huhns und sagt dann: «Ich soll im Sonnenstudio arbeiten.»

«Wo?»

«In Hannover. Sagt einer, den ich kenne. Der ist da jetzt gerade, und er sagt, ich könnte da arbeiten. Fest angestellt.»

«Und?», fragt Irene und fühlt, dass es falsch war, das zu sagen.

«Ich weiß nicht», sagt Yasemine. «Ich muss natürlich arbeiten und Geld verdienen. Ich hab sonst immer irgendwo gearbeitet. Beim Friseur habe ich gearbeitet, bis kurz vor Weihnachten.»

«Ich dachte, du wolltest weg von Hannover», sagt Irene.

«Will ich auch.»

«Sonnenstudio, das ist doch kein Beruf. Was brauchst du da eine Festanstellung? Was hast du da denn? Hautkrebs für umsonst? Tattootypen mit Silberkettchen und Muskelshirt?»

«Also», sagt Yasemine, «ich such doch nur nach einer Arbeit. Außerdem hab ich gesagt, ich mach das nicht, aber jetzt redest du, als wenn du meine Mutter wärst. Von der würd ich mir aber schon gar nicht reinreden lassen. Ich wusste, dass das nicht geht, ich kann hier nicht bleiben.»

«Nur weil ich mal was sage?»

«Nein.» Sie schüttelt den Kopf, schlürft ihren Kaffee.

«Ich weiß, dass es mich nichts angeht, du musst selber sehen, was du aus der Situation machst, es hat mir nur leidgetan.»

«Was hat dir leidgetan?»

«Dich in einem Sonnenstudio zu sehen.»

«Sind nicht alle solche Intelligenzbestien, dass sie studieren können und später dann Superberufe kriegen. Manche müssen auch im Sonnenstudio arbeiten, oder ist das keine ordentliche Arbeit? Ich würd lieber im Sonnenstudio arbeiten als in 'ner Bank.»

Yasemines Brot liegt auf dem Teller, ungegessen. Per kommt in die Küche, trocknet sich mit einem Handtuch das Haar ab, sein gestreiftes Hemd, dessen Ärmel offen stehen, ist feucht von der an manchen Stellen noch nassen Haut. Er duftet, als wäre es Sonntag oder Weihnachten, oder als wäre Besuch da.

«Das riecht gut», sagt Yasemine. «‹Obsession›, von Calvin Klein.»

Per strahlt. Er setzt sich an seinen Platz, gießt sich Kaffee ein und steckt eine Scheibe Brot in den Toaster.

«Gab es Streit?», fragt er.

«Ich hab nur gesagt, dass ich nicht in ein Sonnenstudio will, in Hannover. Also da arbeiten. Sie hat gesagt, das wär kein richtiger Beruf, da zu arbeiten.»

Per kaut und nickt. «Es ist eine Arbeit», sagt er, «kein Beruf. Jedenfalls wäre mir das neu.»

«Was arbeitest *du* eigentlich?», fragt Yasemine Irene, und Irene gesteht sich ein, dass sie nur ungern «Studienberaterin» sagt.

«Das ist sicherlich interessant», sagt Yasemine.

«Das ist nur mäßig interessant», sagt Irene. «Aber ich weiß nicht, was ich sonst machen soll.» Und das ist die Wahrheit. Und wie groß ist der Unterschied, wenn man bedenkt, dass in einem Bräunungsstudio Menschen geholfen wird, braun zu werden, und in der Studienberatung … nun gut, es gibt einen Unterschied, aber keinen moralischen. Vielleicht ist Yasemine für eine Karriere im Sonnenstudio vorgesehen, vielleicht ist mehr nicht drin, sie ist auch nicht ihre Tochter.

«Sonst», sagt Yasemine, «habe ich beim Friseur gearbeitet. Das ist nicht übel.»

«Beim Friseur? Was hast du da gemacht?»

«Haare waschen, Haare wegfegen …» Yasemine kichert. «Ne, ich hab auch Haare geschnitten, ich kann das sogar. Ich bin nur wahrscheinlich zu groß, Ruthie hat gesagt, ich krieg davon Rückenschmerzen, weil ich mich so bücken muss. Aber ich hab ihr gesagt, es is mir egal, wovon ich Rückenschmerzen krieg.»

Irene denkt an Sarah und an den Laden. Sie macht Pläne, ohne die Betroffene zu fragen.

«Warum machst du keine Ausbildung zur Friseurin?»

«Ich will ja. Aber wo soll ich eine Ausbildungsstelle finden? Wo ich mich beworben hab, da hatten die immer schon eine andere. Und ich bin einfach – zu groß!»

«Wie kommst du darauf, dass alles immer mit deiner Größe zu tun hat?»

«Und mit meinen Noten. Aber kuck doch, wie ich aussehe, wie 'ne Giraffe. Ich seh aus wie 'ne Giraffe. Ich krieg keinen Job in so 'nem Beruf, wo die alle so schick sind. Es ist nicht meine Art … so … zu sein. Ich bin nicht klein genug.»

«Das ist der größte Blödsinn, den ich je gehört habe. Kleinsein ist gar nicht mehr gefragt», sagt Irene. «Größe ist viel besser.»

«Siehst du manchmal fern? Kennst du Rachel von ‹Friends›? Das ist Jennifer Aniston, die ist bei ‹Friends› die Kleinste von den Frauen, und deshalb ist sie auch die Süßeste, und Phoebe ist die Größte, und die ist deshalb ganz merkwürdig, und keiner kann die leiden.»

«Ich kann die leiden», sagt Per.

«Du hast ‹Friends› gesehen?», fragt Irene. Sie wüsste nicht, dass Per irgendwann mal die Serie geschaut hätte.

«Ein paar Folgen, und ich mag Phoebe lieber als Rachel. Ist sie groß? Sie ist doch nicht groß? Ich werde nachsehen.» Er verlässt die Küche.

«Sie ist nicht groß, aber sie ist größer, neben mir ist sie wahrscheinlich klein», sagt Yasemine.

Per kehrt mit seinem Notebook zurück. «Sie ist einen Meter dreiundsiebzig. Das ist nicht gerade groß.»

Yasemine verzieht ihr Gesicht. «Sie ist nicht groß. Aber wenn ich bei ‹Friends› wäre, dann wäre ich eine Riesenfrau, ein Monster.»

Per und Irene schütteln synchron den Kopf. Irene fragt sich, ob Yasemine, auf «Friends» bezogen, recht hat. Aber Monster kommen in «Friends» gar nicht vor, und Irene überlegt, in welcher Fernsehserie große Frauen die Hauptrollen spielen, aber ihr fällt keine ein. Als würde etwas davon abhängen, geht sie alle Serien durch, die sie kennt.

«The Exes, die Anwältin, die ist groß.»

Yasemine zuckt mit den Schultern.

«Kennst du nicht? In der Serie spielt noch eine ganz kleine Frau mit, die sehr süß aussieht, aber die hat nicht die Hauptrolle, die Hauptrolle hat die Anwältin Holly, ich weiß nicht, wie die Schauspielerin heißt, google das mal, Per!»

Per tippt. «Kristen Johnston. Einen Meter dreiundachtzig ist die.»

«Drei Zentimeter kleiner als ich», sagt Yasemine. Sie ist nicht überzeugt.

«Es ist ein Beweis.»

«Wofür? Sind die Männer hinter ihr her? Ist sie süß?», fragt Yasemine.

«Das nicht. Nein, sie hat eher Probleme mit den Männern, aber sie hat welche, also Männer, und Rachel hat in ‹Friends› auch Probleme mit den Männern.»

«Ja, aber alle wollen die», sagt Yasemine.

«Und? Wer will denn das? Willst du was sein, das alle wollen?»

«Ich will die nicht», sagt Per und klappt das Notebook zu.

«Was wollen Sie denn, also, du, für Frauen, so allgemein?», fragt Yasemine.

Per atmet tief durch. Er kratzt sich im nassen Haar. «Ich denke, ich, und nicht nur ich, sondern viele Männer, mag Frauen, die diese besondere Stärke haben, die ganz bestimmt weiblich ist. Ich meine, die Art von Irene, sich, sagen wir mal, ins Fettnäpfchen zu setzen oder bei Esther immer wieder anzuecken, ich ecke eigentlich nicht bei Esther an, und deshalb liebt sie Irene auch mehr als mich. Das ist das, was diese Frauen können, sie setzen sich ein, wenn sie überzeugt davon sind, dass es richtig ist, und dann ist es ihnen auch egal, wenn das nicht gut ankommt. Und sich nicht gut anhört. Ich glaube, sie sind es gewöhnt, dass sich das, was sie sagen, nicht so gut anhört, weil sie von Natur aus diese weichere, höhere Stimme haben und immer gegen die tiefen Stimmen der Männer ankämpfen müssen. Diese besonderen, guten Frauen gehen ja viel mehr auf die Nerven, weil sie einfach mutig und ehrlich sind. Irene, zum Beispiel, die ist so, die geht mir manchmal ganz schön auf die Nerven, aber das liegt daran, dass sie den Dingen auf den Grund geht und sich ernsthaft um Menschen bemüht. Auf dem Grund ist es schlammig, und den Dingen auf den Grund zu gehen, ist anstrengend. Männer treiben lieber auf der Oberfläche, mit ihrer Stimme», Per geht ganz tief mit seiner eigentlich hohen Lehrerstimme, er versucht eine Bassstimme, «und ihrer Gefälligkeit. Männer trauen sich gar nicht, so zu nerven, und damit sind sie manchmal einfach raus aus der Sache, obwohl sie dann immer noch so tun, als hätten sie auf eine ganz entspannte Art alles im Griff.»

Yasemine starrt ihn an. Sie hält ihr Käsebrot fest und hat immer noch nicht hineingebissen.

«Und ich mag es auch, dass sie weich sind, am Bauch und am Po. Süße Frauen aber sind doch eine Lüge. Das ist doch ein Sich-Kleinmachen und Um-Verzeihung-Bitten, weil man nicht ausgewachsen ist. Bitte, wer will ein Kind zur Frau? Und wer das will, was für eine Sorte Mann ist das? Du wünschst dir so einen jedenfalls nicht. Wünsche dir keinen Typen, der dich süß will!»

«Du hattest doch einen Freund», fällt Irene ein.

«Ja.»

«Du hast doch mit *ihm* Schluss gemacht, der wollte dich doch.»

«Er war ein Pedant», sagt Yasemine. «Ich konnte ihn nicht mehr ertragen.»

«Oh, du verfügst über einen gehobenen Wortschatz», sagt Per. «Du wirst weiterkommen als nur ins Sonnenstudio.» Dann verlässt er mit seinem Notebook die Küche.

Irene stellt das Geschirr in den Geschirrspüler und läuft ins Bad, um sich die Zähne zu putzen. Es ist spät.

«So eine Frau bin ich, Per?»

«Ja, das weißt du doch.»

«Ich wusste nicht, dass du mich so siehst.»

«Ich treibe jetzt Sport.»

«Was hat das eine mit dem anderen zu tun?»

«Ich dachte, es fällt dir auf.»

Für Samstag meldet sich Irene bei Sarah an und nimmt dann Yasemine mit. Yasemine sträubt sich erst, sie will nicht immer an Irene dranhängen wie ein Kleinkind. «Was soll die denn denken, wenn ich plötzlich auch da bin?», fragt sie. Aber Irene kann sie überzeugen.

Große Flocken fliegen schräg durch die Luft, die Straße ist glänzend nass, der Schnee taut sofort, aber die Flocken legen sich auf die Frontscheibe wie weiche, weiße Federn. Als Irene und Yasemine aussteigen, fällt der Schnee auch auf ihre Gesichter, auf ihre Köpfe und auf ihre Mäntel. Jede der großen treibenden Flocken, die ihr Gesicht erreichen, ist wie ein kalter, nasser Kuss, und die Kälte lässt Irene frösteln. Durch den Schnee hindurch dringt nur mattes Tageslicht, die Schneeflocken und der ganze Nachmittag erscheinen in einem gelblichen Grau, als leuchte eine kleine, bescheidene Lampe am Himmel, um nur ein wenig den müden Nachmittag zu erhellen.

Sarah ist verblüfft, als sie Yasemine sieht, weil Irene sie nicht angekündigt hat, und jetzt ist es Irene tatsächlich ein bisschen unangenehm, und sie stellt Yasemine etwas umständlich vor. Ricarda springt aufgeregt um sie herum. Sie hat ein großes Stück Kuchen in der Hand, sie beißt davon ab, und die Krümel fallen ihr aus dem Mund, sie verteilen sich auf dem Boden und auf ihrem roten Pullover, auf den ein Fliegenpilz mit Gesicht genäht ist.

«Es gibt Kuchen», sagt Ricarda mit vollem Mund.

Oben steht dann wirklich ein Kuchen auf dem Tisch, ein Napfkuchen mit Schokoladenüberzug.

«Wir haben den gebacken», sagt Ricarda. «Ich und Sari.» Sie drückt sich an Sarah und umarmt sie mit ihren klebrigen, schokoladigen Händen.

«Ich back eigentlich nicht», sagt Sarah. «Aber Rickie wollte unbedingt einen Kuchen für dich backen. Extra für dich.» Sie sieht Ricarda an, als wäre es ganz allein ihr Verdienst und als wäre sie keine Last.

«Der Kuchen ist wegen euch», sagt Ricarda. «Weil ihr zu Besuch gekommen seid.»

Irene hängt ihren Mantel über einen Stuhl, Yasemine legt ihren Mantel über Irenes Mantel, dann setzen sie sich auf das Sofa an den Glastisch, auf dem der angeschnittene Kuchen steht. Sarah holt Kaffee und schenkt ein, und sie sitzen bald zu viert über den tiefen Glastisch gebeugt, unter dem immer noch die nackte Barbiepuppe liegt, und essen Kuchen.

«Ist Maret gar nicht da?», fragt Irene, mit Blick auf Ricarda.

Sarah betrachtet ebenfalls Ricarda und sagt: «Ach, sie ist eben einkaufen.»

«Gestern auch», sagt Ricarda ungerührt.

Irene ist irritiert, mit Ricarda wird gewöhnlich robust umgegangen, wenn es um ihre Mutter geht. Ricarda weiß Bescheid, wenn Maret in Ochsenzoll ist, und sie weiß, dass es sich um ein Krankenhaus handelt, in dem die Mutter wegen ihrer Depressionen behandelt wird.

Irene sieht Sarah an, als könnte sie ihrem unbewegten Gesicht Informationen entnehmen, und Sarah zieht die Augenbrauen hoch und zuckt mit den Schultern.

«Was?», fragt Ricarda. «Warum machst du so?»

«Ich mache gar nichts», sagt Sarah.

«Doch, du hast so gemacht», sagt Ricarda und ahmt das Augenbrauenhochziehen und das Schulternzucken nach.

«Sie ist gar nicht einkaufen, weil das nicht zwei Tage dauert», sagt Ricarda und nimmt sich ein neues Stück Kuchen.

Yasemine hebt die Barbiepuppe auf und dreht ihr die gespreizten Beine gerade. Mit der Hand glättet sie ihr das dicke blonde Plastikhaar.

Ricarda nimmt ihr die Puppe aus der Hand. «Das 's meine», sagt sie. «Ich hab auch Anziehsachen für die.» Sie springt auf. «Soll ich die holen?»

Yasemine nickt. «Wenn du willst.»

Kaum ist Ricarda aus dem Zimmer gerannt, sagt Sarah: «Maret ist bei so 'nem Typen. Sie hat ihn in Ochsenzoll kennengelernt. Stell dir vor, sie geht für ein paar Wochen in die Klapse, und dann kommt sie plötzlich viel früher wieder zurück und ist verknallt. Einerseits ist es gut, weil, jetzt kommt sie endlich von dem Gerichtstypen weg, andererseits: Kann sie sich nicht einen suchen, der keine Probleme hat? Probleme mal Probleme, was ergibt das? Probleme hoch zwei. Gestern hat sie ihn besucht, und jetzt hat sie auch noch bei dem geschlafen. Irene, ich fürchte, der ist genauso beschädigt wie sie.»

Irene nickt. Sie fragt sich, worin der Schaden des Mannes besteht, aber sie will das Thema nicht ausweiten, weil sie einem anderen Thema zustrebt, insgeheim.

«Sie wollten das erste Mal zusammen ausgehen, in Freiheit, und da konnten sie Ricarda nicht gebrauchen. Ricarda wohnt eh bald hier, sie ist mehr bei mir als bei Maret. Soll sie sie doch hierlassen, soll sie zu dem Typen ziehen und glücklich werden, und Rickie bleibt bei mir. Mir wär es recht.»

Ricarda kommt mit der Barbie und einer Handvoll Barbiesachen die Treppe hoch und wirft alles mit Schwung auf den Glastisch.

Yasemine setzt sich auf dem Sofa zurecht, sortiert die Sachen vor sich, und gemeinsam mit Ricarda, wobei Ricarda sehr bestimmend ist und absichtlich geschmacklose Zusammenstellungen bevorzugt, kleidet sie die Puppe an. Als die beiden fertig sind, hält Ricarda die Puppe hoch, sie trägt eine grüne Schlaghose, ein lilafarbenes Abendkleid, dazu graue Pumps und eine kleine rote Jacke.

«Sie sieht aus wie du», sagt Ricarda und strahlt Yasemine an.

Yasemine errötet. Sie errötet tatsächlich. Irene hat das bei ihr noch nicht gesehen.

«Wirklich», sagt Sarah, «du bist eine Barbie. Wenn ich so eine Figur hätte …»

«Sie hat ein Problem mit ihrer Größe», sagt Irene. Immer in die Wunde hauen. Irene kennt keine Gnade in solchen Dingen. «Sie denkt, sie hat Nachteile davon, weil sie nicht süß sein kann.»

«Schau doch mal uns an», sagt Sarah. «Irene und mich, und dann gibt es noch Patrizia. Patrizia ist die Größte von uns dreien, und sie kriegt immer die besten Männer. Also … nur so zum Kennenlernen, zum Flirten, meine ich. Sie kriegt immer die besten Männer, und für mich interessiert sich keiner.»

«Nein, das stimmt nicht. Nicht so, Sarah.»

«Doch, das stimmt. Aber es hängt nicht nur mit der Größe zusammen, es hängt mit allem zusammen, Busen, Beine und das Ganze, Patrizia ist so – prachtvoll. Sie ist prachtvoll. Wie eine Gräfin, und ich bin eher so was wie ’ne Dienerin. Frauentyp: Dienerin!»

Irene kichert. Sie zieht Sarah zu sich heran, sie drückt Sarahs Körper an ihren und küsst sie auf ihren kleinen Kugelkopf, auf ihr dunkelblondes, feines Haar.

Ricarda kommt sofort um den Tisch herum und umfasst sie alle beide und drückt ihr verschmiertes Schokoladengesicht in Irenes Seite. So hängen sie da zu dritt, das dauert ein paar Sekunden, dann löst sich Sarah, und ihr Gesicht ist ganz verstört. Auch sie wird schnell rot, ihre Haut ist empfindlich, und jede Regung bildet sich in ihrem verhuschten Gesicht ab, lügen kann sie gar nicht, mit ihrem Gesicht.

Irene will nun doch das Thema wechseln und bringt das Gespräch auf den Friseurberuf. Sie lässt Yasemine von ihrer Zeit im Friseursalon berichten und von den Schwierigkeiten, einen Ausbildungsplatz zu finden. Irene ist sich nicht sicher, ob Yasemine sich wirklich energisch um einen Ausbildungsplatz bemüht hat oder nicht doch nur halbherzig und lustlos. Yasemines Zeugnisse hat sie allerdings noch nicht gesehen. Vielleicht hat es tatsächlich auch an ihren Noten gelegen, dass sie keiner genommen hat. Der Friseur, bei dem Yasemine ab und an gearbeitet hat, bildet nicht aus, hat sie Irene erzählt.

«Rosi ist im Krankenhaus», sagt Sarah, «wegen der Galle. Vielleicht kannst du eine Weile aushelfen, bis Rosi operiert ist und wiederkommt. Ich frag Gilda. Ich frag sie, und ich verspreche nichts. Ist nicht mein Laden. Und Geld gibt’s auch nur wenig, das sag ich dir gleich, aber wie gesagt, ich frage erst mal, ich bin ja nicht die Chefin, ich bin ja auch nur angestellt.»

Irene ist froh, sehr froh, dass der Einstieg so gut geklappt hat und Yasemine vielleicht sogar bald einen kleinen Job hat und nicht mehr täglich bei ihnen rumhängt. Dabei hängt sie erst seit wenigen Tagen rum, aber schon das geht Irene auf die Nerven. Per nicht, aber was in der Welt geht Per schon auf die Nerven?

Draußen, als sie sich verabschieden, zündet sich Sarah noch eine Zigarette an, unter dem Plastikwelldach und den Wäscheleinen, und sie streicht ihr Haar zurück, und sie streicht es noch ein paarmal zurück. Sie steht und raucht und streicht ihr Haar zurück und starrt Irene an, als gäbe es noch etwas, das sie ihr sagen will. «Ach, Yasemine, geh doch eben schon ins Auto, ich muss noch mal auf die Toilette», sagt Irene, drückt Yasemine den Schlüssel in die Hand und geht zurück ins Haus. Im muffigen Halbdunkel der Veranda, zwischen Gummistiefeln und vergammelten Kürbissen, flüstert Sarah: «Irene, ich hab ihn gesehen!»

«Wen?», fragt Irene, aber ihr Herz klopft schon ganz heftig, weil ihr Herz weiß, wer *er* ist.

«Valentin, Mann. Und du glaubst es nicht, wo ich den gesehen habe. Beim Kinderarzt, ich war mit Rickie beim Kinderarzt, und da saß der im Warteraum mit 'nem ganz kleinen Baby. Reni, der hat ein Baby! Hättest du das gedacht?»

16.

Der Alltag mit dem Büro und den Kollegen nebelt sie ein. Die Tage gehen im Gleichklang dahin, es ist trüb und grau, nass, manchmal schneit es, aber der Schnee ist wie Regen, und nur nachts gefriert er zu flachen, rissigen Eisflächen auf der Treppe und auf den Wegen. Yasemine geht täglich in Sarahs Friseurladen. Irene hatte ein Gespräch mit ihrem Betreuer, und das Gespräch ist einigermaßen gut verlaufen. Der Betreuer war froh, dass sich für Yasemine berufliche Aussichten ergeben.

«Sie ist nicht dumm», sagte er. «Ich denke, es hatte andere Gründe, dass ihre Noten nicht so waren. Ich weiß nicht, ob Sie Bescheid wissen. Ihre Mutter … hat sie nicht gut behandelt. Und das ist vorsichtig ausgedrückt. Es freut mich, dass Sie ihr helfen wollen. Sie kann Hilfe gebrauchen. Hilfe, und ein geordnetes Umfeld mit anständigen Leuten. Wir können das hier einfach nicht leisten. Ich wäre dankbar, wenn Sie sich ab und zu mit mir in Verbindung setzen würden. Wir halten ihren Platz hier in der Wohnung vorerst noch frei.»

Ihre Mutter hat sie also nicht gut behandelt. Vorsichtig ausgedrückt. Irene fällt einiges dazu ein. Aber ihre Ideen sind verschwommen. Wenn Yasemine selbst nicht darüber redet, dann will sie das vermutlich auch nicht. Was sie dazu gesagt hat, war einerseits klar, ließ die Tatsachen aber dennoch im Dunkeln. Hat ihre Mutter sie geschlagen? Oder nur vernachlässigt? Dass es Yasemine mit ihrer Mutter so schlechtging, relativiert Irenes Beziehung zu Esther ein ganz kleines bisschen. Wenn es Kindern so ergehen kann, und Irene wusste natürlich vorher davon, aber wenn es Menschen aus ihrem eigenen Umfeld, einem Menschen, der in Esthers Kinderzimmer wohnt, wenn es dem so ergehen kann, dann sollte Esther zufrieden sein, weil es ihr nicht so ging, weil es ihr gutging. Weil niemand über sie sagen kann, dass ihre Mutter sie nicht gut behandelt hätte. Oder ihr Vater oder irgendwer. Wenn jemand sie nicht gut behandelt, dann jemand anderes, außerhalb der Familie. Per und Irene haben Esther mit einem Geschenk aus ihrem Familienleben entlassen, mit einem Vorrat an Güte und Sicherheit, und diese Sicherheit, das Verständnis und die ganze Liebe, all das hat sich zu genau der frischen und molligen Esther ausgewachsen, die sie jetzt ist. Bereit, nach Rumpft zu ziehen, bereit, nach Island zu gehen, einen Jesusmann zu lieben, ein Kind zu bekommen und zu verlieren. Für eine Fülle neuer, glücklicher und auch trauriger Erlebnisse. Für das, was man Leben nennt.

Und hier das große Mädchen, mit dem spärlichen Wortschatz. Aber halt, hat Per nicht genau das Gegenteil behauptet, letztens, als Yasemine einen Ausdruck verwendete, der ihm klug vorkam? Per bemerkt genau das an den Menschen, was an ihnen besonders ist. Das ist seine Art, und Yasemine gefällt es, Yasemine ist nicht verwöhnt mit diesen Dingen, mit Aufmerksamkeit und Wertschätzung.

Im Bett, wenn Per schon langsam und tief atmet, manchmal stöhnt und sich dann auf die andere Seite wälzt, denkt Irene an Valentin, sonst nur noch selten. Er hat ihr eine SMS geschickt: «Wie geht es dir? Ich denke an dich.» Sie hat nicht geantwortet. Es kam ihr albern und unangemessen vor, SMS zu verschicken. Pubertär sogar, nachdem Yasemine nun bei ihnen wohnte. Vielleicht hat die erwachsene Mütterlichkeit wieder Irenes Charakter übernommen. Vor allem aber hat sie die Geschichte von Sarah vollends in die Wirklichkeit zurückgeholt. Wenn Valentin ein Baby hat, wenn es wirklich sein Baby auf dem Arm war, und wem soll es sonst gehören, dann ist er ein ganz anderer Mann, als sie gedacht hatte. Ein Mann mit einem Baby, mit einem süßen, kleinen Baby, ist ein Vater, ein heftiger, frischer, ganz und gar verletzlicher Vater und kein Mann, der sich seinen Penis beschnuppern lässt und durch die Nacht treibt und kämpft, in ekstatischer Wut und Gier und Liebe. Ein Vater verharrt voller Mitgefühl und Glück bei Mutter und Kind. Der Gedanke stößt Irene dermaßen ab, dass sie sich fast ekelt. Ein Mann in Freiheit oder ein Mann in einer unerträglichen Beziehung, einer eingeschlafenen Beziehung, meinetwegen, das passte ihr ins Bild, in das Bild eines guten, eines normalen Menschen, Mannes. Wann, fragt sie sich, ist das Baby geboren worden? Als wäre das Datum entscheidend, das Baby war klein, sagte Sarah, klein ist genug, klein heißt hilflos wie die Mutter. Wie war das, als Irene ihn geliebt hat, in seinem Märchenbett, mit dem weißen Damast und der Wohnung, die in ihrer Größe und Sauberkeit dem Ereignis nur angemessen schien? War das Baby da schon geboren? Oder ist es kurz danach geboren worden? Hatte er eine zu ihm gehörende Frau, wie sie einen zu ihr gehörenden Mann hatte, und wenn ja, warum war in der Wohnung davon gar nichts zu spüren? Es gab nichts, keine weibliche Unterwäsche, keinen zweiten Wecker, keine zweite Nachttischlampe, keine Frauenschuhe, nichts. Wo war also die Frau, die das Baby in seinem Arm geboren hatte?

Irene wälzt sich im Bett, derweil Per sich in den tieferen Schlaf gerollt hat, und sie versucht, sich die Nacht mit Valentin auf eine andere, auf eine schönere Art und Weise wieder ins Gedächtnis zurückzurufen. Ihre Aufgewühltheit, ihre Liebestrunkenheit, wo ist all das hin, das war doch wahr und keine Lüge und kein Missverständnis, oder? Sie ist dreiundvierzig Jahre alt und nicht mehr dumm und nicht mehr zu täuschen, was ihre eigenen Gefühle betrifft. Ist sie nicht mehr zu täuschen?

Irene seufzt, sie wälzt sich, und sie schläft schließlich ein. Dann steht sie auf, frühstückt ganz in Familie, Vater, Mutter, großes Kind, und geht zur Arbeit in ihr Büro an einem trüben Wintertag.

Die Stadt begeistert sie, die Stadt ist immer schön, selbst und gerade in ihrer Gräue und ihrer Müdigkeit. Nebel und Mäntel und Kirchtürme, von irgendwoher das Hupen eines Schiffes. Irene ist vage froh, als wüsste sie, dass alles nicht so bleiben wird, dass alles nur ein vorübergehender Zustand ist und sie sich diesen Zustand, diese momentane Befindlichkeit nicht verderben darf. Sie atmet tief durch, sie sieht den Schwierigkeiten ihrer Arbeit direkter und gefasster ins Gesicht, aber sie fühlt sich bei alldem rastlos, ruhelos, so, als seien noch wichtige Dinge zu klären, als würde sie kurz nur innehalten und sich ausruhen, bis die eigentliche Arbeit, die eigentliche Herausforderung auf sie zurollt und alles anders wird, was und wie es auch sei.

Per trägt neue blaue Turnschuhe mit orangefarbenen Sohlen, er trägt eine alte schwarze Sporthose, einen dunkelroten Fleecepullover, und auf dem Kopf trägt er eine gelbe Strickmütze. Farblich gesehen, ist er eine Attraktion. Er stöhnt, als er sich bückt, um die Schuhe zu binden. Irene steht im Flur und sieht ihm zu. Yasemine, eine Tasse Kaffee in der Hand, sieht ihm ebenfalls zu. Beide betrachten sie einen Mann mit ganz unterschiedlichen Gefühlen. Yasemine ist gut gelaunt, sie grinst, und sie schlürft, und sie grinst. Irene weiß nicht, ob Yasemine grinst, weil sie Irenes Einstellung zu Pers Sportprojekt kennt oder erahnt, oder ob sie grinst, weil sie Pers Kleidungsstil lustig findet.

Per hat sich die Schuhe gebunden, sich mühsam aufgerichtet, er zieht die Mütze über die störrisch hervorlugenden roten Haare, zieht sie tief ins Gesicht und über die Ohren und sagt: «So, dann werd ich mal. Ich bin bald wieder da.»

Irene nickt. Sie weiß, wie bald Per wieder da ist. Nach zwanzig Minuten ungefähr. Es dauert mindestens ebenso lange, bis er sich zum Sport angezogen hat. Und es dauert mindestens doppelt so lange, bis er sich danach geduscht und vom Sport erholt hat. Er keucht, wenn er zurück ist, er ist knallrot im Gesicht, und er hat am ganzen Körper nasse Flecken. Er bewegt sich langsam und verkrampft, als täte ihm alles weh. Er redet viel über seine sportliche Leistung, und das ödet Irene an. Es ist ihr geradezu peinlich, dass er so ein Trara um eine Kleinigkeit macht, um eine so lächerlich kurze Laufstrecke, und sie sieht ihm manchmal hinterher, wenn er draußen, vor dem Schlafzimmerfenster, seinen runden Körper in Bewegung setzt und langsam, langsam, davontrabt. Dennoch will sie ihn ermutigen, weil sie meint, dass sie es ihm schuldig ist.

«Viel Spaß, und übertreib es nicht», sagt Irene. «Denk an deine Knie!» Über seine Knie hat sich Per schon öfters beklagt, sie sind eine solche Belastung nicht gewohnt.

«Vom Übertreiben bin ich weit entfernt», sagt Per und verschwindet nach draußen.

Yasemine zieht die Augenbrauen hoch. Sie nimmt jetzt gelegentlich am Familienleben teil. Anfangs ist sie viel in ihrem Zimmer geblieben, aber jetzt räumt sie das Geschirr weg, selbst wenn es nicht ihres ist, sie putzt ohne Aufforderung die Toilette und saugt den Flur, und diese Dinge geben ihr wahrscheinlich das Selbstbewusstsein, sich zugehörig zu fühlen und ihre Meinung kundzutun. Nur wie mit Esther ist es nicht. Mit Esther war es eine ganz andere Geschichte, Esther trug alles das, was sie einmal gewesen ist, vom Baby zum Kleinkind, von der Jugendlichen zur jungen Frau, mit sich herum. Für Irene ist Esther immer noch ihr Baby, wenn sie durch die Wohnung geht, Esther ist so mit Liebe befüllt, dass Yasemine ihr dagegen wie ein blasses Licht vorkommt. Ein zwar bemitleidenswertes, aber fremdes Leben, dem Irene aufhilft, dem sie aber weder durch Liebe verbunden noch durch Freundschaft verpflichtet ist. Yasemine hilft sie allein deshalb, geht es Irene auf, weil sie sich selbst helfen, weil sie eine Lücke auf irgendeine Weise, und sei es auch nur mangelhaft, schließen muss.

«Ich glaub, er zieht es durch», sagt Yasemine.

«Wie meinst du das?»

«Ich glaub, er wird extremst sportlich werden.»

«Das nun glaube ich nicht», sagt Irene. «Das ist vollkommen ausgeschlossen.»

Aber sicher ist sie sich nicht. Per läuft jetzt seit einiger Zeit recht regelmäßig, und sie wundert sich eigentlich, dass er mittlerweile nicht etwas länger laufen kann und etwas weniger erschöpft davon ist. Irgendeinen Effekt muss das Laufen doch haben. Sie betrachtet heimlich seinen Körper, wenn er sich im Schlafzimmer auszieht, seinen runden, nackten Bauch, seine rot bewollte Brust, das kurzgeschorene, in Abständen auch ganz abrasierte Schamhaar und den Rest des Gebaumels, das ihr manchmal kindisch und ärmlich vorkommt. Sie hat Mitleid mit Per. Sein Körper hat sich nicht verändert. Vielleicht trainiert er nicht hart genug? Vielleicht ist sein Körper genau auf die Formung, die er jetzt besitzt, ausgerichtet und so geplant und entworfen? Valentins Körper dagegen kommt Irene vor wie ein fernes, verschwommenes und immer unrealistischer werdendes Trugbild. War er tatsächlich so schön gewesen wie in ihrer Erinnerung? Sie schüttelt in Gedanken den Kopf, während Yasemine sie beobachtet.

«Findest du das nicht gut, dass er läuft?», fragt Yasemine.

«Doch. Doch, ich finde es gut. Sport ist gut», sagt Irene.

«Es ist sehr tapfer von ihm, und ich glaube wirklich, er wird noch mal extremst sportlich», sagt Yasemine und geht in die Küche, um das Geschirr vom Abendbrot wegzuräumen.

Ab und an bekommt Irene jetzt wieder kleine Nachrichten von Valentin, per SMS, aber er ruft sie nicht an. Sie fürchtet, dass er anrufen könnte, während sie mit Per und Yasemine am Tisch sitzt oder vor dem Fernseher, denn manchmal sehen sie sich zusammen im Wohnzimmer einen Film an. Per springt zwischendurch auf und läuft ins Arbeitszimmer, kehrt dann wieder zurück, um wieder aufzuspringen und wieder etwas anderes zu tun. Er hält den merkwürdigen familiären Zustand nur schwer aus, aus irgendeinem Grund.

Die SMS-Nachrichten von Valentin sind manchmal sehr kurz, manchmal auch länger, manchmal so lang wie kurze Briefe. Er schreibt: «Ich denke täglich an dich, den ganzen Morgen schon, dann am Mittag, am Nachmittag und zum Abend hin wird es unerträglich. Über die Nacht will ich nicht reden. In der Nacht komme ich kaum zum Schlafen.» Irene antwortet einsilbig auf diese Nachrichten, sie denkt an das Baby, und manchmal denkt sie auch an Markus. Je länger der Nachmittag in seinem Haus, in seinem ordentlichen Bett im kargen Zimmer her ist, desto wichtiger scheint ihr das Ereignis gewesen zu sein. Sein langer, hagerer Körper, früh gealtert, aber hart und spröde, seine umstandslose Wärme und Unkompliziertheit. Fast, denkt Irene, hat es sich doch wie Freundschaft angefühlt, kein Kribbeln, keine Flirterei, kaum Aufregung, beinahe vielleicht wie Sex mit dem eigenen Mann, den man seit Jahren kennt.

Immer, wenn Irene eine Nachricht von Valentin bekommt, ist sie aufgeregt, und ihr Herz schlägt schneller, und sie fühlt sich jung und unreif, und sie verurteilt sich wegen dieser kleinen Dummheiten. Das Leben mit Per und Yasemine läuft gleichmäßig und freundlich dahin, und die SMS stellen eine Möglichkeit dar, immer wieder daraus auszubrechen, eine Option, wenngleich Irene sich dagegen entscheidet. Ihr Entschluss ist aber nicht endgültig, sie lässt sich eine Tür offen, sie will ihrer Sehnsucht einen winzig kleinen Ausweg lassen.

Markus dagegen meldet sich nicht. Irene ruft ihn einmal auf seinem Handy an, auch, um sich nach Esther zu erkundigen. Esther und Thomas L. sind noch nicht nach Island aufgebrochen, es sind noch viele Dinge zu klären. Markus erzählt ihr davon, aber von sich oder von dem, was war, spricht er nicht. Irene ist einerseits erleichtert, andererseits ist sie auch ein ganz kleines bisschen gekränkt.

Der Februar ist so dunkel und so regnerisch, dass Irene in eine trübe Stimmung verfällt. Sie stellt fest, dass ihre Stiefel an den Absätzen abgelaufen sind und dass ihr Mantel am Kragen speckig wird. Sie ist es leid, jeden Morgen die Mütze aufzusetzen und die Handschuhe anzuziehen, um den Schirm in der kalten, nassen Luft ohne Schmerzen halten zu können, auf dem Weg durch die düsteren Straßen zur überfüllten Bahn, die sie zur Arbeit bringt. Wenn sie dann eine Nachricht von Valentin bekommt, empfindet sie plötzlich so etwas wie Trotz, und sie geht immer mehr auf seine Botschaften ein.

Schließlich ruft er Irene an, sie steht abends am S-Bahnhof, den Schirm in der Hand, müde und darüber nachdenkend, welche Lebensmittel sie gleich einkaufen wird, da klingelt ihr Handy, und sie sieht, dass er es ist, Valentin.

«Ist es unpassend?»

«Nein. Nein. Es passt gut. Ich ... stehe an der Bahnstation», sagt sie. Warum das gut passt, ist ihr auch nicht klar. Aber wäre sie zu Haus gewesen, hätte es weniger gut gepasst, und sie ahnt, dass er das weiß. Und sie wünscht sich fast, dass es ihm ähnlich geht, damit sie sich nicht allein so schuldig fühlen muss.

«Ich habe es nicht mehr ausgehalten. Ich wollte dich hören. Und ich wollte dich fragen, ob du nicht vielleicht ...» Er stockt.

«Was?», fragt sie, und ihr Herz zieht mächtig an und hämmert auf dem hellen Bahnsteig, auf dem die Bahn heranbraust.

«... zu mir kommen möchtest», beendet er seinen Satz und schweigt.

Es gibt nichts, was sie lieber gehört hätte. Und dennoch macht sie die Frage traurig, ganz, ganz traurig. Tränen sogar dringen in ihre Augen, und sie wischt sich mit dem Handrücken darüber. Sie weiß gar nicht genau, warum, die Empfindungen in ihr sind so widerstreitend, dass sie vielleicht aus diesem Grund weint. Aber es ist nur ein Moment, und in der vollen Bahn, in der sich Leute unterhalten und in der ein kleines Kind auf seinem Sitz weint, während seine Mutter wie abwesend ihre Handtasche festhält und das Kind ignoriert, das schließlich in ein stilleres Gejammer verfällt, vergeht er wieder.

«Ich weiß nicht», sagt Irene. «Es ist nicht so, dass ich nicht wollte.»

«Ich verstehe», sagt er und schweigt, und sie schweigt auch eine Weile, und sie fragt sich, ob alle Menschen im Abteil Bescheid wissen und ihr ansehen und fühlen, was für eine Person sie ist, wie unklar und wie böse gegenüber ihrem Ehemann. Ja, sogar gegenüber ihrer Tochter, gegenüber Markus und gegenüber Thomas L. und vor allem gegenüber Yasemine, die die Sache gar nicht gutheißt, die aufgrund ihrer eigenen speziellen Erfahrungen mit ihrer Mutter eine Wahltochter ist, die sehr hohe moralische Ansprüche an Irene herangetragen hat.

«Aber das ist gut», sagt er, «dass du willst.»

«Ja», sagt Irene, ihr fällt nichts Vernünftiges mehr ein. Sie fühlt sich erledigt, aber sie hat auch Angst, dass ihr die Gelegenheit entgehen könnte. Sie will nicht, dass er von seinem Angebot, von seinem heftigen Gefühl, dieser unbedingten Notwendigkeit, sie zu sehen, abrückt. Sie will nicht, dass er abspringt, das will sie auf gar keinen Fall, auch wenn sie weder weiß, wann, noch ob sie sich darauf einlassen will.

«Nächste Woche», sagt sie ganz schnell.

«Nächste Woche ist gut. Nächste Woche jeden Tag», sagt er. «Sag Bescheid, wenn du mehr weißt.»

«Ja», sagt sie. «Ich muss auflegen.»

Irene steigt aus, und während sie sich durch den Sprühregen hindurch ihrem Haus nähert, denkt sie darüber nach, wie es sein kann, dass Valentin sich erst kaum gemeldet hat, dann immer öfter und sie jetzt plötzlich ganz dringend sehen muss. Und wie es ihm gelingen konnte, sie von dieser Dringlichkeit zu überzeugen, wie es sein kann, dass sie diese Dringlichkeit nun selber verspürt, wie ein Ziehen, ein Nagen in der

Bauchgegend, sodass sie fast bereit ist, mehr zu riskieren, als sie wollte. Was ist das, und wo kommt das her?

Als die beleuchteten Fenster ihrer Wohnung auftauchen, ist sie erleichtert, dem Aufwühlenden der Heimfahrt vorerst entkommen zu sein.

Anfang März ist Sarahs Kollegin Rosi von ihrer Operation genesen, und Yasemine hockt wieder in der Wohnung herum. Sie liegt im Bett und betrachtet die Decke und tut nichts. Sie liest kein Buch, sie hört keine Musik, sie starrt nur auf einen imaginären Punkt, und Irene fragt sich, ob sie dabei auch denkt. Manchmal steht Yasemine auf und kocht sich Kaffee, manchmal hockt sie in der Küche auf einem Stuhl, den Kaffee in der Hand, zusammengekrümmt, frierend, weil sie sich nicht bewegt, und schweigend.

«Was denkst du?», fragt Irene.

Yasemine zuckt mit den Schultern. Draußen ist der Winter zurückgekommen, eisig und kalt. Es hat drei Tage immer wieder lange und heftig geschneit, ein trockener, schwerer Schnee. Der Himmel ist jeden Morgen so grau, dass nur gegen Mittag, irgendwo in seiner Mitte, ein etwas helleres Leuchten die Wolken matt erhellt, sodass sie wie durch eine dicke beschmutzte Milchglasscheibe angestrahlt leuchten und einen Tag machen. Einen Tag voller Alltag, einen Tag voll mit Aufstehen und Zur-Arbeit-Gehen und Sich-Auseinandersetzen. Der Drehstuhl vor ihrem Schreibtisch, der abgewetzt ist, die Kaffeetasse, die ihr gehört, der Kaffee, der ständige, dauernde Kaffee, den sie eigentlich in dieser Menge nicht trinken will, auf der Toilette dann der Blick in den Spiegel, das Haar grauer werdend, die Falten um die Augen, ein Fleck unter dem linken Wangenknochen, ein kleiner, brauner Fleck. Abends dann Yasemine vor ihrem Kaffee in der Küche oder in ihrem Zimmer, Esthers Zimmer, auf der Matratze hingestreckt, stumm und lethargisch, ohne Ideen, ohne Energie. Yasemine ist hilfsbereit und willig, wenn es darum geht, im Haushalt zu helfen, aber der Haushalt ist nur mäßig arbeitsaufwendig, weil Per und Irene tagsüber nicht da sind. Da Per selbst sein Zeug wegräumt, da die Arbeit seit Jahren bewährt aufgeteilt ist, bleibt für Yasemine kaum noch etwas übrig.

Dann, eines Abends, ist Yasemine weg. Ihre Sachen sind weg, das Zimmer ist aufgeräumt, die Bettdecke sauber gefaltet, die Kissen säuberlich aufgereiht, so, wie Esther das Bett und ihr Leben verlassen hat, als wäre Yasemine nie da gewesen. In der Küche, auf dem Tisch neben der Kaffeetasse, die sie nicht mehr weggeräumt hat, liegt ein Zettel: «Es tut mir leid, ich kann hier nicht mehr rumhängen, danke für alles!!!!!! Yasemine. PS: Ihr seid die liebsten Menschen, die ich jemals kannte!!!!!!»

Irene trifft es mehr, als sie sich das hätte vorstellen können. Es geht ihr nicht gut, es geht ihr sowieso nicht gut, körperlich und auch sonst, und sie hatte den ganzen Tag das Gefühl, dass alles, was sie anfasst, kaputtgeht oder runterfällt. Sie hatte das Gefühl, eine Haut wie aus dünnem Papier zu tragen, einen Kopf wie ein Hühnerei, und sie hat sich selber gehasst, für ihre Wehleidigkeit und ihr Selbstmitleid. Der Feierabend war ihr Ziel gewesen, ihr Abendbrot, das Bett, das Ende des Tages, dem ein besserer folgen sollte. Schlechte Tage gibt es. Das hat mit niemandem persönlich zu tun, das hat nur mit dem Tag zu tun. Aber Zusammenreißen ist nicht mehr, hier in ihrer eigenen Küche ist sie schwach wie ein Baby, und sie kann sich gegen die Enttäuschung nicht mehr wehren, die der Brief hinterlässt, obwohl er auch eine Erleichterung ist, denn wie sollte das weitergehen? Yasemine hatte sich zu einem kleinen Problem entwickelt, weil sie weniger Energie und Eigeninitiative entwickelt hat als erhofft. Ist sie eine Enttäuschung geworden? Irenes Ungerechtigkeit trifft sie selbst wie eine Strafe. Selbstmitleid und Bestrafung. Sie heult am Tisch. Still und klein, ohne groß Geräusche zu machen. Am Tisch, die Jacke noch an, die Schuhe noch an. An der Wand tickt die Uhr im Bauch des Huhns weiter.

Dann kommt Per, und die Dinge bessern sich.

«Sie ist weg», sagt Irene. Sie zeigt ihm den Zettel.

Per kratzt sich am Kopf. Er setzt sich und nimmt ihre Hand. Er erkennt, dass sie geweint hat. Er hat keine Lösung, nur Mitgefühl, aber das lenkt das Unglück von ihr ab und auf Yasemine hin.

«Gott, das ist doch Blödsinn», sagt er. «Sie hat ein schlechtes Gewissen.»

Irene wischt sich die Tränen mit einem Taschentuch ab und zieht die Nase hoch, wie ein Kind, tröstlich, müde, und ihr Kopf schmerzt.

«Bist du enttäuscht?», fragt Per.

Sie nickt. Es ist die Enttäuschung, hauptsächlich die Enttäuschung. Das ist es. Sie hatte sich das als Projekt gedacht, um jemanden zu retten, vielleicht auch sich selbst, aber ein Mädchen ist kein Projekt, in keinerlei Hinsicht. Menschen sind unberechenbar, denkt Irene. Der Satz kommt ihr ganz neu vor. Menschen sind unberechenbar. Sie verhalten sich unvorhersehbar, sie sind undurchschaubar, man weiß nicht, warum sie Dinge tun, die man selbst nicht tun würde, weil man etwas ganz anderes ist als sie und niemals wissen kann, wie sie fühlen und was sie sich ausdenken. Die Erkenntnis ist naiv, aber die naivsten Erkenntnisse können einschlagen wie ein Blitz, wenn man sie endlich wirklich schmerzhaft versteht.

«Sie gehört dir nicht», sagt Per. «Und sie ist auch nicht dein Kind. Und wenn sie dein Kind wäre, dann würde sie dir auch nicht gehören.»

«Das ist nicht der Punkt», sagt Irene, erleichtert, eine Diskussion führen zu können. Jedes Gespräch führt irgendwohin und weg von dem Ort, an dem man begonnen hat. Aber nicht immer kommt man weit.

«Tut sie dir so leid, oder tust du dir so leid, Rehlein?», fragt er. Und das ist gemein, aber auch erfrischend.

«Ich weiß nicht, ich schätze, ich tue mir leid.»

«Das denke ich auch», sagt er. «Du bist in letzter Zeit, und schon ganz schön lange, etwas verändert. Etwas angegriffen, würde ich sagen, aber ich weiß nicht, worum es geht. Ich habe es Weihnachten schon gedacht. Es kann mit Esther zusammenhängen. Vielleicht ist es das. Ich bin mir nicht sicher. Ich sehe es nicht gerne mit an, wenn du so … verletzlich bist. Das tut mir weh, aber ich habe keine Ahnung, was ich tun soll. Ich komme mir vor, wie ein … großes, trampeliges Tier.»

«Es ist nichts», sagt sie und denkt an Valentin, den sie sehen will, der sie sehen will, mit dem sie sich verabreden wird und der sie auch aus der Bahn wirft.

«Vielleicht wirst du alt», sagt Per.

«Das wird es sein», sagt sie, nimmt die Tasse und stellt sie in den Geschirrspüler.

Die Tage ziehen sich hin, immer gleich, es wird nicht heller und nicht wärmer. Der Winter gibt noch einmal alles, mitten im März, mit Schneestürmen und Eiszapfen an der Dachrinne. Abends sitzt Irene in eine Decke gehüllt vor dem Fernseher, während Per fröhlich pfeifend korrigiert und seinen Unterricht vorbereitet. Sie hat den Verdacht, dass er seine Beschäftigung ausdehnt, um im Kämmerchen zu bleiben, um mit seinem Stift malen zu können, um Musik hören zu können, um zu singen und sich frei fühlen zu können, frei von ihr. Oder warum legt er nicht den Stift auf den Tisch und setzt sich rüber zu ihr?

Irene wollte Yasemine sofort anrufen, aber Per riet ihr davon ab. «Warte ein bisschen, sie meldet sich vielleicht von selbst, lauf ihr nicht sofort hinterher. Das gefällt ihnen nicht.» Mit «ihnen» meinte er die siebzehnjährigen Mädchen, vermutlich. Oder die Töchter. War sie auch für Yasemine nur die nervige Mutter? Der Gedanke treibt sie um. Jetzt noch, während der «Tatort» läuft, während geschossen wird und sie verlassen ist.

Das Handy vibriert. Irene ist sich fast schon sicher, dass es Valentin ist, weil ihr sonst eigentlich keiner schreibt. Nicht Sarah, die ruft an, und nicht Patrizia, die ruft auch an, und schon gar nicht Per. Trotzdem sitzt sie unwillig auf ihrem Sessel in der warmen Höhlung ihrer braunen Wolldecke und bewegt sich nicht. Das Handy liegt auf dem Wohnzimmertisch. Es liegt immer in ihrer Nähe, weil sie immer damit rechnet, dass er sich meldet. Er liegt selbst als eine Option in ihrer Nähe und kitzelt sie und pikst sie und versetzt sie in Schwingungen. Fast verabscheut sie jetzt genau diese Schwingung, die ihre Lethargie und ihre Müdigkeit stört. Sie hat sich an diesem Abend bereits mit dem Halbschlaf abgefunden, und es ist ihr gar nicht so unangenehm. Sie hat sich vorgestellt, wie es wäre, wenn man alt wäre und den Rest seiner Tage in einer braunen Wolldecke verbringen würde, mit angezogenen Beinen, mit schwachen Armen, hingebreitet zwischen weichen Kissen, und wenn man das Denken langsam einstellen würde, während eine liebenswürdige Krankenschwester einem die Bettpfanne wechselt. Der Gedanke an die Bettpfanne lässt sich nicht vertreiben und verdirbt ihr diesen friedfertigen Traum eines späten Dahindämmerns. Sie wickelt sich aus der Decke und holt das Handy vom Tisch.

«Wann kommst du? Heute Abend?»

Die Nachricht trifft sie wie eine Tatsache. Sie ist unbemerkt so willenlos geworden, dass der Wille eines anderen, Valentins Wille, sie sofort mit sich wegreißt, wie eine Macht, der zu widerstehen sie nicht mehr in der Lage ist. Wenn Yasemine noch hier wäre, denkt sie. Yasemine kommt ihr vor wie ein Haken, ein Haken in der Liebesgeschichte, ein fremdes Gewissen, aber Yasemine ist gegangen und hat ihr den Weg freigemacht. Es ist Yasemines Schuld, denkt Irene, und gleichzeitig, wie dumm und schwach der Gedanke ist.

Heute. Sie wird ihn heute sehen. Heute geht es. Sie ist innerlich ganz heiß und wach, und ihr Magen verkrampft sich, es fühlt sich fast schon an wie eine Freude, die unverhofft über sie gekommen ist.

«Gut, ich komme!»

Irene geht rüber zu Per, im Zimmer riecht es muffig. Das Radio spielt nur ganz leise, und Per murmelt einige Worte des Textes, den er liest, vor sich hin. Er hat sich tief über ein Buch gebeugt, und Irene fragt sich, ob das Buch etwas mit seiner Arbeit als Lehrer zu tun hat oder ob er es nur so aus Interesse liest. Per sieht zu ihr hoch, er trägt eine Lesebrille, das ist ungewohnt, weil er sie erst seit kurzem trägt, und er sagt: «Bist du einsam?»

«Würde es dir was ausmachen, wenn ich noch weggehen würde?», fragt sie.

«Nein, nein. Geh nur, wenn du Lust hast.» Er fragt nicht, warum und mit wem.

«Patrizia hat eine Nachricht geschickt, sie will sich mit mir treffen, auf ein Bier. Was liest du?»

«Das ist etwas über Ethik. Von Spinoza. Ich bin zufällig draufgekommen.»

«Wie kommt es, dass du dich an einem Donnerstagabend mit Spinoza beschäftigst?»

«Ich hätte auch fernsehen können, und das wollte ich auch. Aber ich finde, das hier ist wirklich interessant, und ich könnte manchmal weinen, wenn ich über die Sachen nachdenke. Im Grunde ist alles so einfach, und es ließe sich alles ändern und besser machen, richtiger, alles, auch was hier passiert, in unserem Land, in der ganzen Welt, wenn man vom Kleinen angefangen, also vom Allerkleinsten angefangen, die Sachen richtig angehen würde. Wenn sich unsere Einstellung ändern würde und wenn wir uns anders verhalten würden, weil wir anders denken würden! Es geht, und es ist nicht schwer, man muss sich nur klarmachen, dass wir frei sind. Auch die Gequälten und die Eingesperrten, auch die Kranken sind frei. Und mit diesem anderen Blick – würde sich alles ändern.»

«So», sagt sie und denkt an ihre eigenen Philosophiestunden an der Universität, an die paar Seminare und an die Vorlesungen und an die Bücher, die sie damals gelesen hat. «Es ist nur seltsam, dass sich so fast gar nichts getan hat, obwohl Leute schon vor ein paar hundert Jahren oder sogar vor zweitausend Jahren so was wussten. Vielleicht will irgendjemand nicht, dass sich was ändert. Vielleicht die meisten, außer dir. Du bist wirklich … ungewöhnlich.»

«Viel Spaß!» Per hebt die Hand, als wollte er Irene rauswerfen, um in Ruhe weiter Spinozas Worte zu studieren.

17.

Irene hat schon geduscht, glücklicherweise, sie hat ihr Haar schon gewaschen und sich rasiert. Sie denkt klar und praktisch, gerade weil ihr Herz heiß überfüllt ist, weil sie sich nur mechanisch bewegen kann, weil sie sich sehr zusammenreißen muss, um dem Irrsinn ihrer Aufregung etwas entgegensetzen zu können. Sie zieht sich frische Sachen an, sie schminkt sich, sie zieht ihren Mantel über, greift nach ihrer Tasche und schreibt Valentin: «Ich gehe los.»

Draußen ist es dunkel und kalt, wie schon den ganzen Tag. Irenes Stiefel gehen über knirschenden Schnee, der in der Sonne vor ein paar Tagen getaut und dann wieder gefroren ist und aus Schichten von Schneekristallplatten besteht. Irene friert, und sie zittert ein bisschen. Sie trägt ein Kleid und eine Strumpfhose. Sie geht den Weg zur Bahn, und sie dreht den Kopf noch einmal zum Licht aus Pers Kämmerchen. Ihr ist ein wenig übel, weil er über Spinoza sitzt und weinen möchte, über den Worten eines Philosophen, während er besser weinen sollte über die Lügen seiner Frau.

Irene weiß jetzt, wo Valentin wohnt, er hat es ihr längst mitgeteilt, in ihren sparsamen SMS und seltenen Telefonaten. Sie ist sich sicher, dass er etwas Ähnliches wie sie zu verbergen hat, aber sie hat sich an den Gedanken gewöhnt, und sie ist schon dabei, ihm zu verzeihen, weil sie es will. Das Baby hat sie verdrängt. Ein Baby ist eine schwierige Sache, und sie hofft, dass es weniger mit ihm zu tun hat, als sie anfangs angenommen hatte.

Die Bahn fährt erst sehr langsam, wie in Zeitlupe, und dann

plötzlich ist sie doch schon da, und Irene muss aussteigen, während die Übelkeit zunimmt und sich ihr Magen zusammenkrampft. Sie hätte Alkohol trinken sollen, denkt sie, wenigstens ein Glas Schnaps oder ein Glas Wein. Nüchtern fühlt sie sich steif und fremd. Bald erreicht sie die Straße, die sie jetzt sofort wiedererkennt, und sie erkennt auch das Haus sofort wieder.

«Kertes» heißt er. Sie drückt auf die Klingel, sie trabt das rosa Treppenhaus hoch, und sie ist innerlich immer noch ganz starr, und ihr Körper schmerzt schon von der Verkrampfung. Wie konnte sie das nur tun? Und wie hätte sie es nicht tun können, wo es doch ein so großes Ding ist und sie so gewaltig erblühen und leben lässt?

«Oh», sagt er und lächelt und öffnet die Tür, und sie wird von der Wärme seiner Wohnung und seines Gesichts fortgeschwemmt, ins Innere getragen, wo Wein in großen, dickbauchigen, langstieligen Gläsern wartet. Natürlich. Und wegen des Alkohols braucht sie sich keine Sorgen machen. Geschmackvoller Alkohol. Alkohol wie Blut und Honig. Der in die Adern rollt und die Wangen erglühen lässt.

Und Valentin steht da und betrachtet sie. Und sagt gar nichts und strahlt. Und sagt schließlich: «Da bist du also.»

Wenn es anders gewesen wäre, wenn er ein falsches Wort, einen falschen Satz gesagt hätte, wenn er nicht so perfekt unaufgeregt gekleidet wäre, bescheiden, gemütlich geradezu, in einer Jeans und einem grauen Pullover, ohne ein Hemd, das Haar etwas zerzaust, mit Strümpfen an den Füßen, die gestrickt aussehen, dann hätte sie vielleicht gezweifelt. Aber sein Understatement zu diesem Sextermin erleichtert Irene alles und macht ihn sogar sympathisch. Sympathie ist nicht unbedingt vonnöten, wenn es um Geschlechtsverkehr geht, ist manchmal sogar hemmend.

Aber das.

Irene streift über Valentins Rücken, sie spürt die Knochen und die Muskulatur. Sie lässt seinen Charme an sich ran. Sie ist willig. Sie denkt, dass sie willig ist und Hilfe braucht, wegen ihrer Einsamkeit und all den Dingen, die schiefgelaufen sind. Wegen Esther, wegen Yasemine, vielleicht sogar wegen Markus, von ganz ferne her, von damals her, sie braucht etwas, das alles andere überdeckt und die kleinen Mulden füllt und die großen Gräben überbrückt.

Sie sind bald nackt und reden gar nicht mehr so viel und werfen sich auf das weiße Laken, Damast, und Irene spürt immer noch dieselbe Gier und denselben Anspruch auf seine Schönheit und seine Eleganz. Sie packt ihn, und sie mag es, wie er sich packen lässt, als wäre sie der Mann. Sie weint diesmal nicht, und sie schläft auch nicht ein. Sie tut es einfach und liegt dann ruhig da und überlegt.

«Hast du ein Baby?», fragt sie, weil sie sich mutig fühlt. Sie bedauert die Frage sofort. Sie hat selbst ein Baby und möchte nicht danach gefragt werden. Die Beziehung ist nicht so. Nicht auf Wahrheit aufgebaut. Die Wahrheit ist zu hässlich und zu schwer für eine zauberhafte Schmetterlingsliebe.

Er setzt sich hin, sie sieht die Wirbel auf seinem Rücken, wie eine Treppe, Grübchen über dem Arsch, sehr hübsch, Muskulatur, er treibt Sport, auf irgendeine Art, er ist etwas zu lang und zu groß. Er ist die Art Mann, die Selbstbewusstsein aus der Größe zieht und immer lächelt und es nicht nötig hat, sich aufzuregen.

Yasemine, denkt Irene, und der Gedanke versetzt ihr einen kleinen, scharfen Schmerz. Sie setzt sich ebenfalls auf, ohne auf eine Antwort zu warten, und zieht sich langsam an.

«Woher weißt du das?», fragt er.

«Oh, ich spioniere dir nicht nach, falls du das denkst. Sarah hat dich beim Kinderarzt gesehen. Sarah war damals dabei, an dem Abend, du weißt, als wir uns kennengelernt haben. Du hast dich mit ihr unterhalten, als ich auf der Toilette war. Du hast sie beim Arzt nicht erkannt, und sie hat nichts gesagt. Aber sie hat es mir erzählt. Dass du mit einem Baby beim Kinderarzt warst.»

Er greift nach seiner Hose und zuckt mit den Schultern. Er will also nicht darüber reden. Es ist Irene jetzt auch egal. Sie wollte den Abend nicht verderben und nicht über Babys reden. Es ist ihr nur so rausgerutscht, sie ist so gar nicht auf der Hut gewesen, weil sie froh und frei wie ein frisch geschlüpftes Tier war, und ebenso unverstellt. Die Maske noch nicht wieder aufgesetzt.

Irene nimmt es jetzt leicht, küsst ihn auf den Kopf, umarmt ihn, schmiegt sich an ihn, es fällt ihr gar nicht schwer, schon wieder zu gehen. Sie kann sogar an morgen früh denken, daran, dass sie arbeiten muss, daran, dass der Alltag ruft. Alltag mit Sex dazwischen geht aber, denkt sie, während sie die Treppe hinunterstolpert wie ein Teenager. Alltag mit Sex dazwischen geht.

Und Liebe. Und Knochen. Und Haut und Spucke und Wut. All das, was irgendwas ist, was eine Heftigkeit besitzt und nicht in-eine-Decke-einwickeln-und-fernsehen ist. Das Gegenteil von in-einer-Decke-eingewickelt-fernsehen.

Sie fährt nach Haus, und Per sitzt dort immer noch an seinem Tisch und liest die Wörter einzeln leise vor sich hin, weil sie ihm sonst, still gelesen, zu schwierig sind. Weil sie sonst, stumm gelesen, nicht zur Geltung kommen und sich nicht entfalten können. Wie Schmetterlinge.

18.

Irene fährt einmal wöchentlich zu Valentin, manchmal ergibt sich ein zweites Mal, als Ausrede dienen ihr Verabredungen mit Sarah oder mit Patrizia. Beide weiht sie ein, und beide willigen ein, sich am Betrug zu beteiligen, indem sie schweigen und Irene am genannten Termin nicht anrufen.

Irene glaubt, ohne diesen Tag in der Woche, an dem sie Valentin sieht, mit ihm schläft und mit ihm spricht, auch wenn sie nur wenige Worte mit ihm wechselt, leichte und unbekümmerte Worte, Worte, die elegant und gewichtslos sind und die dazu dienen, ihr Verhältnis auf dem Stand zu belassen, auf dem es ist, sie glaubt, ohne diesen Tag gar nicht mehr leben zu können. Sie fährt voller Vorfreude zu ihm, sie trinken Wein, sie wechseln die leichten und unbekümmerten Worte, und schon ist sie erregt genug, um sich auf ihn zu stürzen. Fast fürchtet sie einen anderen Ablauf, weil dieser sich so schnell bewährt hat. Sie wundert sich manchmal, dass sie so lange ohne ihn ausgekommen ist, dass sie sich die Zeit über Weihnachten so gequält hat und sie sich nicht traute, bei ihm nachzufragen oder Ansprüche zu stellen. Sie liegt auf seinen Laken, als wäre es ihr luxuriöser Stoff, als wäre sie bei ihm zu Hause, dabei weiß sie von seinem Leben kaum etwas. Auf das Baby kommt sie nicht noch einmal zu sprechen. Im Gegenzug fragt er nicht nach ihrem Leben. In seiner Wohnung, in der er ja lebt, in der er jeden Tag schlafen geht und aufsteht und isst und duscht, entdeckt Irene keinen Kinderstuhl, keinen Frauenschuh, kein Bild und kein Zeichen eines Kindes oder eines anderen Lebens. Aber da er so hartnäckig schweigt, muss es etwas geben, von dem sie nicht weiß. Sie legt sich ihr Verhältnis zu ihm als ein ideales zurecht. Sie redet sich ein, dass sie gar nichts von ihm wissen will. Dass sie ihn nur deshalb liebt, weil sie nichts von ihm weiß. Weil sie auf diese Weise entspannt sein können und fröhlich und ihr seine Attraktivität erhalten bleibt. Sie denkt sich, dass sie alles ganz genau so will, wie es ist.

Irenes Körper gewöhnt sich an ihn, und es wird alles, das Berühren, das Wollen und das Packen, noch besser. Ihre Lust wird kalkulierbar für sie selbst, und sie ist in der Lage, sich darauf zu konzentrieren und ihn auszukosten. Gleichzeitig wird ihr dieser Zustand bewusst, und es fällt ihr nicht schwer, die Dinge relativ nüchtern als das zu betrachten, was sie sind. Sie hat eine Affäre. Eine Sache auf Zeit. Nicht mit Verpflichtungen befrachtet, ein Mann, auf den sie nicht zählen kann, eine Liebe, die auf guter Laune aufgebaut ist. Eine Liebe, die ein Ableger einer Liebe ist.

Ihr Trotz stemmt sich dagegen. Sie will glücklich sein. Sie ist sogar wirklich zufrieden.

«Ich bin froh, dass es so ist», sagt Irene. Sie ist nackt und liegt auf seinem Bett. Er liegt daneben und raucht. Er raucht nur manchmal, auch das gefällt ihr und kommt ihr elegant vor.

«Wie ist es denn?», fragt er, dreht sich zu ihr und lächelt. Sein Oberkörper ist feucht von Schweiß. Sein Hals fältelt sich, in manchen Positionen sieht er sogar unattraktiv aus, aber das erleichtert Irene ungeheuer, denn sie weiß, dass sie in manchen Positionen mindestens ebenso unattraktiv aussieht.

«So frei von allem Schweren», sagt sie.

Er pfeift leicht, während er den Rauch ausstößt und dann die Zigarette auf einem kleinen, perlmutternen Aschenbecher ausdrückt.

«Das gefällt mir so», sagt er, «dass du das als etwas Gutes ansiehst. Das macht Frauen in der Regel unglücklich, wenn es so ist. Und wenn es nicht so ist, dann macht sie das erst recht unglücklich. Und ich will das nicht. Sie wollen mit Macht ein Unglück herbeiführen, damit sie irgendwas spüren, was ihnen intensiv vorkommt. Und das nennen sie dann Liebe. Als müsste Liebe immer weh tun.»

Irene überdenkt seine Worte und ist gekränkt. Er hat ihr zugestimmt, und das kränkt sie. Es kränkt sie auch, dass er von den Frauen in der Mehrzahl spricht, mit der er gewöhnlich zu tun hat, als wäre sie eine von ihnen, die nur eben leichter zu handhaben ist. Andererseits will sie nicht zu jener Masse von Frauen gehören, die auf Dramen aus sind, sie hat ja eben selbst die Leichtigkeit ihrer Beziehung gelobt. Deshalb bleibt sie stumm, aber eine Verstimmung bleibt in ihr zurück.

Sie bearbeitet die Verstimmung noch in ihrem Bett neben Per, der schläft und stöhnt. Sie ruft sich Valentins Körper in Erinnerung, seine Küsse, seine Haut und seinen Geruch, und sie schläft vollkommen frei von Schuldgefühlen ein.

In der Woche darauf trifft sie sich tatsächlich mit Patrizia und Sarah im «Brot» und sagt ihr Treffen mit Valentin deshalb ab.

Es ist ganz plötzlich und endlich warm geworden. Der Schnee ist weggetaut, und es regnet still auf den schmutzigen Asphalt und die streusandverschmierten Gehwegplatten. Die Stadt ist matt und blass wie nach einer überstandenen Krankheit, die Leute tragen ihre weißen Gesichter herum, trinken die ersten Weinschorlen und können sich nicht zwischen Wintermänteln und Sommerjacken entscheiden. Die kleinen Mädchen hüpfen in Leggings, Ballerinas und mit billigen, zerknickten Regenschirmen die Straße entlang, die Jungen verzichten bereits auf Jacken, obwohl es erst April ist. Der dünne Regen ist nicht kalt, aber er hängt wie ein Schleier zwischen den Häusern, und das elektrische Licht verteilt sich nebelig durch das Wasser hindurch. Die feinen Tropfen bestäuben sanft Irenes Gesicht, es fühlt sich alles frisch und neu an. Die Wärme wird kommen, der Sommer wird kommen, auch wenn es jetzt regnet und nachts noch kalt ist.

Sie haben sich hübsch gemacht, und Patrizia und Irene sind zusammen mit derselben Bahn gekommen. Patrizia trägt eine dunkle, schmale Jeans und einen dunkelroten Trenchcoat. Ihr Haar ist aufgesteckt, sie trägt das Gesicht hochgereckt, sie sieht müde aus, und die Müdigkeit steht ihr wie eine Pose. In der Kneipe bestellen sie Wein, und als die Gläser kommen, kommt auch Sarah. Sarah grinst, als sie die beiden sieht, sie kann die Freude nicht in sich verstecken, sie macht einen ganz kleinen Hüpfer, als sie auf Patrizia und Irene zugeht, in einer Hose, die etwas zu lang ist, die ihr vermutlich von den Hüften gerutscht ist und auf deren Enden sie tritt. Der Hüpfer zerreißt Irene das Herz.

«Oh, ich freue mich», sagt Sarah und hängt ihre alberne lilafarbene Handtasche über den Stuhl. Sie zieht ihren Mantel aus und sieht sich nach der Bedienung um. «Ihr trinkt schon?»

Irene tritt aus ihrer Bank, um Sarah zu küssen. Sie drückt sie an sich, und Sarahs Freude überträgt sich auf sie. Ihr fällt jetzt erst auf, dass Patrizia vergleichsweise kühl und in gedämpfter Stimmung war, als sie gemeinsam mit ihr in der überfüllten Bahn hierhergefahren ist.

«Mann, wir waren schon lange nicht mehr hier», sagt Sarah und winkt der Kellnerin mit ihrer dünnen Hand, an der eine kleine silberne Uhr hängt. Ihr Arm sieht aus wie ein Puppenarm und die Uhr wie eine Puppenuhr, so klein und winzig ist das Zifferblatt.

Dann stoßen die drei an, die Gläser klingen, und wie auf ein Signal fällt ein Teil der Welt, die Irene sonst begleitet, von ihr ab. Sie sucht den Raum nach Gesichtern ab, die ihr etwas sagen. Sie sieht, dass Patrizia es genauso macht. Nur Sarah nicht, Sarah sucht in Irenes und in Patrizias Gesicht. Sie erwartet sich nichts von ihrer Umgebung oder anderen Menschen, das heißt, von Männern. Sie will Patrizia und Irene. Irene ist beschämt, als ihr das auffällt.

«Wie geht es dir, mit deiner neuen, offiziellen Beziehung?», fragt Sarah Patrizia.

Patrizia nimmt einen großen Schluck Wein und sagt: «Ich hätte mir besser Bier bestellen sollen.»

«Ich hätte auch Bier genommen», sagt Sarah.

«Warum? Weil Bier besser zum Thema passt?», fragt Irene.

«Ich habe mich von ihm getrennt», sagt Patrizia.

Die drei schweigen. Irene und Sarah schauen betreten.

«Warum?», fragt schließlich Sarah. «Hast du ihn übergehabt?»

Patrizia lächelt. «Das kann man so sagen. Ich habe ihn übergehabt. Es ist, weil *sie* weg ist. Da hat es angefangen. Sie hat ihn mir quasi weggenommen, auch wenn er nichts davon wusste. Als sie tot war, war auch unsere Beziehung tot. Sie hat es also geschafft, auf eine zugegebenermaßen drastische Art, uns zu trennen.»

«Du meinst, es ging ihr nur darum?», fragt Sarah.

«Ich weiß nicht. Es war natürlich eine sehr trotzige Reaktion, und ich will ihr nicht absprechen, dass sie ein bisschen verzweifelt war …»

«Ein bisschen verzweifelt? Sie hatte Krebs, und ihr Mann wollte sie verlassen», sagt Irene.

«Ich weiß. Ich will auch nicht herzlos klingen, aber ich weiß das eben schon zu lange, und sie wusste es auch schon lange, und ich kann sie nur als … gleichwertig ansehen, nicht als Opfer von irgendjemandem, von mir zum Beispiel oder von ihm. Sie war stark, auf ihre Art, und auch böse. Sie hat, so sehe ich das, ihren letzten Schachzug getan, und ich muss sagen, es hat gut geklappt. Jetzt sitze ich hier, und es ist aus.»

Sarah nippt an ihrem Wein. «Warum habt ihr euch denn nun getrennt?», fragt sie, als hätte der vorangegangene Wortwechsel keine Bedeutung für sie oder als hätte sie kein Wort davon verstanden, und diesen Verdacht hat Irene gelegentlich. Aber gerade deshalb klärt Sarah die Gespräche häufig und führt sie zu ihrem Zentrum zurück.

Patrizia wischt sich vorsichtig über das Gesicht und kneift sich in die Augenwinkel an der Nasenwurzel. «Es ist … als ob unsere Beziehung nur für diese Enge gereicht hätte. Für den riesigen Raum …», sie öffnet ihre langfingrigen Hände, an denen Ringe stecken, «den sie jetzt plötzlich hatte … war sie wahrscheinlich einfach zu klein.»

Sie trinkt einen Schluck Wein. Stellt das Glas ab, legt die unbeschäftigten Hände jetzt vor sich auf den Tisch, streckt ihren Hals und lächelt fein und etwas traurig.

«Woran merkst du, dass eine Beziehung zu klein ist?», fragt Sarah.

«Ich weiß nicht, aber wenn sie es ist, dann spürst du, dass es so ist. Erklären kann man es nicht. Oder vielleicht so: Ich weiß jetzt, dass ich ihn nicht besonders liebe, fast gar nicht.»

«Aber ist ein bisschen Liebe nicht besser als gar keine

Liebe?», fragt Irene. Sie selbst stellt sich diese Frage immer wieder.

Patrizia schüttelt den Kopf. «Ein bisschen Liebe ist auf jeden Fall die schlechteste Option unter allen Optionen.»

«Schlechter als Alleinsein?», fragt Sarah.

«Schlechter als Einsamkeit?», fragt Irene.

«Das kommt darauf an, was man für ein Mensch ist», sagt Patrizia. «Das ist wie mit dem Spatz in der Hand. Wenn man sich immer mit Spatzen zufrieden gibt, dann ist die Chance, eine Taube zu finden, wohl ziemlich gering.»

«Du bist eine Taubenfrau», sagt Sarah und ist zufrieden mit der Erklärung. Irene ist nicht zufrieden, weil sie sich fragt, was für eine Frau sie ist und ob Per der Spatz ist und Valentin die Taube, und wenn alles so einfach ist, warum dann nicht jeder nach Tauben schielt, und wer sich dann um die ganzen Spatzen kümmern soll. Und ob die Sache nicht komplizierter ist, weil auch der Spatz die Taube sein kann.

«Das Problem ist», sagt Patrizia, «dass man sich die meiste Zeit des Lebens etwas vormacht.»

Dazu nicken sie alle und trinken mehr Wein und danach Bier und besprechen die Einzelheiten von Patrizias Trennung, dann die Einzelheiten von Irenes Affäre mit Valentin und dann noch die Einzelheiten der häuslichen Verhältnisse von Sarah und Maret und Ricarda. Die Tante gibt kein Gesprächsthema mehr ab, weil sie meistens still auf ihrem Sofa sitzt und fernsieht.

Irene fühlt sich warm und geborgen und denkt nicht oder kaum an Valentin, sie bedauert nicht, dass sie ihn heute und damit diese Woche nicht sieht. Sie ist erleichtert, die Lügen und Heimlichkeiten offenlegen zu können, sich schuldfrei zu fühlen und ehrlich, sich Bestätigung für ihr Tun zu holen und ihre eigene Unsicherheit etwas beiseitedrängen zu können, indem sie von ihrem Glück redet. Je mehr sie aber davon redet, wie es ihr damit geht, wie überwältigend die Abende mit ihm sind, wie gut der Sex und wie verrückt sie nach ihm ist, umso mehr scheint sie neben sich zu stehen und sich zu beobachten und sich wie eine Lügnerin zu fühlen, die deshalb lügt, weil sie übertreibt oder die falschen Nuancen herauskehrt und der Geschichte eine Färbung gibt, die die Freundinnen in die Irre führt und sie über die wahren Umstände der Beziehung im Unklaren lässt. Das Glück verschwindet, wenn man darüber redet. Die Schönheit muss stumm bleiben. Das Gefühl privat.

An ihren Gefühlen zweifelt Irene nicht, an ihren Worten schon. Gefühle, denkt sie, breiten sich in alle Richtungen aus wie Licht, Worte bündeln sie und geben ihnen eine Richtung und tun ihnen damit Gewalt an und fühlen sich wie Lügen an, sodass sich im Nachhinein das ganze Gefühl wie eine Lüge anfühlt. Oder liegt es an etwas anderem? Liegt es daran, dass ein Gefühl nicht zeitlich im Fluss ist, auch kein sich verändernder Zustand, sondern allenfalls eine Aneinanderreihung im besten Falle gleichförmiger Empfindungen, die ihrem Wesen nach zeitlos, weil zeitlich punktuell sind? Was gestern irgendwann so war, wird morgen mit ziemlicher Wahrscheinlichkeit nicht genauso sein, sondern abgewandelt und im nächsten Moment schon wieder ganz anders. Jedes Reden über ein vergangenes Gefühl, das behandelt wird wie ein gegenwärtiges, geht also von der falschen Voraussetzung aus, dass wir es hier mit Dingen zu tun haben, die im Fluss sind. Aber ein Fluss verhält sich nicht widersprüchlich, er reagiert träge und folgt physikalischen Gesetzen, während Gefühle zu Ende sind, sofort, und sofort einem anderen Gefühl weichen.

Irene sieht sich und sieht Sarah und sieht Patrizia, sieht

beide um sich sitzen, im «Brot», in dem sonst hauptsächlich jüngere Menschen sitzen, sieht die beiden Frauen, die es irgendwie nicht in ein bürgerlich-familiäres Leben geschafft haben, weil sie beide von ihrer Persönlichkeit her zu sperrig sind, und Irene wird bewusst, wie viele, unendlich viele solcher Gefühle sie schon für die beiden hatte, und ganz plötzlich entspringt Liebe ihren Augen in Form von kleinen, runden Tränen, die ihr fast die Backen hinunterrollen, bevor sie sie mit dem Ärmel abwischt.

«Was ist denn?», fragt Sarah und denkt wahrscheinlich, es würde mit Valentin zusammenhängen und mit den Schwierigkeiten, die sie zwischen den zwei Männern in ihrem Leben hat.

«Es ist nichts», sagt Irene. «Ich bin nur sentimental, von dem Wein, du weißt ja, was ich für eine Heulsuse bin, wenn ich trinke. Ich bin wie ein Schwamm, ich trinke, und der Saft läuft raus wie Wasser. Vielleicht muss ich davon weniger pinkeln.»

Am nächsten Tag ruft Sarah an und erzählt Irene, dass Yasemine einen Ausbildungsplatz bei einem Friseur in der Innenstadt bekommen könnte, weil ihre Cousinenchefin mit einer Freundin gesprochen hat, die dort die Ausbilderin ist.

«Ruf sie an, sag, sie soll herkommen, sie kriegt auf jeden Fall eine Chance, weil Gilda für sie gesprochen hat. Gilda hat gesagt, dass sie fleißig ist und schon sehr gut Haare schneiden kann. Es ist eine Top-Adresse, viel besser als wir, und die Ausbilderin hat gesagt, wenn Gilda das sagt, dann glaubt sie ihr, und Yasemine soll mal kommen und sich vorstellen. Jetzt ruf Yasemine an und sag ihr, sie soll herkommen! Da bewerben sich viele, Reni, das ist eine Chance!»

«Ich habe sie gar nicht mehr gesprochen. Ich weiß nicht,

wie es ihr geht, sie ist ja von hier weggegangen, und das hat mich schon irgendwie … enttäuscht, Sarah.»

«Bitte, sie wollte euch nicht auf die Nerven fallen, da kannst du nicht drüber enttäuscht sein. Wirklich, sie ist eine Eins-a-Arbeitskraft, deswegen hat Gilda sie auch empfohlen, und wenn wir im Salon noch einen Platz gehabt hätten, dann hätte Gilda die selber ausgebildet, das ist ein Mädchen, auf das man sich verlassen kann. Nicht wie die meisten Mädels sonst. Die ist überhaupt nicht eingebildet und sieht die Arbeit von selbst. Deshalb denke ich, die kriegt den Platz. Ruf sie an!»

Irene nickt. Sie hat Yasemine noch nicht von der Seite gesehen. Sie hat sie nur in ihrem Auto rumhängend oder auf Esthers Bett liegend gesehen.

Irene ruft sie an, und Yasemine geht ran.

«Was machst du so?»

«Ich hänge rum.»

«Aha.»

«Ich weiß, dass du das doof findest, ich finde das selber doof. Aber ich bin wie gestoppt in mir drin, wenn du verstehst. Ich war noch nie, im ganzen Leben, so extremst gestoppt. Ich hab keine Ahnung mehr, was ich will oder was ich bin. Es war vorher einfacher, als alles noch scheiße war. Aber jetzt, wo ich bei euch war, jetzt kommt mir hier alles so oll vor. Ich bin versaut für hier, ich denke fast, ich steh nicht mehr auf vom Sofa. Lach nicht, ich mein es ernst.»

Irene lacht trotzdem ein bisschen, weil sie einen Funken Hoffnung zu erkennen meint und weil aus ihrer Sicht die Welt etwas heller scheint.

«Yasemine, Sarah hat mich angerufen, und die Gilda, ich denke, du weißt, wer das ist, die sieht eine Chance, dass du einen Ausbildungsplatz in einem Friseurladen bekommen könntest. Vorausgesetzt, dass du ihn haben möchtest. Es soll ein sehr guter Laden sein, Gilda hat sich für dich eingesetzt, und du müsstest herkommen und dich bewerben, aber rasch.»

Yasemine schweigt, und Irene hört sie atmen, hört sie ins Telefon atmen und spürt, wie sie denkt, wie ihre Gedanken in ihrem blassen Gesicht nach außen treten. Und doch kann sich Irene nicht vorstellen, was sich Yasemine denkt, denn sie hat von Yasemines Plänen und Wünschen keine Vorstellung, vor allem, weil sie sich eine Karriere in einem Friseurladen für sich selbst nie hätte vorstellen können.

«Meint Gilda, ich würde das können?»

«Sie meint, du bist gut gewesen, als du bei ihr gearbeitet hast, und Sarah meint, es wäre ein guter Salon in der Innenstadt, wo sich viele bewerben, aber sie würden dich vielleicht nehmen, weil Gilda dich empfohlen hat.»

«Ja, weißt du, mein Zeugnis ist scheiße. Ich glaub nicht, dass die mich nehmen, wenn die die anderen Zeugnisse sehen. Und sowieso, wenn die mich sehen.»

«Würdest du denn wollen? Das ist ja erst mal überhaupt die Frage. Würdest du gerne eine Ausbildung zur Friseurin machen? Ist es das, was du dir überlegt hast?»

«Ich habe mir gar nix überlegt. Deshalb ist es egal. Mir ist alles egal, Hauptsache, ich mach was und werd nicht so assi wie meine Mutter. Weißt du, ich wär schon … froh. Aber wenn ich da hinfahre und alles … Und wenn die mich dann nicht nehmen … Ich weiß nicht, was dann ist. Wenn ich mich da jetzt drauf freue und alles.»

«Das musst du wohl riskieren. Das ist im Grunde das, was man Leben nennt. Und wenn du nicht damit anfängst, solche Risiken einzugehen, dann wirst du mit ziemlicher Sicherheit gar nirgendwo landen außer auf deinem Sofa, im besten Falle auf deinem Sofa.»

Yasemine lacht. Sie quietscht richtig. «Wenn du es so sagst. Dann mach ich das. Wann soll ich da hinkommen?»

«Ich rede mit Sarah, dann machen wir einen Termin. Und vorher schreiben wir eine Bewerbung, du und ich. Du kommst also am besten schnell hierher. Bring dein Zeugnis mit.»

«Du meinst, ich soll mit dem Zug zu euch fahren, morgen oder so?»

«Ja, buch dir einen Zug und komm her. Wenn du kein Geld hast, ich kann dir was leihen. Wie sieht es aus, reicht dein Geld für eine Zugfahrkarte? Finde das raus und dann ruf mich an. Es wäre doch schön, oder?»

«Es wäre schön», murmelt Yasemine leise und verspricht, sich um den Zug zu kümmern. «Es wäre schön. Ich fühle mich ganz anders. Ich bin gar nicht mehr so festgeklebt. Ich will hier weg, ich will einfach nur hier weg.»

Am nächsten Tag meldet sich Yasemine und kündigt an, am frühen Abend in Hamburg zu sein. Sie hat eine zwar umständliche, aber günstige Zugverbindung gefunden und das Ticket gebucht. Sie hat ihre Sachen gepackt und klingt anders, etwas aufgekratzt, denkt Irene und macht sich sofort Sorgen. Aber es ist ein Anfang, es geht überhaupt etwas in Yasemines Leben, sie geht ein Risiko ein, und das setzt dann neue Energie frei, und vielleicht reicht die Energie für weitere Schritte. Vielleicht begreift sie, dass sie ein viel größeres Risiko eingeht, wenn sie auf dem Sofa liegen bleibt, dass sie einem Leben entgegenschläft, das dem ihrer Mutter ähnelt.

Aber Friseurin? Haare schneiden? Ist das eine Option von Freiheit und Abenteuer? Irene wischt den Gedanken weg.

Auch Spatzen können Tauben sein. Mit einem schlechten Zeugnis und einem Talent zum Arbeiten kann man immer noch etwas werden und kann in der Innenstadt landen, was in Friseurdingen ein guter Start ist und gar nicht so klein und so billig.

Am Abend ist Yasemine da und geht gebeugt und sieht müde aus. Ihr dunkelblondes Haar ist strähnig, ihre Wangen sind eingefallen, und ihre Lippen wirken noch dicker und spröder, wie kleine helle aufgesprungene Kugeln. Sie trägt ihre vollgepackte Reisetasche die Treppe hoch und sieht schuldbewusst aus, als sie in der Tür steht. Vielleicht fühlt sie sich so, weil sie abgehauen ist. Vielleicht sind die Gründe anderer Natur.

Draußen wird es dämmrig. Gegenüber sind die Lichter an. Die Sonne ist schon verschwunden, und Per brät Fleisch in einer Pfanne an. Es zischt und knallt, und das Radio spielt Jazzmusik. Auf dem Tisch steht ein grüner Salat, das Gekoche ist wegen Yasemine, der Tisch ist gedeckt, Weingläser neben den Tellern, dicke, bauchige Gläser. Als Yasemine ihre Tasche abgestellt hat und sich das Gesicht gewaschen hat und in die Küche tritt, wird sie rot.

Sie trägt einen gelben Pullover, dessen Ärmel weit sind und dreiviertellang. An ihren dünnen weißen Armgelenken hängen kleine Armbänder, die sie sonst nicht getragen hat. Ihre Fingernägel sind lackiert, kurz und etwas abgekaut, aber vorsichtig rosa lackiert.

«Per hat für dich gekocht», sagt Irene.

«Für mich?» Yasemine wird noch röter. Sie stößt mit dem Ellenbogen ein Glas von der Anrichte und bückt sich schnell nach den Scherben, um sie aufzusammeln. Irene hilft ihr.

«Du hast deine Nägel lackiert?»

Yasemine zeigt sie her, nicht ohne Stolz. «Habe ich gestern gemacht. Ich dachte, es kommt besser, wenn ich ein bisschen gepflegt aussehe.»

«Es sieht nicht übel aus. Auch nicht so aufdringlich», sagt Per.

«Danke.» Yasemine strahlt jetzt.

«Ich finde im Grunde solche Kleinigkeiten an Frauen sehr liebenswert», sagt Per.

Irene betrachtet ihre eigenen Nägel. Sie sind nicht lackiert, nicht einmal besonders gepflegt. Wenn Valentin ihre Hände küsst, schämt sie sich. Aber dass er das tut, dass er sie so küsst, wie sie sind, macht sie für Irene schön. Sie will, dass er sie so will, wie sie ist. Sie zieht neuerdings nicht einmal ihren Bauch ein, sie hat immer ihren Bauch eingezogen, hat sich immer gestreckt und sich gerade und schön gemacht, soweit es ging. Es ging bis zu einem gewissen Grad. Haltung bestimmt die Schönheit. Schönheit ist Empfinden und ist Haltung, halte dich gerade, Soldat der Liebe. In Wirklichkeit und in der vollzogenen Liebe sank sie zusammengekringelt auf das Laken, und ihr Bauch faltete sich zusammen, aber in der Liebe ist die Verrenkung gerechtfertigt.

«Deine Hände sehen manchmal gequält aus», sagt Per, auf Irenes Hände blickend.

«Gequält? Sie waschen ab. Sie putzen das Klo.»

«Ach bitte, wir haben den Geschirrspüler, und ich putze auch das Klo.»

«Und wie sehen deine Hände aus?»

Per hält sie ausgestreckt vor sich, und Irene weiß, dass sie das nicht hätte sagen sollen, weil sie weiß, wie Pers Hände aussehen. Sie sind schön. Sie sind gerade und stark und sauber und sehen aus wie ehrliche kleine Männer, jeder einzelne Finger wie ein ehrlicher kleiner Mann. Die Nägel sind stark und weiß und sauber kurz gefeilt. Aber nicht eitel, es sind keine eitlen Hände.

«Sie sind gut», sagt Yasemine.

«Fall mir in den Rücken», sagt Irene und lächelt Yasemine an, damit Yasemine sich nicht fürchtet.

Streitigkeiten sind gar kein Thema in dieser Ehe, und das kommt Irene plötzlich sehr bedauerlich vor. Fast als wäre sie in eine Vertiefung getreten, die sie gar nicht gesehen hat. Als hätte ihr Herz sich ein Stück herabgesenkt. Es gibt keine Streitigkeiten in ihrer und Pers Beziehung, in dieser schönen, liebevollen, perfekten Beziehung. Sie streiten einfach nicht. Die Beziehung muss eine Lüge sein. Alles ein Theater, nach einer Choreographie ablaufend, für andere Leute, für sich selbst, in einer netten Wohnung mit netten, vertrauten Abläufen, mit netten Worten, aber Himmel, ohne Streit! Irene ist verstimmt, weil ihre Beziehung nicht perfekt ist. Aber sie hebt ihr Glas, um mit Yasemine anzustoßen, mit Per anzustoßen, auf die Zukunft.

Auf die Zukunft. Auf den Köpfen fremder Leute. Im Bett eines anderen Mannes, in einer verlogenen Beziehung. Jede Zukunft wendet sich immer dem Tode zu. So gesehen, ist Zukunft das Ende oder schließt das Ende mit ein, aber ist trotzdem erstrebenswert und soll uns locken.

Fleisch auf dem Teller. Per kann Fleisch braten, gerade richtig. Gutes Fleisch, aus einem biologischen Tier rausgeschnitten. Von Wert.

Yasemine, stellt Irene fest, macht sie beide, sie und Per, mit ihrer Hoffnung auf einen Ausbildungsplatz bei einem Friseur sehr glücklich. Der Rest ist auch egal. Im Moment. Das ganze Glück spielt sich immer trotzdem ab, trotz der Traurigkeit, trotz der Zukunft, die im Tode endet, trotz der Ängste, und hervorgerufen durch einen Zufall, den man schlauerweise auch einmal zu schätzen weiß.

An einem Tisch mit Leuten, die sich bemühen. Eine Prise Liebe sogar. Sogar für Per hat Irene eine Prise Liebe übrig. Mit seinen Fingern wie kleinen Männern. Dem guten Essen und dem guten Wein.

19.

«Sie ist weggegangen und …», winselt Sarah. Der Rest erstickt im Schluchzen. Wer weg ist, mit wem sie weg ist, wohin sie weg ist. Sarahs Weinen wird still und gleichmäßig und nur noch unterbrochen von ganz kurzen, heftigen Schluchzern, krampfartig und mit einem kleinen, quietschenden Geräusch verbunden. Als hätte sie Schluckauf.

Irene steht im Schlafzimmer, den Hörer an das Ohr gedrückt, sieht auf die Straße, auf den abfallenden Rasen, auf den kleinen, schmiedeeisernen Zaun, auf die Linden, die die Straße säumen, das Haus gegenüber, die Fenster, in denen schon das Licht brennt, während es in ihrem Schlafzimmer dunkel ist. Das Fenster ist gekippt, und Vögel schreien wild, es ist Abend, es ist lau für April, eine Ahnung von Sommer schleicht sich duftend in den Raum. Feuchter, junger Rasen, eine vorbeieilende junge Frau, geschminkt, in einem rosa Mäntelchen, in weißen Absatzschuhen, auf dem Weg irgendwohin. Neid breitet sich in Irene aus wie ein flach flatternder Flügelschlag und legt sich wieder. Nebenan lärmt Pers Radio, und in Esthers Zimmer hockt Yasemine und liest eine Zeitschrift.

Sarah putzt sich die Nase. «Bist du noch dran?», fragt sie.

«Ja.»

«Tut mir leid. Ich wollte gar nicht heulen. Ich wollte es dir nur ganz einfach erzählen.»

Eine Pause tritt ein. Irene nimmt an, dass Sarah jetzt mit sich kämpft, um nicht wieder weinen zu müssen. Dann redet Sarah weiter, mit zitternder und gleichzeitig fester Stimme.

«Maret ist zu ihrem Freund gezogen, und sie hat Ricarda mitgenommen. Einfach so ist sie weg.»

«Zu dem … verrückten Freund, zu dem ist sie gezogen?»

«Er ist nicht verrückt. Er ist nur …»

«Was denn? Hast du nicht gesagt, sie hat ihn in Ochsenzoll kennengelernt?»

«Ja. Er hatte eine Angstneurose, er ist depressiv und ein bisschen schizophren, nichts Schlimmes.»

«So», sagt Irene und muss lachen.

«Lach doch nicht», sagt Sarah und schluchzt auf und lacht gleichzeitig.

«Ich lach doch gar nicht», sagt Irene und lacht schon wieder. Sie kann gar nicht anders. Auf der anderen Straßenseite schiebt ein Mann sein Fahrrad den Gehweg hoch. Auf dem Gepäckträger hängt ein großer Plüschaffe und schaut mit seinem großen, plüschig braunen Affengesicht zu ihr rüber. Sein Kopf ist zwischen den Stäben eingeklemmt, und er tut Irene leid, aber gleichzeitig weiß sie, dass er kein echter Affe ist, nur die Idee tut ihr leid, und ihr Mitleid, denkt sie, sollte eigentlich Sarah gehören und nicht dem Affen, aber sie teilt es ihm zu, weil sie ihn sieht.

«Erst lädt sie Rickie wochenlang hier ab, damit sie mit ihm in Ruhe vögeln kann, und jetzt macht sie plötzlich auf Familie.»

«Nun, ich kann verstehen, was sie will. Irgendwie kann ich es jedenfalls verstehen.»

«Natürlich kann ich es auch verstehen! Irene!» Sarah ist aufgebracht, sie schreit fast in den Hörer. «Ich kann es sehr gut verstehen. Nur, es geht hier nicht um Maret.»

«Nicht? Um wen geht es denn?»

Der Affe und der Mann verschwinden langsam aus Irenes

Sichtfeld. Gegenüber geht in einem weiteren Fenster das Licht an. Es ist ganz schnell noch dunkler geworden, und die Vögel schreien noch lauter, sie schreien durcheinander, übertönen sich, klingen aber alle einzeln heraus. Abendgeschrei. Es macht Irene müde. Die Straßenlampen gehen an. Die Musik von drinnen, der leise, alte Pop macht sie müde. Sarahs Probleme machen sie müde.

«Um Ricarda. Wie soll sie denn … da leben? Mit dem … und mit Maret?»

«Was hat sie denn dazu gesagt?»

«Wer? Rickie? Sie hat sich gefreut.»

Das sagt Sarah leise, ganz leise und kalt.

«Es ist nicht schön für dich, aber vielleicht kriegen sie es hin. Und Sarah, es ist nun mal ihr Kind. Vielleicht will sie es jetzt gut machen.»

«Sie will schon. Aber sie kann es nicht. Es ist doch auch … wieder nur ein Versuch.»

Irene will es nicht so sehen. Sie setzt sich auf das Bett, sie will am liebsten ihre Wange in das kühle Laken legen und will an Valentin denken und einschlafen. Sie will den Umständen in Sarahs und Ricardas und Marets Leben mit einer positiven Einstellung begegnen. Die Dinge verändern sich eben und manchmal zum Guten.

«Du solltest dich vielleicht für Maret freuen», sagt Irene matt.

«Ich freue mich nicht für sie. Und ich freue mich nicht für Ricarda, und ich freue mich nicht für mich. Ich freue mich nicht mal für ihn. Denn es ist ein verkacktes Experiment, das in die Hose geht. Es ist bescheuert, wenn sich zwei Bekloppte zusammentun, um ein Kind zu versorgen, das sie vorher gar nicht haben wollten. Vielleicht haben sie einen Film gesehen.

Im Fernsehen. Wo eine Familie vorkam, und dann haben sie plötzlich auch so was haben wollen. Verstehst du? Irene? Verstehst du das? Sie können das gar nicht! Keiner kann das! Das gibt es überhaupt nicht, solche Familien!»

«So siehst du das?» Irene ist betroffen. Ist Sarah verbittert, weil sie alleine ist? Weil sie keine Familie hat? Weil ihre Eltern schlechte Eltern waren?

«Ich glaube nicht an diese Art von Familie, Irene. Diese Art von Familie ist für den Arsch!»

Irgendwas an Sarahs wütenden Worten kommt Irene richtig vor. Es ist nur ein Gefühl, aber das ist in der Wurzel richtig.

«Was willst du tun?», fragt sie.

«Nichts», sagt Sarah. «Ich kann überhaupt nichts tun. Ich wollte nur … mit jemandem reden. Tut mir leid, wenn ich bisschen blöd war.»

«Du warst nicht blöd. Gar nicht. Ich bewundere dich, wie du immer so zum Kern vordringst. Du bist ganz schön klug, Sarah.»

«Findest du? Finde ich auch. Ich bin eigentlich nicht so doof, wie ich früher dachte. Ich bin nur anders.»

«Ungewöhnlich bist du. Besonders.»

Sarah kichert. «Ach, hör auf. Du weißt, wie ich bin. Durchschnitt. In jeder Beziehung. Und keine Titten.»

Wenige Tage später ruft Esther an, sie will für ein paar Tage kommen, noch ein paar Sachen aus ihrem alten Zimmer zusammenpacken und sich bei ihren Freunden verabschieden. Bevor sie nach Island geht.

Sie geht wirklich nach Island.

Irene hat irgendwie und insgeheim immer noch gehofft, dass Esther aus irgendeinem noch nicht gegebenen oder ihr noch nicht bekannten Grund doch nicht fahren würde. Die Idee war ihr seltsam und fast unmöglich vorgekommen. Dass Esther nach Rumpft gezogen war, hatte sie geärgert und wütend gemacht. Dass sie nach Island ziehen will, erschreckt sie. Vielleicht hat Irene darauf gehofft, dass Esther sich mit Thomas L. streiten und ihre Meinung ändern würde, aber sie hat ihre Meinung nicht geändert, sie bereitet sich vor, das Land zu verlassen.

«Es ist nur so ...», sagt Irene und zögert, «... dass jemand in deinem Zimmer wohnt, gerade.»

«Was?», sagt Esther.

«Yasemine wohnt in deinem Zimmer. Sie wird vielleicht eine Ausbildung hier in Hamburg machen.»

«Sie wohnt in meinem Zimmer?!»

«Esther, du bist doch nicht mehr hier, warum soll sie nicht in deinem Zimmer wohnen?»

«Willst du sie adoptieren? Mama, sie ist schwachsinnig. Sie ist ein ... schwachsinniges, hinterhältiges Mädchen. Wirklich.»

«Sie ist nicht hinterhältig. Sie ist auch nicht schwachsinnig. Sie ist nett, sie ist ein nettes Mädchen.»

«Wo soll ich denn wohnen, wenn ich komme? Ich dachte, ich kann ... in meinem Zimmer wohnen. Das allerletzte Mal.»

Das scheint Irene übertrieben, weil sie schon damit rechnet, ihre Tochter noch einmal in ihrem Leben zu Besuch zu bekommen. Aber sie findet auch, dass Esther in ihrem Zimmer wohnen sollte.

Später sagt Per: «Wenn das richtige Kind kommt, muss das falsche gehen.»

Irene schüttelt nur den Kopf. Aber sie überlegt sich, dass es tatsächlich das Beste wäre, Yasemine ganz aus dem Haus zu haben, wenn Esther da ist, damit es keinen Streit gibt. Und sie will einen liebevollen, freundlichen Abschied von ihrer Tochter haben.

Irene bringt Yasemine für die Tage bei Sarah unter, die jetzt zu ihrem Glück eine leere Wohnung im Haus ihrer Tante zur Verfügung hat, und Esther kommt in ein geräumtes Zimmer, in ein geräumtes Reich, und nimmt ihren Platz als Königinnenkind wieder ein. Sie beklagt sich über geringfügige Änderungen in ihrem Zimmer (Yasemine hat die kleinen Tiere in den Schrank gesteckt und die papierne Stehlampe neben das Bett gestellt, weil sie so besser sehen kann) und besucht alte Freundinnen. Schnell nimmt sie wieder alte Gewohnheiten an. Nach zwei Tagen ist sie wieder geschminkt, und sie duftet nach dem zuckersüßen Parfüm, das sie früher benutzte. Wenn Irene dachte, ihre Tochter hätte sich grundlegend geändert, dann hat sie sich geirrt.

Esther ist vor allem in dem Punkt gleich geblieben, dass sie sich – von heute auf morgen – in andere Umstände finden und an andere Menschen anpassen kann. Ihre Freundinnen sind junge Frauen, die in sicheren Verhältnissen aufgewachsen und damit beschäftigt sind, ihr Abitur und ihren Führerschein zu machen. Es sind nette Mädchen, die sich bemühen, den Anforderungen gerecht zu werden, denen ihrer Eltern und denen des deutschen Schulsystems und denen ihrer jugendlichen, oberflächlichen Gleichaltrigengemeinschaft. Sie sind gut erzogen, sie sind für den Frieden und für den Umweltschutz, und sie wollen sich als gute Menschen erweisen. Im späteren Leben. Im jetzigen Leben wollen sie vor allem eines: anerkannt werden, gleichwertig sein, das ist es, was die meisten von ihnen wollen, gleichwertig sein, gar nicht besonders oder hervorstechend.

Irene hat Esther die Freundschaft mit diesen Mädchen, die ihr alle wie eines erschienen waren, obwohl sie natürlich sehr unterschiedlich waren und diese Einschätzung sowohl überheblich als auch ungerecht war, etwas übelgenommen. Insgeheim hatte sie die ganze Zeit, in der Esther aufgewachsen war, darauf gewartet, dass sich das Besondere an ihrer Tochter zeigen würde. Aber an Esther war nichts Besonderes aufgetaucht. Natürlich hatte Irene sich das nicht eingestanden. Sie hatte Esther immer wieder versichert, dass sie wundervoll und einzigartig sei, aber Esther hatte nur gelächelt. Esther war immer mit der ihr entgegengebrachten Zuneigung zufrieden gewesen.

Im Grunde, denkt sich Irene, ist sie in einer ganz fernen Ecke ihres Herzens doch froh darüber gewesen oder stolz darauf, dass Esther die Schule abgebrochen hat und nach Rumpft zu diesem zugestandenermaßen bemerkenswerten, wenn auch unsympathischen und selbstverliebten Mann gezogen ist. In Esthers Leben ist das bisher die einzige wirklich besondere Sache gewesen, ein Fall, in dem sie sich anders verhielt als die anderen, sich Unverständnis auflud und ein Risiko einging. Aber was bedeutet das alles wirklich? Ist es nicht nur so, dass Esther einem anderen Menschen, seiner Großartigkeit oder Besonderheit gefolgt ist, so wie sie ihm jetzt nach Island folgen will? Hängt sie sich an die Besonderen ran, entwickelt sie keine eigene Persönlichkeit mehr? Und ist sie, Irene, enttäuscht von ihrer Tochter?

Irene betrachtet Esther am Tisch beim Abendessen, und sie schämt sich ihrer Gedanken und Gefühle, kann sie aber nicht loswerden. Sie spricht mit Per, als er mit ihr im Wohnzimmer sitzt, eine Schüssel mit getrockneten Äpfeln vor sich (er vermeidet es, Schokolade zu essen, seit er sein Leben «umgestellt» hat), sie sehen fern, während Esther bei einer Freundin ist.

«Per, ich finde, sie entwickelt sich gerade gar nicht. Sie schminkt sich wie ein kleines Mädchen. Hast du gesehen, wie sie heute losgegangen ist? Die Sachen, die sie anhatte. Der Pullover mit der Mickymaus.»

Per sieht Irene an, erstaunt.

«Sie ist siebzehn. Sie ist zu allem fähig, zu erwachsenen und zu kindlichen Entscheidungen. Sie ist zwischendrin. Das ist doch das Schöne.»

«Sicher. Du hast bestimmt recht. Aber manchmal denke ich ...» Sie wagt es nicht, den Satz zu beenden. Per schweigt, und sie fühlt, dass sie den Satz beenden muss, um die Schwere, die mit ihm verbunden ist, von ihrem Herzen zu kriegen. Wenn sie einen Teil der Sorgen, die sie hat, auf Pers Seite schiebt, dann wird es auf ihrer Seite leichter, das ist erprobt.

«Ich denke, sie ist ein oberflächliches Mädchen, und sie ist gar nichts Besonderes. Und das ... tut mir weh.»

Per lacht. Er nimmt eine Handvoll Apfelringe, die er mit heftigen Kaubewegungen zerkleinert.

«Natürlich ist sie das. Und das hat sie uns zu verdanken. Sie hatte eine glückliche Kindheit, soweit eine Kindheit das sein kann, natürlich ist eine Kindheit niemals wirklich glücklich, aber sie ist nicht in die Tiefen eines Abgrunds gestürzt, sie hat nicht an mir gelitten, wahrscheinlich, und hat nicht an dir gelitten. Sie hatte nicht mit Krankheiten zu kämpfen und nicht mit ihrem Aussehen, nicht einmal mit einer außergewöhnlichen Intelligenz. Sie konnte ein ganz normales Leben führen, und sie ist ein ganz normales Mädchen geworden.

Irene, wir sind ganz normale Menschen, du und ich, was erwartest du also von Esther? Ich sage dir, wie ich sie sehe: Sie ist der freundlichste und liebenswürdigste und großzügigste Mensch, den ich kenne. Deshalb ist sie beliebt, und deshalb hat sie Freunde. Darin ist sie außergewöhnlich. Und dafür bin ich auch dankbar.»

Irene denkt darüber nach, ob das, was Per sagt, stimmt. Sie denkt daran, wie Esther sich wegen Yasemine beklagt hat, von Anfang an. Sie denkt aber auch daran, dass Esther Yasemine den roten Mantel geschenkt hat, der ihr zwar nicht passte, aber trotzdem war es eine nette Geste und stand eigentlich ganz im Widerspruch zu Esthers unfreundlichen Worten.

«Sie war nicht sehr freundlich zu Yasemine», sagt Irene.

«Nein.» Per schüttelt den Kopf. «Sie ist wie ein Kind. Sie gibt ihren Gefühlen Ausdruck. Du bist ihre Mutter, und sie ist eifersüchtig. Esther verschweigt nichts von dem, was sie fühlt. Sie sagt es dir, und das ist ihr ehrliches, offenes Wesen, das ist wirkliche Gutmütigkeit, Güte sogar, wenn du darüber nachdenkst. Menschen wie Esther reden so, aber verhalten sich viel besser. Ihre Vorbehalte verliert sie, wenn sie sie ausspricht, jedenfalls zum Teil.»

«Ich schätze, du hast ein besseres Verhältnis zu unserer Tochter», sagt Irene und ist beschämt.

«Nein», sagt Per, «ganz und gar nicht. Du bist zu nahe an ihr dran. Du wünschst dir nur das Beste für sie. Du möchtest, für sie selbst, dass sie ein besonderer, großartiger Mensch ist, als wäre das eine Hülle, ein Kleid, das sie schmücken würde und das du ihr anziehen kannst. Weil du sie liebst. Weil du sie so sehr liebst, Rehlein.»

Irene seufzt, und sie hört im Flur, auf dem kleinen Tischchen, den Ton ihres Handys, der ihr eine SMS anzeigt, eine SMS von Valentin, sie ist sich sicher, und angesichts dieser weiteren Schlechtigkeit ihrerseits fühlt sie sich Per gegenüber im Nachteil, und das macht sie zornig, als hätte Per die Umstände zu verantworten.

Valentin sieht Irene in den Tagen des Besuches von Esther gar nicht. Obwohl Esther abends meistens nicht zu Hause ist, bringt Irene es nicht übers Herz, ihr etwas anderes als eine vollkommene Familie zu bieten, auch wenn das eine Illusion und eine Lüge ist, die nicht dadurch verschwindet, dass der Kontakt mit Valentin kurzzeitig ausgesetzt wird.

Valentin schreibt jetzt häufiger SMS und verlangt, Irene öfter zu sehen. Aber sie kann ihn nicht öfter sehen, sie kann es Per nicht vermitteln, dass sie sich mehr als einmal in der Woche mit ihren Freundinnen trifft. Sie wundert sich schon darüber, dass er es so hinnimmt und gar nicht nachfragt und es natürlich findet, dass sie so einen regelmäßigen Abendtermin in der Woche hat. Aber sie gewöhnt sich daran, und vielleicht hat auch er sich daran gewöhnt, so wie man sich an den Montag und den Samstag gewöhnt, an das Aufstehen und das Zubettgehen. Gewohnheit rechtfertigt ihr Tun, Gewohnheit wird ein Recht.

Die Gründe für ihre Affäre legt Irene sich zurecht wie Werkzeuge: Per und sie schlafen nicht mehr miteinander, und sie hat ein Recht darauf. Sie ist noch nicht alt. Gerade dass sie auch nicht mehr jung ist, macht diese Bedürfnisbefriedigung noch dringender. Was bald versiegt, wird heftiger begehrt. Das zum einen, und zum anderen sagt Irene sich, dass sie Per nicht mehr liebt. Er ist ein Freund, aber sie liebt ihn nicht mehr. Sie erträgt es kaum, neben ihm im Bett zu liegen und seinen Schlafgeräuschen zu lauschen. Das ist es auch, was sie Valentin sagt, als er fragt: «Ich liebe ihn nicht mehr.»

«Warum bleibst du dann bei ihm?», fragt Valentin. Er sitzt komplett angezogen auf seinem Bett und trinkt Tee. Sie liegt noch im Bett, ist noch schwer und müde und aufgelöst von Liebe und Befriedigung.

«Es ist nett mit ihm. Er ist ein angenehmer Mensch.» Irene ist überzeugt davon, dass das stimmt und dass das der Grund ist. Per ist wirklich angenehm, das Leben mit ihm ist angenehm. Sie ist auch davon überzeugt, dass sie ihn nicht mehr liebt. Liebe ist etwas anderes, Liebe ist ein ganz, ganz warmes Gefühl, das durch den Körper geht und sie froh macht, den Tag froh macht, die Woche froh macht, sie gesund sein lässt. Aufregung, eine Art Sprunghaftigkeit und ein Herzschlag, das alles. Aber nicht das, was sie gegenüber Per empfindet. Per ist wie eine Schiene, auf der sie täglich den gleichen Weg nimmt. Er ist so verlässlich wie der Morgen und der Abend. Irene kennt jedes Detail an ihm, seine Beine, wenn er sitzt, sein Haar oben auf seinem Kopf und morgens nach dem Aufstehen. Er ekelt sie nicht, sie findet ihn nicht hässlich, und täte sie das, wäre das fast, als fände sie sich selbst hässlich, und sie wäre beleidigt, wenn jemand Per nicht attraktiv fände. Sie wäre beleidigt, wenn irgendjemand irgendetwas an Per nicht mögen würde. Ihr allein steht das Recht zu, etwas an ihm zu kritisieren. Deshalb verteidigt sie Per vor Valentin, wenn er ein abfälliges Wort fallenlässt, wie etwa: «Was macht der kleine dicke Ehemann?»

Als Valentin einmal sagt: «Ich hoffe, er hat sich heute nicht schon über dich rübergerollt», ist Irene empört. «Er rollt sich nicht über mich rüber. Ich habe dir gesagt, dass wir nicht mehr miteinander schlafen. Und mir gefällt es nicht, wenn du so über ihn redest.»

Dabei hat sie Valentin erzählt, wie Per aussieht, in allen Einzelheiten hat sie ihm Auskunft gegeben über ihren Ehemann, mit dem sie im Alltag in einem Bett zu schlafen pflegt.

Zehn Tage nach Esther kommt auch Thomas L., der allerdings nicht bei «Schwiegermutter» wohnen möchte, sondern bei einem Freund. Irene hätte ihm vielleicht das Angebot machen müssen, aber er hat nicht gefragt, und sie hat nicht ja sagen müssen. Per tut enttäuscht. Ob er es wirklich ist, ist ihr nicht klar.

Es ist richtig warm geworden, zu warm, und Irene ist sich sicher, dass es ebenso schnell wieder kalt werden wird. Der Tag, an dem Thomas L. in Hamburg ankommt, ist so warm, als würde er Sommer heißen. Die Straßen liegen trocken und staubig in einer weißen Sonne, die Stämme der Linden in ihrer Straße werfen scharfe Schatten, und der Hundekot an den Straßenrändern dampft, bis er vertrocknet. Ein rosa Licht breitet sich gegen Abend aus, Blüten geben dem Film eine Anmutung von Anfang, von Frische und Erwachen, aber das Jahr, denkt Irene sich, ist schon angegraut. Anfänge, so scheint es ihr, gibt es nicht mehr. Es ist alles Illusion, denn die frühesten Blumen sind schon im Schnee verblüht, und selbst ihre Liebe folgt in der Hitze offenbar einem Muster, das vorgegeben zu sein scheint wie die Blütezeiten der Pflanzen. Und die Blüten verschwinden, und die Früchte folgen, und dann ist es Herbst.

Irene schüttelt den Kopf, während sie mit den Einkäufen in der Hand, sie ist zu Fuß unterwegs wegen des wundervollen Wetters, ihrem Heim entgegengeht. Es wird gekocht, der «Schwiegersohn» bewirtet, trotz seines fremd aufgeschlagenen Lagers. Darauf hat sie selbst bestanden, denn in den

Tiefen ihres mütterlichen Denkens leuchtet es ihr ein, dass sie sich den Schwiegersohn wenigstens in der Nähe ihres Herzens halten muss, ein Spiel von Verwandtschaft, obwohl sie hofft, dass er beizeiten verschwindet und Esther Vernunft annimmt und nach Hause kommt. Esther muss sich ausprobieren. Das ist gut für sie. Das bemüht sich Irene zu denken. Und in der Tasche schleppt sie schwere Weinflaschen, Riesling von der Mosel, sie bereut das Zufußgehen, weil ihre Schulter schmerzt. Aber etwas, die Luft, die Wärme, die Aufgeregtheit in der Stadt, die Vögel, die ihren abendlichen Lärm veranstalten, ein offenes Fenster, aus dem ein altes Lied zu hören ist, etwas macht sie wehmütig und stimmt sie sogar feierlich.

Per will den Grill aufstellen, auf der Terrasse, er hat die Markise ausgefahren, er hat gefegt und Stuhlkissen aus dem Keller geholt, er hat Musik in seine Anlage gelegt («Robbie Williams gefällt allen»), und er hat sogar selbst mit dem Kochen angefangen. Er hat einen Kartoffelsalat vorbereitet und vegetarisches Grillzeug besorgt. Er hat gesagt, er könne sehr gut auf Fleisch verzichten, er wolle sowieso eigentlich nicht mehr so viel Fleisch essen, wegen der Veränderungen in seinem Körper.

«Was verändert sich in deinem Körper?», hat Irene gefragt.

«Der Stoffwechsel, die Muskulatur, die Verdauung und auch mein Geschmack. Ich merke, was mir guttut», hat er geantwortet und stolz gelächelt.

Per hat etwas abgenommen, ein bisschen, das sieht Irene. Aber merkwürdigerweise fühlt sich für sie ausgerechnet seine bescheidene, ganz neue Disziplin beim Essen und sein schwerfälliges Laufen an wie eine Schwäche, ein Eingeständnis seiner Unzulänglichkeit. Der alte Per war rund gewesen, selbstzufrieden und sicher. Er stand in seinem gelben Pullover und mit seinen farbigen Socken in der Welt wie ein bunter

Vogel, fröhlich und unbekümmert. Der neue Per, so kommt es ihr vor, kämpft gegen sich selbst an, gegen seinen liebenswerten Hohlfigurenappetit, gegen seine Dicklichkeit, gegen sein innerstes Wesen. Irene sagt sich schon, dass Dicksein kein Wesenszug ist und Unsportlichkeit kein erstrebenswertes Talent, und doch, und doch … Sie fragt sich auch, ob sie neidisch, eifersüchtig oder missgünstig ist, wo sie doch mehr als einen Grund hätte, ihm alles zu gönnen, was ihn zufrieden macht. Sie selbst gönnt sich doch mehr, als sie Per zugestehen würde. Und das, sagt sie sich, ist doch der Maßstab.

Warum sie Per keine Liebe zu einer anderen Frau zugestehen könnte, wenn es denn diese Option gäbe, weiß Irene nicht. Sie meint von sich selbst, ein nicht ganz großzügiger Mensch zu sein. Sie hat sich an Per gewöhnt, sie braucht Zeit, sie muss sich erst entwöhnen, dann könnte sie ihm vielleicht eine andere Frau zugestehen und von ihrem Ehemann lassen. Sie begründet sich ihr Unvermögen mit einer menschlichen Schwäche, die verzeihlich ist.

Hinter dem Haus herrscht Schatten, Per hat die Markise wieder aufgerollt, und der Himmel ist dunkelblau wie ein tiefes Loch. Am Horizont, hinter den dunkelgrünen Hecken der Nachbarn, ist er blassrosa, und die Ränder verschwimmen, und Insekten lösen sich aus ihnen und bilden eine zarte Struktur auf der blassen Leinwand. Der Beton der Terrasse ist rissig und schmutzig. Pers Fegen hat nur oberflächlich den Schmutz gelöst, der Boden muss abgespritzt werden, in den Rissen sitzt Moos. Der Grill steht, die Musik läuft, und die Gäste sitzen in Esthers Zimmer, um sich abzuknutschen.

«Sie begrüßen sich noch», sagt Per und rührt an den Kohlen herum.

Irene bringt die Einkäufe in die Küche. Sie hat nur ein

paar zusätzliche Sachen eingekauft. Per hat den Haupteinkauf übernommen, er hat sich diesen Besuch als eigenes Projekt zur Aufgabe gemacht, vielleicht auch, weil er Irenes Vorbehalte gespürt hat.

Dass Per so viel Tatkraft in diesen Abend mit einbringt, entlastet Irene, er treibt die Dinge voran und färbt sie mit Fröhlichkeit und guter Laune. Als sie den noch zu warmen Weißwein in das Gefrierfach des Kühlschranks legt, damit er rasch die richtige Temperatur erreicht, hat ihn Per schon wieder aus dem Fach genommen, ihr quasi aus der Hand genommen, und hat die Flasche geöffnet. Er legt die zweite Flasche hinein, füllt vier Gläser, stellt sie auf ein Tablett, nippt bereits an seinem Glas und trägt das Tablett dann schwungvoll durch den Flur und das Wohnzimmer auf die Terrasse hinaus. Irene folgt ihm mit dem Salat und den Tofuwürsten und dem Brot.

«Kinder!», ruft Per, und die Kinder kommen im selben Augenblick herausgestolpert, mit rot geknutschten Gesichtern, Thomas L., sie hat es nicht anders erwartet, halb nackt, das graue Hemd offen, der schlanke Körper sich nackt herausschälend, die Hosen hochgekrempelt und die nackten Füße, lange Zehen, jedes einzelne Glied ein von Haut umspannter Knochen, der perfekte Fuß, orthopädisch einwandfrei, auf dem körnigen Beton.

Thomas L. reicht Irene die Hand, zieht sie dann an sich heran und legt seine Wange leicht an ihre. Sie fällt fast dabei, überrascht, und doch auch nicht. Weil er so ist, immer. Ein Geruch von leichtem Schweiß, ganz frisch und noch nicht beißend, dazu das Bonbon-Parfüm von Esther, die immer noch geschminkt ist, nur – Irene kann es nicht fassen – ist die Schminke verschmiert wie bei einem Kind.

«Esther, sieh in den Spiegel.»

Thomas L. ist amüsiert. Esther läuft ins Bad, ein Schrei, eine Art glucksendes Quieken. Minuten später kommt sie wieder heraus, selber amüsiert, die Schminke korrigiert, sauber und strahlend und hübsch wie ein kleines, rosa Ferkelchen, die Haut gestrafft, die Farbe über den Augen glitzernd, die Lippen glänzend, und das Haar letzte Woche ganz neu gefärbt, aubergine.

Irene kippt den Wein, als wäre er nicht teuer gewesen. Er ist teuer gewesen, weil man Wein, den man zu Fuß nach Hause trägt, nicht billig einkauft. Das hat sie sich tatsächlich gedacht. Der Luxus des sommerhaften Zufußgehens hatte sich nur mit teurem Wein vertragen, wobei teuer relativ ist. Er war teuer im Supermarkt gewesen.

Esther redet von Island. Sie ist beseelt. Sie weiß alles. Von Thomas L. natürlich, der Island zu kennen scheint, als wäre es sein Heimatland.

«Wie lange warst du dort?», stellt Per die genau richtige Frage.

«Sieben Wochen», sagt er.

«Man könnte meinen, du wärst dort aufgewachsen.»

Nicht schlecht, denkt Irene, Per ist ganz schön fies.

«Ich sauge alles auf wie ein Schwamm. Und dann übertreibe ich auch noch», sagt Thomas L. ungerührt.

«Das heißt, es stimmt teilweise gar nicht, was du erzählst?», fragt Esther.

«Das kannst du so nicht sagen.» Thomas L. wendet sich Esther liebevoll zu und ein bisschen auch so, als wäre sie ein Kind, dem er etwas beibringen will. «Wenn ich etwas übertreibe, dann dehne ich die Wahrheit. Aber tendenziell …», er lässt sein weiches, blasses Tofuwürstchen in der Hand zappeln, «ist alles wahr.»

«Du *hast* doch ein Haus, es ist doch keine Hütte?», fragt Esther, und Irene beginnt dieser Wortwechsel zu gefallen.

«Natürlich ist es eine Hütte. Ich sage nur Haus. Willst du jetzt hierbleiben?», fragt Thomas L.

«Spinnst du? Ich kann es kaum erwarten, dieses … Kackland zu verlassen.»

«Was gefällt dir nicht an diesem Land?», mischt Per sich ein.

«Es ist langweilig. Und in erster Linie gefallen mir die Nazis nicht. Und die Behörden.»

«Mit den Nazis und den Behörden hast du leider recht», sagt Per. «Aber davon gibt es in anderen Ländern auch manchmal welche. Mit der Langeweile widerspreche ich dir. Dieses Land ist nicht langweilig. Ich langweile mich keineswegs in diesem Land.»

«Nicht? Du langweilst dich wirklich nicht, Papa?», fragt Esther, und sie meint dieses Gespräch, aus dem Irene jetzt weinselig ausgestiegen ist, ernst.

Per schüttelt den Kopf. «Diese Stadt hier, zum Beispiel, ist schön. Und ich kann hier … sehr gut sein. Wenn ich durch die Stadt fahre, wie gestern Abend, dann denke ich … Wenn ich die Fenster sehe, wenn ich die ganzen Fenster sehe, an denen die Bahn ganz dicht vorbeifährt, und ich sehe einen Stuhl und einen Tisch und ein Stück Teppich und eine Gitarre, und manchmal sehe ich den Müll in diesen Fenstern und die Bierkästen auf dem Balkon und die Wäsche, dann denke ich, ich würde gerne … so gerne in diese Wohnungen gehen, zu diesen ganzen Menschen, und ich würde gerne kucken, wie sie leben. Sie sind ja … ganz anders als ich und als du, Rehlein.» Er wendet sich Irene zu. «Diese ganzen Menschen, das sind ja Möglichkeiten, denn eines Tages könnte ich sie kennenlernen.

Und darum möchte ich nicht aufs Dorf ziehen, denn die Natur ist schön, aber sie ersetzt nicht die Menschen, und mich interessieren die Menschen mehr als die Pflanzen. Und wie das hier alles angeordnet ist, die Straßen und die Häuser, die Kanäle, die Alster, und dann der Hafen natürlich, das kommt mir alles immer noch sehr unbekannt und spannend vor. Ich langweile mich nicht, ich könnte mich nie hier langweilen.»

Per hat sich in seine Rede hineingesteigert, und es kann sein, weiß Irene, dass er später daran zweifelt und Argumente für die gegenteilige Aussage sammelt, aber im Großen und Ganzen, dessen ist sie sich sicher, ist das Pers Meinung. Er ist zufrieden.

Und wenn das stimmt, denkt Irene, dann wird er es vielleicht verkraften, wenn sie ihn verlässt. Wenn sie wirklich ihre Sachen packt und ihn verlässt, so wie Esther dieses Land mit den Nazis und den Bürokraten verlässt. Denn er hat seine Stadt und seine Menschen und seine Möglichkeiten hinter den Fenstern.

20.

Irene hatte nicht gewusst, dass Thomas L. in Hamburg so viele Freunde hat. Er besucht für eine gute Woche seine anscheinend zahlreichen Bekannten, er grillt ein zweites Mal mit ihr und Per und Esther, und fast fühlen sie sich wie eine Familie, während sie den Wein durch ihre Kehlen rinnen lassen, und diesmal ist der Wein billig, und es ist Irene egal. Wenn Thomas L. in Hamburg wohnen würde, geht es ihr durch den Kopf, würden sie ein normales Leben führen. Sie würden sich am Wochenende besuchen, und sie würden Kuchen füreinander backen. Esther und Thomas L. würden in einer Wohnung in Altona wohnen, die sie sich mit einem Informatikstudenten teilen. Irene könnte jeden ihrer Schritte verfolgen, könnte Esther trösten, wenn es in ihrem Leben oder ihrer Beziehung nicht so läuft, und sie in vielem unterstützen, auch mit Geld. Esther käme irgendwann vorbei, einfach so, und würde ihr neues Fahrrad vorzeigen: «Siehst du, mein neues Fahrrad, altmodisch und wunderschön, nicht wahr?» Wenn sie etwas abschließen würde, Arbeitsvertrag, Schule, Ausbildung, würden sie mit Sekt anstoßen.

Und irgendwann würde Esther in der Tür stehen, tränenüberströmt, und würde Irene mitteilen, dass es mit «ihm» zu Ende sei. Dann würde sie vielleicht, vorübergehend, wieder in ihr Zimmer einziehen, um «ihn» nicht mehr sehen zu müssen, und abends mit ihrer Mutter fernsehen und Weißwein trinken, bis sie über die Trennung hinweg wäre.

So aber wird sie, wenn es mit «ihm» nicht richtig läuft, in Island sitzen und es sich genau überlegen, ob sie ihn verlässt, weil das ein ganz anderer Schritt ist, sowohl dorthin als auch zurück. Und es wird nicht nur er sein, der sie zurückhält, es wird das Land sein, ihre eigene Entscheidung für ein anderes Land, es wird die Notwendigkeit sein, sich zusammenzureißen, weil sie zu zweit ganz allein sind, weil Esther kein Wort Isländisch kann. Und nur ein faules Englisch.

Per, mit dem sie einiges bespricht, reißt sie aus diesen Gedanken. Er sagt: «Hör auf damit! Du fährst nicht nach Island, und Esther bleibt nicht hier. Es macht keinen Sinn.»

Weil er recht hat, zwingt sich Irene, über das nachzudenken, was ist und wie es werden wird, und nicht über das, was hätte sein können, wenn Esther gewollt hätte und nicht Thomas L. kennengelernt hätte und vielleicht, vielleicht eine andere Mutter gehabt hätte. Dieser letzte Gedanke ist so unsinnig, dass er sich selbst aufhebt.

Esther und Thomas L. wollen zurück nach Rumpft fahren und geben ihren Flugtermin bekannt. Wenn sie möchten, teilt Esther ihren Eltern mit, dann können sie zum Frankfurter Flughafen kommen und ihnen winken. Wenn sie möchten. Es ist aber eigentlich überflüssig, sagt Esther.

Aber es wäre eigentlich doch auch hübsch, sagt dagegen Thomas L. mit einem Lächeln, in das Irene gelegentlich reinschlagen könnte, weil es ihr so überlegen vorkommt, so überlegen, wie es seinem Alter und seinen Plänen nicht angemessen ist.

Schon am ersten Tag, nachdem Esther weg ist, flieht Irene in ihr Liebesnest, ausgehungert und erschöpft. Ihre Wohnung ist leer, Esthers Zimmer ist leer, und die letzte, armselige Hoffnung, sie umzustimmen, ist zerplatzt.

«Geht es dir nicht gut?», fragt Valentin. Er war mit Freunden in einem kleinen Haus im Wendland und ist im Gesicht braun geworden.

«Doch, ich bin nur …» Irene merkt, dass sie nicht über Esther reden will oder über Thomas L. oder über ihre Familie. Sie will das alles auf der anderen Seite lassen.

Er sagt: «Ich habe mir Gedanken gemacht, über uns.»

«So?» Sie blickt ihn an, sie forscht in seinem Gesicht, sie fürchtet, er hat sich in der Zeit ihrer Abwesenheit, fast drei Wochen, von ihr abgewendet. Er hat es sich überlegt. Vielleicht will er Abstand.

«Es gefällt mir nicht, dich drei Wochen nicht zu sehen.»

«Mir gefällt es auch nicht, weißt du.»

«Ja. Das glaube ich dir sogar, aber … es gefällt mir auch nicht, dass du ein Zuhause hast, mit ihm, mit deinem Per. Es gefällt mir nicht, dass er neben dir im Bett liegt. Das sollte er nicht.»

«Ich dachte, du möchtest eine unkomplizierte Beziehung. Das hast du gesagt.»

Er neigt sich mit dem ganzen Körper über sie. Sie sitzt auf einem Korbsessel, neben seinem Bett, und sie zieht eine Strumpfhose über ihre Beine. Sie zieht sich an, sie ist auf dem Weg nach Haus.

«Das möchte ich, aber das hier ist keine unkomplizierte Beziehung. Das ist eine Affäre. Ich kann nicht – auf dich zählen.»

Verwundert sieht sie ihn an. Er ist immer noch über sie gebeugt, und nun umarmt er sie und drückt ihren Kopf an seinen Bauch. Sie riecht ihn, und sie schließt die Augen, sie atmet ihn ein. Sie sehnt sich. Sie will hierbleiben. Sie will wieder in das Bett und will neben ihm einschlafen. Hat er nicht recht?

Während Irene zur Bahn geht, durch die Kühle der Frühlingsnacht, während sie die anderen sieht, die zu den Kneipen unterwegs sind, in Gruppen, zu zweit oder allein, überkommt sie eine tiefe Traurigkeit. Im Zweifel, denkt sie, hat sie gar nichts, das sich richtig anfühlt. Sie hat zu Hause eine Lüge, sie hat Valentin, der mit der Affäre nicht zufrieden ist, nicht mehr, sie hat eine Tochter, die weggegangen ist, und sie hat einen Job, der kein Beruf ist. Am Ende kann sie nur auf sich selbst zurückgreifen, auf ihre Fähigkeiten, und darauf vertrauen, dass sie sich damit aus allem herauszieht. Sie kommt sich vor wie ein Tier, das sich totstellt. Jemand, der um sich herum den Kampf toben sieht, aber selbst im Schatten steht, unfähig, sich zu bewegen, unfähig, mitzutun, ganz furchtbar allein und reglos.

Wenn ihr Valentin verlorengeht, und es könnte sein, dass er sich in Zukunft nicht mehr zufriedengibt mit dem, was sie ihm an verlogener Beziehung, Halbbeziehung, Affäre bieten kann, dann hat sie nichts mehr. Dann ist sie wirklich komplett dem sogenannten Alltag ausgeliefert. Mittelmaß in jeder Hinsicht.

Irene steigt in die Bahn, sie sieht müde Menschen, und sie tun ihr alle leid, die ganzen Menschen tun ihr insgesamt leid, aber am allermeisten tut sie sich selbst leid.

Am ersten Mai strahlt die Sonne von einem lichtblauen Himmel, es hat zwei Tage geregnet, und die Erde dampft, und alles Pflanzliche steht im Saft und glänzt, und es duftet nach Erde und Gras. Per hat das erste Mal den Rasen gemäht, und der Garten sieht aus wie frisch geputzt. Die noch schwachen Halme zittern nach dem Mähen einzeln in der dunklen Erde, das dünne Grashaar ist zu kurz geschnitten, Regenwürmer ringeln sich auf dem aufgewühlten Boden, Nässe hängt in den Rhododendronblättern, der Flieder neben der Terrasse blüht, und der Geruch erfüllt Irene mit einer stechenden Wehmut. Alles, was mit Sommer zu tun hat, mit Ferien und Kindheit, hat auch mit dem Geruch des Flieders zu tun. Flieder blühte früher am Haus ihrer Eltern, Flieder gab es auf dem Schulhof neben den Fahrradständern, und Flieder wuchs in jedem Garten, neben jeder Gartenlaube, er wuchs wild in dicken Büschen auf dem Weg vom Städtchen ins Dorf, und er parfümierte den späten April und den Mai und verlieh der Jahreszeit ihre Eleganz.

Per veranstaltet eine Grillparty für Irene, für Sarah, Patrizia, sogar für Yasemine, die immer noch bei Sarah wohnt. Per ist bester Stimmung. Irene ist noch am Nachmittag bei Valentin gewesen, sie nutzt jede freie Minute der warmen Tage, sie fährt auch für kurze Zeitspannen zu ihm, und während der Sommer in Sicht kommt, scheint Per immer mehr in eine Art Gleichgültigkeit gegenüber ihrem Tun und Fernbleiben und Weggehen zu verfallen. Er vermeidet es, sie zu fragen, wo sie war oder wohin sie geht.

Auf der Terrasse stehen klappbare Holzstühle, mit Sofakissen gepolstert, der Küchentisch und ein runder Plastikgartentisch. Auf den roten Ziegeln der gemauerten Terrassenbegrenzung steht der CD-Player, die Verlängerungsschnur ringelt sich durch das Wohnzimmer, und Johnny Cash singt leise seine melancholischen Countrysongs.

Yasemine trägt ein neues Kleid, das Sarah mit ihr eingekauft hat. Sie will, wie es aussieht, gar nicht mehr zu Irene und Per zurückkehren, und Irene nimmt es Sarah insgeheim ein bisschen übel, weil sie glaubt, dass Sarah Yasemine das eingeredet oder zumindest schöngeredet hat, dass sie bei ihr in Marets alter Wohnung wohnt. Nun, da Sarah Ricarda nicht mehr hat, will sie Irene wohl Yasemine wegnehmen. Und kauft ihr ein Kleid von ihrem eigenen, auch nicht sehr üppigen Gehalt. Das Kleid allerdings sieht sehr gut aus. In einem Kleid sieht vor allem Yasemine gut aus, die Haut ihrer Beine ist so glatt, und die Beine sind so gerade wie bei der nackten Barbie unter Sarahs Glastisch.

«Ach, ist es nicht schön?», sagt Per, schwenkt die Grillzange, und Irene starrt ihn an und fragt sich, ob er es ernst meint. Ist er wirklich so glücklich? Oder arbeitet er auf Hochtouren an dieser Maschinerie der Glückseligkeit? Sie seufzt, sie sieht Yasemine, sie sieht Per, sie will nicht so missgünstig sein.

Patrizia sitzt still und kerzengerade auf ihrem Stuhl und schweigt. Seit sie hier ist, hat sie kaum einen Satz gesagt. Sie hat abgenommen, stellt Irene fest, sie ist blass, und sie sieht älter aus und weniger entschlossen und ein bisschen auch weniger elegant. Die Trennung vom Professor tut ihr nicht gut. Vielleicht war sie ein Fehler?

Das Telefon klingelt, und Irene läuft in den dunkelschattigen Bau ihres Hauses, blind fast durch die Helligkeit im Garten, und sie denkt sofort an Valentin, obwohl er es nicht sein kann, weil er nicht auf ihrem Festnetz zu Hause anruft. Im ersten Moment meint sie doch, seine Stimme zu hören, weil es die Stimme eines Mannes ist, die sagt: «Irene, ich hab sie gefunden.»

Es ist Markus, und er redet so, als stünde er auf seinem Hof, mit seinen Cowboystiefeln und seinem Huhn im Arm. Als gehörten ihm nicht nur all diese Häuser und die Menschen, die auf seinem Hof wohnen, als gehörten ihm auch die Handlungen und alle Geschichten. Als wüsste jedermann sofort, was er tut und was ihn bewegt, besonders dann, wenn dieser Jedermann Irene ist, die mit ihm tatsächlich auf eine zarte Art verbunden ist. Auf eine zarte Art, die eine robuste Aufwertung erfahren hat, die Irene gegenüber Per nicht einmal ein schlechtes Gewissen verursacht, nicht einmal im Nachhinein, weil diese Aufwertung nur dieser zarten Verbindung geschuldet war, einer Verbindung, die unschuldig, weil kindlich, geblieben ist.

«Wen – hast du gefunden?», fragt Irene, in der Hand ein Glas Wein. Das Gegrille geht ihr auf die Nerven. Was, fragt sie sich, bezweckt Per mit dieser zwanghaften Feierei auf seiner Terrasse?

«Reni, du machst mich fertig. In Krankenhäusern auch noch, wo du mich deine Verwandten durch die Gänge tragen lässt, und willst dann die Vergangenheit aufreißen und alte Geschichten klären, Reni, und später soll das alles nichts mehr heißen?»

Seine Verrücktheit ist Irene sofort so präsent, wie sein Äußeres und seine Lebensumstände, sein großes, neues Auto, das selbst eine Art nachlässiger, luxuriöser Verrücktheit darzustellen scheint.

«Aber hör doch auf», sagt sie, «ich befinde mich doch jetzt ganz woanders. Woher soll ich wissen, was du meinst? Kann ich erahnen, was du willst, wenn ich … hier grille?»

«Du grillst?»

Er schweigt für eine Weile. Als würde ihn der Umstand, dass sie grillt, nachdenklich machen oder gar betrüben.

«Frau Weidloff, meine ich. Du wirst es nicht glauben, wo sie wohnt.»

Irenes Augen haben sich an die Dunkelheit gewöhnt. Sie unterscheidet jedes Detail ihres Flurs. Sie lehnt an der Wand, den Hörer an das Ohr gedrückt, in der anderen Hand das Weinglas, sie sieht Sandkörnchen auf den Dielen. Durch das Hin- und Herlaufen zwischen Küche und Terrasse ist es dreckig geworden. Sie würde gerne sofort fegen oder, besser noch, saugen. Die Tür zwischen Flur und Wohnzimmer klappert immer wieder gegen die Türfüllung, zwischen Küchenfenster und Terrassentür zieht es. Von draußen Lachen, Gesprächsfetzen, Geruch von angebratenem Fleisch. Was hat das alles mit Frau Weidloff zu tun, was hat sie mit Frau Weidloff zu tun?

«Da sagst du nichts mehr?», fragt Markus. «Wegen dir habe ich sie überhaupt gesucht. Wegen dir. Ich hätte gar nicht mehr dran gedacht, aber jetzt denke ich dran. Und weißt du was? Ich denke an nichts anderes mehr. Ich habe meine Therapie hinter mir, Irene, lange habe ich diese verfickte Therapie hinter mir, ich bin wieder voll – kom – men nor – mal! Ich komme mit den Anforderungen des Alltags zurecht, und ich kann zufriedenstellende Geschäfte abschließen. Ich bin nicht sozial abgekühlt, ich kann Beziehungen eingehen, alles, das ganze Programm für Menschen mittleren Alters, aber jetzt, wegen dieser alten Sache, jetzt bin ich glatt wieder aus der Bahn geworfen.»

«Wie?», fragt sie. «Wie bist du aus der Bahn geworfen?»

«Ich schlafe nicht. Ich denke nur. Ich sehe alles ganz genau vor mir. Nicht nur das Baby, auch was danach war. Wie wir gepackt haben. Wie sie geredet haben. Wie wir dann weg sind, in der Nacht. Alles. Wie in einem sehr verrückten Albtraum. Ich sehe alles, jede Farbe. Das Wetter. Die Worte. Ich erinnere mich an jedes einzelne Wort. Und ich sage dir, Irene: Das habe ich dir zu verdanken! Ja, herzlichen Dank für das Geschenk der Erinnerung.»

Er holt tief Luft. Irene holt ebenfalls tief Luft. Sie trinkt ihren Wein mit einem gierigen Schluck in einem Zug aus. Sie hätte gerne die ganze Flasche in der Hand. Mehrere Flaschen würde sie gerne austrinken, um sein Gerede gleich mit hinunterzuspülen. Sie will sich rechtfertigen, sie kann nichts dafür, dass ihre Tochter in sein Haus gezogen ist, sie kann nichts dafür, dass sie ihn getroffen hat, und sie kann nichts dafür, dass Yasemine ihren Hund in einem Erdloch begraben musste und ihre Erinnerung sie ansprang. Sie kann für alles überhaupt nichts. Für die Erinnerung kann einen niemand verantwortlich machen.

«Und deshalb», redet Markus weiter, ruhig jetzt und fast feierlich, «werden wir sie besuchen. Du und ich.»

«Wen?», fragt Irene und fühlt sich wie vor den Kopf gestoßen, wie vernagelt, und ihre Einfalt ist die letzte Zuflucht, obwohl sie schon sieht, worauf es hinausläuft.

«Frau Weidloff. In ihrem Haus. Wir fahren sie besuchen, Liebling.»

Er sagt tatsächlich «Liebling».

«Aber warum sollten wir das tun?», fragt Irene.

«Das scheint mir der einzige Ausweg zu sein. Für mich und auch für dich.»

«Ich brauche keinen Ausweg», sagt sie, und sie weiß im selben Moment, dass das eine Lüge ist.

Ich brauche keinen Ausweg, weil es mir gutgeht. Ich bin gesund. Ich habe eine kluge und hübsche Tochter. Ich habe einen Job, und ich verdiene meinen Lebensunterhalt. Ich habe einen sehr netten Ehemann, und wir wohnen in einer schönen und geräumigen Wohnung (und das bei den derzeitigen Verhältnissen auf dem Hamburger Wohnungsmarkt). Ich habe einen Liebhaber, den ich begehre. Ich habe Freundinnen, die ich liebe. Ich habe, nicht zuletzt, befriedigenden Sex. Ich brauche keinen Ausweg. Es geht mir gut.

«Sie wird eine Woche probearbeiten», sagt Sarah. Alle lächeln, alle reden durcheinander. «Ich arbeite eine Woche zur Probe», sagt Yasemine, während Sarah noch ihren Satz sagt, und Patrizia sagt: «Das ist gut. Das bedeutet, sie geben ihr eine Chance.» Und gleich hinterher sagt sie: «Das bedeutet, sie geben dir eine Chance.»

«Ja», sagt Yasemine. «Ich hab ziemlich Schiss. Wenn das alles so richtig fein ist. Das kann ich gar nicht.»

«Bleib doch ruhig», sagt Sarah, «das sind doch Menschen wie du und ich. Es gibt keinen Grund, sich Sorgen zu machen. Ich würde allerdings nicht die Jeans mit den Fäden anziehen. Das Top mit dem Tiger würde ich auch nicht anziehen. Und auch nicht das gelbe, mit den Knötchen in dem Material.»

Irenes Blick wandert starr von einem Gesicht zum anderen.

«Die Ersten sind fertig», sagt Per und lächelt, und er reicht einen Teller mit Steaks herüber. Er trägt einen grünen Sportanzug, er trägt zu Hause fast nur noch Sportanzüge, dazu blau-weiß gestreifte Turnschuhe von Adidas. Er trägt unter der grünen Jacke ein weißes T-Shirt, und sein Gesicht ist von der Sonne gerötet. Er hat sich einen leichten Sonnenbrand geholt. Er verträgt die frühe Frühjahrssonne nicht und holt sich immer einen kleinen Sonnenbrand auf der Nase und auf den Wangenknochen, manchmal auch an der Stirn. Er hat ihn sich beim Sport geholt, als er in der Sonne seine schwitzenden, stöhnenden Runden gedreht hat. Der grüne Sportanzug wölbt sich über seinen Bauch, die Jacke steht nur ein Stück auf, und das weiße T-Shirt ist im sichtbaren Ausschnitt mit Öl oder etwas Ähnlichem bekleckert.

«Was soll ich denn dann anziehen? Und dann auch noch die ganze Woche», sagt Yasemine in einem leicht weinerlichen Ton. Ihr Ton gegenüber Sarah ist ganz anders als ihr, Irene, gegenüber.

«Wir gehen einkaufen», sagt Sarah. «Du brauchst dringend neue Klamotten. Auf diese Woche kommt es an.»

«Sie soll Leuten die Haare waschen. Übertreibt ihr nicht etwas?», sagt Irene.

Yasemine und Sarah sehen sie an, gemeinschaftlich empört.

«Es ist ihre Chance», sagt schließlich Patrizia. «Sie muss sehen, dass sie gut ankommt, auch äußerlich. Da bin ich ganz Sarahs Meinung.»

«Wir kaufen dir ein paar ordentliche Klamotten», sagt Sarah noch einmal, «gleich morgen.»

«Wer ist wir?», fragt Irene.

«Du und ich. Yasemine hat doch gar kein Geld, sich neue Klamotten zu kaufen, Irene. Wir legen ihr das Geld aus, und sie gibt es uns irgendwann zurück. Wenn sie Arbeit hat.»

«Ich gebe auch was dazu», sagt Patrizia und gießt allen Wein nach, einem nach dem anderen, langsam, mit lang ausgestrecktem Arm.

«Nein, das müsst ihr nicht», sagt Yasemine. Sie blickt auf den Boden. «Wirklich nicht.»

«Wir müssen nicht, aber wir wollen», sagt Sarah.

Irene nickt matt. Sie lädt sich ein Steak auf ihren Teller. Der Wind rauscht in den Büschen des Flieders, der Duft mischt sich mit dem Duft des gebratenen Fleisches, von der Ausfallstraße dröhnt ein Motorrad, dann rauscht der Verkehr wieder sanft und fern und gleichmäßig dahin und verteilt den Feinstaub unbemerkt auf ihrem Essen. Aus einem geöffneten Fenster hört man die Fernsehnachrichten. Es ist fast Sommer. Erste dunkle Maulwurfshaufen haben sich neben der ungenutzten Sandkiste gebildet. Alles geht wieder seinen Gang, alles beginnt wieder, und Irenes Freundinnen haben sich das Projekt

Yasemine vorgenommen, sie mögen sie, sie lieben sie, so wie sie Irene selbst auch mochte und sich um sie kümmerte. Aber Irene ist auch nur eine von jener Sorte Frauen, von denen es viele gibt und denen es eingepflanzt ist, zu helfen und sich zu kümmern. Es ist nicht schlimm, es ist auch kein Fehler, es fühlt sich für sie nur eben gerade an, als wäre sie ferngesteuert. Als wäre sie berechenbar, und als wäre es nicht ihre eigene, mutige Entscheidung gewesen, dieses Mädchen mitzubringen und ihm auf den Weg zu helfen.

Doch dann wird Irene klar, dass es nicht nur sie ist, dass es vor allem Yasemine ist, die ausschlaggebend ist, für sie, für Per und für Sarah und auch für Patrizia. Yasemine mit ihren langen Armen und Beinen, mit ihrer Direktheit, mit ihrer Unsicherheit und ihrem ganz eigenen Humor, mit ihrem Charme, der einem das Herz brechen kann. Ihr wird geholfen, weil sie es wert ist, weil es eine Freude ist, ihr zu helfen, und wenn dies so ist, dann ist das Verdienst, das Irenes und das ihrer Freundinnen, nicht mehr so groß.

«Ja, okay. Ich denke schon auch, dass es was bringen könnte, wenn du ordentlich gekleidet erscheinst. Schaden kann es nicht», sagt Irene darum, und sie kaut auf ihrem teuren Steak herum, das nicht zart geworden ist, und sie überlegt, wie sie Markus beibringen kann, dass sie auf gar keinen Fall mit ihm Frau Weidloff besuchen wird, weil es keinen Sinn hat. Es ist ein komplett verrücktes Unternehmen, und komplett verrückte Unternehmen sind in seinem Universum vielleicht normal, aber in ihrem sind sie nur verrückt.

Irene wird es in Ruhe mit ihm bereden, und er wird es verstehen, nur gerade eben – ging es irgendwie nicht. Sie war nicht darauf vorbereitet gewesen. Sie war nicht einmal darauf vorbereitet gewesen, dass er anrief. Deshalb.

Sie kaut auf dem Fleisch, als könnte sie kauend ein Problem lösen. Sie unterhält sich über das Thema Kleidung. Sie beobachtet, aus dem Augenwinkel, Per, der beschäftigt tut und grinst und alle unterhält und der seine Musik ständig wechselt, bis die Sterne hervorkommen und er das Radio in das Wohnzimmer stellt, an das geöffnete Fenster, die Lautstärke heruntergedreht. Und dann sitzt er in einem Korbsessel, die grünen Beine von sich gestreckt, und schweigt plötzlich und starrt in das Nichts, irgendwo in den Garten hinein, wo die dunkle Mauer steht, die den Garten von den anderen Häusern und Grundstücken abgrenzt.

Zwei Wochen später meldet sich Markus wieder und kündigt an, dass er in Hamburg zu tun hat. Er will einen Apfelbauern aus dem Alten Land treffen und dann nach Hamburg reinfahren, um mit Irene essen zu gehen.

«Ich habe noch einige Dinge mit dir zu besprechen», sagt er, und Irene stöhnt leise, weil sie sich denken kann, welche Dinge er mit ihr zu besprechen hat.

Er sagt ihr, dass er am Abend ankommen werde, und sie sagt ihm, dass sie am Abend mit ihren Freundinnen verabredet sei.

«Das macht nichts. Ich nehme an, dass sie schön sind.»

«Markus, sie sind schön, aber ich weiß nicht …»

«Ja?»

«Wir können nichts besprechen, wenn meine Freundinnen dabei sind.»

«Ich habe keine Geheimnisse. Ich kann mit jedem auf der Welt über das reden, was ich mit dir bereden will. Wenn du allerdings mit mir schlafen willst, wäre das was anderes. Das täte dann schlecht passen.»

«Das will ich nicht!», sagt Irene. Per läuft durch den Flur und schließt die Tür zur Toilette.

«Dann steht unserem Treffen wohl nichts entgegen», sagt Markus. «Ich freue mich auf diese ganzen Frauen deines Herzens. Diese Schönheiten. Diese wunderbare Gesellschaft in Hamburg.»

«Stell dir nicht zu viel vor», sagt Irene und sieht ein, dass sie verloren hat. Dass er sich zu ihnen gesellen wird. Zu ihr und Patrizia und Sarah. Er hat nicht einmal gefragt, ob es ihr recht ist. Ihm ist es recht, und das ist alles, was ihn interessiert. Markus interessiert sich für solche nebensächlichen Sachen nicht, Sachen, die seinen Plänen im Weg stehen könnten. Andererseits denkt Irene es sich eigentlich ganz lustig, und es ist ihr gar nicht so unrecht, einen Mann wie Markus präsentieren zu können, er mischt die Karten ein bisschen neu, und er ist ja auch, im Grunde seines Herzens, ein guter und lieber Mensch, es gibt keinen ernsthaften Grund, ihn dieses eine Mal nicht mit einzuladen.

Dann ist er da, er trägt ein helles, glänzendes Hemd, das Hemd ist aus einem Stoff wie Seide, und es ist schmal geschnitten. Er hat sein Haar schneiden lassen, und sein immer noch langer Pony ist seitlich über den Kopf gekämmt. Er ist rasiert, und er riecht gut nach Rasierwasser. Nach einem praktischen, günstigen Rasierwasser aus der Drogerie. Und – Überraschung – er hat Zähne.

«Siehst du?», sagt er und hebt mit dem Daumen seine Oberlippe an. Irene sieht rosa Zahnfleisch und zwei große, weiße Zähne, wie neu.

«Implantate. Sieht doch aus wie echt, oder?», sagt er, und es soll keine Frage sein. Dann kommen erst Sarah und dann

Patrizia ins «Brot», und sie geben ihm die Hand, und schon geht die Show von Markus Ziegenmann los. Er umflirtet jede der drei Frauen, und er erzählt von seinen Hauskäufen in Deutschland und sogar in Frankreich: «Das war ein Puppenhäuschen, wunderhübsch, aber schief, und am Ende wollte es keiner kaufen. In Frankreich interessieren sich die Leute gar nicht für solche Häuser. In manchen weht der Sand herum, und aus den Dächern wachsen Birken.»

Patrizia lächelt ununterbrochen und bewegt sich wieder wie eine Königin. Sie gewinnt etwas Altes zurück. Sie kommt wieder in Form. Sie und Sarah finden sichtlich Gefallen an Markus, und vor allem gefallen die beiden Markus.

Sarah kichert. Sie trägt ein grünes Blüschen mit weißen Pünktchen, sie hat ihre alberne lila Tasche vor sich auf den Tisch gestellt, ihre Porzellanhaut, die leichte Rötung im Gesicht, sie sieht aus wie eine Frau aus einer anderen Zeit, aus einem sehr feinen, alten, französischen Film. Sie kann auch anders aussehen, es braucht nur minimale Veränderungen, ein paar kleine Details in ihren Haaren, dazu ihre Jogginghose, die alte Tante, die Katzen, und das ganze Bild ist ein vollkommen anderes. Eine Friseurin in Jogginghose in einem Haus, das ihr nicht gehört, mit einer Sehnsucht nach einem Kind, nach einem Mann, nach irgendjemandem.

Patrizia braucht sich nicht sehr bemühen, um schön zu sein. Mit ihrer tiefen Stimme bringt sie den Raum zum Vibrieren, die Männer blicken zu ihr hin. Markus ist hingerissen. Er spaßt nur sehr höflich. Er unterhält sie alle mit Geschichten, die so verrückt wie erlogen sind, aber es macht nichts. Es ist eine Geste, ein Gefallen, sie wollen sich nicht langweilen, niemand will sich mehr langweilen. Und deshalb sagt Irene leise für sich: «Danke, Markus.»

Am Ende sind sie betrunken. Am Ende ist Irene warm, und sie glüht fast, sie liebt Sarah, sie liebt Patrizia, und sie liebt Markus. Sie blickt nachsichtig und bewundernd auf sein seidenes Cowboyhemd. Sie fasst es sogar an, sie nimmt den Stoff am Ärmel zwischen die Finger und reibt ihn.

«Seide», sagt Markus und lächelt und freut sich irrsinnig, das sagen zu dürfen.

«Das würde sich nicht jeder Mann trauen, so was zu tragen», sagt Sarah und meint damit, dass er toll ist und dass sie jederzeit mit ihm schlafen würde.

«Ich hätte es mich auch kaum getraut», gibt Markus zu und fährt sich noch einmal, für alle sichtbar, mit den Fingern über seine neuen, großen Zähne.

«Wie kam das, mit den Zähnen?», erkundigt sich Patrizia.

«Das war meine Frau. Wir haben uns geschlagen, das ist keine schöne Geschichte, die erzählt man nicht gern. Aber wo ich jetzt damit anfange, sie ist im Grunde ein guter Mensch, wirklich! Sie ist sogar fast der beste Mensch, den ich kenne. Aber davon mal abgesehen, ist sie vollkommen verrückt. Erst war sie es im Guten, später ist es irgendwie gekippt und dann … war sie es auch ein bisschen im Bösen. Nicht dass sie im Wesen schlecht geworden ist, das nicht. Das nicht …» Er denkt nach. Die drei Frauen schweigen. Irene versucht, sich zu erinnern, was er ihr damals über seine Frau erzählt hat, die Frau, die er ja angeblich ins Grab gebracht haben soll, nach Auskunft der Wirtsfrau in Rumpft.

«Sie wollte mich nicht gehen lassen. Aber ich musste gehen, ich wäre noch so verrückt geworden wie sie, und da hat sie sich dann fast umgebracht, das dumme Stück. Und mich gleich mit. Sie hat uns beide fast umgebracht. Das ging mir zu weit. Ich bin noch am Leben beteiligt, auch wenn diese Hauskauferei nicht mein Traum ist. Aber ich bin noch dabei, ich fühle mich noch frisch und abenteuerlustig. Wenigstens in Maßen. Und das genügt mir. Frauen?»

Markus blickt fragend in die Runde. Alle hängen sie ihren eigenen Gedanken nach, alle sind betrunken und so tolerant, wie man sein kann, wenn man Abstriche macht und selber eben auch – betrunken ist.

Angesichts dieser ganzen Dinge, die geschehen sind, und voll mit Liebe, mit Liebe voll bis obenhin, randvoll damit, in die warme Jacke gehüllt, sich verabschiedend, lässt Irene sich von Markus draußen zurückhalten.

«Irene, versprich mir, dass du mit mir zu Frau Weidloff fährst. Es muss sein. Ich bitte dich darum!»

Sie sieht ihn an, er hat ein Gesicht aufgesetzt, ein ganz, ganz ernstes Gesicht, und ihre Liebe zu ihm, zu allem, zu Frau Weidloff sogar, verdoppelt sich. Sie kann es ihm nicht abschlagen. Wenn sie nüchtern wäre, vielleicht, das ist ihr betrunken sogar klar, aber so kann sie es nicht.

«Bitte!», sagt er.

«Na gut», sagt sie und seufzt.

«Und wann kannst du freibekommen? Ich fahre mit dem Auto hin und zurück. Ich nehme dich mit und gebe dich wieder zu Hause ab.»

«Du kannst wohl nicht alleine fahren?», fragt Irene, ein letzter Versuch, sich freizukaufen.

Markus schüttelt den Kopf. Sein seitengescheiteltes Haar verlässt die Stirn und fällt ihm ins Gesicht. «Es ist nicht meine Sache allein, wir … hängen beide … Wie zwei Magnete, verstehst du, wie zwei Magnete hängen wir zusammen in dieser Geschichte drin. Ich habe ja gar nichts davon gewusst.

Und dann kamst du und hast ...» Er streicht sein Haar zurück. Er ist aufgeregt. Sie gehen zu zweit die dunkle Straße entlang. Irene ist jetzt auch aufgeregt. Das hier führt sie an einen Ort, an dem die Liebelei vorbei ist, an dem sie fremd ist.

«Ich habe jahrelang diese verfickte Therapie gemacht, und ich habe nichts gewusst, von diesem ... Und jetzt liegt es da in meinem Kopf, wie ein kleines, blasses Ei. Wie ein Ei in einem Nest. Ich träume davon. Ich will nicht daran denken. Aber ich muss. Und das ist deine Schuld, Irene, und deshalb musst du mit!»

Irene schüttelt den Kopf. Sie läuft nicht ganz auf einer Linie. In ihrem Kopf ist Musik und ein Rauschen, und die Gefühle von Liebe und Angst und Wut hüpfen einzeln und vermischt hervor und stören ihre geraden Gedankengänge.

«Ich kann nichts dafür», sagt sie, «ich habe auch ewig nicht daran gedacht, und es ist mir sogar vollkommen unverständlich, dass ich, in all den Jahren, nicht mehr daran gedacht habe. Es ist passiert, als wir den Hund, Yasemines Hund, in das Loch ... als wir ihn begraben haben. Da habe ich ... plötzlich ... Da sah ich das Baby, dein Ei. Es war *so* eine Art Loch, obwohl das Loch damals natürlich mit Gras gefüllt war, es war vielleicht auch die Stimmung, ich weiß es nicht, und vielleicht ... lag es auch, überhaupt, an dir.»

«Warum an mir?»

«Weil du da warst. Ich habe mich wegen dir daran erinnert. Wegen dir und wegen Henry in dem Loch.»

«Du wusstest doch gar nicht, dass ich ich bin.»

«Vielleicht nicht und vielleicht doch. Irgendwann wusste ich es jedenfalls. Aber ich weiß gar nicht, was ich weiß, das ist ja das Schlimme. Du weißt doch auch nicht, was du weißt.»

Er nimmt ihre Hand in seine. Und sie gehen nebeneinanderher wie Bruder und Schwester, wie Junge und Mädchen. Wie sonst nichts.

«Da hast du wirklich recht», sagt er. Und das Gespräch ist fast beendet. Er nagelt sie noch fest, auf einen Tag, auf eine Woche zumindest. Sie soll sich freinehmen. Er will sie abholen. Er will sie mitnehmen.

21.

Es war immer noch Sommer. Es war immer noch heiß. Es war nur einen Tag nach dem Tag im Wald, aber Irene kam alles ganz anders vor. In der Pause hatte sie bei den Mädchen gestanden, hatte ihre Gesichter gesehen, hatte sie reden hören, von diesem und jenem, Petra Laske hatte eine Bravo-Hits-Musikkassette von ihrer Cousine aus dem Westen bekommen, und sie wollten nach der Schule erst zum Eisladen beim Fleischer gehen und danach dann alle zu Petra nach Hause, um die Kassette anzuhören. Irene hatte gesagt, dass sie nicht mitkommen will, sie hatte an den richtigen Stellen gekichert, aber sie war ein bisschen gar nicht da gewesen. Sie hing in ihrem Kopf noch immer bei dem fest, was gestern war. Das Gestern lag über allem wie eine Hülle, die alles einschloss und allem eine größere Bedeutung gab. Jeder Satz, jede Bewegung um Irene herum und alles, was in den Schulbüchern stand, was sie aufschrieb, wurde von ihr anders wahrgenommen, wie eine Winzigkeit verschoben und falsch, es war alles mit einer Information, einem Bild verbunden, das sich nicht verdrängen ließ. Noch nicht. Petra Laske hatte gesagt: «Wer kommt mit zum Eisladen?» Und Irene hatte an das Eis gedacht, das sie vielleicht essen könnte, während das Baby in der trockenen Wärme der Blätter lag und niemals mehr ein Eis essen oder Milch aus einer kleinen Flasche trinken würde.

Die Hitze war von dem Schotter des Schulhofs in Wellen aufgestiegen, dazu das Gekreische und das Rumgerenne der Kleinen, die rüden, mit künstlich tiefer Stimme rausgerülpsten

Sprüche der großen Jungen, die herumstreifenden Mädchengruppen, die tiefernste Blicke nach diesen Jungen schmissen, das alles war wie auf einer anderen Ebene passiert, auf einer Ebene, die schwebte, die gar nicht ganz wirklich war. Die Helligkeit war so durchdringend gewesen, dass sie ein Negativabbild auf Irenes Netzhaut hinterlassen hatte, wenn sie in den Schatten sah.

Markus wurde von niemandem vermisst. Vielleicht war er krank. Vielleicht hatte er keine Lust auf Schule. Er hatte schon einmal geschwänzt und war am See gewesen, und seine Eltern hatten ihm eine Entschuldigung geschrieben, weil sie sowieso nicht für die Erziehung in einer sozialistischen Schule zu haben waren. Sie standen hinter ihm, wenn er rebellierte, allerdings rebellierte er kaum. Er war nur merkwürdig, auf eine einnehmende und lustige Art. Er interessierte sich gar nicht für Provokation. Er verzettelte sich eher in kleinen Dingen und kam zu spät oder bemalte die Schulbücher oder diskutierte mit dem Lehrer über Politik. Aber eigentlich war er ein netter Junge und gar nicht frech. Irene hatte die Vermutung, dass sein Vater es gerne gesehen hätte, dass Markus frech wird, so wie sein Vater selber gerne frech wurde, gegen den Staat, gegen Erich Honecker und gegen die Partei. Dass der Vater frech war, wurde auch bemerkt. Aber es war harmlos, sagte Irenes Vater, weil dem Vater von Markus die Substanz fehlte. Er hatte kein Geld, und er hatte keinen Betrieb, in dem er jemanden aufhetzen konnte, er hatte keine Kollegen und auch sonst keinen Erfolg. Er lebte nur wie ein Hippie in seinem Haus mit seiner putzenden Frau und mit Markus.

Markus hatte es gut. Er konnte im See baden. Irene musste in der Klasse sitzen und in ein Biologiebuch schauen. Die Lehrerin, Frau Moosbach, gähnte immer wieder, die ganze Klasse gähnte, es war still im Unterricht. Frau Moosbach hatte einen dicken Po und kurzes blondes Haar. Sie hatte eine männliche Stimme, und sie war immer müde. Sie redete langsam und schrieb langsam an die Tafel, und manchmal, besonders an den langen Nachmittagen vor den Sommerferien, hockte sie auf der Kante des Lehrertisches und wartete sehr lange darauf, dass jemand die in den Raum geworfene Frage beantwortete. So geht die Zeit irgendwie rum, dachte Irene. Sie will einfach nur, dass die Zeit herumgeht. Niemand wird die Frage beantworten. Die Müdigkeit von Frau Moosbach war so intensiv, dass sie die Klasse zur Ruhe zwang. Ihr Zustand entwickelte eine Autorität, der sich niemand widersetzen wollte. Aufgekratzt sein, albern sein, Späßchen machen, alles wäre gegenüber dieser wirklich auch coolen, lässigen Müdigkeit kindisch und unangebracht erschienen.

Irene betrachtete ihre Stifte, die angekaut waren, sie schraubte ihren Füller auf und machte die Patrone wieder fest, die sich immer löste und alles, den Füller innen und dann beim Aufschrauben auch ihre Hände, blau färbte. Sie hatte extra ein rosa Löschpapier unter den Füller gelegt, und sie musste den Schwall blauer Tinte von ihren Fingern wischen, während sie gleichzeitig darauf wartete, ob jemand die von Frau Moosbach gestellte Frage doch noch beantworten würde. Der Klassenraum lag in tiefen Schatten. Draußen war die Sonne, hier bei ihnen war die Biologie in all ihrer Ödnis.

Ein Tuscheln, eine Unruhe ging durch den Raum, wie ein Windhauch, und alle, wie Irene rasch bemerkte, als sie von ihrer Tinte aufschaute, alle bewegten ihre Köpfe zu der durchgehenden Fensterfront, die auf die in gleißendes Licht getauchten Gehwegplatten hinausgingen und auf die davor angepflanzten Kartoffelrosen, aus deren Fruchtstand die Kinder Juckpulver herstellten, das sie ihren Freunden in den Rücken steckten.

Auf dem Gehweg liefen vier Menschen entlang, eine kleine Prozession, vorneweg Herr Röhmer, der Ortspolizist in Uniform, hinten eine kleine junge Polizistin, ebenfalls in Uniform, und ein Mann in einem weißen Arztkittel. In der Mitte aber lief Frau Weidloff. Sie kamen nur stockend voran. Frau Weidloff blieb immer wieder wie von einer unsichtbaren Kraft aufgehalten stehen, und dann blieben alle stehen, und die junge Polizistin packte sie sanft am Arm und schob sie etwas, und der Mann im Arztkittel flüsterte ihr etwas ins Ohr, und Frau Weidloff lächelte und nickte und ging wieder einige Schritte. Dann aber drehte sie sich um und wollte den Weg zurückgehen. Da packte die Polizistin fester zu, und der Mann packte an der anderen Seite zu, und sie zogen Frau Weidloff ein Stück weiter. Als sie auf diese Art fast an der Fensterreihe vorbeigegangen waren, blieben sie noch einmal stehen, und Frau Weidloff blickte in die Fenster hinein, in die dunkle Schattigkeit, wo der Biologieunterricht der Klasse 6b stattfand und wo alle dunklen Augenpaare sie verfolgten. Vielleicht sah sie nur sich, ihr Spiegelbild in den hohen Scheiben, vielleicht sah sie auch die Schatten einer Schulklasse dahinter. Irene aber sah Frau Weidloff und sah, wie sie lächelte und ganz anders im Gesicht war als sonst. Ganz hilflos, als könnte sie nicht mehr allein einen Weg entlanglaufen und als wüsste sie gar nicht mehr, in welche Richtung sie gehen sollte. Aber auf eine andere Art sah sie auch fast ein bisschen zufrieden aus, wie jemand, der sich widersetzt hat und entkommen ist.

Dann war Frau Weidloff, dann waren Herr Röhmer und die kleine Polizistin und der Mann mit dem Arztkittel an der Fensterreihe vorbeigegangen, und die Gehwegplatten und die

Kartoffelrosen und ein zerknülltes Taschentuch blieben zurück, und die Bilder standen noch eine Weile durchsichtig am Fenster, wie auf einer Folie, und dann wurden sie schwächer, aber sie verschwanden nicht. Sie verschwanden gar nicht mehr, sie hatten sich in Irenes Kopf eingebrannt. Sie wollte unbedingt Markus erzählen, was geschehen war. Niemand konnte es sich erklären. Niemand wusste, was passiert war. Frau Moosbach schüttelte den Kopf und sagte «Was war das?», und dann begann das erste Mal in ihrer Klasse so etwas wie Lärm, und sie schüttelte nur weiter den Kopf und ließ sie alle reden. Sie saß ratlos auf ihrer Tischkante und wartete darauf, dass es klingelte.

In den Tagen darauf wusste bald jeder, dass Frau Weidloff ihr Baby umgebracht hatte. Sibylle sagte in der Schule ganz laut, Frau Weidloff sei eine Babymörderin. Aber Irenes Mutter sagte zu Hause, Frau Weidloff habe ihr Baby sicher nicht umbringen wollen. Sie habe es totgeschüttelt, und das habe sie aus Wut getan, und Wut entstehe manchmal, wenn Menschen sich ungerecht behandelt fühlen und wenn ihnen alles zu viel wird. Sie sagte: «Die arme Frau.»

«Warum ist sie arm?», frage Irene. «Warum nicht das Baby?»

«Das Baby ist tot. Aber die Frau lebt», sagte die Mutter. Sie wurde mürrisch über diesem Thema.

Es war für Irene ausgeschlossen, jetzt noch von dem Baby im Wald anzufangen. Nun war ja alles, auch ohne ihr Zutun, herausgekommen, und sie war von der Aufgabe, es zu melden, befreit worden. Diese Erleichterung war beschwert mit Schuldgefühlen. Die Schuldgefühle nahmen überhand, denn sie hatte Frau Weidloff kaum jemals bemitleidet, sie war mit schuld daran, dass Frau Weidloff «alles zu viel» geworden war.

In der Schule sagten sie, Frau Weidloff sei in Eberswalde, als würde das etwas bedeuten, und dazu befragte Irene den Vater. «Eberswalde ist für Kranke», sagte er und schwieg und zog an einer Zigarette, und dann fügte er hinzu: «... die krank im Kopf sind. Da wird sie wohl verrückt geworden sein.» Und er lächelte unsicher und bekam rote Wangen und zog an seiner Zigarette, aber das Lächeln war nicht lustig. Und die Mutter, die mit der Wäsche von draußen kam und die letzten Worte gehört hatte, sagte wieder, und sagte es vorwurfsvoll zum Vater und auch ein bisschen zu Irene: «Die arme Frau.»

Markus kam nicht mehr wieder. Frau Weidloff kam nicht mehr wieder. Irene begrub alles in der Hitze des Sommers, versenkte es im See, in dem sie badete und tauchte und alles von sich abgleiten ließ. Sie las ganz viele Bücher, in denen keine toten Babys vorkamen, und sie begann ein neues Schuljahr als ein anderer Mensch, dreizehn Jahre alt, Haare unter den Armen, mit sichtbarem Busen und in sich drin mit einer Kante, die sie heimlich und ruckartig erwachsen gemacht hatte.

«Wir fliegen am Dienstag», sagt Esther. Irene hockt mit dem Telefon auf dem Fußboden des Flurs, neben ihren Stiefeln, die umgeknickt dastehen, seit dem Winter, seitdem sie sie endlich gegen weniger warme Schuhe ausgetauscht hat.

«Ja.»

«Ich wollte es euch nur sagen. Falls ihr kommen wollt. Wollt ihr aber wahrscheinlich nicht.»

«Nein», sagt Irene. Sie denkt an anderes. Sie denkt daran, dass sie am Dienstag mit Markus in die alte Heimat fahren wird, zu Frau Weidloff. Der Gedanke beschwert ihre täglichen Verrichtungen, obwohl sie ihn von sich schiebt und sich sagt, dass nichts dabei ist, dass sie es einfach hinter sich bringen wird, dass sie mit Markus hinfahren und dann wieder zurückfahren wird, und dann wird alles vorbei sein, alles, die ganze Geschichte, das Ei und auch Markus.

«Wie fühlst du dich?», fragt sie Esther, obwohl sie sich das selbst auch fragt, und ihre Aufmerksamkeit ist zweigeteilt. Irene ist sich selbst zugewandt, und sie ist Esther zugewandt, und das öffnet Irene plötzlich ihrer Tochter gegenüber, als die sagt: «Ich weiß es nicht. Ich weiß es wirklich nicht, Mama. Ich sollte aufgeregt sein und alles, aber ich bin es gar nicht. Ich fühle mich überhaupt nicht so, als würde ich nach Island gehen. Ich denke wahrscheinlich, ich bleibe hier. Also, ich denke es nicht wirklich, weil ich ja weiß, dass ich nach Island gehe, aber es fühlt sich so an, als könnte das gar nicht passieren. Verstehst du das?»

Ja, sie versteht es. Sehr gut sogar versteht sie es, weil es ihr genauso geht, wenn sie zu Frau Weidloff fährt. Eine andere Geschichte, ein kleinerer Ausflug, aber die gleichen Symptome.

«Nun, das macht nichts», sagt Irene, «da musst du dir keine Gedanken machen. Du warst noch nie in so einer Situation, und deshalb kannst du es dir nicht vorstellen. Weißt du, im Grunde warst du nie sehr aufgeregt wegen irgendwelcher Sachen. Weder vor deinen Auftritten in der Musikschule, noch wenn es irgendwo mit der Klasse hinging. Du warst immer gelassen. Du bist einfach so. Du bist ein Abwarter. Das ist doch vernünftig.»

«Wenn du es so sagst, dann ist es wohl so.»

«Wie geht es Thomas?»

«Er ist wie auf Droge. Er lernt Isländisch. Er spricht den

ganzen Tag isländische Sätze, und ich soll ihm auf Isländisch antworten, und dann breitet er Landkarten aus, und er zeigt mir irgendwelche Straßen und wo das Haus steht und wo der Einkaufsladen steht. Er macht mich wahnsinnig. Ich soll ein Kochbuch mitnehmen, ich hab ihm gesagt, er kann sich das Kochbuch sonst wohin stecken. Ich will nichts von Kochen wissen, jetzt doch noch nicht.»

«Er ist nicht wie du», sagt Irene.

«Nein, gar nicht. Er ist verrückt. Aber das gefällt mir an ihm. Das Ganze, wie er ist, er ist überhaupt nicht langweilig. Nie. Er ist der unlangweiligste Mensch, den ich kenne. Ich muss ganz viel lachen, weil er so aufgeregt ist. Ich lach mich noch tot.»

«Das hört sich alles gut an.»

«Ja.»

Esther zögert. Sie will Irene noch etwas anderes mitteilen.

«Der Ziegenmann hat mir gesagt, dass er am Dienstag mit dir zu einer alten Bekannten fährt.»

«Das hat er dir gesagt?»

«Ja, deshalb weiß ich, dass du nicht kommst. Dass ihr nicht kommt. Aber das macht nichts. Es wäre auch überflüssig. Was habt ihr vor?»

Irene will Esther nichts erzählen. Sie hat es nicht mal Per erzählt. Sie hat eine ganz andere Erklärung gefunden. Sie wollen zusammen auf ein Klassentreffen fahren. Das ist gelogen, aber Per ist damit zufrieden, und sie lügt ja nicht, um ihn zu hintergehen, sie will einfach nicht über die Sache sprechen, sie kann es nicht. Später wird sie es ihm sagen, später.

«Wir fahren auf ein Klassentreffen, er ist ja aus meiner alten Klasse.» Auch das muss sie erklären. Auch das weiß Esther nicht. Irene ist des Erklärens langsam überdrüssig.

Warum muss man sich sein Leben hindurch den Angehörigen erklären? «Esther, er ging in meine alte Schulklasse, bis zur sechsten. Dann ist er mit seiner Familie in den Westen gegangen.»

«Du hast so was angedeutet. Aber ich dachte, du spinnst.»

«Ich war mir nicht sicher. Er hat sich verändert in den ganzen Jahren, es ist lange her, und er war ja noch ein Kind.»

«Wieso komme ich jetzt ausgerechnet zu dem? Das ist doch verrückt.»

«Das kann man sich immer fragen, egal, wohin man kommt und was passiert, alles ist doch auf eine Art speziell und könnte auch ganz anders sein.»

Esther seufzt. «Mama, ich nehme mein Handy mit, ich schick dir die neue Nummer, und wenn wir ein eigenes Festnetz haben, dann gebe ich Bescheid. Ich rufe dich sofort an, wenn wir im Haus sind. Oder nein, wenn wir in Island gelandet sind.»

«Estherlein, Kleine. Ich … Mir wäre es lieber, du würdest in Rumpft bleiben.»

«Wäre es nicht», sagt Esther.

«Nein.» Irene ruft Per, der gleich aus seinem Arbeitszimmer kommt, sie sitzt noch immer neben ihren Stiefeln auf dem Boden, sie reicht ihm den Hörer, und sie wischt sich die Augen aus.

«Estherlein!», sagt Per voller Enthusiasmus, und Irene erhebt sich und lässt Per mit seiner Tochter und dem Telefonhörer allein.

Ist sie traurig? Auf angemessene Weise wohl, vielleicht eher von sich selbst gerührt. Aber etwas sagt ihr, dass Esther nicht in Island bleiben wird, dass es eine Phase sein wird, dass sie ein Abenteuer erlebt, nicht sehr viel anders als eine Klassenfahrt. Und sie beruhigt sich, und sie denkt wieder an ihre eigene Klassenfahrt, an den Dienstag, an Markus und an Frau Weidloff.

«Weißt du, wann das Baby geboren wurde?» Sarah ist am Handy. «Ich weiß es, und du wirst dich wundern, Irene, du wirst dich wundern.»

Irene geht die Straße entlang, es ist gegen Abend, sie kommt vom Einkaufen. Sie geht ganz langsam, weil sie einiges überdenkt. Der Himmel ist verhangen, eine düstere, wattig warme Luft hängt über den Straßen und zwischen den Häusern. Die Wärme scheint ohne Quelle zu sein, sie scheint von unten, vom Boden her aufzusteigen, sich auszubreiten, und Schweiß sitzt unter Irenes Armen. Die Langsamkeit ihrer Bewegungen entspricht ihrer Unentschlossenheit. Soll sie etwas ändern? Soll sie Valentin entgegenkommen und ihre Beziehung auf irgendeine Art fester zurren? Aber auf welche? Und wie, ohne gleich alles zu ändern, ihr ganzes Leben, indem sie nämlich Per die Wahrheit sagt? Per die Wahrheit zu sagen, ist unvermeidlich, da ist sie sich sicher, der Tag der Wahrheit liegt irgendwo in der Ferne, aber er wird kommen. Über all das denkt Irene nach, während sie durch die drohende Wärme läuft, durch eine Art Gewitterluft, der kein Gewitter zu folgen scheint, kein Donner, keine Blitze, keine Einschläge und kein abkühlender Regen. Es ist noch zu früh, der Sommer nicht fortgeschritten genug. Alles spricht für ein Gewitter, aber der Tag ist noch nicht bereit. Und so ist die Wärme wie eine Unentschlossenheit und die Dunkelheit eine Form von Undurchsichtigkeit.

«Von welchem Baby redest du?»

Irene ist ein bisschen verärgert über Sarahs Anruf. Sie ist zu sehr mit sich selbst beschäftigt, um sich auch noch der Probleme anderer anzunehmen.

«Irene! Von Valentins Baby.»

Valentins Baby? Natürlich hat er ein Baby, aber das hat Irene von ihm abgespalten, er hat ein Baby als biographische Notiz, aber nicht als etwas, das ihm familiär und körperlich, nah an seinem Herzen, aus ihm gewachsen, angehört.

«Wie kommst du dazu? Spionierst du ihm nach? Was soll das eigentlich?»

Sarah lässt sich nicht beirren. Sie spricht kalt. Sie will Irene mit dieser Mitteilung treffen wie mit einem Pfeil. Warum sie so glücklich über ihr überflüssiges Wissen ist, weiß Irene nicht.

«Ich war mit Rickie beim Arzt. Maret kann grad wieder nicht, und da war er schon wieder. Mit dem Kind. Ich hab ihn einfach angesprochen.»

«Du hast ihn angesprochen?» Irene fühlt sich unwohl. Sie würde am liebsten auflegen.

«Stell dir vor», sagt Sarah, «das Baby heißt Justus. Und weißt du, wann Justus geboren ist? Am elften November. Am elften November, Irene.»

«Ja, und?»

«Am elften November waren wir im ‹Brot›. Das war ein Tag nach Patrizias Geburtstag! Der Abend, an dem du ihn kennengelernt hast. Valentin. An dem Tag ist sein Baby geboren. Verstehst du?»

Irene sieht alles vor sich. Wie er im «Brot» am Tresen sitzt. Wie er sie ansieht, auf diese Art ansieht, noch bevor sie ein Wort mit ihm gesprochen hat. Dann das Treppenhaus, die Bettwäsche, der Morgen im Dunkeln, die Küche, die Frau mit dem Bild. Sie fährt nach Haus, und er ist weg. Er ist weg. Während sie mit ihm geschlafen hat, wurde sein Baby geboren.

Er schläft mit ihr und bekommt währenddessen ein Kind mit der anderen, der anderen Frau. Der Kindesmutter. Ein Baby. Blutig, schreiend, Schorf auf dem Kopf und hinter den Ohren, sich zusammenkrümmend, blind, an allem saugend, das Haar verklebt, sein Baby. Das all seine Liebe bekommt, eine große und viel wichtigere Liebe, denn anders kann es doch nicht sein, während sie unter ihrer Decke noch schläft.

«Was sagst du nun?», fragt Sarah.

«Freut dich das?», fragt Irene.

«Warum sollte mich das freuen? Es freut mich nicht. Ich wollte nur ... Ich dachte ... dass es dich interessiert. Irene, du musst doch alles wissen. Er kann dir doch ... so etwas nicht verschweigen. Das ist doch wichtig.»

«Ja.»

Irene ist fast zu Hause. Sie biegt in ihre Straße ein, ihr tut der Arm weh, weil sie sich so lange das Handy ans Ohr gehalten hat. Ihr tut die Schulter weh, von den schweren Einkäufen in der anderen Hand, die sie nicht wechseln konnte.

«Danke», sagt sie. «Dass du mir. So wichtige. Informationen. Lieferst.»

«Ist alles in Ordnung?», fragt Sarah. «Bist du böse? Irene, bist du mir böse?»

Das rüttelt Irene auf. Sie ist Sarah böse, aber sie hat gar kein Recht dazu. Sarah hat ihr nur die Botschaft überbracht. Und die Botschaft lautet: Dein Liebhaber ist ein Schwein.

Valentin ist ein Schwein.

So sieht das aus.

«Ich bin nicht böse. Es tut mir leid, wenn ich, vielleicht, irgendwie blöd geklungen habe. Es ist nur ... Es ist so schön mit ihm. Und das habe ich jetzt nicht gerne gehört, Sarah. Aber das ist nicht deine Schuld. Natürlich nicht.»

«Vielleicht gibt es eine Erklärung. Vielleicht sind sie gar nicht zusammen gewesen. Vielleicht hatten sie sich vorher getrennt», sagt Sarah.

«Vielleicht, wahrscheinlich sogar, aber dennoch», sagt Irene.

Aber dennoch.

22.

Am Dienstag, Yasemine hat ihren zweiten Probetag in dem schicken Friseurladen in der Innenstadt, holt Markus Irene von zu Hause ab, um mit ihr in eine alte Heimat zu fahren. Per ist bereits zur Arbeit gegangen. Er hat Irene viel Spaß gewünscht.

Die vergangenen Tage über hatte Irene gehofft, dass sich alles auflöst, weil Markus plötzlich einsehen würde, dass er auch selbst Frau Weidloff nicht besuchen will, weil er zum Beispiel einen wichtigen Termin hätte, weil er etwas Besseres vorhätte, als seine eigene, ferne Kindheit zu bereinigen oder sich von etwas zu befreien, was nun einmal war und sich nicht mehr ändern lässt. Und vor allem, daran wollte Irene am allerwenigsten denken, weil sie eine Person in ihr «Klassentreffen» mit hineinzogen, die vielleicht am schmerzlichsten davon betroffen sein würde und die es deshalb möglicherweise am allerwenigsten wollen würde. Das musste Markus doch auch klar sein.

Aber Markus ist nichts klar, außer dass er einen Entschluss gefasst hat, und Entschlüsse stehen wie Bäume in seiner Welt. Entschlüsse müssen gar nicht mehr überdacht werden. Entschlüsse müssen nur noch umgesetzt werden.

«Da bist du», sagt er und strahlt. Er steigt aus seinem großen Wagen, er trägt seine Cowboystiefel, und sein Bart ist wieder ein bisschen gewachsen. «Du siehst sehr gut aus, Irene. Ich bin begeistert.»

Sie hat sich tatsächlich elegant angezogen, sie trägt ein Kleid und glänzende, neue Stiefel. Sie will sich schützen. Eine elegante Kleidung ist ein Schutz vor Schmutz. Einer eleganten Frau kann nichts passieren.

«Du siehst aus, als würdest du nicht gerne fahren», sagt er und steigt in den Wagen.

«Markus, ich fahre tatsächlich nicht gerne», antwortet sie und nimmt neben ihm Platz.

«Aber warum denn nicht? Wir haben ein wundervolles Wetter», es ist düster, eine dicke Wolkendecke hängt über der Stadt, und vorhin hat es genieselt, «und wir machen einen Ausflug, du und ich. In die Kindheit zurück. Wir fahren in unsere Kindheit zurück. Das ist doch toll!»

«Spinnst du komplett?», sagt Irene. «Wir besuchen eine kranke Frau, um sie zu fragen, warum sie ihr Baby getötet und in den Wald geschmissen hat. Das ist keine Vergnügungsfahrt, und ich wünschte wirklich, du würdest es dir noch mal überlegen.»

Markus lacht, und er lenkt mit einer Hand, während er die andere auf ihr Knie legt, als wären sie ein altes Liebespaar. Aber es ist nichts Sexuelles dabei. Eher eine versöhnliche Geste.

«So direkt wollte ich es nicht formulieren. Und wer sagt dir, dass sie krank ist? Vielleicht ist sie total gesund, und es geht ihr gut.»

«Vielleicht. Aber wenn wir wieder abfahren, Markus, dann geht es ihr sicherlich weniger gut.»

Markus lacht wieder. Er nimmt die Hand von ihrem Knie und summt und fährt los. Er denkt nur noch, er hat das Reden für einige Zeit aufgegeben. Irene ist es recht. Sie will das alles einfach nur möglichst schnell hinter sich bringen. Aber auf dem langen Band der Autobahn, die große, ebene Felder durchschneidet und kaum Abwechslung bietet, schieben sich all die Babys in ihr Bewusstsein, mit denen sie zu tun hatte. Vor allem Valentins Baby, das schreit und schreit und dessen Vater in letzter Minute geeilt kommt, um es in seine bösen, bösen Arme zu nehmen. Und wie dann all seine Liebe diesem Baby zufließt, während sie nichts davon ahnt. Während sie selbst verloren in seinem Bett liegt, betrogen, belogen, bereits in ihrer ersten Nacht mit dem ganz neuen Liebsten. Und eigentlich gar keinen Anspruch hat. Wie würde das Baby sie hassen, wenn das Baby das könnte. Das arme kleine Baby. All die armen kleinen Babys, die toten und die lebenden, klein und hilflos und arm.

«Ich denke, sie wird sich freuen», sagt Markus, ein letzter Satz, bevor er in ein langes Schweigen versinkt.

Irene schüttelt den Kopf. Es ist ihr unmöglich, sich in seine Gedanken einzufühlen.

Markus hält am Waldrand, Zweige knacken unter den Reifen, der Wagen steht zur Hälfte auf umgeknickten hohen Gräsern, dazwischen sprießt frisches, zartes Gras, das sich unter verrottenden Eichenblättern und Ahornblättern hervorschiebt. Sonnenflecken tanzen auf dem Kiesweg. Unmengen an Vögeln singen wild durcheinander, und die Luft ist frisch und würzig. Der Geruch steigt Irene in die Nase wie Erinnerung. Möglicherweise unterscheidet sich der Geruch von Heimat von allen anderen Gerüchen, und vielleicht nimmt die Nase Feinheiten wahr, die nur im Unbewussten eine Mischung, eine feinstoffliche Substanz wiederauferstehen lassen, die ein Mensch sofort mit Heimat, mit Kindheit und mit den ersten, jungen Eindrücken verbindet. Noch stehen hier dieselben Bäume, noch wächst dieselbe Sorte Gräser, noch ist keine Fabrik erbaut, kein anderes Getreide angebaut und keine Viehzucht begonnen worden. Auf dem sandigen brandenburgischen Boden wächst nicht viel, außer vielleicht Kartoffeln, der Boden ist steinübersät, und im Winter sammelten die LPG-Bauern die Steine vom genossenschaftlichen Land. Jetzt bleiben die Steine liegen, es lohnt sich nicht mehr, mühsam das Land zu bewirtschaften, die Felder sind verkrautet, und die Vögel bauen im hohen Gras ihre Nester. Die Vogelpopulation hat sich verdoppelt oder gar verdreifacht. Auf den Feldern wachsen nun kleine braune Champignons zwischen kleinen braunen Schafsköteln. All das fällt Irene ein, während sie auf ihrem Sitz hocken bleibt und Markus in die Landschaft starrt, auf die Stämme der Eichen und des Ahorns. Er ist seitdem nicht mehr hier gewesen. Er hat nur hierhergefunden, weil Irene ihm den Weg gezeigt hat. Seit er zwölf Jahre alt war, ist er niemals mehr in diesem Dorf gewesen.

«Wie ist es?», fragt sie.

«Es kommt mir vor, als würde ich die Eiche kennen. Hat sie nicht schon immer hier gestanden?»

Irene nickt. Wo soll sie sonst gestanden haben? Eichen gehen nicht weg. Der Weg gabelt sich ein Stück weiter und führt auf der einen Seite in die kleine Stadt und auf der anderen ins Dorf und in den Wald. Fast genau in der Gabelung steht das Haus von Frau Weidloff.

«An die Eiche kann ich mich auch erinnern», sagt Irene. «Ich hätte nicht gedacht, dass ich Bäume wiedererkenne. Als Kind habe ich mir Bäume eigentlich gar nicht angesehen.»

Bäume waren da gewesen, so wie Luft und Himmel und Gras da gewesen waren. Beachtung hat man ihnen nicht geschenkt. Aber irrt sich Irene nicht auch in dieser Wahrnehmung? Denn jetzt, wo sie wieder hier ist, weiß sie plötzlich, sie liebt diese Eiche. Sie hat sie immer geliebt. Sie liebt auch dieses Gras und den Graben neben der Straße, in dem im Frühjahr Wasser bis in das kleine Flüsschen vor dem Dorf floss und in den jeder einmal gerutscht war, bevor man mit nassen, quietschenden Schuhen, die man vor den Eltern geheim halten musste, nach Haus schlich.

«Auf!» Markus gibt sich einen Ruck und öffnet seine Autotür. «Zuerst gehen wir da hin, wo es war. Wir knüpfen da an, wo die Bruchstelle ist.»

Irene folgt ihm. Sie streckt sich in der warmen, duftenden Luft. Mücken surren um sie herum.

«Wie kommst du auf solche Sätze und Erkenntnisse?», fragt sie. Sie ist nicht gewillt, die Stelle zu suchen. Das hier wird ihr langsam etwas zu viel.

«Wie du weißt, Reni, und wie ich es dir erzählt habe, bin ich umfangreich therapiert worden. Es gab Zeiten, da war ich nicht so normal wie jetzt. Da hättest du mich nicht gerne kennen wollen.»

«Ah», sagt sie. Sie will über seinen Begriff von «normal» nicht noch einmal nachdenken, und hier, am brandenburgischen Dorfrand, scheint Markus auf eine ganz natürliche Weise hinzugehören, und das trotz seiner Cowboystiefel und trotz seines Ziegenfellmantels, den er immer zu tragen scheint. Er hat den Mantel ausgezogen, aber er liegt auf seinem Arm, damit er wenigstens irgendwie zu seinem Körper gehört, wie eine Haut, die er sich zugelegt hat, wie seinen Nachnamen, den er sich auch zugelegt hat, alles zu seinem Preis, der nicht gering war, wie sie inzwischen weiß.

«Wenn du das für richtig hältst, dann gehen wir eben. Ich glaube allerdings nicht, dass wir die Stelle finden. Es ist ewig her, Markus. Es ist alles zugewachsen.»

Markus geht schon, er trampelt über knackende Zweige, er

stapft einfach los. Irene folgt ihm, was soll sie sonst tun? Sie bemüht sich sogar, die Stelle ausfindig zu machen. Aber am Waldrand sieht es überall gleich aus, die Löcher sind zugefallen, zugewachsen, mit altem Laub gefüllt, und nur manchmal kann man sie erahnen, wenn man einen Fuß hineinsetzt und in eine nachgebende Tiefe tritt. Markus sieht immer wieder über die verwilderte Wiese zum Haus von Frau Weidloff hinüber. Vermutlich um den Winkel, in dem sie damals zum Haus standen, wiederzuerkennen. Irene kann sich nicht mehr an diesen Winkel erinnern. Sie kann sich an das Bild in ihrem Kopf erinnern, an den warmen Stamm, an dem sie fast eingeschlafen ist, an die Sonne, an das warme Moos, sie kann sich an das Kind erinnern, an das Weiße und das Graue seines Körpers, an das Gesicht von Markus, an seinen Stock, und wie er es, das Kind, mit dem Stock berührte. Aber im Gelände verorten kann sie die Stelle nicht.

Markus geht immer weiter, jetzt ist er zu weit gegangen, Irene ist sich sicher, denn von dieser Stelle aus ist das Haus gar nicht mehr zu sehen, und sie konnten das Haus sehen, das weiß sie. Er bleibt stehen. Er sieht gar nicht gut aus. Er ist blass, und er hat Ringe unter den Augen, und er setzt sich plötzlich auf den Boden.

«Geht es dir nicht gut?»

Er lächelt. «Haha. Das ist doch amüsant, nicht, Renilein? Der kleine Markus, die feige kleine Sau.»

«Was redest du?»

«Das bin ich doch gewesen. Gib es doch mal zu. Ich hatte schrecklichen Schiss vor allem. Ich war gar kein Junge, Irene, ich war auch kein Mädchen, ich war ein Wurm, ein mickriger, ekliger Wurm. Ich war von Kopf bis Fuß aus Angst gebaut.»

Irene ist wie hypnotisiert von Markus, wie er auf dem Boden

sitzt, den Ziegenfellmantel wie ein Kind an seine Brust gedrückt, die Augen aufgerissen, hilflos, entsetzt über sich selbst.

«Markus, das stimmt überhaupt nicht.» Irene wird laut. Sie ist nicht bereit, sich alles so runtermachen zu lassen. Auch und vor allem nicht ihren Kinderfreund. Sie hat auch ein Recht auf ihn, als Person, und was sie weiß, ist auch wahr. Und sie kennt diesen Markus, von dem er spricht, gar nicht.

«Was stimmt denn, Reni, was stimmt denn?»

«Du hast dich getraut, ganz anders zu sein. Und du hast dich nicht herumkommandieren lassen. Gar nicht. Du hast auch nicht mitgemacht, wenn sie Frau Weidloff geärgert haben.»

Er lacht böse. «Aber ich hätte gerne, Irene, wenn man bei der Wahrheit bleibt, dann hätte ich das gerne, aber ich war sogar … zu schwach, um böse zu sein. Und anders war ich nur, weil das … ein Auftrag war, vom Herrn Papa. Ich sollte anders sein. Aber ich wollte das gar nicht, ich wollte sein wie alle. Normal, Irene, und ein Junge. Ein normaler Junge. Er hat mich nicht gelassen.»

Er, denkt Irene. Der Kunstvater, dem Erich Honecker egal war und die ganze sozialistische Welt, der aber zu unbedeutend war, als dass sich Erich Honecker und die sozialistische Welt um ihn gekümmert hätten.

«Markus, ich verstehe dich nicht. Wirklich nicht. Ich weiß nur, was ich weiß, und du warst gewiss kein ängstlicher Junge, nicht für mich und für die anderen auch nicht. Du warst anders, aber nicht feige. Du bist zu streng mit dir. Du schämst dich für irgendwas. Aber ich weiß nicht, für was, und ich glaube, dass es etwas ist, das so intim ist, dass es wirklich keiner von uns wusste. Und jeder hat in sich drin so eine Art Feigheit. Aber das zählt nicht, wirklich nicht. Das geht nicht mal jemanden etwas an. Du warst mutig. Und klug. Und interessant.»

Sie sieht ihn an, wie er auf der Erde hockt, Schweiß auf der Stirn, weiß wie eine Wand. Sie fragt sich, ob er irgendwas Körperliches hat, eine Krankheit, von der er ihr nicht erzählt hat.

«So wie du jetzt auch noch bist», sagt sie. «Mutig. Und klug. Und interessant.» Und ein Verlangen überkommt sie, ihm über den Kopf zu streichen, und sie tut es, seine Stirn ist kalt und feucht. Er presst die Lippen zusammen, zieht dann eine Schnute und grinst.

«Entschuldige», sagt er und steht auf. «Ich habe mich hinreißen lassen. Entschuldige, ich bin wirklich zu albern.»

Irene ist froh, dass Markus es überstanden hat. Sie folgt ihm zurück zum Wagen, denn sie wissen beide, dass sie die Stelle nicht finden werden. Doch jetzt, wo sie beide aufgegeben haben, jetzt steht da etwas im alten Laub, das sie vorher übersehen haben, ein kleines, zusammengenageltes Kreuz.

«Das ist aber …», sagt Markus und grinst breit.

Irene setzt sich ins feuchte Gras, damit hat sie nicht gerechnet.

«Und ich frage mich wirklich, warum sie ausgerechnet wieder hierhergezogen ist. Genau an denselben Ort. Das ist doch verrückt», sagt Markus.

«Das siehst du doch. Das siehst du doch, warum sie hierhergezogen ist. Sie kann nirgendwo anders hinziehen», sagt Irene.

«Das ist aber … aus therapeutischer Sicht …», sagt Markus.

«Wo sollte sie denn sonst hinziehen», fragt Irene, «als ausgerechnet hierher?»

Alles, was passiert, wird Irene klar, ist in der Welt und lässt sich nicht mehr verändern und lässt sich nicht reparieren. Aber ein Mensch ist ein Mensch, auch wenn er beschädigt ist, und dann sogar noch mehr, weil er weich ist und schwach und weil er nicht weiß, wie das Leben geht, niemand weiß das, und wenn er dann einen Fehler macht und dann immer noch da ist, dann ist er immer noch ein Mensch. Und das Baby, als es schrie und schrie, und als es dann geschüttelt wurde, so lange bis es tot war, auch das ist ein Mensch gewesen.

Aber das ist nichts, worüber Irene mit Markus sprechen könnte. Er hat es schon verstanden, er weiß schon alles. Er hat sich selbst, auf einem Stück Waldboden, ins Gesicht geschaut und ist blass geworden.

Jetzt ist alles noch viel schwerer. Doch gleichzeitig ist es richtiger. Irene weiß nun, dass es gehen wird, dass es nicht absurd ist, wie sie erst dachte. Und Markus ist wieder am Strahlen und am Witzeln. So wie er stürzt, in tiefe Schluchten, so springt er gleich anschließend wieder auf die Spitze seiner Berge. Nur unten, in der Ebene, wo sie alle trotten und sich wundern, dass so wenig passiert, da ist er nicht, da ist er nie. Vielleicht ist das die Art von Feigheit, die er in sich erkannt hat.

Ein Steinplattenweg führt wie ein Schnitt durch den kurzen, gepflegten Rasen auf das Haus zu. Rechts und links am Zaun wachsen Rosensträucher und Stiefmütterchen und Schilfgras. Der Wäscheplatz ist weg, der Trabant ebenso. Die Fassade ist blassgelb gestrichen, und am Dach oben steckt eine runde Satellitenantenne. Das Haus sieht jetzt besser aus, die Romantik ist dahin. Frau Weidloff und den früheren Bewohnern wird diese Romantik aber ohnehin abgegangen sein. Irene wird sie bewusst, im Nachhinein, weil Kindheitsbilder immer nur im Nachhinein romantisch sind. Kindheit kennt keine Romantik.

«Weidloff» steht auf dem Klingelschild, auch das neu und

aus Keramik. Markus klingelt sofort, zu zögern ist nicht seine Art.

Frau Weidloff öffnet selbst die Tür, es gibt keine Sprechanlage für die drei Parteien, die das Haus bewohnen, sie steht plötzlich da, und das Schockierende ist nicht, dass sie alt geworden ist, dass sie dicker geworden ist und dass ihr Haar kurz und grau ist, das Schockierende ist, dass es immer noch ihr Gesicht ist und dann immer noch ihre Stimme. Was hatte Irene erwartet? Dass ein vollkommen anderer Mensch vor ihr stehen würde? Sie weiß es nicht, sie starrt in das Gesicht, das sie überhaupt nicht vergessen hat, das sie immer wiedererkennen würde, obwohl diese Frau nur zwei Jahre ihre Russischlehrerin gewesen ist.

«Bitte?», fragt Frau Weidloff, denn sie erkennt die beiden nicht, sie hat keine Ahnung, wer sie sind.

«Guten Tag, Frau Weidloff», sagt Markus, «wir sind ehemalige Schüler von Ihnen. Irene Brand und Markus Häupl.» Er legt eine kleine Pause ein und wartet darauf, dass Frau Weidloff sie hereinbittet. Irene weiß genau, was er will, sie ist mit Markus ganz genau im selben Film.

Frau Weidloff zögert einen Moment zu lang, Markus will eben weiterreden, er setzt schon an, denn er wird sich nicht abweisen lassen, das weiß Irene, aber dann tritt Frau Weidloff beiseite und sagt: «Kommt doch herein.»

Sie steigt drei Stufen hoch, wo die Tür zu ihrer Wohnung offen steht. Gegenüber ist eine weitere Tür, im Treppenhaus steht ein moderner, dunkelblauer Kinderwagen, ein Ball, ein Roller. Irene und Markus folgen Frau Weidloff in ihre Wohnung, ein dunkler Flur, eine Kommode, auf der sehr viele Bücher stehen und liegen und sich türmen, bis in das Wohnzimmer, wo sie die beiden mit einer Geste bittet, sich auf das

Sofa zu setzen. Sie sieht ernst, aber gefasst aus. Sie hat ein ganz, ganz kleines Lächeln im Gesicht. Sie ist auf alles vorbereitet, denkt Irene, sie rüstet sich.

«Hättet ihr gerne einen Kaffee?», fragt Frau Weidloff. «Ich werde mir wohl einen machen. Ich trinke nachmittags immer Kaffee.»

Sie lassen ihr diese Pause, sie nicken beide, und sie warten auf dem tiefen, gelblichen Sofa, während Frau Weidloff in der Küche hantiert. Gegenüber dem Sofa steht ein Fernseher, dahinter das Fenster zum Hof hinaus, durch das Markus sie damals beobachtet hat, rechts ein runder Tisch und vier Stühle. An der Wand zwei dunkle Regale voller Bücher. Bücher liegen auch auf dem Boden unter den Regalen, kleine schiefe Stapel, Bücher gibt es viele in der Wohnung, eine Welt der Bücher für Frau Weidloff. Dann eine weitere Kommode, darauf Strickzeug und eine alte Uhr mit goldenem Zifferblatt.

Frau Weidloff kommt mit dem Kaffee und einer Schale mit Keksen zurück. Sie stellt alles auf dem Sofatisch ab und setzt sich auf einem Sessel zurecht, sie faltet die Hände und blickt die beiden an. Sie bemüht sich um ein freundliches Gesicht. Und Gelassenheit.

«Irene Brand. Ich erinnere mich. Deine Eltern wohnen im Dorf, nicht wahr?»

Irene nickt. Sie sollte etwas sagen, aber sie kann es nicht. Sie findet keine Worte für ihren Plan, gar keine, nur Gefühle und Angst. Weniger um sich als um diese Frau, die Frau Weidloff ist und auch wieder nicht. Sie ist gleichzeitig eine Irene ganz fremde Frau, die hier in dieser Wohnung mit den vielen Büchern wohnt, mit der goldenen Uhr und den Stricknadeln und dem Kaffee am Nachmittag. Im Treppenhaus der Roller von den Kindern der Familie nebenan.

Markus übernimmt das Reden. Er interessiert sich nicht für die Feinheiten der Stimmung. Wenn Frau Weidloff ihn nicht wiedererkennt, dann ist es ihm egal. Wahrscheinlich aber ist er gekränkt.

«Frau Weidloff», beginnt er und stockt doch kurz, er holt Luft und stürzt voran, «wir sind nicht einfach so zum Spaß hier. Aber das können Sie sich wohl denken. Wir sind, Irene und ich, wir sind dort hinten», er deutet in die Richtung, in der der Waldrand liegt, «herumgelaufen, damals ...» Er legt eine kleine Pause ein, damit sie das «damals» versteht und richtig einordnen kann. «Und wir haben das Baby im Wald gefunden, in diesem Loch. Wir waren damals in der sechsten Klasse, und wir waren ... verwirrt.»

«‹Verwirrt› ist nicht das richtige ...», fällt Irene ihm ins Wort. Jetzt, wo der Anfang gemacht ist, jetzt, wo es kein Zurück mehr gibt, jetzt liegt ihr an einer wahrheitsgetreuen Erzählung.

«Wir waren ... schockiert. Wir hatten Angst, und wir wollten jemanden zu Hilfe rufen. Und da sind wir ... hierhergegangen. Wir wollten *Sie* zu Hilfe rufen. Weil Sie unsere Lehrerin waren, und weil Sie hier wohnten. Wir haben geklingelt.»

Frau Weidloff nickt. Sie hat immer noch den gleichen Blick. Ein ganz, ganz kleines Lächeln oder eine zarte Verkrampfung, wie ein dünner Riss in einem Glas, und sie bleibt dabei. Sie atmet ruhig.

«Ihr Nachbar hat uns gesagt, dass Sie nicht da sind. Und wir wollten schon gehen, aber dann hat Markus Sie gesehen ...»

«Sie saßen auf einem Stuhl», sagt Markus. «Ich hatte meine Brille nicht auf, ich hab durch das Fenster gekuckt, aber Sie saßen wirklich nur auf einem Stuhl und haben sich gar nicht bewegt. Sie haben nur so dagesessen. So wie jetzt.»

Sie hat gelächelt, denkt Irene. Sie hat genau so gelächelt wie jetzt. Als hätte sie einen kleinen, zarten Riss in ihrem Glasgesicht.

«Ihr wart das», sagt Frau Weidloff und wundert sich nicht. Als ob sie nur darauf gewartet hätte, dass jemand mit ihr darüber spricht.

Markus und Irene nicken. Sie sind zwölf Jahre alt, sie sitzen auf einem gelben Sofa im Wohnzimmer ihrer Russischlehrerin, und sie teilen ihr mit, was sie Schreckliches gesehen haben. Im Wald bei den Wölfen. Im Tal der glühenden Sonne. Bei den Pilzen und den Eichhörnchen. Zwischen Schuhen und toten Soldaten.

«Wir wollten es jemandem sagen», fährt Irene fort, «unseren Eltern oder sonst irgendwem. Aber ich konnte es nicht sagen, weil an dem Abend … Meine Eltern, sie stritten sich. Sie stritten sich so doll, dass es nicht ging, ich konnte es nicht. Ich baute wirklich auf Markus. Er wollte es ja auch sagen. Er hatte es fest versprochen. Aber dann ist er nicht mehr gekommen.»

«Wie, nicht mehr gekommen?», fragt Frau Weidloff. Den Teil der Geschichte kennt sie nicht, weil er nicht ihrer ist. Sie war genau ab diesem Tag nicht mehr in der Schule, sondern woanders, bei den Polizisten und bei den Ärzten und vielleicht, wahrscheinlich, noch ganz woanders, in einer ganz, ganz fremden Welt, aus der sie auch dieses Lächeln mitgebracht hat.

«Wir sind nach dem Westen gegangen, meine Eltern und ich», sagt Markus. «Sie hatten Antrag auf Ausreise gestellt, und plötzlich ging es, wahrscheinlich war es komplizierter, aber mir haben sie nichts gesagt, sie sind auf einmal mit mir weggegangen. Auf einmal waren wir drüben. So war das.»

«Und ich war allein in der Schule, und Markus hat es nicht erzählt, und ich habe es nicht erzählt, und dann sind sie gekommen, während unserer Biologiestunde, und ich habe durch die Fenster gesehen, wie sie Sie weggebracht haben», sagt Irene, fast ohne zwischendurch zu atmen. Mit einem Mal quillt alles aus ihr hervor.

Frau Weidloff nickt.

Sie sitzen und schweigen. Sie trinken Kaffee. Das Wichtigste ist raus. Nichts hat sich geändert. Wenn Markus sich etwas erhofft hat, dann war das ein Irrtum. Es klärt sich nichts, wenn man drüber spricht, es bleibt alles ein Rätsel. Menschen sind so. Rätsel.

«Wie haben Sie gelebt, danach?», fragt Markus. Er gibt nicht auf. Markus Ziegenmann gibt nicht auf. Er will etwas zutage fördern.

«Ich war lange krank. Es gab eine Verhandlung, ich erinnere mich kaum daran, wegen der Tabletten, mir ging es nicht gut, aber mit diesen Tabletten war es auszuhalten. Es war nur alles sehr vernebelt. Ich dachte, ich bleibe für immer in Eberswalde, aber dann, irgendwie, ging es doch. Ich bin auf einmal, plötzlich, gesund gewesen. Es ging. Es ging.»

Sie hebt die Tasse vorsichtig an und nimmt einen Schluck und lächelt.

«Ich bin mit meiner Tasche hierhergefahren, hier war gar keiner, hier hat gar keiner mehr gewohnt. Ich bin zum Rat der Stadt, und ich hab gefragt, ob ich die Wohnung wiederhaben kann. Die Wohnung war ja noch da, und sie war leer, und die nebenan, wo jetzt die junge Familie wohnt, die stand auch leer. Es war alles feucht, und sie haben sie mir gegeben, weil sie wahrscheinlich niemand haben wollte, sonst hätte ja auch schon längst wieder einer drin gewohnt. Sogar Sachen von mir waren noch da. Der alte Schrank, den ich damals hatte, und die Waschmaschine. Zuerst hab ich auf der LPG gearbeitet. Auf dem Feld. Später dann, nach der Wende, in der Bücherei. Das mache ich immer noch, ich leite die Bücherei der Stadt. Das ist alles.»

Sie faltet ihre Hände, lächelt und fügt hinzu: «Es tut mir sehr leid, dass ihr durch meine Schuld so etwas erleben musstet.»

«Sie haben also seitdem hier gewohnt, ganz alleine?», fragt Markus weiter. Er bohrt nach, als gäbe es da noch etwas hervorzuholen. Aber Irene weiß längst Bescheid. Im Gegensatz zu Markus hat sie einen Ehemann und eine Tochter, und das verschafft ihr einen Vorsprung, das und die Tatsache, dass sie eine Frau ist.

«Ja», sagt Frau Weidloff und nickt.

Dann schweigen sie alle drei für eine Weile. Es ist Zeit, denkt Irene, die Frau zu verlassen. Sie hat nichts mehr zu sagen.

«Wenn ich das nicht getan hätte», sagt Frau Weidloff, «dann hätte ich jetzt einen Sohn.»

Der einfache Satz steht im Raum und überschattet alles. Der Sohn, der hätte da sein müssen. Dessen Abwesenheit präsenter ist, als es seine Anwesenheit gewesen wäre.

Irene sieht Markus, der erschrocken aussieht, weil er vielleicht endlich verstanden hat. Auch sie selbst ist erschrocken über diesen Satz, den Frau Weidloff immer noch mit ihrem Gesicht hervorbringt, mit diesem ganz zarten Lächeln, das in ihr Gesicht gemeißelt scheint, als wäre es eine Maske, als stände ihr kein anderes Gesicht mehr zur Verfügung. Frau Weidloff hätte ein neues Leben anfangen können, sie hätte einen Mann kennenlernen, ein neues Kind bekommen und neue Aufgaben bewältigen können. Sie hätte es besser machen und sich selbst eine zweite Chance geben können. Dem ersten, toten Kind hätte sie damit nichts mehr geben können, aber sie hätte ihm auch nichts genommen. Doch sie hat sich anders entschieden, und Irene ist sich ganz sicher, dass Frau Weidloff sich bewusst entschieden hat, dass es nicht das Schicksal war oder der Zufall, die ihr dieses Leben aufgezwungen haben. Sie ist in ihre alte Heimat zurückgekehrt, wo alle sie kannten, wo jeder wusste, was sie getan hatte, in ihre alte Wohnung, in der sie ihr Kind totgeschüttelt hat, um mit all dem vor ihren Augen und mit ihm und in ihm zu leben. Sie hat sich keine zweite Chance gegönnt. Sie ist denselben alten Weg weitergegangen. Sie hat Rosen gepflanzt, und sie hat ein Kreuz aufgestellt. Sie liest Bücher und führt eine Bibliothek. Sie tritt den Leuten unter die Augen, und die Leute haben nicht vergessen, was sie getan hat. Sie lächelt ihr zartes Lächeln, und sie ist damit zufrieden. Das ist alles. Es ist ihre Sache. Es steht niemandem zu, diese Entscheidung zu bewerten. Vielleicht ist es die richtige Entscheidung gewesen, vielleicht gibt es keine zweiten Chancen, vielleicht ist das ganze Leben nur eine einzige Chance auf ein einziges Leben, auf einen einzigen Weg, der irgendwo anfängt und irgendwo hinführt.

Markus steht auf, er will die Frau nicht weiter belästigen. Auch Irene und Frau Weidloff stehen auf, und Markus geht auf Frau Weidloff zu, er schüttelt ihr die Hand und sagt: «Wir als Kinder, wir waren nicht nett. Sie hatten es schwer, und wir haben Sie geärgert, alle haben wir Sie ganz schlimm geärgert, und das tut mir sehr leid, Frau Weidloff.»

Frau Weidloffs Lächeln verschwindet, und sie steht vor ihrem Sessel und versucht weiterzulächeln, aber es wird nicht. Mit allem, denkt Irene, mit allem hat sie gelernt zu rechnen.

Mit Vorwürfen, mit Ablehnung, mit Verurteilung und mit Hass. Aber das trifft sie unvorbereitet, das Mitleid.

Frau Weidloff kämpft um ihr Lächeln.

Und dann tut Markus etwas, das Irene ganz deutlich daran erinnert, warum er ihr Freund war, warum er auch jetzt wieder ihr Freund wird, warum sie mit ihm geschlafen hat sogar, all das weiß sie jetzt, und sie liebt ihn aus ganzem Herzen wie einen Freund. Wie einen, den man kennt, seit man ein Kind war und mit ihm in den Löchern nach Wundern gesucht hat.

Er nimmt Frau Weidloff, die fremde, alte Frau, in seine Arme und drückt sie ganz fest an sich.

23.

Meinst du», fragt Markus auf halber Strecke, auf der düsteren Autobahn zwischen Hamburg und Berlin, «deine Freundin Patrizia würde mit mir ausgehen? Hat sie jemanden? Würde es dir etwas ausmachen?»

Irene betrachtet Markus. Er meint es ganz ernst. Er fährt und ist ruhiger als sonst.

«Es ist ihre Sache. Frag sie einfach, ich geb dir ihre Nummer, sie wird nichts dagegen haben. Mir macht es nichts aus, natürlich nicht.»

Und nach einer Weile fragt sie: «Bist du scharf auf sie?»

«Gott, ja», murmelt er und grinst wieder wie der alte Markus.

«Ihr seid schon zurück?», fragt Per. Er trinkt Wein und hört Musik und saß anscheinend die letzten Stunden wieder einmal allein in seinem Kämmerchen vor dem Schreibtisch.

«Es war nicht so toll. Die Hälfte war schon nachmittags weg, und da sind wir auch gegangen. Warum sollten wir bleiben?»

«Du hättest noch deine Eltern besuchen können. Sie hätten sich gefreut. Wenn du schon mal da bist.»

«Sie waren eingeladen. Sie hatten keine Zeit.»

«Gut, dann bist du wieder hier. Das ist ja auch … viel besser so. Für mich.» Er sieht Irene an. Er hebt sein Glas. Im Radio läuft ein trauriges Lied. Fast will sie ihm erzählen, wo sie wirklich war und wie es ihr geht. Die Eiche, das Kreuz, der Flur und die Regale mit den Büchern, Frau Weidloff mit dem Glasgesicht, Markus. Aber es geht nicht. Und es geht Per eigentlich nichts an. Auch, und vielleicht vor allem, weil sie mit Markus geschlafen hat. Das ist eine andere Geschichte, es ist ihre Geschichte ganz allein, keine Ehegeschichte, eine reine Kindheitsgeschichte. Dinge sind manchmal auch privat. Schmerz ist privat und gehört ihr allein. Worte sind ernüchternd. Markus allerdings … Irene muss lächeln. Markus findet seine eigenen zauberhaften, groben Worte für alles. Wie ein Kind, und er kennt keine Vorsicht, wenn es um schwierige Umstände des Menschenlebens geht. Vielleicht die einzige Art, grob damit umzugehen, ohne jemanden zu verletzen. Wenn man so ist und das kann. Aber das kann man nicht lernen. Das kann man nur sein, so wie man ein Kind nur sein und nicht wieder werden kann.

«Sarah hat angerufen», sagt Per. Dann verbessert er sich: «Sie ist eigentlich hier gewesen.»

«Hier? Sie war hier?»

Er nickt. «Ich soll dir sagen, sie haben sie entdeckt.»

«Wen? Was?»

«Yasemine. Sarah war … ganz durcheinander. Sie war ganz aufgeregt. Sie haben Yasemine entdeckt. Sie soll ein Model werden.»

«Sie soll was?»

Dass Yasemine ein Model werden soll und entdeckt worden ist, beschäftigt Irene eine Weile und lenkt sie von einer Merkwürdigkeit ab, die ihr erst später wieder einfällt. Wenn Sarah hier gewesen ist, in der Wohnung, und mit Per gesprochen hat, wieso hat er dann zuerst gesagt, sie hätte angerufen? Er kann sich versprochen haben. Aber kann er das wirklich? Irene fragt sich, ob Per möglicherweise nicht darauf vorbereitet gewesen war, dass sie noch am Abend zurückkommen würde und vielleicht erst nichts davon sagen wollte, dass Sarah hier war, in ihrer Abwesenheit, während er es sich später anders überlegt und es ihr doch erzählt hat. Aber warum sollte er so etwas tun?

Irene ruft Sarah an.

«Sie haben sie entdeckt», wiederholt Sarah sofort, wie eine Offenbarung, wie eine Beschwörung, einen Zauberspruch. Ganz ernst und feierlich. Sie trägt diesen Satz seit einer Weile mit sich herum. Sie platziert ihn auf dem Tisch wie einen Pokal.

«Sarah, wer hat wen entdeckt?», fragt Irene, obwohl sie das mittlerweile weiß.

«Eine Frau von einer Agentur. Sie hat Yasemine im Laden entdeckt, wo sie gearbeitet hat. Sie hat doch probegearbeitet. Und die Frau hat sich frisieren lassen, ich sage doch, dass es gut ist, in so einem Laden, wo berühmte Leute hingehen. Die Frau hat zu Yasemine gesagt, sie soll sich nicht so krumm machen. Sie hat gesagt, sie wär groß, und daran würd sich auch nichts ändern, vom Bücken wird sie nicht kleiner, sondern nur schief. Sie hat gesagt, sie soll unbedingt zu ihr kommen, in die Agentur. Sie wär überzeugt von ihr. Irene, die Frau *will* die!»

«Sarah, das ist doch nichts. Model, das ist doch kein Beruf.»

«Natürlich ist das ein Beruf! Das ist nicht irgendeine Agentur, das ist … google die mal! Das ist eine ganz, ganz feine Agentur, die haben Supermodels unter Vertrag, alles Supermodels, und wenn sie Yasemine nehmen, dann … wird sie auch so ein Model, Irene. Das ist doch verrückt. Stell dir das mal vor!»

Irene schweigt. Sie denkt an Yasemine, an ihre Beine, an die aufgerubbelte Haut an ihren Knien, an ihre Wangenknochen und an ihre spröden Lippen, an die dunklen Schatten unter ihren Augen, an ihr aschblondes, strähniges Haar.

«Will sie das denn?», fragt sie.

«Ich denke, ja. Du weißt, wie sie ist. Sie ist siebzehn. Sie weiß nicht so genau, was sie will. Du musst mit ihr reden. Du bist ja … ihre Freundin oder so was. Ich kenne sie ja noch kaum.»

Irene überlegt. Sie muss mit Yasemine sprechen, mit ihrem Betreuer in Hannover und mit der Frau von der Agentur. Dann wird alles klarer werden, dann können sie sich alle gemeinsam, Yasemine und Sarah und Irene und der Betreuer, die Verantwortung teilen und die richtige Entscheidung treffen.

Erst spätabends, nachdem Irene geduscht hat, als sie sich auf der Kante ihres Bettes niederlässt, fällt es ihr wieder ein.

«Per», sagt sie, «weißt du, was heute war?»

Er blickt auf, er sitzt im Bett und hat eine Tageszeitung aufgeschlagen.

«Esther ist heute nach Island geflogen.»

Manches ist wichtig und kommt einem unwichtig vor, manches ist unwichtig und macht sich breit. Es hängt gar nicht davon ab, wie es wirklich ist, denn mit welchem Maß soll Wichtigkeit gemessen werden? Am Ende bleibt nur die eigene Empfindung, die Wertigkeit, die man selbst den Ereignissen zuteilt. Auch gegen besseres Wissen und das, was man Vernunft nennt. Irene seufzt. Sie seufzt, und sie seufzt, und sie seufzt noch einmal.

Es ist schön, das, was man schönes Wetter nennt. Sonnenschein, eine durchdringende, glatte, klare Wärme. Der Sommer kommt jetzt ganz sicher, auf jeden Fall. Der Himmel hat eine blassblaue Färbung, an den Rändern rosa flirrend. Winzige Blüten fliegen durch die Luft, die Helligkeit schmerzt fast, und Gerüche breiten sich aus, von Gegrilltem, von Bäumen und von Gras. Vor dem Fenster der Wohnung laufen Menschen mit Einkaufstaschen vorbei, Kinder fahren Fahrrad, Autos parken in den Garagen, es ist Wochenende, ein warmes, freies Wochenende, und Irene wünscht sich nur eins: Sie will zu Valentin und will etwas aus der Welt schaffen, was sie bedrückt und was die fließende Freude über ihre Liebe beschwert. Anfangs hatte sie gedacht, es wäre ihr egal, sie hatte sich vorgemacht, dass es bei einer Affäre ganz gleich ist, in welchen familiären Beziehungen der andere steckt, steckt sie selbst doch auch in recht festen familiären Beziehungen, sie hat einen Ehemann, der nicht involviert ist, weil er nichts weiß, sie hat eine Tochter. Wenn sie eine Tochter haben kann, kann auch er eine Tochter haben oder einen Sohn. Aber das, sagt Irene sich, ist nicht der Punkt. Der Punkt ist der Abend, ist die Nacht, in dem das Kind zur Welt kam. In dem auch etwas anderes zur Welt kam, ihr Gefühl für ihn. Die Nacht, in der er sie gleich sitzenließ. Sie kann es wenden, wie sie will. Sie kann es von allen Seiten betrachten und Vernunft in die Sache bringen. Sachlichkeit, Abstand und Großzügigkeit, Großzügigkeit eignet sich besonders für solche Probleme. Aber tief in ihr bleibt das andere. Wenn sie nicht selbst einmal in einer solchen Nacht in einem Krankenhaus, auf einem weißen Laken gelegen und gebrüllt hätte, würde es ihr vielleicht gelingen, all das heiterer und in hellerem Licht zu sehen. So aber muss sie eine Erfahrung in den Sachverhalt der Geburt einbringen, ihre eigene.

Wie konnte er?

Das ist der Satz, den sie langsam hasst, der sich aber immer wieder vor sie hinstellt und sich aufspielt.

Wie konnte er?

Sie will nicht albern sein. Sie will es nicht wichtig nehmen, aber sie kann es nicht nicht wichtig nehmen. Sie kann nicht selbst über ihre Gefühle bestimmen.

Und das Schlimme ist, dass alles, was am ersten Abend, in der ersten Nacht passiert ist, wie sie es sich danach gedacht hatte, wie sie es erlebt hatte, jetzt etwas anderes ist, jetzt fast eine Lüge ist, an der sie beteiligt war.

Irene ruft Valentin nicht an, und sie ruft ihn nicht zurück. Sie ist in einer Zwischenschicht gefangen, nicht weg und nicht da. Sie geht zur Arbeit und nach Hause. Sie sagt zu den Kollegen, sie genießt den Frühsommer. Patrizia genießt auch den Frühsommer, wie es aussieht, sie blüht auf wie eine überdimensionale, unverschämte Orchidee. Sie ist so schön wie noch nie. Und vielleicht wird sie niemals wieder so schön sein, weil sie bald ihren Zenit überschritten hat, altersmäßig, denkt Irene gemein. Sie merkt selbst, dass es gemein ist, aber Gedanken sind manchmal gemein, da kann man nichts machen. Patrizia provoziert solche Gedanken, sie benutzt Lippenstift, der ist wie Blut und Feuer. Sie trägt Schuhe, die sind wie Dolche, so spitz und so hart in ihrem Auftritt. Im Gesicht ist sie auch hart, sie spielt wieder mit, in der ersten Liga, mit Liebe und allem. Sie ist nicht mehr die zweite Geige eines Ehemanns, sie ist das Schätzchen des Zauberers. Markus Ziegenmann Zauberer.

«Er ist ein Sextier», sagt Patrizia und lächelt so unschuldig wie ein Schaf. Und das ist sie ja auch. Sie hat überhaupt nichts zu verstecken oder zu verschleiern, sie schläft ganz offiziell mit einem Mann, der sie begehrt und nicht einmal verheiratet ist. Mit einem Mann, der über einiges verfügt. Einen leichten Wahnsinn, das ist ja sowieso eine Voraussetzung. Und Güte. Ist sie, Irene, neidisch? Ja, das ist sie. Nicht, weil sie auch gerne mit ihm schlafen würde, sondern weil sie gerade ihre Freundschaft wiederentdeckt hat und eine Nähe und Vertrautheit und weil Markus sofort abgehauen ist, zu einer anderen, die noch ein bisschen mehr zu bieten hat als das. Als Freundschaft. Als Nähe. Und all den Scheiß.

«Bist du böse?», fragt Patrizia.

«Nein, gar nicht», sagt Irene. Dann fügt sie hinzu: «Ich bin eifersüchtig, ehrlich gesagt.»

«Ach?», sagt Patrizia. Sie freut sich über Irenes Ehrlichkeit, und sie drückt sie leicht an sich.

«Ich hab ihn sehr gern», sagt Irene. «Ich habe ihn ja gerade wiedergefunden.»

«Ich weiß», sagt Patrizia.

«Sie ist nicht einfach schön», sagt die Frau. Irene hat sie in der Agentur aufgesucht, sie fühlt sich verantwortlich, sie will wissen, worum es geht, wie die Sache überhaupt einzuschätzen ist. Sie hat angerufen, über Yasemines Kopf hinweg, sie hatte es plötzlich eilig, und die Frau hat sich bereiterklärt, mit ihr zu sprechen.

Die Frau ist über fünfzig und ungeschminkt. Sie ist eingecremt, ihre Haut glänzt ein bisschen, und sie trägt einen hellen Hosenanzug. Sie ist nicht besonders schlank, aber sie sieht auf eine unspektakuläre und exklusive Art gepflegt aus.

Das Zimmer, ihr Büro, in dem sie sitzen, ist mit alten Möbeln ausgestattet. Irene sitzt in einem Sessel aus einem weichen Leder, das von knittrigen, kleinen Rissen durchzogen ist. Die großen Fenster gehen auf die Alster hinaus.

Irene nickt, obwohl sie nicht genau weiß, was die Frau mit dem Satz meint. Yasemine ist nicht einfach schön. Als wäre «schön» nur eine Kleinigkeit, nicht so wichtig im Modelgeschäft. Und ist sie schön? Ist Yasemine schön? Irene ist das noch nicht aufgefallen. Yasemine ist sperrig, etwas ungelenk, zu groß, sie hat einen merkwürdigen Kopf, zu kantige Wangenknochen, die rissigen Lippen, die Blässe und das ungepflegte, strähnige Haar.

«So ein Mädchen hatte ich vielleicht ...», die Frau überlegt, den Kopf in die Hände gestützt, «zwei- oder höchstens dreimal. Schön sind viele Mädchen, inzwischen sind auch viele groß. Aber sie hat alles, das ganze Paket. Zum einen ist sie dünn. Verstehen Sie mich nicht falsch, die anderen Mädchen sind auch dünn, aber manche hungern sich dünn, und die müssen ewig weiterhungern, weil sie sonst drei Kilo zu viel draufhaben, und das geht dann nicht. Sie ist so dünn, wie manche gar nicht dünn werden können. Sie hat unglaublich schlanke, lange Beine, und ihre Arme sind großartig. Aber sie ist so, ihr Körperbau ist so. Sie sieht auf natürliche Weise so aus, und das ist wunderbar. Und dann ihr Gesicht. Ihr Gesicht ist besonders. Sie hat einen ganz außergewöhnlichen Ausdruck, so melancholisch, so weggetreten. Das kann man hinschminken, aber bei ihr ist es schon da, da muss man sehr vorsichtig schminken. Sie sieht aus wie eine Maske. Sie sieht toll aus. Sie hat was Trauriges in ihrem Gesicht und in ihren Bewegungen. Haben Sie gesehen, wie sie sich bewegt?»

Irene schweigt, verblüfft. Die Frau steht auf, sie hat auch keine Antwort erwartet. Sie geht einen Schritt zum Fenster hin, sieht raus auf die Alster und sagt dann sehr laut: «Und sie krümmt sich, Herrgott, sie krümmt sich! Sie darf sich nicht krümmen. Sie ist groß. Sie ist ein sehr großes Mädchen.»

Irene fühlt sich klein, so klein hat sie sich noch nie gefühlt, und körperliche Größe ist ihr noch nie so sehr wie menschliche Größe vorgekommen.

«Ich bin nicht ihre Mutter», sagt sie, eingeschüchtert, aber sie will das gar nicht, sich einschüchtern lassen. «Ich kümmere mich nur um sie. Sie hat einen Betreuer, in Hannover, und sie ist bald achtzehn. Ich glaube, nächsten Monat schon. Ich bin mir nicht sicher, ob das Modeln das Richtige für sie ist. Ich meine, sie wird vielleicht diese Ausbildung machen, und dann hat sie einen Beruf. Das ist doch viel wichtiger.»

«Gott!» Die Frau schlägt mit der flachen Hand auf den Tisch. Ihre Stimme ist tief, und sie geht einmal durch den Raum. Dann strafft sie sich, sie setzt ein Lächeln auf, und sie lässt sich wieder in den Stuhl an ihrem Schreibtisch sinken, Irene gegenüber.

«Wenn es so läuft, wie ich es mir denke, dann kann sie keine Ausbildung machen. Wenn es so läuft, dann hat sie genug zu tun. Es ist nicht sicher, dass es so läuft, ich bin kein Hellseher, ja, aber ich mache das nun lange genug, und ich will sie gerne haben, weil sie was Besonderes ist. Natürlich, sie kann da in dem Salon krumm werden, und das wird sie, sie muss sich ständig über Köpfe bücken, haben Sie daran mal gedacht?»

Eine Pause entsteht. Die Frau bietet Irene Zigaretten an, Irene lehnt ab, dann zündet sich die Frau selbst eine an. Sie zieht den Rauch ein, sie inhaliert tief, sie seufzt, und dann blickt sie Irene ins Gesicht.

«Ich will Ihnen nichts vormachen. Es ist ein hartes Geschäft, und Modeln ist eine harte Arbeit. Es geht auf und ab, und manche halten das nicht durch, und dann sitzen sie da und sind raus aus der Sache und werden unglücklich. Manche werden auch krank. Manchmal bringt sich sogar eine um. Aber von meinen Mädchen hat sich noch keine umgebracht, ich achte auf sie.»

Sie schweigt eine Weile und raucht.

«Aber Sie können dieses Mädchen doch nicht Haare schneiden lassen!», ruft sie plötzlich, aufgebracht. Sie springt wieder auf und läuft durch den Raum. «Sie ist … ein Schwan! Sie gehört nach Paris, nach Rom, London, Mailand!»

Irene nickt. Sie sieht Yasemine, wie sie Henry an ihre Brust drückt, die ganze Zeit an ihre Brust drückt, wie sie in Irenes Auto sitzt, mit angezogenen Beinen, und das Haar ihr ins Gesicht hängt, wie sie auf dem Parkplatz steht, die Arme um den Körper geschlungen, wie sie auf dem Bett von Esther liegt, ausgestreckt, blass, müde und ratlos. Paris, Rom, London, Mailand, denkt sie. Ein Schwan, denkt sie. Ein Schwan. Yasemine ist ein Schwan. Und fast bricht sie in Tränen aus, weil es sie so freut für Yasemine, dass sie ein Schwan ist.

«Ein Schwan», wiederholt sie.

Die Frau lächelt jetzt wirklich. Sie drückt ihre Zigarette aus. «Kaffee?», fragt sie, und schon ruft sie rüber in den Vorraum: «Kathy, kannst du uns zwei Kaffee bringen, bitte?»

Kathy steckt den Kopf zur Tür rein, Kathy ist klein und rund und sieht ebenso gepflegt und normal aus wie ihre Chefin. Das beruhigt Irene. Schönheit wird hier verkauft wie eine Arbeitsleistung. Die Mädchen sind groß und dünn und schön, und sie sollen Kleidung präsentieren. Was gibt es daran auszusetzen? Es ist eine Arbeit. Paris, Rom, London, Mailand.

«Gut», sagt Irene, «ich werde mit Yasemine reden. Sie muss es entscheiden. Ich rede auch mit dem Betreuer.»

Kathy kommt mit dem Kaffee.

«Ich will nur … Es ist nicht meine eigene Tochter, deshalb … Ich möchte sie beschützen.»

Die Frau nickt. Dann steht sie auf, geht um den Tisch herum und legt Irene ihre Hand auf die Schulter.

«Wir sind eine seriöse Agentur. Wir gehen gut mit den Mädchen um», sagt sie.

Dann wird sie wieder sachlich und spricht über einige Details. Yasemine soll laufen lernen. Soll ein paar kleinere Termine mitmachen. Wenn sie will.

Irene trinkt ihren Kaffee aus und verabschiedet sich. Draußen treiben Wolken rasch über den windigen Himmel, die Alster ist voller weißer Segel. Enten. Und da und dort ein Schwan.

24.

Sommer. Hitze. Dann wieder ein paar kühlere Tage, wie eine Erfrischung, eine Pause, ein kleines Seufzen nach der Anstrengung der blendend heißen Tage. Die Luft ist schwer von Abgasen, Geräusche von drinnen und von draußen mischen sich, als wäre die Stadt ein einziges riesiges offenes Zimmer. Michael Jackson aus dem Radio, Streit aus einer Wohnung, Mann und Frau, und der Streit ist erbittert, steigert sich, dann ein Schluchzen, ruhige Töne, darüber hinweg an der Ampel anfahrende Motorräder, dröhnend, wütend, angeberisch, der Eismann mit seinem anachronistischen Gebimmel, Eis gibt es überall, aber die Leute kommen trotzdem gelaufen, um sein leuchtend buntes Industrieeis zu kaufen, heulende Krankenwagen, auch im Sommer kommt der Tod, kreischende Mädchen, schimpfende Spatzen, ein Klavierstück aus der Stereoanlage, eine Symphonie des Sommers und des Draußenseins, unter dem Himmel, der weiße Schleifen der Flugzeuge wie hingehaucht auf seinem dunkelblauen Abendkleid trägt.

Irene fährt wieder zu Valentin. Sie spricht nicht an, was sie beschäftigt hat, was sich in ihr hinabgesenkt hat, dahin, wo all das hingeht, was sie eigentlich nicht bestellt hat, weil sie alles schon weiß. Es gibt nichts zu erklären. Er hat mit einer Frau geschlafen. Die Frau ist schwanger geworden, und dann hat die Frau ein Baby bekommen, sein Baby. Das ist alles, das ist die ganze Geschichte. Wie soll die Erklärung sonst ausfallen? Was geht sie das an? Die Dunkelheit, die Schwere, die mit diesem Ereignis verbunden ist, für sie jedenfalls, auch wenn es nicht ihr Ereignis ist, will sie nicht in ihre Tage mit ihm bringen, Tage, die nur Stunden sind, die immer in Eile vergehen, hastige Liebe, kaum Gespräche, alles in der Schwebe, Flüchtigkeit und eine kleine Trauer.

Auch Valentin wagt es erst nicht, weiter in Irene zu dringen. Aber er ist nicht mehr zufrieden. Das macht sich in kleinen Dingen bemerkbar. Er lässt sie ungern gehen, auch in der Nacht, auch wenn es Morgen wird und damit zu spät. Er ruft wieder öfter an, auf ihrem Handy, sie geht oft nicht ran, er schreibt SMS, bittet, wartet. Er wartet auf sie, Tag und Nacht, sagt er, auch wenn es nicht stimmt, nicht so stimmt, denn er arbeitet und ist gar nicht Tag und Nacht verfügbar. Er lebt sich in eine Beziehung ein, die eine Affäre ist und keine Beziehung. Er will mit ihr fernsehen, er will für sie kochen, er will mit ihr ausgehen, sagt er. Die Wärme zieht sie beide raus, an die Elbe, an die Alster, in die Parks und die Cafés. Alle Leute sitzen draußen, niemand macht es sich im Bett bequem, noch nicht.

«Es geht nicht», sagt Irene, weil sie jemand sehen könnte, Pers Kollegen, Nachbarn, Freunde.

«Was willst du eigentlich?», fragt Valentin.

Sie sieht ihn an, und es kommt ihr vor, als wäre er ein anderer geworden. Ein Mensch, der einen Anspruch erhebt, das mindert das Abenteuer, sie schläft noch gerne mit ihm, aber wenn sie mit ihm kocht und wenn sie mit ihm fernsieht, dann reicht das, für den Moment. Er ist immer noch schön, aber er ist ein Mensch, wie Per auch. Sein Bauch ist schön, seine Haut ist schön, sein Geruch und seine Augen, aber das alles ist nur Bestandteil eines Menschen, der isst und schläft und Ängste hat, wie jeder. Weil er sich ihr öffnet, weil er ihr näherkommt, rückt er ihr als Liebhaber ferner. Sie entdeckt Details, die sie nicht mag, winzige Details, und sie versucht, sie zu relativieren, sie selbst besitzt viele dieser kleinen Fehler, die auch er wahrnehmen muss. Bemühung hält Einzug in ihre Beziehung. Irene fragt sich, wenn sie die dunklen Straßen entlanggeht, wie sie ohne Valentin auskommen soll. Was für eine Größe ist er? Was stellt er für sie dar, wenn er nicht mit ihr schläft? Sie versucht, zu abstrahieren und das zu betrachten, was bleibt. Aber er als Mensch bleibt ihr seltsam fremd. Je näher er ihr rückt, umso schwerer fällt es ihr, ihn zu erfassen. Nur wenn sie ganz in seinem Körper vergraben ist, wenn sich ihre Haut und ihre Gerüche vermischen, nur dann ist sie frei von Skrupeln und von Zweifel.

«Wenn du wegwillst von ihm, dann kannst du einfach herkommen, du kannst deine Koffer packen und hierherkommen und so lange bleiben, wie du willst», sagt er. «Ich meine es ernst. Wenn du dir das plötzlich überlegen solltest, komm einfach her.»

«Das klingt wie ein Heiratsantrag», sagt sie.

«Nein!» Er schüttelt den Kopf. «Es ist nur eine Möglichkeit, wenn du sehr spontan sein willst.»

Die Möglichkeit nimmt Irene mit. In die warmen Straßen, in das Taxi, in ihr Haus und in ihr Bett, wo sich Per wälzt und stöhnt. Das geht auch nicht mehr, denkt sie. Das geht so nicht mehr. Seine Anwesenheit, die Lüge, die sie ihm heimlich ins Bett legt, verursachen ihr einen körperlichen Schmerz. Das Unwohlsein lässt sich gar nicht mehr abschütteln, auch am Tag nicht, es ist wie eine Krankheit, die sich ganz langsam ankündigt, eine Schwächung, eine Gereiztheit, Überempfindlichkeit, und Irenes Haut juckt und schuppt sich. Winzige rote Stellen am Haaransatz, auf den Händen und auf dem Rücken.

Im «Brot» ist es düster, aber das «Brot» hat keine Terrasse, keinen Biergarten und gar nichts zum Draußensitzen. Draußen ist nur die Straße und ein winziges Stück Gehweg, zu schmal für Kinderwagen und Rollstuhl. Draußen ist es Sommer, und drinnen ist es Abend. Patrizia ist in ihrem Liebesfilm, sie kam in einem grünen Kleid hereingeschwebt, das zu viel für den Abend ist, zu schön und zu elegant, ihr Haar hochgesteckt, die Augen leuchtend, grün geschminkt, knallrote Lippen. Sarah daneben sieht aus wie ein Stück Eierschale. Zart und zerbrechlich und müde. Schatten unter den Augen, ein T-Shirt, eine Jeans, schmucklose Sandalen.

Sie reden über Yasemine. Yasemine läuft in München. Ihr zweiter größerer Auftritt. Sarah hat Fotos gesehen, und sie ist begeistert. Irene hat die Fotos auch gesehen, und sie hat Yasemine kaum erkannt. Yasemine ist noch sie selbst, sie war auch gar nicht so stark geschminkt, sie sieht nur aus wie von einem anderen Stern. Sie geht jetzt ganz gerade. Ihre Wangenknochen sind noch kantiger, ihre Lippen noch spröder, und das Haar haben sie ihr streng nach hinten gekämmt und hochgesteckt. Sie ist jetzt erst richtig sie selbst, sie ist ein ganz natürliches, wunderbares, langgliedriges Model. Neidlos müssen die drei das anerkennen, stolz, wie man auf eine gemeinsame Tochter stolz ist. Vom Friseurladen ist nicht mehr die Rede.

Und dann die schönste Nachricht des Tages, ein kleines Wunder, ein Blumenstrauß für Sarahlein: Rickie ist wieder da!

«Sie kommt nicht klar», sagt Sarah und meint Maret und trinkt Bier. Schaum hängt an ihrer Lippe. «Sie ist überfordert mit dem Typen, und dann dazwischen Rickie. Die sind ja beide sehr empfindlich, mit ihren Krankheiten. Und, ganz ehrlich, Maret ist es gar nicht gewohnt, sich ganz allein um

Rickie zu kümmern. Ich war ja immer da. Ich hab ihr ja Rickie immer abgenommen.»

«Und nun? Jetzt hat sie das Kind zu dir rübergeschoben?», fragt Patrizia. Ihr ist das Muttersein am fremdesten. Sie ist Mensch und Frau, nicht Mutter. Und dennoch, sie hat eine große, dunkle Mütterlichkeit in sich, sie kommt zum Ausdruck in ihrer Art, mit Menschen umzugehen.

Sarah schüttelt den Kopf. So will sie das nicht sehen, denn für sie ist es ja ein Triumph, eine Freude, ein Glück. Überhaupt, ein Glück!

«Maret geht es nicht so gut», sagt sie, «und umso schwerer fällt es ihr mit Rickie. Sie schreit sie an und alles. Ich denke, das tut auch der Beziehung zu ihrem Freund nicht gut. Sieh mal zu, wie eine ihr Kind anschreit. Das ist nicht sexy! Frauen sind nicht sexy, wenn sie nicht klarkommen, als Mutter oder als irgendwas. Keiner ist sexy, wenn er nicht klarkommt.»

«Frauen sind vor allem menschlich und überhaupt unmöglich, wenn sie als Mutter nicht klarkommen. Von Frauen wird das verlangt, in jeder Hinsicht», sagt Irene.

«Ja.» Sarah seufzt. Sie starrt in den Raum, der nicht so voll ist, ein Teil des üblichen Publikums ist nicht gekommen, weil es an der Elbe warmen Sand und Schiffe und Grillfeuer gibt. Im Sommer sieht es so aus. Den dreien ist es egal. Sie mögen das «Brot», und sie empfinden es als eine schöne Gewohnheit hierherzukommen.

«Maret ist immerhin die bessere Mutter», sagt Sarah, «wenn sie Rickie beschützt, oder? Und wenn sie sie zu mir gibt, dann beschützt sie sie. Ich bin ja nicht irgendeine Tante, ich habe Rickie aufgezogen, mindestens mit aufgezogen. Zeitweise war sie mehr bei mir als bei Maret. Wenn Maret weg war, war sie immer bei mir. Ich liebe sie, wisst ihr das?»

Sarah schaut traurig in ihr leeres Glas und gibt der Kellnerin ein Zeichen für ein weiteres Bier. Die Kellnerin versteht es nicht und kommt und fragt: «Was wollt ihr haben?»

«Wodka», sagt Sarah. «drei Wodka.» Irene und Patrizia protestieren, aber die Bedienung ist schon weg, ihr ist es egal, ob sie Wodka trinken wollen.

«Ich liebe sie», redet Sarah weiter. «Ich war gar kein Mensch mehr ohne sie. Und jetzt … haben wir eine gute Lösung gefunden. Wir machen es wie Geschiedene. Wir teilen sie uns auf. Bei mir wohnt Rickie in der Woche, und am Wochenende ist sie bei Maret. Jedenfalls meistens.»

«Wenn dir das gefällt», sagt Patrizia und legt den Kopf schief und ist immer noch ganz in Liebe versunken. Wahrscheinlich ist sie in Gedanken schon beim Ficken, denkt Irene und ärgert sich über diesen Gedanken. Markus ist immer noch hier in Hamburg, wenn er woanders hinmuss, kommt er anschließend wieder her, als wolle er hier Wurzeln schlagen, wenigstens zeitweise, bei Patrizia, in ihrer hellen, mit weißem Teppich ausgelegten Wohnung, zwischen ihren Orchideen und ihren ganzen zarten Unterhosen und Strumpfhosen und den kleinen Kunstwerken an der Wand, die sie gemeinsam mit dem Professor gekauft hat, in London und Paris und in Rom.

«Darum geht es nicht», sagt Sarah und hebt ihr Glas Wodka, das die Kellnerin soeben auf dem Tisch abgestellt hat. «Es geht um Ricarda. Darum, dass es ihr gutgeht.»

Die drei stoßen an und trinken.

«Wie läuft's mit dem Ziegenmann?», fragt Irene.

Patrizia zuckt mit den Schultern und lächelt abwesend. Das Lächeln ärgert Irene, Patrizia will anscheinend nichts preisgeben und nur demonstrieren, wie gut es ihr geht.

«Nun, da haben wir jetzt eine gemeinsame Erfahrung», sagt Irene.

«Wie? Was meinst du?», fragt Patrizia.

«Du schläfst mit Markus, und ich habe auch mit ihm geschlafen», sagt Irene.

Patrizia schweigt. Sie sitzt reglos da, als hätte sie es nicht gehört oder als würde sie es nicht interessieren.

Dann sagt sie: «Ich weiß, er hat es mir gesagt.»

Das lässt Irenes Ärger nur wachsen. Sie beobachtet sich selbst in ihrem Ärger, als säße sie sich selbst gegenüber, auf der langen gepolsterten Bank, unter dem Leuchter, der an die Wand montiert ist und der ein spärliches, funzeliges Licht abgibt. Es ist, als würde sie sich selbst sehen, wie sie hier sitzt, auf diesem Stuhl, auf den Tisch gestützt, in ihrem grauen Rock, mit der rosa Bluse und den Sandalen, die neu sind, die Fußnägel rosa lackiert, schon wegen Valentin, aber auch für sich selbst, wie sie ihren Freundinnen gegenübersitzt und wie sie missgünstiger und böser wird. Wie sich dieses Gefühl aufbäumt, wie sie wütend wird, ohne zu wissen, warum, und ob die Wut gerechtfertigt ist. Sie hat ja einen Freund, sie hat einen Mann, alles hat sie. Sarah hat nichts, aber Sarah hat ein Kind, das ist nicht nichts, Sarah hat auch noch Yasemine. Die bei Sarah aus dem Ei geschlüpft ist, der sie zur Karriere verholfen hat, sie und nicht Irene.

«Dann sind wir ja fast quitt», redet Irene weiter und hört sich immer noch dabei zu, sich selber fremd, mit einer fremden Stimme, von einer Gemeinheit getrieben, die sich nicht abstellen lässt, die in ihr bohrt und sich Gehör verschaffen will.

«Was willst du damit sagen?», fragt Patrizia. Sie tastet sich behutsam vor, als wäre Irene eine Kranke und als könnte sie sie verletzen. Sarah ist außen vor, wie abwesend, sie hat wieder ihren blöden Gesichtsausdruck, den Mund leicht geöffnet, und sieht zu.

«Damals im Hotel», sagt Irene, «als wir in Mecklenburg in diesem Wellnesshotel waren, da hast du mit diesem Hausmeister geschlafen, weißt du das noch? Und dann … dann hat Sarah auch mit ihm geschlafen, nach dir. Also habt ihr wohl mit demselben Mann geschlafen, ja? Erst du und dann sie, gleich nach dir. Und nun … haben wir beide mit demselben Mann geschlafen. Muss nur irgendwann Sarah noch mit einem Mann schlafen, mit dem ich zuvor geschlafen habe. Dann bilden wir eine perfekte geometrische Form. Dann haben wir eine richtige Harmonie. Sarah, schlaf doch mal mit jemandem, mit dem ich geschlafen habe. Mach das doch mal.»

Irene kichert. Aber es ist nicht besonders lustig. Es klingt verletzend.

Sarah starrt. Patrizia lächelt milde wie eine Königin, herablassend, gnädig, sie ist unverletzlich heute. Sie streicht über ihr wunderbares Kleid. Sie sagt: «Was für ein Blödsinn, ich wusste es. Sarah hat mir gesagt, dass sie mit dem Mann geschlafen hat, schon bevor du es mir erzählt hast. Es ist mir egal. Das war doch keine Liebe mit ihm. Lass uns aufhören, auf diese Art miteinander zu reden, das ist doch nicht schön.»

«Okay», sagt Irene. Sie fühlt etwas von sich abfallen, sie geht den Berg wieder runter, sie weiß selbst nicht, was sie so hat werden lassen, warum es sich so schmerzhaft anfühlt, und sie weiß auch, dass sie im Unrecht ist und keiner ihre Wut nachvollziehen kann.

Sarah sieht immer noch abwesend aus. Sie steht langsam auf, als befände sie sich in einer Art Traum, sie tut alles langsam und mit diesem Blick. Sie schiebt den Stuhl nach hinten, in ihrem Traum, und Patrizia und Irene sehen ihr zu und sagen kein Wort, weil sie der Magie nicht entrinnen können, weil Sarah eine Zauberin ist, im Begriff, ihre Zaubertruhe zu öffnen und eine kleine goldene Kugel herauszuholen. Aus ihren Augen strömt jetzt Glanz und Glitter. Sie nimmt ihre alberne kleine lila Tasche, drückt sie sich an die Brust wie zum Schutz und sagt: «Ich habe mit Per geschlafen.» Dann geht sie.

«Hat sie etwa gegrinst?», fragt Patrizia nach einer Weile.

Irene nickt. «Sie hat gegrinst.»

«Ich glaube es nicht. Wie kann sie grinsen?»

Irene zuckt mit den Schultern. «Ich glaube, weil es witzig war. Wegen dem, was ich gesagt habe, mit der geometrischen Form. Und der Harmonie. Und weil es wie eine Bombe war. Wenn man eine Bombe auf den Tisch legt, ist man aufgeregt. Und dann war es eben witzig.»

«Du findest es witzig?»

Irene schüttelt den Kopf. «Nein, aber jetzt ist alles klar. Jetzt ist alles rund. Jetzt kann ich gehen.»

25.

Sarah am Telefon: «Irene, es tut mir leid.»
«Wann hast du mit ihm geschlafen?»
«Als du weg warst. Als du mit dem Ziegenmann zum Klassentreffen gefahren bist.»

«Warum?»

«Er war so traurig. Ich war nur zufällig bei euch. Ich wusste gar nicht, dass du nicht da bist. Er war so traurig. Er weiß alles, Irene. Er weiß über alles Bescheid, über dich und Valentin, nicht von mir, er wusste es einfach schon die ganze Zeit.»

«Er war traurig?»

Irenes Sätze sind ganz klein. Sie kommen nur so. Irene ist wie innerlich verstockt, zerhackt, nur in kleinen Stücken lieferbar.

«Ich war auch traurig, wegen Rickie. Und wegen allem. Wir haben getrunken. Er hatte schon getrunken, er war schon ganz betrunken, als ich kam. Er hat geweint. Ich wollte ihn trösten. Und dann … ist es passiert.»

Schweigen.

«Es tut mir leid. Es tut mir wirklich so leid.»

Sarah schluchzt. Und sie kichert. Tatsächlich, sie kichert schon wieder.

Nun bilden sie also tatsächlich ein Dreieck, ein doppeltes Dreieck, einen sechseckigen Stern, eine perfekte geometrische Form. Eine Harmonie. Ein Hausmeister, ein Ziegenmann, ein Ehemann. Irene, Patrizia, Sarah.

Was packt man ein, wenn man zu Hause auszieht? Unterwäsche. Auf jeden Fall Unterwäsche. Es gefällt Irene nicht, sich vorzustellen, dass in Zukunft ihre schmutzige Unterwäsche in seiner Maschine gewaschen werden wird. Dass ihre schmutzige Unterwäsche irgendwo darauf warten wird, gewaschen zu werden, gemeinsam mit seinen Socken, ihrem Nachthemd (Wird sie ein Nachthemd tragen? Trägt man ein Nachthemd, sobald man zusammenwohnt?), seinen Hosen, ihrem Bademantel (den Mantel kann sie später holen, er nimmt viel Platz weg, er bräuchte einen eigenen kleinen Koffer), seinen Hemden. Wird er seine Wäsche zusammen mit ihrer waschen, oder wird sie die Wäsche für beide waschen? Irene packt, fast wahllos, Sachen in ihren Koffer. Sie muss fertig sein, bevor Per kommt.

Wenn Irene an Per denkt, denkt sie an Per und Sarah. Nackt. In ihrem Bett. Ihr wird ganz schlecht dabei. Per und Sarah. Sein Bauch, ihre Blässe, seine rasierten Eier, ihr weggetretener Blick. Irene sieht sie keuchen und schwitzen. Ob Sarah gekommen ist? Er ist bestimmt gekommen. Er hat es gebraucht. Sie aber auch. Sie haben es beide gebraucht. Der Gedanke stimmt Irene ein bisschen milde, für eine Sekunde, dann wallt die Empörung wieder auf. Jede Nacht hat sie mit ihrem Kopf neben seinem Kopf gelegen. Und sie ist nicht gegangen. Sie ist nicht gegangen. Sie war immer hier. Jetzt gibt es keinen Grund mehr zu bleiben. Per kommt klar. So oder so. Es ist möglich, dass er mit anderen Weibchen schläft, er kann sich fröhlich auf sie schwingen, so wie früher auf sie, und kann es tun.

Allerdings soll Per geweint haben. Bei ihr hat er nie geweint. Bei Sarah schon. Ist Sarah besser geeignet, sich bei ihr auszuweinen? Irene verwirft alle ihre Gedanken, sie sind unsinnig. Sie hat gar kein Recht mehr, sich über Per zu empören, auch wenn das ihre Gefühle nicht ändert. Aber die Situation ist nun eine ganz andere. Irene kann jetzt gehen. Sie wollte ja schon lange gehen. Sie will ihren Kopf nicht mehr neben seinen Kopf auf das Kissen drücken. Sie will nicht mehr mit seiner Mutter das Weihnachtsfest verbringen. Vor allem will sie nicht mehr mit ihm schlafen. Sie muss weg.

Frau Reindke steht draußen auf dem Weg. Die Nacht über hat wieder ihr Licht gebrannt. Sie steht auf dem Weg und wartet und schaut zu Irenes Fenster empor. Sie kann sie aber vermutlich nicht sehen. Irene steht zu weit vom Fenster entfernt. Frau Reindke, wird ihr klar, beneidet sie und Per. Sie ist so allein, wie man sein kann, und deshalb ist sie neidisch. Sie lässt ihr Licht die Nacht über brennen, damit sie gesehen wird, damit Irene und Per sie sehen und damit sie so, über den Lichtschein, eine Verbindung hat, zu ihnen oder auch zu anderen Menschen, die wach sind und für diesen Moment ihr Los teilen. Wir wünschen uns immer jemanden, der unser Los teilt, weil wir dann zusammen allein sind, zusammen einsam und zusammen krank, wie es kommt.

Irene gibt jede Ordnung auf und stopft in ihren Koffer, was hineinpasst. Sie kann später wiederkommen und den Rest holen. Es kommt darauf an, überhaupt etwas zu packen, die Jacke anzuziehen und dann zu gehen. Das ist die ganze, große Anstrengung. Es geht nur darum, diese Anstrengung auf sich zu nehmen, den Schritt zu tun. Ade, Haus. Ade, Ehe. Es kommt Irene unwirklich vor, als täte sie das alles in einem Traum, und gleichzeitig kommt es ihr albern und schmutzig und klein vor, weil es ihr Schlafzimmer ist, ihre alten Sachen, ihre Bettdecke und ihr alter, verbogener Reisekoffer. Ihr ist immer noch übel. Sie klappt den Koffer zu.

Auf dem Tisch in Pers Arbeitszimmer liegt ein Brief. Nur ein paar Worte. Er hat ihre Handynummer. Sie wird in ein paar Tagen zurückkehren und die Dinge mitnehmen, die sie braucht. Jetzt muss sie gehen. Sie zieht ihre Schuhe an, im Flur, der in einem freundlichen Beige erstrahlt. Beige ist die Farbe ihrer Ehe. Ihrer Mittelmäßigkeit. Ihres Lebens.

Beige.

Irene zieht ihren Mantel an, geht nach draußen und schließt die Tür ab. Sie wuchtet den Koffer die Treppenstufen hinab.

Draußen winkt Frau Reindke über die Straße hinweg. «Wollen Sie verreisen?»

Irene nickt nur, sie kann Frau Reindke nicht erklären, dass sie ihren Mann verlässt.

Frau Reindke nickt ebenfalls, mit ihrem kleinen Köpfchen, und Irene kommt sich gegenüber Frau Reindke wie eine Verräterin vor, weil sie das Licht in ihrer Stube nicht mehr sehen wird, ihr nicht mehr winken und sich keine Gedanken mehr über sie machen wird.

Am Bahnhof denkt Irene, dass sie sich auch ein Taxi hätte leisten können, mit dem Koffer, aber dann kommt die Bahn, und erst jetzt ruft sie Valentin an.

«Ich komme.»

Sie hat es mit ihm besprochen, gestern. Er wartet auf sie.

«Du kommst?»

«Ja, ich bin in der Bahn. Ich komme.»

«Oh.»

Das «Oh» ist etwas albern, aber mit dem «Oh» brandet Freude in Irenes Herz, Freude und Aufregung. Sie wird ganz erfüllt von dieser Freude. Sie wird in Damast wohnen. Sie wird in dieser Glanzküche wohnen. Sie wird in dieser ganzen Großzügigkeit ein ganz anderer Mensch werden. Ein ganz anderer Mensch. Schöner. Klüger. Sie wird lernen. Sie wird neu anfangen. Sie wird das Alte verachten. Sie ist gegangen. Sie ist wirklich gegangen.

Irene muss umsteigen, sie wartet auf dem Bahnsteig und sieht die Menschen, die von der Arbeit kommen, müde und uninteressiert. Sieht Kinder und Babys, Frauen und Männer, und zwischen ihnen steht sie, mit ihrem Koffer und ihrem neuen Leben. Ihr Herz klopft, als wäre sie in einer fremden Stadt. In einem fremden Land.

Dann ist Irene in Altona, sie steigt aus, sie zieht den Koffer rumpelnd hinter sich die Treppen hoch, sie zieht den Koffer auf seinen Rollen weiterholpernd über das Altonaer Pflaster, die Sonne leuchtet in einzelnen, glühenden Strahlen zwischen lila Wolken hindurch, bestrahlt den Schmutz auf der Straße, die Tauben und den Abfall. Die Stadt ist in ein mildes, vorübergehendes Licht getaucht. Die Luft ist warm und die Welt erregt. Alles lacht und freut sich. Geht nach Hause, macht Feierabend, kocht Essen und ruht sich aus. Sie will sich auch ausruhen. Sie will eine neue Art von Feierabend haben.

Irenes Füße tun weh. Sie hat die eleganten Schuhe gewählt. Wegen ihm. Vor seiner Haustür rast ihr Herz wie eine Maschine. Obwohl sie schon oft hier war. Aber jetzt ist alles anders. Sie klingelt.

Der Türöffner summt, Irene drückt die Tür auf, rumpelt mit dem Koffer die Treppen zu seiner Wohnung im dritten Stock hoch. Der Koffer ist schwer, aber Valentin kommt ihr nicht entgegengelaufen. Irene stöhnt, und sie schwitzt unter den Armen, das gefällt ihr nicht. Sie will gut riechen, sie hat sich sorgfältig geschminkt.

Die Tür zur Wohnung ist angelehnt. Irene tritt ein, und vor ihr steht Per.

Irene stellt den Koffer ab. Das ist nicht der Ort, dem sie eben noch zustrebte. Dieser Ort war schön und hell und voller Vergnügen und Freude, wie ihre Zukunft. Dieser Ort war kein Ort, an dem Per stehen würde.

«Per», sagt sie schließlich, weil ihr sonst nichts einfällt.

«Du weißt es, mit Sarah», sagt er. «Es tut mir leid. Ich entschuldige mich, es tut mir sehr leid, Rehlein.»

Er sagt tatsächlich «Rehlein». Irene ist schockiert. Sie zieht den Koffer an ihm vorbei ins Wohnzimmer. Da steht Valentin, wartend. Was soll sie tun? Sie kann ihn nicht umarmen, ihn nicht küssen, wie sie es vorgehabt hatte.

Valentin hebt die Arme, hilflos. «Er stand in der Tür. Ich dachte, er wäre du. Ich konnte ihn ja nicht … rauswerfen.» Er blickt zu Per.

Per zuckt mit den Schultern.

«Es tut nichts mehr zur Sache», sagt Irene, «das mit Sarah. Es ist egal. Ich bin ausgezogen.»

«Ich weiß», sagt Per und geht durch das Zimmer zum Fenster, sieht aus dem Fenster hinunter auf die Straße.

«Wie konntest du so schnell hier sein, und woher weißt du überhaupt …?», fragt Irene.

«Ich bin mit dem Wagen gefahren, ich hatte Glück, ich bin gut durchgekommen. Die Adresse habe ich von Sarah.»

«Ihr seid wohl gute Freunde?»

«Ja. Sie hat mir zugeredet. Aber das hätte sie nicht tun müssen.»

Er schweigt eine Weile. Niemand sagt etwas. Von draußen Verkehrsgeräusche. Im Treppenhaus Kinderstimmen.

Dann sagt Per: «Ich kann mich ändern. Ich treibe jetzt Sport, und ich kann dünner werden, ich kann dünner werden, Rehlein, glaub mir. Und ich will auch mehr bei dir sein und mit dir reden und richtig mit dir zusammen Sachen machen. Alles. Aber ich bitte dich, geh nicht weg, Irene. Ich weiß nicht, was das für ein Leben sein soll, ohne dich.»

Irene sieht Per an, sie sieht Valentin an. Valentin runzelt die Stirn und klopft mit den Fingern auf die Tischplatte.

«Per, ich habe mich entschieden», sagt sie.

Pers Gesicht glüht. Sein rötliches Haar ist schweißnass und steht lockig an einer Seite vom Kopf ab. Er trägt ein T-Shirt mit einer kleinen Ente auf dem Bauch. Er trägt seine Laufturnschuhe. Er ist tatsächlich etwas dünner geworden, aber er hat immer noch seinen runden Bauch. Er schüttelt den Kopf.

«Bitte», sagt Valentin. «Sie hat sich entschieden.»

«Du Pflaume, was geht dich das an!», sagt Per.

Valentin wird böse. Böse hat ihn Irene noch nicht gesehen. Böse sieht er ganz anders aus. Er redet sehr deutlich und spitz, mit einem kleinen Quieken am Ende jedes Wortes.

«Das geht mich was an, weil das meine Wohnung ist und weil ich dich nicht eingeladen habe. Sie hat doch gesagt, dass sie sich entschieden hat, das muss doch reichen. Weiteres bitte an anderer Stelle.»

«Ist das dein Ernst?», fragt Per und sieht Irene an, sieht überhaupt nur noch sie an. «Rehlein, ist das dein Ernst, mit dem da?» Er breitet die Arme aus und deutet auf all das, was ihr in dieser Wohnung so gefallen hat. «Willst du so was hier haben? Wirklich?»

Irene nickt.

Da geht er. Die Tür fällt ins Schloss. Sie hatte anderes erwartet. Dass er weiterreden würde. Dass es Streit und Geschrei geben würde. Aber er ist fertig. Kein Geschrei. Geschrei ist nicht Pers Stil.

Jetzt, wo Per weg ist, kann sie Valentin umarmen. Irene geht zu ihm, er steht noch am Tisch, und sie drückt seinen großen, schlanken Körper an ihren. Er riecht gut, nach seinem Rasierwasser. Er lächelt. Er hat sich offensichtlich erregt wegen Per. Irene freut sich nicht so, wie sie vorhin geglaubt hatte, dass sie sich freuen würde, wenn sie in seinen Armen wäre, endlich. Er küsst sie auf den Mund.

Unten fällt die Tür ins Schloss. Beide treten sie unwillkürlich an das Fenster. Pers lockiger, roter Kopf, sein runder Körper, schlanker, ein winziges bisschen schlanker jetzt, sein Gang, er geht ganz langsam und wie ein Seemann, er schwankt nach links, er schwankt nach rechts, er läuft die Straße entlang, und Valentin sagt: «Gott, den hätte ich mir auch anders vorgestellt. Wie kommst du zu so was?»

Irene sieht immer noch Per hinterher, der gleich um die Straßenecke biegt, sie kriegt fast keine Luft mehr, weil sie es aus irgendeinem Grund nicht aushält, wie er da langgeht und nach links und nach rechts schwankt und einen ganz roten Feuerkopf hat, sie sieht Valentin an, Valentin, die Pflaume, sie sagt gar nichts mehr, sie nimmt ihren Koffer, und sie zieht ihn hinter sich her, sie reißt ihn die Treppe hinunter, holterdiepolter, sie lässt ihn unten vor dem Haus stehen, weil sie sonst zu langsam ist, sie läuft, sie rennt, im Rennen sieht sie die Frau mit dem kurzen schwarzen Haar, die ein Bild aus ihrem Kofferraum holt, ein großes Bild, es ist in Packpapier gewickelt, nicht in Stoff, sie hat ein Bild, aber keinen Mann, Irene lächelt die Frau im Vorbeirennen an, die Frau lächelt zurück, ganz kurz, vielleicht hat sie einen, vielleicht braucht sie keinen, Irene sieht Per gar nicht mehr, aber sie rennt um die Ecke, und da ist er, sie holt ihn ein, sie packt ihn am Arm und hält ihn auf, und sie legt ihre Hand in seine.

«Wir können überall hin», sagt Per, «nach Island zum Beispiel, wir können nach Island fahren. Wie gefällt dir das?»

«Wir müssen den Koffer holen. Er steht noch auf der Straße.»

«Oder nach Kanada. Nach Frankreich. Wir können kündigen. Wir können beide kündigen. Wir können in den Wald ziehen, wenn wir das wollen, mir gefällt es im Wald, dir doch auch, oder, Rehlein? Ich würde auch gerne noch mal nach Italien, da war es doch wunderbar.»

«Na ja», sagt Irene, und wie es auch ist und wie es auch kommt, sie weiß, dass es schwer wird und dass es keine einfachen Lösungen gibt, aber es gibt Wahrheit, und es gibt Liebe, und die heißen heute beide Per.

Franka Bloom
Anfang 40 – Ende offen

Kein Anfang ohne Ende.
Von ihrem Mann für eine Jüngere verlassen, die Tochter fast aus dem Haus, träumt Vera davon, ihr altes Leben als Mutter und Ehefrau zu beenden. Und auf der Höhe ihrer Karriere in neuer Qualität und Freiheit mit mehr Reife neu durchzustarten. Doch alles kommt ganz anders, denn dass Vera überraschend schwanger wird, statt in die Wechseljahre zu kommen, hat weder mit jugendlichem Leichtsinn zu tun noch mit der erhofften Reife.

Ein Roman über die Suche nach sich selbst, über alte Träume, neue Wege und das große Glück.

320 Seiten

MIX
Papier aus verantwortungsvollen Quellen
FSC® C083411

Das für dieses Buch verwendete Papier ist FSC®-zertifiziert.